죽기 전 100일 동안

옮긴이 **이종인**

1954년 서울 출생. 고려대학교 영문학과 졸업.
한국 브리태니커 편집국장 역임. 이후 전문번역가로 활동하면서
『말을 듣지 않는 남자 지도를 못 읽는 여자』『문화가 중요하다』『축복받은 집』
『워킹 더 바이블』『숫자의 횡포』『음모와 집착의 역사』등 120권의 책을
번역하였다. 지은 책으로는 『전문번역가로 가는 길』이 있다.

죽기 전 100일 동안

1판 1쇄 발행 2002년 6월 15일
1판 2쇄 발행 2002년 7월 5일

지은이 | 존 에반젤리스트 월시
옮긴이 | 이종인
펴낸이 | 정은숙
펴낸곳 | 마음산책

편집 | 고은희 · 문은실 디자인 | 최인경
영업 | 공태훈 관리 | 동미옥
등록 | 2000년 7월 28일 (제13 - 653호)
주소 | 서울시 서대문구 충정로 3가 270 (우 120 - 840)
전화 | 362 - 1452 ~ 4 팩스 | 362 - 1455
홈페이지 | http://www.maumsan.com
전자우편 | maum@maumsan.com

인쇄 | 한영문화사
제본 | 경일제책

ISBN 89 - 89351 - 23 - 5   03840

* 책값은 뒤표지에 있습니다.

죽기 전 100일 동안

존 에반젤리스트 월시

마음산책

나무 아래 누운 꽃다운 젊음이여,

그대는 노래를 떠나지 못했음이니

그리하여 나무도 옷을 벗지 못하노라.

— 존 에반젤리스트 월시

만약 그가 여기 혼자 왔더라면

그는 아무도 모르게 무덤 속에 들어갈 뻔하였다.

그렇다면 우리는 그에 대하여 아무 것도 알지 못했을 것이다.

이 생각만으로도 나는 내가 한 일에 보람을 느낀다.

— 조지프 세번

차례

프롤로그 · 2층 구석방 … 20

1 희망을 안고 로마로 … 34

2 시인의 연인, 패니 … 60

3 사랑은 장난이 아니다 … 100

4 봄은 다시 오는가 … 148

5 죽음보다 못한 삶 … 172

6 물 위에 이름을 새기다 … 206

7 시인의 축복 … 244

8 남겨진 사랑 … 254

에필로그 · 다시 로마로 가다 … 298

옮긴이의 말 … 304
참고문헌 … 310
찾아보기 … 313
J. 키츠 연보 … 319

세번이 아이보리색 밑바탕에 유화로 그린 23세(1818)의 키츠 초상화(부분).
키츠는 병을 치유하기 위해 이탈리아로 떠날 때, 이 초상화를 패니 브론에게 주었다.

Tuesday Morn.

My dearest Girl,

I wrote a letter for you yesterday expecting to have seen your mother. I shall be selfish enough to send it though I know it may give you a little pain, because I wish you to see how unhappy I am for love of you, and endeavour as much as I can to entice you to give up your whole heart to me whole whole existence hangs upon you. You could not stop or move an eyelid but it would shoot to my heart — I am greedy of you. Do not think of any thing but me. Do not live as if I was not existing — Do not forget me — But have I any right to say you forget me? Perhaps you think of me all day. Have I any right to wish you to be unhappy for me? You would forgive me for wishing it, if you knew the extreme passion I have that you should love me — and for you to love me as I do you, you must think of no one but me, much less write that sentence. Yesterday and this morning I have been haunted with a sweet vision

1819년 6월에 키츠가 패니 브론에게 보낸 편지. 키츠는 이 편지와 함께
"어제…(중략)…당신에게 고통을 주리라는 것을 알면서도"로 시작되는 편지를 동봉했다.
이 편지의 내용에 대해서는 이 책의 p.116~126을 참조.

키츠가 사망한 다음 해인 1822년
세이무어 커컵이 연필로 스케치한
세번의 초상화.

피아차 디 스파냐의 스페니시 스텝스 곁에 있는 26번지 집.
키츠의 방은 3층(1층 로비를 빼면 2층) 구석에 있었다.
전면에 베르니니가 조각한 보트 모양의 분수가 보인다.

패니 브론의 세 얼굴: 에두아르트가 그린 실루엣(오른쪽 위, 1829),
1830년경의 초상화(왼쪽, 화가 미상), 1850년 경의 사진(오른쪽 아래);
이때 패니는 결혼한 지 20년이 되었고 세 아이의 어머니였다.

키츠가 머물렀던 당시의 모습 그대로 보존되어 있는 피아차 디 스파냐 26번지 방.
그가 숨을 거두었던 침대는 벽난로(오른쪽에 벽난로 선반이 보인다) 맞은편에 놓여 있었을 것이다.
두 개의 창문은 사진에 보이지 않으나 카메라 앵글의 왼쪽 뒤에 있다.

조지프 세번(왼쪽).
세번의 모습을 알려주는 자료로는
로마에서 찍은 이 사진이 유일하다.
키츠 사후 50년이 흐른 시점이다

로마에서 키츠를 돌보았던 영국 의사인 제임스 클라크.
그는 죽어가는 키츠와 간호에 지친 세번에게
좋은 친구가 되어주었다.

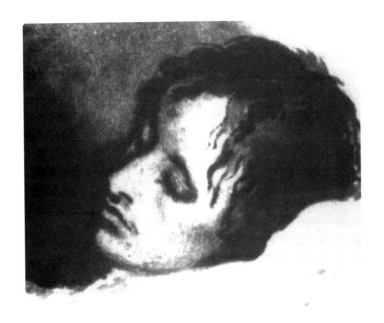

(위)죽어가는 키츠를 지키던 세번이 램프 불빛 아래 연필로 스케치한 키츠의 얼굴.
(아래)로마, 개신교 공동묘지에 나란히 서 있는 키츠와 세번의 묘비.

키츠 사후 1백 년 정도가 지난 시점의 피아차 디 스파냐.
키츠가 머물렀던 26번지 집은 왼쪽의 첫번째 건물이다. 광장 중앙에는 베르니니 분수대가 있다.

어둠 속에서 나는 듣노라, 그리고 아주 여러 번

나는 포근한 죽음과 절반쯤 사랑에 빠졌노라.

아름다운 가락으로 그의 이름을 부드럽게 불렀노라.

나의 이 고요한 숨결을 공기 중에 흩뿌려 달라고.

지금은 죽기에 정말 딱 알맞은 풍요로운 순간,

아, 이 한밤중의 숨멎음

— 존 키츠 「야앵부(夜鶯賦)」 중에서

일러두기

이 책의 텍스트에 직접적인 영향을 미친 출전 혹은 결정적 배경을 제공한 자료들만 여기에 제시하였다.

이탈리아에서 발생한 일에 대해서는 조지프 세번이 거의 유일한 출처이다. 따라서 샤프(Sharp)의 전기는 이탈리아 시기를 서술하면서 세번이 써놓고 출간하지 않은 장문의 원고 세 개에 의거하고 있다는 점을 다시 한번 지적해두고 싶다.

패니 브론에 대해서는 키츠에 관한 거의 모든 책에서 언급이 되어 있다. 여기에서는 유용하거나 관계 있는 것만을 열거했다.

인용된 저서는 저자의 이름만 써놓았는데 자세한 것은 참고문헌에 나와 있다. 가치가 있거나 관심을 끌 만한 정보 및 논평은 그때그때 제시했다. 약어 표시는 다음과 같다.

KC   『The Keats Circle: Letters and Papers』, 1816-1878, edited by Hyder E.Rollins, 2 vols., 1948.

MKC   『More Letters and Poems of the Keats Circle』, edited by Hyder E. Rollins, 1955.

JK-FB   『Letters of John Keats to Fanny Brawne』, edited by H.B. Forman, 1878.

FB-FK 『Letters of Fanny Brawne to Fanny Keats』, 1820-1824, edited by Fred Edgcumbe, 1937.

Letters 『The Letters of John Keats』, 1814-1821, edited by Hyder E. Rollins, 2 vols, 1958.

—저자

본문과 각주 중에 '이 책의 ○페이지를 참조할 것'의 '이 책'은 『죽기 전 100일 동안』을 가리키며, '이어지는 인용문은 같은 출전'이라는 문구 중 '이어지는'은 본문 중에서 계속 나오는 인용문을 가리킨다.

각주 중에 가령 'Medwin p.297'이라고 표시된 것은 참고자료 중 Medwin, T., 『The Life of P. B. Shelley』, 1847, rpt. Oxford UP, 1913의 297페이지라는 뜻이다.

옮긴이 주는 본문의 해당 내용 옆에 괄호를 치고 '옮긴이'라고 표기했다.

—옮긴이

프롤로그 **2층 구석방**

로마의 번화가에 있는 피아차 디 스파냐(스페인 광장)의 즐거운 풍경은 지난 수십 년 동안 거의 바뀌지 않았다. 광장은 주변에 나 있는 여덟 개의 혼잡한 이면 도로를 따라 걸어 들어가거나 차를 타고 갈 수 있다. 아니면 난간이 달리고 층계참이 널찍한 스페니시 스텝스(스페인풍의 계단)를 천천히 걸어올라 들어갈 수도 있다. 어느 길도 존 키츠가 고통스럽게 숨을 거둔 이래 오랜 시간이 흘러갔음에도 불구하고 거의 변하지 않았다.

오늘날 차도의 포석 위에는 한때 요란한 소음을 내던 말발굽 소리와 마차 바퀴 소리는 들리지 않되, 대신 고무 타이어가 부드럽게 굴러가는 소리가 들려온다. 키츠가 살아 있던 당시에도 있었던 주택과 건물들은 이제는 많이 나이를 먹은 채로 여전히 그대로 서 있고, 광장은 그때나 지금이나 마찬가지로 사람으로 북적거린다. 이 가게에서 저 가게로 부지런히 발걸음을 재촉하는 쇼핑객도 여전히 많고, 우아한 스페니시 스텝스를 오르내리는 산보객들도 예전 그대로이되 입고 있는 옷만이 다를 뿐이다. 플라자의 중앙에는 여전히 그 정교한 분수—베르니니가 조각한 개방형 보트 모양의 커다란 분수—가 서 있다. 죽을 병에 걸린 키츠는 침실 창문으로 이 분수를 내려다 보았을 것이고 분수의 물이 부드럽게 콸콸거리는 소리를 들었으리라.[1]

그가 숨을 거둔 26번지 집은 그대로 남아 있고, 자그마한 그의 방은 이제 기념관으로 따로 꾸며져 있다. 비좁은 3층 건물(그라운드 플

---

1) 이 분수는 오늘날도 그대로 사용되고 있다. 키츠 시대 이래 별로 바뀐 것이 없으며 내부가 쏙 들어간 보트형 구조도 그대로이다.

로어까지 합치면 4층)의 나머지 공간은 더 이상 개인의 집으로 이용되지 않는다. 오늘날에는 250년 된 이 건물 전체를 키츠-셀리 기념 협회가 소유하게 되었고, 그 협회에서 박물관, 도서관, 문화센터로 이용하고 있다.[2]

26번지 집에서 딱 100일을 머무는 동안 키츠는 헌신적인 친구의 간호를 받았다. 젊음의 희망이 무참히 꺾여버린 투병 기간에 있었던 이야기는 더없이 감동적인 일화가 되었고, 그 어떤 사람의 일대기 중에서도 가장 잘 알려진 슬픈 연대기로 남아 있다. 완벽한 시가(詩歌) 속에서 놀라운 재능을 더욱 풍성하게 펼칠 전도유망하던 키츠가 그 성취의 일보 직전에 요절하자, 시를 삶에서 자연의 힘이나 다름없이 생각하는 많은 사람이 더할 수 없이 아쉬워했다. 사정이 이렇건만 키츠의 마지막 나날과 죽음에 대한 이야기가 완전히 알려진 적이 한 번도 없었다니 참으로 놀랍기만 하다.

물론 이 주제는 훌륭한 키츠 전기들 속에서 꽤 많은 분량을 차지한다. 그러나 많은 전기작가가 키츠가 활발하게 시작(詩作) 활동을 하던 시기에 주된 관심을 두었고, 그의 죽음은 그저 많은 사건 중의 하나쯤으로 처리하고 있다. 그 비통했던 종말을 생각하면 더욱 의아할 뿐이다. 키츠 최후의 나날을 다룬 단행본이나 논문은 지금껏 나온 적이 없다. 키츠의 명성이 나날이 높아져가고 있는데도 이 주제를 다룬 책 하나 변변히 없다는 것은 문학계의 아쉬우면서도 어처구

2) 키츠와 셸리가 한데 묶이게 된 사정은 이렇다. 두 젊은 시인은 18개월의 시차를 두고 둘 다 이탈리아에서 사망했다(셸리는 1822년 보트 놀이를 하다가 불의의 죽음을 만났다). 두 시인의 유해는 같은 로마 개신교 공동묘지에 묻혀 있다.

니없는 무신경을 보여준다. 이제 오로지 이 주제만을 다룬 책이 나와서 다양한 접근 방법을 시도하고, 집중력 있게 세부사항을 보여주고, 사망을 둘러싼 정황을 포괄적으로 밝혀야 한다.

비극적인 죽음에 얽힌 이 휴먼 드라마는 여러 전기 속에서 지금까지 주마간산식으로 다루어졌을 뿐이지, 마땅히 받아야 할 만큼은 대접을 받지 못했다. 물론 전기작가들이 직무를 유기했거나 무능력했기 때문이 아니다. 그들이 키츠의 죽음을 제대로 다룰 수 없었던 까닭은 이야기를 바라보는 그들의 시야가 제한되어 있었기 때문이고, 비평과 키츠의 생애를 종합해야(서로 관련시켜야) 하는 필요성에서 비롯된다. 슬쩍 살펴보기만 해도 그들의 무심함은 명백하게 드러나며, 그것은 세 가지 영역에 대한 연구를 미진하게 하는 결과를 낳았다. 이 세 영역에 대해서 충분히 연구해보면, 키츠의 말년 이야기는 아주 다른 색채(色彩)를 지니게 될 것이다. 또한 사건들의 강조점, 동인, 순서 등에 다양한 관점을 얻을 수 있게 되면, 새로운 비평적 무대가 펼쳐질 것이다.

지금껏 키츠에 대해 소홀히 다루어졌던 세 영역은 첫째가 사랑이고 둘째는 종교이며 마지막은 키츠가 겪었던 병고(病苦)이다.

우선 키츠와 패니 브론의 기이한 연애 사건을 살펴보자. 이 유명한 사건은 키츠의 수수께끼 같은 편지들(이 열정적인 편지들은 패니가 사망한 후 12년이 지나서야 비로소 공개되었다) 때문에 매우 빈번하게 논쟁의 대상이 되어왔다. 그런데 이 연애 사건은 키츠의 말년에 지금껏 생각되어온 것보다 훨씬 더 결정적으로 영향을 미쳤다. 둘의 이야기가 충분히 다루어지지 못한 것은 놀랍게도 그들 사이에 일어난 사건 자체가 완전하게 밝혀진 적이 없었기 때문이다.

키츠 전기에서 패니의 성격과 인품에 대한 논쟁은 거의 1세기가 가깝게 이어지고 있다. 증거물의 효력에 따라 크게 좌우되는 이 논쟁은 양극단을 달린다.

첫째, 키츠의 연애편지들(키츠가 쓴 것만 남아 있고 패니가 쓴 것은 전해지지 않는다)이 공개되자, 다음 같은 견해가 가장 먼저 전면에 떠올랐다. 패니는 천박하고, 무정하고, 허영심 많은 여자로서 시인에게는 전혀 어울리지 않았다는 것이다.

둘째, 그후 패니가 키츠의 여동생에게 보낸 편지가 공개되면서 정반대의 견해가 등장했다. 패니는 사랑스럽고, 착하고, 현명하여 대시인에게 걸맞은 배필이었다는. 오늘날에는 이 둘째 견해가 통설이다. 패니에게 한 두 가지 결점이 있었다는 유보사항을 함께 남겨두기는 하지만 말이다.

나는 이 책에서 사랑에 고뇌하는 시인과 그를 애태우게 하는 여자(패니) 사이의 기이한 사랑을 여태껏 나온 그 어떤 전기보다 더 자세히 다루었다. 나는 그들이 나눈 사랑의 연대기와 순서, 원인과 결과 등을 소상하게 밝힐 것이다. 그리하여 2년 반 동안 지속된 연애의 양쪽 당사자가 인간적으로 어느 정도 흠결이 있었는지 생생하게 보여주려고 한다. 패니의 죄과가 무엇인지, 어느 정도였는지 하는가는 별개의 문제이다. 그리고 이 문제에 대해 내가 내린 결론은 많은 사람을 슬프게 하리라 짐작된다. 하지만 엄연한 증거에 따라 얻은 불가피한 결론에 대해서는 나로서도 어쩔 수가 없다. 아주 젊었던(당시 18세) 패니는 사람들의 생각과는 달리 그리 순진하지도, 그리 복잡하지도 않았다.

또 다른 주제로 8장 '남겨진 사랑'에서 패니의 문제를 소상히 다루었다. 키츠 사후에 그녀가 보낸 삶을 추적한 이 장은 그녀가 키츠의 유물을 어떻게 처리했는지 자세히 다룸으로써 그녀와 키츠의 관계에 대하여 새로운 실마리를 던져줄 것이다. 8장에서 내가 다룬 패니의 성년과 말년 이야기는 이전의 어떤 전기보다 자세하고 분명하다고 확신한다. 패니의 인품을 옹호하는 사람들은 그 목적에 맞추어 자료를 취사 선택하고 무리하게 짜맞추는 경향이 있는데, 나는 엄격하게 중립적 입장을 유지하기 위해 그런 시도는 아예 배제했음을 밝히고 싶다.

나는 위와 같은 방식으로 키츠의 말년을 서술하는 시도에서 정당성을 얻으려고 했다(이 책의 이야기는 모두 실화이며, 그에 따라 나오는 논의의 상당 부분은 출전 인용과 함께 각주로 돌렸다). 패니 브론과 관련된 복잡미묘한 이야기에 대해서는 얼마나 잘 분석했건 이런 저런 사건이 발생했다고 '말하기' 보다는 필요한 정보에다가 그 정보를 풍성하게 할 수 있는 추측을 삽입해가면서 일이 벌어진 순서대로 '보여주는 것' 이 더 적절하고 생각한다. 이런 보여주기 접근 방식이 너무 많은 추측을 동원한 게 아닌가 하는 느낌을 독자들에게 줄지도 모르겠다. 가령 2장의 거울 앞에 서 있는 패니에 대한 묘사나 3장 햄프스테드 행(行) 마차에서 각혈하는 키츠에 대한 묘사 등. 하지만 이처럼 재구성한 장면의 세부사항조차 신뢰할 수 있는 증거에 바탕을 둔 것이며, 그 점에 대해서는 각주가 충분한 설명을 제공한다. 상상적 접근을 비교적 쉽게 허용하는 사소한 세부 묘사의 경우에도 허구적 요소가 끼여드는 일은 '결코' 없다. 아침 햇빛을 아름답게 반사하는 나폴리 항구 근처의 집들에 대한 묘사조차 한가하게 공상이나 하면서 지어낸 것이 아니다. 그 장면만 해도 영국에서부터 키츠와 동반하여 이탈리아 여행에 나섰던 친구의 목격담에서 나온 것이다. 그 증인은 배가 항구에 들어서던 날, 배의 난간에서 그 하얀 벽들을 직접 보았던 것이다.

둘째로 키츠와 종교의 문제도 이제는 본격적으로 관심을 기울여야 한다. 어릴 적에 신자였던 키츠는 10대 후반부터는 기독교에 등을 돌리면서 노골적으로 반종교적인 태도를 취했다. 하지만 영육간(靈肉間)의 고통으로 심하게 괴로워하던 병상의 키츠는 정신적 믿음을 얻을 수 있는 위안을 간절히 바랐다. 때로는 가련할 정도로 흐

느끼며 위안을 절규했다. 이 사실은 키츠의 생애를 살펴보는 데 상당히 중요하므로 좀더 주의깊게 천착해야 한다. 무슨 이유인지 몰라도 키츠의 전기작가들은 이 문제에 대해서는 침묵을 지키고 있다.

셋째는 키츠의 질병과 그 진행 경과(주치의의 소견 포함)이다. 이것은 앞의 두 문제보다 더 현실적인 문제인 만큼 더욱 슬프고 고통스러운 이야기이다. 이것은 오늘날에 이르러서는 그리 쉽사리 파악할 수 있는 문제가 아니다. 키츠의 이탈리아 행에 대하여 이제까지 한 가지 중대한 사실이 간과되어 왔다. 그는 폐결핵 환자라는 확진을 받고 자기 운명을 체념한 나머지 죽을 날만 기다리기 위해 이탈리아로 간 것이 아니다. 사실을 말하면, 그는 제 병명을 잘 모르는 채로 완치의 희망을 안고 여행을 떠났다. 영국에서 키츠를 직접 검진한 세 의사도 키츠의 병에 대해 확진을 내리지 못했다. 세 의사 모두 그의 병세(각혈 포함)가 그다지 심각한 것은 아니며 폐결핵이 아닌 다른 질병일 수도 있다고 보았다. 의사들은 그의 증세가 과로가 야기한 '신경 쇠약과 전반적 피로'(『Letters』 II, p.287)일 수도 있다고 말했다. 그들은 완전히 회복하려면 날씨가 따뜻한 곳에서 충분히 쉬고, '마음의 안정'을 취해야 한다고 진단했다. 키츠는 어떤 주제를 골라잡으면 꽤 오랜 기간 몰입하는 경향이 있었고, 영감이 떠오르면 이 시에서 저 시로 건너뛰면서 열광적으로 글을 쓰는 버릇이 있었다.

실제로, 영원의 도시 로마에서 키츠는 따뜻함과 매혹의 위안을 얻어서 완쾌의 희망을 실현하는 듯했다. 너무나도 중요한 이 사실을 유념해야만, 키츠가 마지막 100일 동안에 겪었던 사건들이 키츠 자신은 물론이거니와 런던에서 그의 소식을 애타게 기다리던 친구들에게 어떻게 비쳐졌는지 분명하게 알 수 있다.

부족한 연구를 보충하여 이야기의 지평을 확장해가는 것은 어려운 일이 아니다. 무엇보다 이를 증언하는 자료가 많이 남아 있기 때문이다. 가령 키츠와 친구들이 남긴 솔직한 편지와 글들 그리고 후대의 추억담이 많다. 비평가와 전기작가들도 그 자료를 많이 활용하기는 했지만, 거기에는 기본적인 정보가 여전히 많이 숨겨져 있다. 잘 알려진 자료일지라도 면밀히 검토해보면 놀라울 정도로 새로운 정보를 캐낼 수 있다(때때로 두 개의 새로운 정보를 단순히 짜맞춰 보기만 해도 확실한 제3의 정보를 이끌어낼 수 있다). 특히 로마 현지에서 엄청난 곤경 속에 고통을 받았던 사람에게서 나온 문서이면 더욱 값어치가 있다. 죽어가는 키츠를 간호했던 친구 조지프 세번이 26번지 집에서 영국으로 써보낸 고뇌어린 편지 말이다.

조지프 세번의 개인적인 이야기도 커다란 흥미를 불러일으키면서 그 자체로 하나의 감동적인 이야기를 이룬다. 로마에서 피말리는 시련의 기간 동안 세번은 죽어가는 시인의 곁을 떠나지 않았고—세번은 키츠가 곧 죽을 것이라는 소식에 크나큰 충격을 받았다—단말

마의 마지막 몇 주와 최후의 숨을 거두는 순간까지 시인의 고통을 조금이라도 덜어주려고 애썼다. 세번은 고통스러운 간병인 역할을 해본 적이 없었지만, 혼신의 힘을 다하여 죽어가는 시인을 보살폈다. 키츠가 죽고 나서 조지프 세번은 장수(長壽)와 행복한 여생을 누렸고, 비극적 사건의 음울한 실루엣은 많이 묽어졌다. 친구 세번의 이야기는 앞으로 자세히 하겠다.

키츠의 비극적 죽음의 과정이 벌어진 무대는 26번지 집의 2층에 있는 방 두 칸이었다.[3] 비록 자그마하했지만 가구가 잘 갖추어진 우아한 집이었고, 건물은 번화한 시내로 외출하기에 좋은 지점에 있었다. 두 방 중에 큰 방은 약 15평방 피트(약 6.5평)였는데 필요한 만큼 넓지는 않았다. 길쭉한 피아차(광장)의 서쪽 끝을 내려다보는 그 방은 거실 겸 식당으로서, 소파 겸 침대를 들여놓을 공간이 있었고 주방은 없었다. 식사는 시켜 먹거나, 세입자가 직접 해서 먹어야 했다. 키츠는 저녁식사는 주로 근처의 트라토리아(작은 식당)에서 시켜 먹었다.

키츠의 작은 침실(그가 죽음을 맞이한 방)은 건물의 구석에 있었다. 코너에 있는 만큼 직각을 이루는 양 벽에는 커다란 창문 두 개가 나 있었다. 한 창문은 피아차를 내려다보고, 다른 창문으로는 스페니시 스텝스의 위아래를 쭈욱 훑어볼 수 있거니와 위쪽의 웅장한 교회도 환히 올려다볼 수 있었다(교회의 종탑은 즐겁게 울리면서 키츠

---

3) 오늘날 키츠의 방: 현재 남아 있는 집의 구조가 어느 정도까지 키츠 시대의 것과 같은지는 의문이다. 당시 이탈리아 법률은 환자가 폐결핵으로 사망하면 환자의 방에 있던 가구를 모두 불태우고 전반적으로 보수하라고 명령했다. 이 책 p.244의 각주에 나와 있는 조지프 세번의 자세한 보고서를 참조.

에게 그때그때의 시간을 알려주었을 것이다). 키츠의 방은 세로 9피트, 가로 12피트(약 3평)로 비좁았다. 다행히도 천장이 높아서 갑갑한 느낌은 면할 수 있다. 그러나 심신이 피로한 키츠는 질식할 것 같았을 것이다. 천장에는 각각이 여섯 개의 널판으로 이루어진 열이 여섯 개 있었고 장미가 멋지게 그려져 있었다. 자리보전하고 누운 시인은, 두고 온 여자 패니 생각을 하면서 또는 죽기만을 초조하게 기다리면서 날이면 날마다 장미 무늬를 올려다보았을 것이다. 방바닥에는 붉은 타일이 깔려 있는데, 환자가 맨발로 다니기에는 차가웠을 것이므로 아마 양탄자를 깔았을 것이다.

죽기 한 달 전, 자신의 운명을 깨달은 키츠는 그때부터 이 작은 방을 떠나지 않았다. 그는 가끔씩 침대 위에 앉아 한 시간쯤 멍하니 창밖을 내다보았다. 나는 양쪽 창문 앞에 번갈아 서서 아래의 풍경을 내려다보았다. 키츠가 그랬던 것처럼 나도 집 앞을 지나가거나 계단을 바쁘게 오르내리는 남녀들을 멍하니 바라보았다. 어떤 사람들은 바로 밑에 있는 흐드러진 화단 앞에 걸음을 멈추었고, 어떤 사람들은 쇼핑을 하려고 가게로 들어갔으며, 어떤 사람은 베르니니 분수 주위를 느긋하게 산책하고 있었다. 피아차에는 인파(人波)의 흐름이 온 사방으로 넘쳐나고 있었다. 수선스럽게 움직이는 사람들이 내는 천둥 같은 소리에, 저음의 웅얼거리는 분수 소리가 뒤섞여 나에게까지 들려왔다.

이미 오래전부터 그 자리에 있었던 풍경이었다. 처음 이 낡은 건물에 들어서서 돌계단을 타고 천천히 2층으로 올라서면서 나는 어쩐지 우울해졌다. 키츠가 살던 때는 지금으로부터 오래전이었고, 또 아주 다른 세계였다. 그때는 브라우닝과 테니슨이 등장하기 훨씬 전이었다. 빅토리아 여왕이 등극하기 전이었다. 사람들이 워즈워스라는 이름을 알아보고 그의 시집을 사들이기 전이었다. 기차나 전보가 생기기 전이었다. 마취제가 발명되기 전이었다(마취제 없이 어떻게 수술을 견뎠을까!). 전기는 물론이고 가스등도 생기기 전이었다. 양초나 석유 램프로 붉을 밝히던 키츠의 세계는 종종 그림자의 세계였을 것이다.

내가 작은 침실의 창문턱에 기대어 스페니시 스텝스를 멍하니 내려다보던 그 순간, 이상한 분위기가 나를 사로잡기 시작했다. 그 느낌은 아주 미묘한 초연함 같은 것이었다. 나는 마치 사람들에게서 멀리 떨어져서 나 혼자 존재하는 것처럼 느껴졌다. 높이와 거리를 완전히 초월하는 어떤 존재가 저 아래의 알록달록한 세계로부터 나를 절연시켜버리는 듯한 느낌이었다.

나는 다시 고개를 돌려 의자에 앉은 채 방안을 둘러보았다. 나는 순간 사방 벽의 높이가, 널찍한 창문에 의하여 늘어났다가는 줄어들고 줄어들었다가는 늘어나는 것을 분명히 보았다.

나는 눈을 가늘게 뜨고 비좁은 바닥의 폭을 가늠해보았다. 침대는 어디에다 놓았을까? 이런 좁은 방에서는 선택의 여지가 별로 없었다. 양쪽 창문에서 떨어진 저 구석에다 두었겠지. 그 빈 구석을 한참 응시하고 있노라니 고열에 시달리며 병상에 누워 있는 시인의 환영이 보였다. 환영 속에서 시인과 나 사이를 가로막고 있는 수많은 세월(그동안 10년이 열 일곱 번 반복되었다)이 해맑은 유리창처럼 투명해졌다.

그래, 그건 그리 오래전 일도 아니야, 하고 나는 생각했다. 저기 저 구석에서 그 처연한 광경이 지금 이 순간 생생하게 되살아나고 있잖아. 과거는 단지 어제의 다른 이름일 뿐…….

1 희망을 안고 로마로

부드럽게 커브를 그리는 널찍한 부두가 있는 번화한 나폴리 항구. 잔잔한 물결 위에는 높직한 돛대, 감아올린 돛, 느슨하게 풀어놓은 밧줄 등이 울창한 숲을 이루고 있었다.[1]

미동도 없이 정박해 있는 수백 척의 배는 덩치 큰 횡범선, 키 큰 범선, 홀쭉한 외돛범선, 각진 돛을 단 날렵한 펠루카 등 종류가 다양했다. 부두에 접안하려는 배, 세관 관리의 도착을 기다리는 배, 짐이나 승객을 부리는 화물 수송선이나 승객 수송선, 이렇게 많은 배가 문자 그대로 어깨에 어깨를 맞대고 정박해 있었다. 간간이 입항이나 출항하는 배들이 천천히 움직이면, 배들의 접어놓은 돛폭이 가끔씩 불어오는 바람에 부딪치는 것마냥 요란한 소리를 냈다.

수평선에 낮게 떠오른 아침 해는 가물거리는 안개를 뚫고서 햇빛을 쏘아보내기 시작했다. 해안에 점점이 들어선 집들의 초록색 테라스 위로 가볍게 내려앉은 안개는 우아하고 고고하게 솟아오른 베스비우스 산의 빛나는 이마를 가리기에는 턱없이 낮은 자세를 하고 있었다. 항구 주변에 산재한 건물들의 석회를 바른 하얀 벽은 갑작스럽게 받은 햇빛을 안개 속으로 반사했다.

그때 항구의 왼쪽, 당당한 카스텔 데우오보(계란 모양의 망루) 가까이 소형 브리그(쌍돛범선)가 나타났다. 커다란 돛대의 꼭대기에는 영국 국기가 나부끼고 있었다. 그 배는 정박중인 배들 사이를 천천히 헤쳐나가더니 철썩철썩 소리를 내면서 빈 자리에 들어가 닻을 내

---

1) 나폴리 항구: KC I, p.164~165 · Sharp, p.58~63 · 『Letters』 II,
p.349~350. 세번은 배의 수를 과장하여 말했다. '1000척이 들어설 수 있는
공간'에 '약 2000척'이 입항했다고 적었다. 실제로는 아마도 3~4백 척이었
을 것이다. 배에 대한 구체적 묘사, 검역 기간 중의 선상 생활, 항구의 모습은
Sharp의 책에 인용된 세번이 말년에 한 회상에 따랐다. 주택의 벽에서 반짝거
리는 햇빛에 관해서는 Sharp, p.59를 볼 것. 세번은 항구 관리의 접근, 그 관
리와 월시 선장 사이의 대화, 항만 당국이 입항하는 배를 파악하기 위해 망원
경을 사용한 것은 언급하지 않았지만, 이 같은 사항은 그의 회상에서 충분히
유추할 수 있으며 항구에서 실제로 일어나는 일이다.

렸다. 돛대를 접고 활대의 끝을 느슨하게 하자 배는 천천히 멈춰섰고, 넓은 선미는 팽팽한 닻줄을 중심으로 느릿느릿 돌았다. 그리하여 브리그는 수많은 목선(木船)의 미로 속으로 사라졌다. 브리그의 선미에는 '마리아 크로우더'라는 글자가 뚜렷하게 새겨져 있었다. 선실에 있던 토마스 윌시 선장은 항해일지를 꺼내들고, 먼저 안전하게 입항했다고 쓴 다음, 주후(主後) 1820년 10월 21일이라는 날짜도 함께 적어 넣었다.

브리그가 잠시 서 있는 동안, 항만 관리를 태운 소형 보트가 다가왔다. 이미 몇 시간 전에 망원경으로 크로우더의 입항을 파악한 항만 당국은 하역이 시작되기 전에 서둘러서 배에 접근해왔다. 항만 관리는 배에 오를 생각은 하지도 않고 소형 보트에 선 채로, 난간에 기대 서 있는 윌시 선장에게 소리쳤다. 그는 아주 반갑지 않은 전갈을 들고 왔다. 항만 관리국은 런던에서 장티푸스가 나돌고 있다는 소식을 며칠 전에 입수했다. 그래서 크로우더 호가 영국의 항구를 떠난 지가 두 달 미만이면, 검역 조치를 받아야 한다는 것이었다.

윌시 선장은, 크로우더 호가 영국을 떠나 항해한 것은 3주밖에 안 되었고, 런던을 떠난 지는 6주 남짓 되었다고 대답했다. 그는 그 정도면 검역을 면제받으리라 생각했다. 그러나 항만 관리는 배가 열흘 동안 격리되어 검역 기간을 채워야 한다고 대답했다. 따라서 브리그는 10월 31일 오후까지는 화물이나 승객을 하역할 수 없게 되었다.

음식이나 기타 필요한 물품을 육지에서 배로 반입하는 것은 허용되었다. 우편물은 이틀에 한 번씩 보내고 받을 수 있었다. 육지로 나가는 편지들은 훈증 절차를 거쳐야 했다. 그것은 편지지 색깔을 누렇게 만드는 것 외에 별다른 피해는 없는 조치였다. 항만 관리는 불편을 끼쳐서 미안하다고 말했다. 하지만 항만 당국의 규정이 엄격한 만큼 따라야 한다고 덧붙였다.

크로우더 호는 원래 화물선이어서 승객은 별로 없었다. 유료 승객이라 해도 다섯 명 이상은 받을 수가 없었던 것이다. 이번 항해의 승객은 모두 네 명이었는데, 여자 둘에 남자 둘이었다. 각자 따로 여행하고 있는 두 여자는 중년의 피전 부인과 18세의 아리따운 코테렐 양[2]이었다. 코테렐 양은 나폴리에서 은행가로 일하는 오빠를 만나러 가는 길이었다. 남자 둘은 아주 젊었는데, 일행이었다. 한 사람은 장래가 촉망되는 런던의 화가로서 이름은 조지프 세번(Joseph Severn)이었다. 스물 여섯 살인 세번은 바로 전해에 왕립미술원에서 금상을 받은 화가였다(그가 금상을 받은 유화는 스펜서의 「신선 여왕(Farie Queen)」에 나오는 '절망의 동굴'을 그린 것이었다). 다른 젊은 이는 존 키츠라는 시인이었다. 세번보다 두 살 아래로 스물 네살인 키츠는 이미 세 권의 얇은 시집을 출판한 터였다(그는 검역이 끝나는 날 25세가 되었다). 원래는 의사가 되려고 몇 년 동안 공식적인 의학 교육을 받던 키츠는 의학교를 중퇴했다. 그는 이제 문필가의 직업에

---

2) 코테렐 양: KC I, p.47~154, 165 · Sharp, p.54, 59~60. 그녀는 나중에 병에 떨어졌다(Sharp, p.148). 모션(Motion, p.538, 539)은 피전 부인을 코테렐 양의 '동반자' 혹은 '샤프롱'으로 적었으나 근거는 제시하지 않았다. 피전 부인은 코테렐 양이 발작했을 때 도와주기를 거부했기 때문에 두 사람 사이를 그 같은 관계라고 보기는 어렵다.

전념하면서 주로 시를 썼고 나중에는 희곡을 쓸 생각도 하고 있었다. 그는 이미 희곡 한 편을 완성했는데—유명한 연극 거리인 드러리 레인에서 관심을 표명했다—둘째 희곡도 이미 상당히 써놓은 상태였다.

헌신적이고 야심찬 두 젊은이는 런던의 미술계와 문학계에서는 상당한 존경을 받고 있었지만 일반 대중에게까지 알려진 것은 아니었다. 두 사람 중에서 키츠가 좀더 유명했다. 그의 시집은 유수한 정기 간행물에서 호의적인 평을 받기도 했던 것이다(하지만 어떤 서평은 아주 심한 혹평을 담았다).

네 명의 승객은 그 비좁은 배에서 열흘 동안 갇혀 있어야 한다는 사실에 영 못마땅해했다. 특히 키츠와 코테렐 양은 그 소식을 듣고 크게 실망했다. 두 사람은 환자였던 것이다. 그들은 고국에서 떠날 때부터 그 여행을 그다지 유쾌하지 않아하고 있었다.

폐결핵 초기 환자인 코테렐 양은 다른 많은 환자와 마찬가지로 영국의 차갑고 냉랭한 겨울을 피해 이탈리아의 따뜻한 기후에서 치료 방법을 찾아보라는 내과 의사의 처방을 받았다. 키츠도 의사의 지시에 따라 이탈리아 행을 결심하게 되었다(로마에 다음해 봄까지 머물 숙소가 이미 마련되어 있었다). 하지만 그의 증세는 좀 모호한 점이 있었다. 그의 병은 폐결핵인지 또는 다른 무엇인지 아직 확진이 내려지지 않은 상태였다. 모종의 위장 장애인지도 몰랐고 아니면 허약한 심장이 병세의 탓일 수도 있었다. 이태 전 키츠의 남동생이 폐결핵으로 사망했다는 걱정스러운 사실(그보다 10년 전에 사망한 키츠의 어머니도 아마 폐결핵이었을지 모른다)로 짐작해볼 뿐, 병명이 정확히 무엇인지는 아직 모르고 있었던 것이다.

지난해 키츠는 여러 차례 각혈을 했는데, 그것은 위장이나 폐의 혈관이 찢어졌음을 뜻하는 것이었다. 그러나 당시의 의사들이 순순히 인정했듯이, 폐나 내장 기관 질병의 진단에 있어서 의학계는 거의 속수무책인 상태였다. 의사들은 겉으로 드러난 모호하고 불분명한 증상에 기대어 장님 문고리 잡기 식으로 진단을 했다. 따라서 진단은 추측의 범위를 넘어서지 못했고, 의사의 임의적인 판단이나 본능에 의존하는 처방은 불확실한 경우가 많았다. 약품도 몇 가지 없어서, 별 효과도 없는 희석시킨 마약, 치료 용도가 불분명한 소금, 시럽 등이 전부였다. 하지만 의사들은 한 가지 점에서는 의견 일치를 보았다. 습기가 많은 집, 싸늘한 바람, 차가운 비, 뼛속으로 스며드는 안개 등은 환자의 허약한 체질에는 치명적으로 나쁘다는 것이었다.

코테렐 양은 전형적인 폐병 환자 같았고, 또 자신도 그렇게 받아들인 것처럼 행동했다. 몸이 아주 허약했고 뺨에는 종종 홍조가 떠돌았으며, 명랑과 우울의 무드가 갈마들어서, 어떤 때는 정력적이었다가 어떤 때는 불현듯 나른함 속으로 떨어졌다. 또 가끔씩 기침을 심하게 했고, 식사를 꼬박꼬박 했는데도 살이 빠졌다. 반면 키츠는 겉으로는 아무런 질병의 증상이 보이지 않았다. 그는 키는 작았지만, 단단하면서도 근육질의 몸을 지니고 있었다. 필요한 때에는 몸놀림이 재빨랐고, 학교 시절 운동을 한 덕분인지 운동 선수처럼 동작이 날렵했다(당시의 보통 남자보다 키가 훨씬 작았던 그는 5피트 1~2인치—약 157센티미터—에 지나지 않았다). 조금 튀어나온 입술이 흠일 뿐, 아주 고전적인 아름다움을 보여주는 얼굴은 활기차면서도 절제된 기질을 드러냈다. 개암빛의 커다란 눈은 지성과 의지가 합쳐진 미묘한 빛을 내뿜고 있을 뿐, 신체를 피폐하게 하는 고열의 그늘은 드러내지 않았다. 건강과 편안함을 보여주는 이 초상은 귀 뒤를 흘러내리는 암갈색 머리카락으로 완성되었다.

6개월 전부터 시작된 키츠의 병세(물론 전에도 목구멍이 따가운 증세가 있기는 했다)는 간헐적인 것이었으며, 증세가 나타나는 기간도 짧았다. 키츠는 이탈리아로 가는 지루한 항해 도중에 병세가 도져서 몇 번인가 각혈을 했다. 그러나 그럴 만도 한 일이었다. 비좁아서 불편하기 짝이 없는 선실에 무려 여섯 주 동안이나 갇혀 지내야 했던 것이다. 배는 9월 18일에 런던을 떠났지만, 바람이 없거나 또는 바람이 너무 세서 영국 해상에 오랫동안 발이 묶여 있었다.

작은 선실 하나를 네 명의 승객은 물론 선장까지 함께 사용해야 했다. 여자들의 침대는 넓은 휘장을 둘러서 임시 칸막이를 두었다.

항해 도중 거칠어지거나 바람이 부는 날씨 탓에 네 사람은 자주 선실에 틀어박혀 있어야 했다. 꽉 밀폐된 방안의 공기는 금방 퀴퀴해졌다. 그것은 코테렐 양과 키츠가 서로 정반대되는 것을 요구하는 상황을 만들어냈다. 선실의 창문이 좀 오래 닫혀 있으면 "그녀는 기절하여 몇 시간이고 의식이 없었다"(KC I, p.166. 이어지는 세 인용문도 같은 책)고 세번은 회상했다. 그러나 창문을 활짝 열어젖히면 곧바로 키츠가 "기침을 하면서 각혈을 했다." 기침과 각혈은 곧 멈추었지만, 그 다음에는 고열과 오한이 따라왔다.

설상가상으로, 이런 비상 사태가 되면 공황 상태에 빠지는지 피전 부인은 옆에서 거들어주려고도 하지 않았다. 코테렐 양이 '시체처럼 뻣뻣해져도' 전혀 도와주지 않았다. 할 수 없이 키츠와 세번이 축 늘어진 여자를 침대에 눕히고—피전 부인이 아예 도와줄 생각을 하지 않았기 때문에 옷도 벗기지 못한 채로—되도록 다정하게 대하면서 힘이 되어주려고 했다. 이럴 때 키츠의 의학 지식이 큰 도움이 되었다. 그는 젊은 여성의 증세를 재빨리 완화시킬 수 있었다. "나는 이 여성을 열 두 번씩이나 침대에 눕혀야 되었다." 세번은 3주간의 항해를 회상하면서 말했다. 하지만 그는 공평하게도 이렇게 덧붙였다. 코테렐 양이 아팠을 때의 성가심과 불편함은 그녀가 기력을 회복했을 때의 여성다운 매력과 우아한 인품으로 충분히 상쇄가 되었다고. 위트와 재기에 넘치는 그녀는 모든 사람을 즐겁게 했고,

"만약 그녀가 없었더라면 긴 항해는 훨씬 끔찍했을 것이다."

코테렐 양에 대한 세번의 찬사에 키츠도 동의했다. 하지만 그는 이미 체험으로 너무 잘 아는 것이 있어서, 그녀에게 약간 거리를 두었다. 키츠는 자신의 건강 상태를 걱정하고 있지 않을 때가 없었기 때문에, 젊은 여인의 병세를 보면서 자신의 몸 상태를 자꾸 연상하게 되는 것이 거북하다고, 고향에 보내는 편지에다 적었다. 그는 끝내 여자의 증세에 대하여 짜증이 나고 괴로워하게 되었다. 비록 드러내놓고 불평을 하지도 않았고, 또 세번에게조차 내색을 하지 않았지만 말이다. "그녀의 안 좋은 병세가 나를 괴롭히고 있다. 설혹 내가 건강했어도 사정은 마찬가지였을 것이다." 키츠는 그렇게 적고서 대뜸 이렇게 추가했다. "저 여자가 내 눈앞에서 사라진다면 크게 위안이 될 것이다."[3] 이런 어조는 전혀 그답지 않은 것이었다.

미끌거리는 안개와 차가운 비가 오락가락하는 날씨가 번갈아 찾아들기는 했지만, 열흘간의 검역 기간은 전적으로 비참하지만은 않았다. 걱정이 된 코테렐 양의 오빠가 이튿날 배에 나타났고 검역 조치중이라는 소식을 듣고서는, 그러면 그동안 여동생과 함께 배에서 지내겠다고 선언하여 사람들을 놀라게 했다. 이어 코테렐 양의 오빠는 맛나는 과일과 생선 등의 식품을 매일 가져다 주었고, 그리하여 형편없던 배의 식단을 크게 개선시켰다. 또 그는 여동생에게 온갖 간호와 배려를 아끼지 않았던 두 젊은이에게 깊은 감사를 표시했다.

3) 『Letters』 II, p.350. 이 편지는 키츠가 패니 브론과 마지막으로 직접 접촉한 일을 포함한다. "패니에게 내 사랑을 전해주어요"라고 그는 썼다. "……그녀에게 이것을 보여줘요. 난 더 이상 말하지 못하겠어요." 그는 서명을 한 다음 맨끝에 이렇게 썼다. "굿 바이 패니! 신의 가호가 있기를."

그는 두 사람이 상륙하면 기꺼이 초청자와 안내인 역할을 하겠다고 자청했다. 따뜻한 환대였다. 두 사람은 로마로 가기 전에 나폴리에서 며칠 동안 머물 예정이었지만 숙소를 전혀 잡아놓지 않았기 때문이다.

검역 기간이 절반쯤 흘러갔을 때 더욱 재미있는 사건이 벌어졌다. 이제 막 항만에 들어온 영국 군함 소속의 장병들이 배에 놀러온 것이었다.[4] 브리그 옆에 수병 열 명이 노를 젓는 작은 보트가 다가왔다. 보트의 지휘관이자 해군 대위인 설리번이 느닷없이 배 위로 올라왔다. 고향 소식에 목말라 있던 수병 몇몇은 채 허락도 받지 않고 장교를 따라 배에 올라왔다. 수병들과 승객들이 갑판에서 서로 수인사를 나눈 지 얼마 안 된 참인데, 이번에는 흥분한 항만 관리를 실은 보트가 다가왔다. 관리는 브리그에 승선한 해군 장병들은 검역 조치를 위반했으므로, 검역 기간이 끝날 때까지 브리그에서 하선하면 안 된다고 통보했다. 선실의 빈 침대는 이미 코테렐 양의 오빠가 차지한 터여서 해군 장교와 수병들은 배 밑바닥에서 잠을 자야 했다.

별로 크지도 않은 그 배는 이제 밤이나 낮이나 사람들로 북적거리게 되었다. 그러나 사람들이 늘어나면서 시간을 좀더 재미나게 보낼 수 있게 되었다. 특히 날씨가 좋은 밤이면, 수병들은 갑판에 올라가 악기를 연주하며 노래를 불렀다. 여자들이 선실에 물러가 있는

---

4) 설리번 대위와 그의 부하들: Sharp, p.60~61. 세번의 회상을 인용한 부분. 나폴리 사람들은 영국 해군들의 곤경을 아주 재미있게 생각했다. 그들은 여러 척의 소형 보트를 타고 와서 "실수를 저지른 사람들을 놀리며 재미있다고 웃어댔다."(Sharp, p.61)

동안에 그들은 조금 음란한 노래를 불렀다. 점잖은 키츠는 노래가 선실까지 들린다는 것을 알고서 몹시 당황해했다. 하지만 그는 아무런 제지도 하지 않았다.

그렇게 해서 며칠 동안이 정말 유쾌하게 흘러갔다. 호기심 많은 이탈리아 사람들이 조그만 보트를 타고서 브리그를 찾아왔고, 코테렐 씨는 바로 바로 통역을 해주었다. "온갖 농담이 다 나왔고, 허풍과 재치의 끊임없는 응수가 웃음을 계속 끌어냈다."(Sharp, p.61. 이어지는 인용문도 같은 책) 이 유쾌한 농담 경연에 월시 선장, 설리번 대위, 코테렐, 키츠 등이 참여하여 '재치 있는 말장난과 유머'를 계속 쏟아냈다. 말장난을 좋아했던 키츠도 "평생 해온 것보다 더 많은 말장난을 그 일주일 동안에 했다"라고 나중에 흐뭇하게 회상했다.

드넓은 항만에서 펼쳐지는 다채로운 활동 중에는 느긋한 관조의 순간을 즐기는 것도 있었다. 화가의 눈으로 낯선 풍경을 예의주시하던 세번은 '아름다운 도시 나폴리와 테라스식 정원과 포도원'을 보고 깊은 감명을 받았다고 적었다. 특히 '신비한 연기를 내뿜고, 햇빛을 받는 부분은 황금색으로 빛나는 장엄한 베스비우스 산'에 매혹되었다. 각종 하얀 돛배로 뒤덮인 전경(前景)도 그림을 더욱 아름답게 장식했다. 과일과 야채를 가득 싣고서 브리그 옆을 지나가는 작은 배들도 눈을 즐겁게 하는 요깃거리였다. 배에 탄 사람들은 '기타를 치면서 노래를 불렀는데' 모두 미소를 짓고 있었고 근심걱정은 하나도 없어 보였다.

키츠도 새롭고 기이한 환경에 매혹을 느꼈다. 하지만 장래에 대한 걱정이 깊은 탓에 그 같은 환경을 마음껏 즐길 수 있는 힘이나 욕망이 없었다. "나폴리라는 항구에는 한 첩(25쪽에 해당하는 단위―옮긴이)의 종이를 채울 만큼 새로운 것이 많이 있습니다"(『Letters』 II, p.350. 이어지는 두 인용문도 같은 책). 그는 도착한 지 사흘 뒤에 그렇게 썼다. 하지만 키츠 자신은 그 아름다운 풍경의 한 부분이 될 수 없었다. 그는 이렇게 말했다. "주위의 풍경이 마치 꿈만 같습니다. 노를 저을 줄 알고 걸을 줄 알고 말할 줄 아는 저 사람들은 나와는 다른 사람들인 것 같습니다." 그리고 키츠는 그런 경이감에 대해서 아주 자세히 묘사한다. "내가 이 세상의 시민이라는 느낌을 다시 한번 가질 수 있다면…(중략)… 아, 분열된 지성을 가졌다는 것은 얼마나 비참한 일인가!"

하지만 어떤 풍경은 그의 시선을 사로잡았다. 그는 배의 난간에 기대어 관심어린 시선으로 그 풍경을 바라보았고, 후에 편지에 언급하기도 했다. 항만 근처의 바다에 점재(點在)한 노젓는 배에 혼자 앉아 낚시하는 어부들이 그 풍경 중의 하나였다. 그들은 잔잔하고 푸른 바다에 재빨리 낚시줄을 드리운 다음 몇 초 지나지 않아 세게 잡아당겨 '앤초비(지중해산 멸치) 비슷한 작은 물고기들'을 끌어올렸다.

세번은 선상에서 집으로 보낸 첫번째 편지에서 항해 도중에 친구가 겪은 건강 상태—오락가락하고 때로는 걱정스러운—를 보고했다. 그는 "키츠는 현재 뭐라 말할 수 없는 상태에 있는데, 남국의 날씨가 어떤 영향을 미칠지 짐작하지 못하겠습니다"(KC I, p.163)라며 다소 비관적인 논평을 했다. 세번은 육지가 빤히 보이는 곳에서 선실이 하나뿐인 비좁은 배에 갇혀 검역 기간을 보내는 것이 생각보다 더 큰 피해를 줄지 모른다고 우려했다. 하지만 그 같은 우려는 부분적으로만 타당했다. 그 기간 동안 키츠는 그 비좁은 곳에서의 생활을 즐기는 것처럼 보였기 때문이다. 하지만 여전히 어떤 미심쩍은 느낌, 건강과 무관한 어떤 문제가 있지 않나 우려하게 된다고 세번은 적었다. 키츠가 선상의 오락 행사에 참여하면 그래도 조금이나마 위안이 되었다고 후에 세번은 말했다. 저 혼자 처져서 잘 나오지 않는다는 것은 뭔가 어두운 걱정거리가 있다는 뜻이었기 때문이다. 키츠가 혼자 따로 떨어져서 바다를 응시하고 있을 때에는 그런 우울한 분위기가 풍겨 나왔다.

그는 넋을 놓고 있을 때가 종종 있었다. 아주 슬픈 눈빛을 하고 있거나 때로는 굶주리고 귀신이 들린 듯한 눈빛을 하고 있어서 오싹해졌다. 하지만 그 당시 나는 그의 심적 고통이 얼마나 끔찍했는지 알지 못했다. 그의 명줄을 갉아먹고 있던 슬픔이 너무나 지독했기에 그는 아무에게도 그것을 털어놓지 못했다. 그는 하루빨리 하선하고 싶어했고, 그 아름다운 도시를 둘러보고 싶어했지만, 막상 나폴리에 상륙하던 날에는 아주 우울해했다. 나는 그날 밤 키츠 때문에 비스케이만에서 풍랑을 만나 사흘간 떨던 때보다 더 조바심이 났다.(Sharp, p.61. 이어지는 인용문도 동일)

배에서 하선하던 날은 키츠의 스물 다섯 번째 생일이었다(그 어떤 전기작가도 이 사실을 언급하지 않았다). 하지만 그는 하선한다는 소식에 조금도 기뻐하지 않았다. 세번이 지적한 대로 '너무나 우울한 나머지' 아무에게도 자신의 고민을 털어놓으려 하지 않았다. 항해 내내 자신을 돌봐준 지칠 줄 모르는 친구(키츠를 따라가기 위해 자신의 유망한 앞날까지 잠시 유보하고, 아버지의 거친 반대를 물리쳐가며 로마행을 결행한 세번)에게도 아무 말이 없었다. 세번은 키츠를 우울에서 꺼내줄 수가 없었다. 유일한 동반자이며 따뜻한 인정을 지닌 세번에게까지 입을 굳게 다물었다는 사실은 키츠의 말 못 할 고민이 얼마나 뿌리깊은지 잘 보여주는 것이었다.
　마리아 크로우더 호가 출발하기 사흘 전까지만 해도 사람 좋은 세번은 영국을 떠나 먼 해안으로 여행을 가게 되리라는 생각은 전혀 하지 않았다. 세번은 런던에서 키츠의 친한 친구들 축에는 끼지도 못했다. 키츠와 어울리던 사람들은 세번을 아직 미숙하고 물정을 모르며 심지어 천박한 친구라고까지 생각했다. 아무튼 지성에 있어서는 키츠보다 한참 아래로 여겨졌다. 세번의 사람 좋은 인상과 쾌활한 매너가 이런 인물평을 뒷받침한다. 한 여자 지인은 세번이 '10분 이상 심각한 경우'(FB-FK, p.13)를 본 적이 없다고 말했다. 그는 모두가 인정하듯 경량급 인사였고, 대시인(키츠의 숭배자들은 그가 셰익스피어에 필적한다고 말한다)의 운명을 타고난 키츠와 벗하기에는 걸맞지 않은 사람이었으며, 그에게 도덕적 위안을 주는 일 따위는 더욱 하지 못할 사람이었다.

그렇다면 누가 이 병든 시인을 따라간단 말인가?

키츠에게는 가족이 없었다. 아버지도 이미 죽었고 남아 있던 남동생은 미국으로 이민을 가버렸다. 하나뿐인 여동생은 너무 어려서 법적 후견인의 엄격한 보호 아래 살고 있었다.

그의 가까운 친구들은 너무 바쁘게들 살고 있어서 해외에 6개월씩이나 체류할 수가 없었다. 출발 날짜가 다가옴에 따라 키츠는 우울하게도 홀로 여행을 떠날 수밖에 없는 상황에 내몰리고 있었다. 그렇게 되면 추방 기간을 덜 적적하게 해줄 친구도 없고, 어려운 시기에 그의 병을 구완해줄 따뜻한 손도 없게 될 터였다. 설령 병세가 호전된다고 해도 해외에서 동반자가 없으면 크게 외로움을 타게 될 것이었다. 바로 이런 절망적인 상태에서 마지막 희망으로 세번에게 구조 요청이 전달되었던 것이다. 세번은 아버지의 반대에도 불구하고 선선히 수락했고, 즉시 여행 준비에 들어갔다.[5]

세번이 대기중인 배에 승선하려고 집을 떠나던 날, 보기 흉한 광경이 연출되었다. 평소 생각이 깊고 화를 잘 안 내던 세번의 아버지가 너무 걱정이 된 나머지 마지막 순간에 분통을 터뜨렸다. 근심하던 어머니는 당황해서 어쩔 줄 몰라했고 다섯 아이들은 기겁을 했다. 아버지는 세번이 큰 실수를 하고 있다고 목청껏 소리쳤다. 금상을 수상한 이후 기세를 올리던 미술 공부를 잠시 접어두다니 잘못되도 한참 잘못되었다는 것이었다. 또 그다지 친하지도 않은 병든 친구를 따라다니다가 건강마저 해칠 수 있다는 것이었다(당시 사람들은 병이 전염된다는 사실을 잘 몰랐다. 특히 폐병이 전염된다는 사실은 의사들도 몰랐다. 하지만 세번의 아버지는 병의 전염성을 믿는 사람이었던 것 같다). 아버지는 화가 난 나머지 현관문을 가로막고 아들을 거실 쪽으로 밀쳐서 바닥에 쓰러뜨렸다. 그러나 아내의 간청과 다른 아들이 말리는 바람에 더 이상의 폭력 사태는 벌어지지 않았다. 젊은 세번은 화가 난 채로 짐가방을 다시 챙겨서 집을 나섰다. 그는 어떤 일이 있어도 약속을 지키려고 했다.

키츠와의 동행은 세번에게 큰 희생이었음이 틀림없다. 하지만 세번도 인정하고 그의 친구들도 이해했듯이, 고국에서 미술 연구를 중단하는 것이 완전히 손해만 가져오는 것은 아니었다. 그는 왕립미술

---

5) 키츠의 동반자로 세번이 선택된 것: Evans, p.338~340 · Sharp, p.45~49. 세번이 동행하기로 결정된 것은 세번의 친구인 해슬럼이 지속적으로 권유했기 때문이었다. 바쁘고 할 일 많은 미술가였던 세번에게 키츠와 동행한다는 것은 그리 간단한 일이 아니었다.

원의 금상을 수상함으로써 선망의 대상이던 여행 후원금을 얻었다. 3년 동안 독립적으로 자유롭게 미술 활동을 할 수 있는 기금을 확보한 것이다. 대신 그 기간 동안 유화 한 점을 제작하여 왕립미술원에 제출하고 심사위원단의 승인만 얻으면 되었다. 과제를 완수하기 위해서는 당시 세계 미술의 수도였던 로마에 장기간 머무는 것이 큰 혜택이 될 수 있었다. 그는 1821년 봄까지만 그림을 완성하여 런던으로 부치면 되었다. 병든 친구를 간호해야 한다는 책임이 붙어 있기는 하지만, 6개월간의 로마 체류는 그에게 충분히 보람 있는 일이 될 수 있었다. 세번은 아직 그가 그릴 그림의 주제를 정하지 못했다. 하지만 로마의 박물관, 화랑, 교회, 공공 건물 등에 걸린 대화가들의 그림을 천천히 둘러보면서 결정해도 늦지 않을 것이었다.

그러나 배에서 여러 주를 보내면서 세번은 그가 떠맡아야 할 일의 성격과 범위를 파악하고는 흥분이 약간 가셨을 것이다. 고열에 들뜬 밤, 갑작스럽게 터져나오는 가혹한 기침, 창백한 입술에 내비치는 피(조금이라도 충분히 경악의 대상이 되었다), 키츠가 몇 날 며칠씩 계속 보이는 우울한 기분 등은 아무래도 꺼림칙한 것이었다. 특히 세번이 가끔씩 목격하게 되는 저 신비스러운 '마음의 고통'(Sharp, p.61)은 정말 문제였다. 그 고통은 표현력이 풍부한 키츠의 얼굴에 깊이 각인되어 귀신 들린 듯한 표정을 안겨주었다. 시인의 신체적 증상이 보이지 않는 어떤 것, 수면 아래에 잠복한 피폐에 의

해 더욱 악화되고 있다는 사실은 사람 좋은 세번에게는 큰 난처함을 안겨주었다. 세번은 고민이 무엇이든 간에 자신에게 털어놓으면 좀 도움이 되련만 하고 생각했지만, 키츠는 그럴 생각이 전혀 없는 것 같았다. 키츠는 여행 내내 자신의 속마음을 털어놓을 기미를 보이지 않았고, 사람의 따뜻한 정이 필요하다는 기색조차 내비치지 않았다. 그래서 세번은 다시 한번, 두 사람 사이에 그런 친밀감은 존재하지 않음을 통감해야 되었다. 하지만 검역이 끝나고 선상의 사람들이 모두 상륙한 지 하루만에, 키츠는 느닷없이 가슴을 열고서 아주 명백한 언어로 자신의 걱정거리를 털어놓았다. 세번으로서는 그것이 아주 당황스러운 체험이었으므로 크게 동요했다. 그는 동반자라는 자신의 임무가 생각보다 훨씬 더 어려울 것임을 직감했다. 키츠가 침묵하는 중에 겪어온 고통은 다름 아닌 연애 사건의 후유증이었던 것이다.

브리그에서 하선한 두 사람은 코테렐의 안내로 영국인들이 좋아한다는 호텔인 빌라 다 론드라(스트라다 디 산타 루치아 소재)에 들어갔다. 그들은 베스비우스산이 잘 내다보이는 전망 좋은 커다란 방에서 마침내 상쾌한 하룻밤을 보낼 수 있게 되었다. 다음날인 11월 1일, 키츠는 런던에 있는 친구에게 보낼 편지를 쓰기 시작했으나 저녁이 될 때까지도 완성하지 못했다. 편지의 수신자는 키츠의 친한 친구이자 저술가이며 한량인 찰스 브라운이었다.

한편 세번도 그날 저녁 편지를 쓰기 시작하여 먼저 여동생에게 한 통을 썼다(그는 근심하는 가족들에게 도착하는 즉시 편지를 쓰겠다고 약속했다). 이어 그는 런던에 사는 친구이며 젊은 변호사인 윌리엄 해슬람에게 편지를 썼다.

두 사람이 책상에 앉아 편지를 쓰는 동안 방안에는 펜촉이 사각대는 소리만 들렸다. 이어 편지를 다 쓴 키츠가 세번에게 고개를 돌리더니 아주 다정한 목소리로 말을 하기 시작했다. 그 순간 세번은 자신의 편지에서 키츠의 건강 상태를 묘사하고 있었다. 그는 흘러가는 생각을 멈추고 괄호 속에다 황급히 상황을 설명했다. "이제 그와 얘기를 해야겠네. 얘기를 하고 싶은가봐. 그에게 얘기를 시켜서 잠들게 해야겠어. 그는 몸이 안 좋아서 무척 고생을 했어."[6] 그 대화가 얼마나 오래 지속되었는지는 언급되어 있지 않다. 여러 정황에 비추어보아 몇 시간은 걸렸을 것이다. 오랜만에 침착해지고 평온을 되찾은 키츠는 고마운 마음으로 침대에 들었다.

그 다음날 아침 9시 30분까지도 키츠는 침대에서 평온하게 잠들어 있었다. 세번은 해슬람에게 보내는 편지에서 이 사실을 말했다. 그는 편지에서 지난밤에 키츠와 아주 진지하게 이야기를 나누었으며, 키츠가 마음속 깊은 곳의 얽히고 설킨 감정을 격정적으로 토로했다고 말했다. 그는 시인을 위로하기 위해 최선을 다했다. 특히 '치명적일지도 모르는 그 깊은 슬픔'(KC I, p.166. 이어지는 두 인용문도 같은

---

6) KC I, p.165. 나는 이 편지를 바탕으로 상륙 첫날밤과 다음날의 사건을 추론했다.

책)에 대해서 위로하려고 했다. "그는 나에게 많은 것을 말했다. 아주 많은 것을, 아주 많이. 나는 그 고백이 그에게 더 고통스러운 것인지 아니면 내게 더 고통스러운 것인지 잘 알지 못했다. 하지만 고백을 한 것이 그의 짐을 좀 덜어주는 것 같았다." 세번은 그 다음에 자신이 얼마나 당황했는지 보여주는 이야기를 적고 있는데, 해슬람은 그걸 읽고서 분명 생각에 잠겼을 것이다. "만약 내가 그의 마음의 병을 고칠 수만 있으면 그의 건강을 '회복시켜' 영국으로 데리고 갈 수 있을 텐데. 하지만 그것은 이승에서는 불가능할 것 같아."

항해 도중의 일화를 길게 설명한 세번의 편지(해슬람에게 보낸 것)는 아직도 보관되어 있다. 그 편지는 키츠의 상태를 대충 묘사하고 있을 뿐, 시인이 전날 밤 "아주 많이 고백했다"는 그 은밀한 고뇌의 세부사항은 밝히지 않고 있다. 그 잠행성의 '깊은 슬픔'에 대해서도 언급하지 않았다. 그것이 빠져 있는 것은 아쉽기는 하지만, 우리의 증거를 결정적으로 부족하게 만드는 것은 아니다. 키츠가 그 전날 밤 세번에게 했을 법한 말은 대부분 회수할 수 있기 때문이다. 그 잠행성의 슬픔이 무엇이었는지를 우리는 키츠 자신의 말에서 발견할 수 있다. 그 솔직한 대화가 시작되기 몇 분 전에 완성되어 찰리 브라운에게 보낸 키츠의 편지가 전해지고 있는 것이다. 이 솔직한 문서는 커다랗게 어른거리는 비극의 윤곽을 보여준다. 일부 부수적인 내용만 생략하고, 여기에 거의 전문을 인용해본다.

나폴리, 11월 1일 수요일[7]

친애하는 브라운,

어제 우리는 검역에서 해제되었어. 검역 기간 동안에는 나쁜 공기 탓이기도 하고, 선실도 퀴퀴해서 여행하던 기간보다 건강이 더 안 좋아졌어. 신선한 공기가 나를 약간 회복시켜주었고, 오늘 저녁에는 몸 상태가 좋아져서 너에게 간단한 편지를 보낼 수 있을 것 같아. 아무래도 늘 생각해온 그 문제에 대해 말해야겠지. 나는 이미 그 문제에 너무도 깊숙이 들어가 있어서 발설하고 나면, 나를 무겁게 짓누르는 이 '비참함'의 부담을 덜 수 있을 것 같아. 브론 양을 다시 만날 수 있다는 생각이 나를 더 이상 괴롭히지 말았으면… (중략) …

친애하는 브라운, 건강할 때 그녀를 내것으로 만들어야 했고, 또 그후 건강을 유지해야 했어. 죽음은 견딜 수 있지만, 그녀를 떠나야 한다는 생각은 견딜 수 없어. 오, 하느님! 하느님! 하느님! 내 몸안에 남아 있는 그녀의 추억이 1만 개의 창이 되어 나를 찌르고 있어. 그녀가 내 여행 모자에 넣어준 실크 안감이 내 머리를 뜨겁게 달구고 있어. 나는 그녀를 너무나 생생하게 상상할 수 있어. 나는 그녀를 볼 수 있고, 그녀를 들을 수 있어. 잠시라도 그녀의 생각을 내게서 떼놓을 수 있는 것은 이 세상에는 없어… (중략) …

오, 내가 그녀가 사는 곳 근처에 묻힐 수만 있다면! 나는 그녀에게

7) 키츠가 브라운에게 보낸 편지: 11월 1일자.『Letters』II, p.351~352

편지를 쓰고, 그녀에게 회신을 받는 것이 두려워. 그녀의 필적을 보면 내 가슴은 깨어질 것 같아. 그녀의 소식을 듣는 것, 아니 그녀의 이름을 듣는 것조차 감당하지 못할 것 같아. 친애하는 브라운, 어떻게 해야 할까? 어디서 위로와 안락을 얻을 수 있을까? 설혹 내게 회복의 기회가 있다고 해도 이 열정이 나를 죽이고 말 거야. 내가 아파서 너의 집에 있을 때나 켄티시 타운에 있을 때에도, 이 열병이 나를 끝없이 마모시켰어… (중략) …

나폴리에 대해서는 단 한마디도 할 수가 없어. 나는 내 주변에 펼쳐지는 수천 가지 신기한 것들에 대해서도 심드렁할 뿐이야. 나는 그녀에게 편지를 쓰기가 두려워. 내가 그녀를 잊지 않았음을 그녀가 알아주었으면 해. 오, 브라운, 내 가슴속에는 이글거리는 불덩어리가 있어. 이런 엄청난 비참함을 품고서도 인간의 심장이 견딜 수 있다는 게 놀라울 정도야. 나는 결국 이런 종말을 맞기 위해 태어난 것일까?

편지에서 언급한 '위로'가 너무나 절실했기 때문에, 의기소침해 있던 키츠는 세번에게로 시선을 돌린 게 분명하다. 물론 키츠는 브라운에게 보낸 편지에서처럼 브론 양에 대한 감정을 솔직하게 털어놓지는 않았을 것이다. 하지만 제 감정을 아주 근사하게 토로한 것 같다. 세번이 키츠의 말을 듣고 감동을 받았기 때문이다. 세번은 그때 처음으로 키츠의 우울한 기분과 병세가 순전히 신체적인 것만은 아님을 알았다.

브라운에게 보낸 편지 속에 나타난 키츠의 엄청난 절망감이 한때의 지나가는 고민을 과장한 게 결코 아님을 세번이 알았는지 어쨌는지는 불확실하다. 여하튼 영국에서 출발하여 여행하던 내내 낙심천만한 절망감이 키츠의 불안한 마음을 무겁게 짓눌렀음은 브라운에게 보낸 또 다른 편지에서 분명하게 알 수 있다. 비록 키츠는 노골적으로 표현하지는 않았지만, 그 같은 낙담이 발산되지 못한 채 그의 체내에 그대로 남아 있었던 것이다.

항해 초기에 키츠가 탄 배가 야머스 근처에서 정박했을 때 쓴 편지는 부쳐지지 않았다. 너무 고백적인 내용을 쓰지 않았나 하는 마음에 마지막 순간에 보류한 것이었다. 만약 세번이 다가오는 죽음을 우울하게 명상한 그 편지의 내용을 알았다면, 자신의 미래와 친구의 병세에 대하여 더욱 경악했을 것이다.

편지는 배의 출발이 지연되면서 생겨난 우울한 분위기를 가볍게 묘사하는 것으로 시작된다. 런던을 출항한 직후 악천후가 계속되어 배는 신속하게 나아가지 못하고 와이트 섬 근처를 맴돌고 있었다. 또 키츠는 자신의 건강에 대해서도 좋은 소식을 전할 게 없다고 썼다. 그는 자신을 괴롭히고 있던 문제는 되도록 언급하지 않으려고 했다. 그러나 그는 더 이상 자신을 억제하지 못하고 다시는 말하지 않겠다고 굳게 맹세한 그 주제로 다시 돌아갔다.

…… 내가 이렇게 말을 꺼내서 일단락짓고 싶은 한 가지 사항이 있어. 내 몸이 저절로 낫는다고 해도 이 문제가 나의 회복을 막아버릴 거야. 나에게 삶의 이유를 제공하는 바로 그것이 내 죽음의 커다란 원인이 될 것 같아. 난 어찌할 바를 모르겠어… (중략)… 만약 내가 건강하다고 해도 그것이 나를 병들게 할 거야. 너는 내가 지금 어떤 문제를 언급하고 있는지 짐작할 거야… (중략)…

나는 이 고통에서 해방되기 위하여 밤낮으로 죽기만을 바라고 있어. 그러다가는 곧 죽음을 물리치고 싶은 생각이 불끈 솟아올라. 왜냐하면 죽음은 허무보다는 나은 이 고통을 파괴해버릴 테니까… (중략)… 죽음은 뭐든지 분리시키는 거대한 힘이야… (중략)…

내가 군이 부탁하지 않는다고 해도 네가 나를 위해 브론 양의 친구가 되어주었으면 해. 내가 죽고 난 후에라도 말이야. 너는 그녀가 결점이 많다고 생각할 테지. 하지만 나를 위해서 그녀에게 결점이 하나도 없다고 생각해줘. 말이나 행동으로 네가 그녀에게 해줄 것이 있다면 기꺼이 해주었으면 좋겠어… (중략)…

나로서는 무엇보다도 브론 양과 헤어져야 한다는 것이 가장 끔찍한 일이야. 그런 생각을 하면 어둠이 내 온몸 위로 덮쳐오는 것 같아. 나는 그녀의 모습이 영원히 사라져가는 것을 영원히 보고 있어. 내가 웬트워스 플레이스에서 마지막으로 간호를 받을 때 그녀가 습관적으로 사용하던 문구들이 내 귀에 생생하게 맴돌고 있어. 내생(來生)은 있는 걸까? 나는 다시 깨어나 이 모든 것을 꿈이라고 생각하게 될까? 만약 내생이 있다면, 이런 비참한 고통을 느끼는 삶으로 다시 태어나서는 안 돼…(중략)… 이런 편지를 쓰다가 갑자기 죽어버리는 것도 그렇게 나쁜 일은 아닐 것 같아.[8]

세번도 패니 브론은 잘 알고 있었다. 다른 여러 친구들이 그렇듯이, 세번도 키츠가 그녀를 매력적인 여자로 생각한다는 것을 알고 있었다. 하지만 대부분의 친구는 둘이 너무나 어울리지 않기 때문에 두 사람의 관계가 불행하다고 생각했다. 하지만 세번은 물론이고 다른 친구들이 모르는 사실이 있었다. 키츠와 패니는 결혼을 전제로 약혼을 한 상태였던 것이다.[9] 당시 패니의 어머니를 제외하고는 아무도 그것이 키츠에게 아주 파괴적인 영향을 미쳤음을 몰랐다.

슬프게도, 이 활기찬 여자는 민감하기 이를 데 없는 이 병든 시인의 가슴에 자기도 모르는 사이에 끝없는 희망, 애끊는 의심, 불길한 전조가 배인 파괴적 씨앗을 뿌려놓은 것이었다.

---

8) 키츠가 브라운에게 보낸 편지: 9월 28일자, 『Letters』 II, p.344~346
9) 키츠와 패니 브론의 약혼: 두 사람이 약혼을 비밀로 하려 했다는 것은 잘 알려져 있다. 그들은 처음에는 비밀 유지에 성공했다. 그러나 키츠가 영국을 떠난 뒤 그들에 대한 얘기가 널리 퍼지면서 많은 사람에게 알려지게 되었다. 「해슬람이 세번에게 보낸 편지」, KC I, p.173 참조.

2 시인의 연인, 패니

그녀는 전신 거울에 비친 자기 자신의 모습을 머리끝에서 발끝까지 유심히 쳐다보았다.[1] 먼저 갈색의 풍성한 머리결을 쳐다보았고, 이어서 맨살을 드러낸 어깨, 보기 좋게 볼록한 유방, 잘록한 허리, 길다란 치마에 감춰진 유연한 곡선의 엉덩이, 살짝 바닥에 쓸리는 주름진 치마단 등을 예리하게 살펴보았다. 그녀는 마침내 자신의 모습이 그런대로 만족스럽다고 생각했다. 하지만 벌써 천 번도 넘게 자신의 용모에 가벼운 실망을 느끼면서 적지 않이 뾰로통해지기도 했다.

이 젊은 여성은 신체적 아름다움을 돋보이게 하려고 온갖 드레스에 한껏 치장을 하고 정성스럽게 몸단장을 했다. 몸가짐, 걸음걸이, 매너 등 신체적 매력을 발산하기 위한 온갖 미묘한 기술도 동원했다. 몸을 돌릴 때마다 드러나는 하얀 어깨가 그리는 매력적인 곡선, 살짝 웃음 지으면서 순간적으로 치켜드는 턱, 남자들의 시선과 찬탄을 한몸에 끌어들이는 재기발랄한 언변 등이 그런 미묘한 기술이었다. 그러나 슬프게도 패니 브론은 실망했다. 열 여덟인 그녀는 결코 미인은 아니었다.

거울 속에 있는 여자는 뭔가 알고 싶다는 듯 크고 푸른 눈을 동그랗게 뜨면서 그녀를 뚫어져라 쳐다보았다. 생김새와 시원한 눈빛을 봐서 그 눈은 예쁘다고 말해도 좋을 것 같았다. 그러나 얼굴의 나머지 부분은 그 예쁜 인상을 손상하고 있었다. 길고 가늘면서 콧마루

---

1) 거울 앞의 패니: 그녀의 용모에 대한 묘사는 1829년의 실루엣, 1833년의 소형 초상화, 1850년경의 사진, 『Letters』 II, p.13에 나타난 키츠의 묘사, 이 네 가지 정보원을 종합한 것이다. 거울에 비친 자신의 모습에 대한 패니의 반응은 키츠가 편지 속에서 그녀에 대해서 언급한 내용과 이 책에서 전개된 그녀의 성격과 특징을 바탕으로 작성되었다. 그녀가 패션에 아주 관심이 많았다는 사실을 감안하여, 전신 거울을 가지고 있었거나 그것을 자주 사용했으리라고 짐작했다. 어쨌거나 그녀는 아버지 쪽으로 보 브뤼멜(Beau Brummel, 18세기에 살았던 영국 사람으로 유명한 멋쟁이─옮긴이)과 친척 관계였다.

중턱이 약간 각져 툭 튀어나온 코는 밋밋한 뺨의 표면을 더욱 강조했다. 갑갑할 정도로 작은 콧구멍은 그렇지 않아도 얇은 입술을 더욱 얇아 보이게 했다. 입술은 깊은 곡선을 이루고 있었으나 조금 튀어나온 아랫 입술이 윗 입술보다 더 도톰해 보였다. 턱은 동그란 편이었지만 전체적으로는 말상이라는 인상을 주었다. 얼굴 피부는 흠집은 없었으나, 음영이 너무 강해서 누르스름하다는 느낌을 주었다.

그녀는 마음에 들지 않는다는 듯 손사래를 치면서 거울에서 돌아섰다. 그녀는 아름답지 않았다. 그렇다고 예쁘다고도 할 수 없었다. 바로 말하자면 평범한 얼굴이었다. 하지만 그건 그리 중요하지 않았다. 남자들과 만나는 것은 아주 신나는 일이었다. 남자들, 특히 젊은 남자들은 속여 넘기기가 아주 쉬웠다. 빈번한 파티, 무도회, 군부대의 멋진 연회—인근에 군부대가 있어서 연회가 자주 열렸다—에서는 그녀를 가리켜 사랑스럽고 매력적인 여자라고 말하는 남자가 무척 많았다. 남자들이 자기를 수다스럽게 반짝거리는 미녀라고 '생각' 해주면, 그녀는 실제로 그런 미녀가 된 것처럼 기분이 좋았다. 그런 생각을 불러일으키려면 신체적인 것보다는 다른 부수적인 것들을 잘 통제해야 했다. 그녀는 '드레스, 매너, 몸가짐'[2]이 신체적 매력을 대신해줄 수 있다고 친구에게 말했다. 그녀는 친구에게 보낸 편지에서 "다른 도움이 없이도 아름답게 보이는 사람은 아주 대단한 미인이라고 할 수 있겠지. 하지만 상식이 조금이라도 있는 여자

---

2) FB-FK, p.92. 키츠 자신이 '매너와 몸가짐' 에 대한 패니의 관심을 증명하고 있다. 그는 편지에서 그녀의 '우아한' 몸가짐에 대하여 여러 번 언급했다. 『Letters』 II, p.13, 19, 40. 패니의 개인사를 알기 위해서는 리처드슨의 전기를 참조. 『Letters』 I, p.66~69 · KC I, xiv~liii · Adami, p.99~137에서 참조.

면 이런 것들은 손쉽게 획득할 수 있어"라고 말했다.

1818년의 늦 여름에 패니는 가족과 함께 집에서 살고 있었다. 가족은 과부인 어머니, 여동생 마가렛(당시 9세였던 그녀는 정말 미인이었다)과 열 네 살 된 남동생 샘이 있었다. 지난 몇 년 동안 브론 가족은 런던 북서부의 교외 지역에 있는 햄프스테드에서 이런 저런 집을 돌며 세를 들어 살아왔다. 이제 가을이 다가오자 그들은 다시 한번 이삿짐을 꾸려야 했다. 그들은 지난 여름 내내 햄프스테드의 웬트워스 플레이스라는 멋진 쌍둥이 집의 반쪽을 빌려서 살았다. 아담하게 설계된 그 쌍둥이 집은 2층으로 되어 있었고 아름다운 뒤뜰이 있었다(주방과 식당이 식료품실에 있는 것은 단점이었다). 다른 반쪽 집에는 찰스 딜크와 그의 예쁜 아내 마리아, 아들 찰리 일가가 살고 있었다. 그들은 다정하고 너그러워서 이웃해서 살기에는 그만이었다.

브론 가족이 이사를 나가던 날, 딜크 부부는 자기네 집에 자주 놀러왔으면 좋겠다고 웃으면서 말했다. 브론 가족이 새로 얻은 집인 엘름 코티지는 그리 멀리 떨어지지 않은 곳에 있었다. 코너만 돌아가면 바로 나오는 곳에 있었던 것이다. 딜크 일가는 패니와 어머니 그리고 아이들에게 마음이 내키면 주저하지 말고 놀러오라고 당부했다. 따뜻한 환영과 따끈한 차 한잔을 늘 준비해놓고 있을 터이니……

브론 가족이 세내어 살았던 웬트워스 플레이스의 한쪽 집 소유자는 찰스 브라운이었다. 브라운은 장사를 하여 큰 돈을 번 상인이었는데, 어느 정도 재산을 모으자 장사를 그만두었다. 문학적 기질이 강한 그는 즐겁고 재미있는 일을 하면서 한량으로 인생을 보낼 생각이었다. 그는 충분한 수입이 있었고 런던에서 문필업에 종사하는 친구들을 폭넓게 사귀고 있었다. 매해 여름 브라운은 자신의 집에 세를 놓고 장기 휴가를 떠났다. 이번 여름에 그는 젊은 시인 친구인 존 키츠와 함께 스코틀랜드의 고원을 돌아다녔다. 그는 9월 중순에 자기 집에 돌아올 예정이었으므로 여름 동안에 세들었던 브론 가족은 그때까지는 집을 비워줘야 했다.

웬트워스 플레이스에 세들어 살던 3개월 동안 브론 가족은 딜크 일가에게 키츠 얘기를 많이 들었다. 그들은 그를 잘 알았고 그를 좋아했으며 또 몹시 존경하고 있었다. 찰스 딜크는 편집자와 문학평론가로 활동하면서 동시에 작품도 썼다. 딜크는 키츠 얘기를 할 때마다 칭찬을 아끼지 않으면서 그에게서 곧 대작이 나올 것이라고 예측했다. 키츠는 겨우 스물 세 살이었지만, 두 번째 시집이 이미 시중의 서점에서 팔리고 있었다. 그해 4월에 출간된 시집은 「엔디미온」이라는 대서사시를 담은 시집이었는데, 그리스 신화의 아름다운 러브 스토리를 다룬 것이었다. 물론 이 대서사시를 담은 시집과 그보다 한 해 앞서 발간된 첫번째 시집은 좋은 내용도 많지만, 단점도 많다고 딜크는 말했다. 하지만 딜크는 그런 단점은 젊은이다운 과욕 또는 경험 부족에서 나온 소치일 뿐이라고 얼른 덧붙였다. 「엔디미온」에서 아주 두드러지는 한 가지 사실은 앞날의 성공에 대한 '예감'이었다. 이행연구(二行聯句:couplet)를 교묘하게 구사한 4천 행의 장시는 재능 있는 시인의 영혼을 보여줄 뿐 아니라 운율과 수사에서도 대가라고 할 만한 솜씨를 여기저기 발휘하고 있었다. 그의 펜에서 다음에는 과연 어떤 작품이 흘러나올까 하고 여러 사람들이 목이 빠지게 기다리고 있다는 것이 딜크의 설명이었다.

딜크의 말에 따르면, 키츠는 동생 톰과 함께 햄프스테드의 또 다른 동네 웰워크에서 어떤 사람의 집을 임대하여 살고 있었다. 그는 브라운이나 딜크를 찾아서 웬트워스 플레이스에 종종 들렀다. 딜크는 브론 가족을 젊은 키츠에게 소개할 날이 조만간 오리라고 말했다. 예술가적 성향이 풍부하면서도 더할 나위없이 다정하고 언변이 좋으며 유머가 풍부하고 자연스럽게 행동하는 사람이 키츠라는 설명이었다. 비록 마차 대여업자의 아들로 태어났지만, 그 섬세한 감정으로 미루어볼 때 진정한 신사임이 틀림없다는 칭찬도 딜크는 잊지 않았다.

10월말에 패니가 키츠를 처음 보던 날, 그녀는 딜크가의 거실에서 여러 사람과 함께 있었다. 그녀는 키츠에게 호기심을 느꼈으나 동시에 조금 실망하기도 했다. 키츠는 정말 호감이 가는 남자였고 재미있는 사람이었다. 윗 입술이 조금 튀어나와 다소 사나운 인상을 주기는 했지만 아주 잘생긴 남자였다. 대화를 시작하자 그의 날카로운 지성과 시적 분위기가 더없이 돋보였다. 하지만 그는 키가 너무 작았다! 딜크 씨는 그 점에 대해서는 말하지 않았던 것이다. 패니도 고작 5피트 3인치(160센티미터)밖에 안 되었지만, 시인이 내민 손을 잡고 악수를 하게 되었을 때 그녀는 그의 눈(시인답게 크고 빛나는 눈)을 보기 위해서 고개를 약간 수그려야 했다. 그녀는 여태껏 그토록 키가 작은 남자는 보질 못했다. 그래서 키작은 남자에게 적응하는 데는 한참 시간이 걸렸다.

그 다음 주와 다다음 주에 두 사람은 웬트워스 플레이스에서 여러 번 마주쳤고, 서로 다정한 인사를 나누었다. 패니는 키츠와 함께 있으면 있을수록 그의 키를 의식하지 않게 된다는 사실에 놀랐다. 키츠의 표정이 풍부한 얼굴과 단정한 몸가짐은 사람의 시선을 끌었고 그리하여 그는 실제보다 아주 커 보였다. "우리는 아는 친구의 집에서 서로 자주 만났어요."[3] 여러 해 뒤 아내이자 어머니가 된 패니가 회상했다. "그의 이야기는 아주 재미있었고 대화의 분위기도 아주 유쾌했어요. 하지만 동생 얘기를 할 때에는 낙담했지요."

동생 톰은 열 아홉이었는데 그해 내내 뚜렷한 이유도 알 수 없이 건강이 아주 나빴다. 가을에 그의 건강은 더욱 악화되었고, 웰워크의 비좁고 퀴퀴한 방에서 형 존의 극진한 간호를 받았다. 11월말이

3) 메드윈(Medwin)의 책 p.296에 나오는 패니의 편지. 이 편지의 세부사항을 참조하려면 이 책의 p.277을 볼 것.

되어 톰의 임종이 다가오자 존은 동생 곁을 거의 떠나지 않았다. 두 형제는 서로 꼭 껴안은 채 창문을 꼭 닫아놓고, 불을 피워 연기가 가득한 방에서 추위와 안개를 피하고 있었다.

12월 1일, 톰은 숨을 거두었다. 사인은 폐결핵이었다. 톰이 내뱉은 폐결핵 균은 아무도 의심하지 않는 가운데(당시 이 균은 의학계에 알려져 있지 않았다) 키츠의 폐 속으로 들어갔다. 균은 1년 동안 조용히 잠복해 있으면서 키츠를 공격할 때만을 노렸다.[4]

1818년 10월, 키츠는 패니 브론이 내민 손을 처음 잡던 그 순간부터 그가 보기에 사랑스러움의 화신 같은 이 여인에게 강한 매력을 느꼈다. 짧은 생애 동안 그는 친구의 여동생을 비롯하여 다른 여자들(개중에는 아주 싱그러운 아름다움을 자랑하는 여성도 있었다)을 많이 만나 보았다. 하지만 패니는 아름다울 뿐더러 남들과 아주 달랐다. 키츠는 그 남다름을 어떻게 표현해야 할지 알지 못했다. 하지만 그 남다름에는 사람을 애태우게 하는 요소가 있었다. 키츠와 함께 있을 때 그녀는 문자 그대로 언어와 행동에서 반짝거리는 재기를 뿜낼 때가 한두 번이 아니었다. 사교상의 그런 과장된 언동은 사려 깊고 정숙한 양갓집 규수에게서는 찾아볼 수 없는 것이었고, 키츠는

---

4) 폐결핵에 걸린 키츠: 키츠가 여러 달 동안 죽어가는 동생을 돌보다가 감염된 사실은 널리 받아들여지고 있다. Hale-White, p.37, 69, 73 그리고 Brock, p.6을 참조.

패니에게 그런 사실을 은근슬쩍 지적하기도 했다. 하지만 키츠의 지적은 아무런 효과가 없었다. 그녀는 아랑곳하지 않고 마음 내킬 때마다 재치 있는 말이나 몸짓을 보여 방안에 있는 남자들의 시선을 자신에게 집중시키는 행동을 계속했다.

톰의 장례식을 치른 지 열흘 정도 지난 12월 중순, 키츠는 미국에 있는 또 다른 동생 조지에게 일기 형식의 긴 편지를 보냈다. 조지는 아내와 아이를 데리고 미국에 이민을 가 있었다. 그 편지는 2주 이상에 걸쳐서 틈틈이 쓴 것이었다. 편지 속에는 이틀 간격으로 패니의 이름이 언급되어 있다. 조지는 의아해했을 것이다. 키츠는 처음으로 패니 브론의 이름을 언급하는 데서 그렇게 썼다. "여름 동안 브라운의 집을 빌린 브론 부인은 매우 자상하고, 그녀의 맏딸은 내가 보기에 아름답고 우아한 데다가 왈가닥이고 유행에 민감하고 좀 유별난 구석이 있는 것 같아. 우리는 가끔씩 말다툼을 벌이기도 해. 그러면 그녀의 태도가 좀 누그러지는데, 만약 나아지지 않으면 만나지 말아야겠어."(『Letters』 II, p.8)

이러한 글을 읽으면서 조지는 형이 그 여자를 아주 좋아한다는 것과, 그 때문에 좌절감과 당혹감을 느낀다는 것을 쉽게 파악했을 것이다. 조지는 재능이 뛰어난 형을 그토록 사로잡았다면 아주 특별한 여자일 거라고 생각했다. 그는 편지를 더 넘김에 따라 패니에 대한 얘기가 또 나오는 것을 보아도 예상했다는 듯 놀라지 않았다. 좀

더 길게 많은 것을 밝히고 있는 둘째 글은 이런 저런 잡담을 늘어놓다가 느닷없이 튀어나온 것이었다. 여기서 키츠는 얼굴이나 몸매보다는 그녀의 태도를 주로 언급했다. 그녀의 얼굴에 '감정'이 드러나지 않는다는 얘기는 칭찬으로 한 말이었으나 손과 발에 대한 이야기는 그의 개인적 기호(嗜好)를 말한 것이었다. 평균 키였던 조지는 키츠가 패니의 키에 대해 말한 것을 보고서 그녀가 형보다 조금 클 것이라고 짐작했다. 하긴 그녀는 키츠보다 컸다.

브론 양을 한번 묘사해보랴? 그녀는 조금 길다란 얼굴을 지닌 멋진 스타일의 여성으로서 나하고 키가 비슷하단다. 얼굴에는 아무런 감정도 나타나지 않아. 머리 모양은 단정하게 유지하고 있고, 콧구멍은 약간 작은 편이지만 그런대로 괜찮아. 입은 멋진 것 같기도 하고 그렇지 않은 것 같기도 해. 그녀는 정면에서 보는 것보다 옆모습이 더 멋있어. 앞에서 보면 얼굴이 창백해 보이고 광대뼈가 별로 보이지 않거든. 그녀의 몸매는 아주 우아하고 또 걸음걸이도 시원시원해. 팔은 아름답지만 손은 그저 그렇고 발은 봐줄 만해…….[5]

그는 편지를 계속 써나가면서 그녀의 나이를 잘못 알고 있음을 드러낸다(당시 그녀는 18세 생일을 1~2주 앞두고 있었다). 그리고 사람들 앞에서도 전혀 수줍음을 타지 않는 그녀의 성격에 대하여 불안

5) 『Letters』 II, 13. 패니가 키츠보다 1~2인치 더 크다는 것은 세번도 언급한 바 있다. "그녀는 키츠보다 좀더 컸습니다."(KC II, 130. 밀른스에게 보낸 1845년의 편지). 리처드슨(p.22)은 그녀가 '작다'고 했는데, 패니는 5. 3피트(160센티미터)였다. 키츠가 살던 당시, 그의 키에 대해 추측한 자료는 단 하나뿐인데 그의 키를 약 5. 1피트(155센티미터)로 보고 있다.

한 매혹을 느끼고 있음을 행간에서 드러낸다. 친구들에게 제멋대로 별명을 지어주는 그녀의 버릇은 그를 특히 괴롭히는 것이었다. 그런데 여기서 의아해지는 것은 키츠가 무슨 자격으로 마치 비난하듯 패니의 허물을 지적하느냐는 것이다.

그녀는 아직 열 일곱 살이 안 되었어. 하지만 무식하지. 사람들을 별명으로 부르면서 천방지축으로 날뛰는 모습은 기괴하기까지 해. 그래서 나는 최근에 그녀에게 본의 아니게 밍크스(왈가닥)라는 별명을 붙여주게 되었지. 하지만 천성이 그렇다기보다는 남들 앞에서 멋지게 행동하려는 의욕이 너무 지나쳐서 그러는 것 같아. 하지만 받아주기가 너무 피곤해서 더 이상은 참아주지 못할 것 같아.

키츠는 편지 속에서 패니의 버릇없는(키츠가 보기에) 행동을 두 번씩이나 불평하면서 이런 여자와는 더 이상 교제하지 않겠다는 협박과 함께 끝을 맺고 있다. 비록 왜 그런지는 구체적으로 밝히고 있지 않지만 그는 패니의 행동에 강한 반감('무식해' '기괴하기까지 해' '날뛰는 모습')을 표현하고 있다. 키츠가 보기에 그녀는 아주 고집이 센 여자이다. 경박한 의견과 농담으로 사람들의 대화에 불쑥 끼어들고, 썰렁해서 환영받지도 못하는 위트(機智)를 구사하려 들며, 한자리에서 오래 대화하는 법이 없고, 잠시라도 반성의 시간을 가지는 법이 없다. 키츠 본인이 고백한 바같이, 그런 행동은 피곤하기 짝이 없는 것이었다. 멀리 미국에 떨어져 있는 조지는 그 여자의 소식을 좀더 듣고 싶었을 것이다. 형과 그 여자 사이의 작은 드라마가 어떻게 결말이 났는지 궁금했을 것이다. 자부심이 강하고 야심만만한 형이 이제 무릎을 꿇고 불가피한 자연 현상의 희생자가 되려는 것일까? 동생 조지는 형이 독신의 필요성을 강조하는 말을 여러 번 들었다. 형은 예술가가 가치 있는 대작을 써내려면 독신으로 살아야 한다고 거듭 강조했던 것이다!

하지만 형의 소식에 관심이 많았던 조지는 패니 얘기를 더 이상 듣지 못했다. 그 편지에서뿐 아니라 그후에도 오랫동안 듣지 못하게 된다. 1819년 2월에 시작하여 두 달 이상 쓴 또 다른 일기 형식의 편지에서 존 키츠는 패니 이야기를 한 줄로 짤막하게 언급할 뿐이다. 2월 중순경의 일기에서 불쑥 그녀 얘기가 나온다. 둘 사이에 달라진 것은 별로 없고 키츠가 여전히 그녀를 밍크스로 보고 있음을 짐작할 수 있다. "브론 양과 나는 가끔씩 말다툼을 벌여." 그후 동생이나 다른 어떤 사람에게 보낸 편지에서도 매력적인 패니에 대한 언급은 나오지 않는다.

이 당시 시인으로서 살아갈 생애를 진지하게 고려하고 있던 키츠는 하루 여덟 시간 이상 책상 앞에 앉아서 글을 읽거나 썼다. 그리고 1819년 초반에 이르러 그의 연구 대상은 셰익스피어로 좁혀졌다. 따라서 키츠가 셰익스피어의 많이 알려지지 않은 한 희곡에서 매혹적인 패니와 똑같은 여성을 발견한 것은 그리 놀라운 일도 아니다. 키츠는 셰익스피어가 쓴 희곡 작품 속의 여성과 현실 속의 여자, 그 두 여자의 유사성을 점점 더 뼈저리게 인식하게 된다. 키츠는 몇 달 뒤 그녀에게 보내는 짧은 편지에서 이렇게 썼다. "당신을 알게 된 후 내가 겪는 가장 큰 고통은 당신이 크레시드와 약간 닮은 것이 아닌가 하는 우려입니다."(『Letters』 II, p.256) 크레시드는 셰익스피어의 희곡 「트로일러스와 크레시다」에 나오는 고집 세고 제멋대로이며 수치심도 없는 바람둥이 여자 크레시다를 가리키는 것이었다.

패니는 문학에 취미가 별로 없었다. 그녀는 바이런의 매력적인 시 한두 편을 제외하고는 시에는 별로 끌리지 않는다고 고백하기까지 했다. 따라서 패니는 희곡 속의 여주인공을 그녀에게 노골적으로 비유하는 키츠의 언급을 이해했을 수도 있고 못했을 수도 있다. 만약 이해하지 못했다면 그녀는 곧바로 남들에게 물어보았을 것이고, 기분이 나빠졌을지도 모른다. 하지만 그녀는 키츠가 던진 은근한 비난을 재미있는 농담 정도로 생각하고 대수롭지 않게 넘어갔을 수도 있다. 아름다우면서 재치있고 교활하면서도 교태가 넘치는 크레시다는 성적 뉘앙스를 물씬 풍기는 남녀 관계를 이야기할 때 자주 발견되는 여성적 변덕의 전형이면서 상징이다.

희곡 속에서는 크레시다가 여러 명의 남자와 시시덕거리다가 그들 모두에게 차례로 키스하는 것을 허용하는 결정적인 장면이 나온다. "네가 싫어!" 마침내 남자들 중 하나가 혐오감을 느끼며 말했다.

> 그녀의 눈, 뺨, 입술에는 언어가 있네.
> 아니, 그녀의 발도 말을 하네. 그녀의 관절과 사지,
> 그 모든 곳에서 방종한 분위기가 어른거리네.
> 아, 저 재치 있는 언변으로 다가오는 모습이여,
> 다가서기도 전에 어서 오라고 남자들을 재촉하네.
> (『트로일러스와 크레시다』 IV, p.5, 54~59도 참조)

패니는 젊은 여자였지만 눈, 입술, 가느다란 허리가 교묘하게 암시하는 언어를 잘 알고 있었다. 또 재치 있는 언변을 토해내는 혀의 매력도 알고 있었다. 우리는 그녀와 키츠 사이에서 거듭되는 '말다툼'의 원인이 무엇인지, 키츠가 말한 '고통'이 무엇인지 충분히 짐작할 수 있다. 그는 다시는 패니와 상종하지 않겠다고 맹세하지만 그녀를 깨끗하게 잊어버리거나 무시해버리기는 불가능했다. 그때 운명이 과감하게 개입하여 그 둘이 한 지붕 아래에서 머물러야 하는 상황을 연출했다.

12월 7일에 톰의 장례식을 치르고 며칠 지나지 않아서 키츠는 웰

워크의 집을 떠나 찰스 브라운의 동거인으로 웬트워스 플레이스에 거주하게 되었다. 이사는 성실하고 인정 많은 브라운이 권한 것이었는데(물론 키츠는 현 시세대로 거주 비용을 내기로 했다), 아주 잘된 일이었다. 죽은 톰의 추억이 서려 있는 그 적적한 옛집에 그대로 머물러 있는 것보다 그편이 한결 나았던 것이다. 브라운의 집은 비록 크지는 않지만 시설이 잘 되어 있었고 두 사람 다 각자 침실과 거실이 있었다. 출입문도 별도로 달려 있었다.

패니는 걸어서 몇 분 거리에 있는 엘름 코티지에 가족과 함께 살고 있었으므로 키츠의 이사로 인해 둘은 매일 접촉할 수 있게 되었다. 그러다가 4월 3일에 브론 가족은 장기 임대계약을 맺어 웬트워스 플레이스에 다시 들어오게 되었다. 딜크 가족이 도시에 거주지를 정하면서 비워놓은 그 한쪽 집을 브론 가족이 다시 차지했던 것이다.[6] 이사는 브론 부인이 결정한 것이었다. 당시 부인은 자신의 딸과 브라운의 집에서 기식하는 시인 사이에 특별한 애정 관계가 형성되어 있는지는 까맣게 몰랐다.

당시 키츠는 진지한 시(가령 많은 칭송을 받은 「히페리온」)을 제작하느라 산통을 겪고 있었지만, 곧 패니에 대한 환상을 시로 적느라고 작업이 중단되곤 했다. 이때 그가 쓴 패니 시편들은 별로 영감이 샘솟지 않은 것이었으며, 그녀의 육체적 매력을 노골적으로 노래한 산만한 작품들이다.[7] 가령 어떤 소네트(sonnet)는 '달콤한 목소리,

6) 키츠와 패니의 웬트워스 플레이스로의 이사: KC II, p.64~65 · Richardson, p.11~12.
7) 패니 시편: 「패니에게 바치는 오드」(이 책 p.143을 참조) 한 편을 제외하고 키츠가 패니에 관해 쓴 시들은 정확한 날짜를 밝혀내기가 불가능하다. 나는 키츠가 그 시들을 그들의 우정이 무르익던 초기에 썼으리라고 판단한다. 소네트 「밝은 별」은 특히 이 시기에 해당된다. 이 시는 일반적으로 알려진 것처럼 키츠가 로마로 가기 위해 영국을 떠날 때 작성된 것이 결코 아니다. 현재 지나치게 과대평가받고 있는 「밝은 별」은 재능은 보이지만 '아주' 어리고 경험 없는 시인의 작품이다. 이 작품은 낭만주의적 감수성을 뽐내는 저 기묘한 기상

부드러운 손, 더 부드러운 가슴'을 열거하면서 '밝은 눈, 우아한 몸
매, 가느다란 허리!'를 노래하고 있다. 좀더 알려진 또 다른 소네트
「밝은 별」은 그들이 함께 보낸 친밀한 순간들을 회상하면서 이 세상
의 모든 고통을 피할 수 있게 해달라는 청년다운 방종을 노래하고
있다.

> 내 아름다운 사랑의 풍성한 가슴에 머리를 기대고
> 그 부드러운 오르내림을 영원히 느껴보았으면.
> 달콤한 불안 속에 잠이 깨어
> 그녀의 조심스러운 숨소리를 들어보았으면.
> 그렇게 영원히 살고지고―아니면 혼절하여 죽음을.

패니를 노래한 또 다른 시는 키츠가 4월초 그녀를 만난 직후에 쓴
것이다. 약간 길고 좀더 미묘한 내용을 담고 있는 이 시에서 키츠는
그녀와 사랑에 빠진 자신은 시적 상상력을 모두 빼앗긴 죄수나 다름
없다며 짐짓 불평한다.

그는 눈에서 '기억'을 제거하려면 어떻게 해야 하느냐고 구슬프
게 호소한다. 그런데 그의 눈은 바로 한 시간 전만 해도 저 재기발랄
한 패니에게 고정되어 있었던 것이다.

(綺想)의 소산이다. 사랑에 빠진 남자가 복받치는 감정에 못이겨 울음을 터
뜨리거나 아름다운 여성을 보고 기절해버리는 따위가 그 같은 기상의 구체적
사례이다. 「밝은 별」 속의 애인이 자꾸 기절을 하려는 경향은 셸리의 「인디언
세레나데」에 나오는 몸을 떠는 젊은 남자의 경우와 비슷하다. 그 남자는 사랑
하는 여자의 창문 바깥에서 혼절하기 일보직전이다.

> 오 나를 이 풀 위에서 들어올려 주오!
> 나는 죽음, 나는 혼절, 나는 실패!
> 그대의 사랑이 내게 키스의 비를 퍼부어 주기를.

촉감은 기억을 품고 있다. 오 사랑이여, 말하라,
그것을 죽여버리고 옛적의 내 자유를 되찾으려면
어떻게 해야겠느냐?
내가 바라보는 모든 아름다운 이들은
그 아름다움으로 나를 절반쯤 덫에 빠뜨리느니.
나에게서 자유를 빼앗아가느니.
비록 보잘것없고 얼룩덜룩한 것이긴 하나
나의 뮤즈가 날개를 갖고 있었을 때…….

하지만 그것은 반쯤만 불평이었다. 그는 그들이 함께 만났던 순간의 생생한 기억을 다시 음미하면서 시를 끝마치고 있기 때문이다.

오, 다시 한번 저 아름다운 가슴에
내 영혼을 쉬게 해주소서!
다시 한번 나의 이 두 손이 그대의 허리를
부드럽게 휘어잡는 간수가 되게 하소서!
내 머리카락 여기저기에 환희를 불어넣는
그 숨결을 다시 한번 느끼게 하소서

그때까지 산만한 연애시를 쓰던 그가 4월이 끝나갈 무렵에는 갑

내 입술에, 내 창백한 눈꺼풀에…….

키츠 또한 「성 아그네스 전야(The Eve of St.Agnes)」에서 셸리와 비슷한 경향을 보이고 있다. 벽장 속에 숨은 프로피로가 기도를 올리는 사랑스런 매들린을 보고서 '기절을 하려고' 하는 것이나, 「라미아」에서 신비스러운 여인과 헤어지기 직전의 리시우스가 갑자기 '기절을 하면서 사랑을 중얼거리고 고통으로 얼굴이 창백해지는 것' 등이 그러하다. 당시 수백 명의 시인들이 이런 낭만주의적 유치함을 구사했으나 이의를 제기하는 사람은 별로 없었다. 만약 키츠가 장수하여 이 초기의 시를 읽었더라면 스스로도 박장대소를 했을 것이다.

자기 새로운 차원의 영감을 획득했다. 그때부터 쓴 시편들은 그가 전에 썼던 모든 시편을 능가하게 된다. 그의 연륜, 그의 지식과 경험, 그가 그때까지 보여주었던 기술적 역량을 일거에 초월하는 시들을 써내게 된 것이다. 키츠는 한 편의 발라드와 세 편의 오드를 연달아서 써냈는데, 이 시들은 오래전부터 서정시의 최고봉이라는 평가를 받아오고 있다. 이 네 편은 정도의 차이는 있지만 모두 패니에 대한 열렬한 사랑에서 영감을 받은 것이다.

이 당시 키츠를 사로잡은 놀라운 변화는 이미 지난 1월에 「성 아그네스의 전야(The Eve of St. Agnes)」를 쓰면서부터 나타나기 시작했다(이 시는 패니의 영향 아래에서 쓰여지지는 않았지만, 그의 마음이 그녀에 대한 이미지로 가득차 있을 때 제작되었다). 간단한 러브 스토리를 이야기하고 있는 이 긴 담시(譚詩)는 어떤 생각이나 행동을 딱히 제시하지는 않지만, 그 적절한 묘사는 많은 독자들의 심금을 울렸다. 몇 주 뒤 「아름답고 무정한 여인(La Belle Dame Sans Merci)」이라는 발라드가 발표되었다. 이 시는 숲 속에서 만난 아름답고 신비스러운 여인(다시 패니의 영향이 엿보인다)에게 사로잡힌 어떤 기사(騎士)를 노래하고 있다. 그리고 그 직후 3대 오드(賦) 중의 하나인 「고옹부(古甕賦: On a Grecian Urn)」가 나왔고, 이어 며칠 간격을 두고 「야앵부(夜鶯賦: To a Nightingale)」와 「우울부(憂鬱賦: On Melancholy)」가 나왔다. 이 시편은 모두 5월말까지 제작이

'이 살아 있는 손'으로 시작하는 소품은 많은 사람이 패니와 관련이 있는 것으로 생각해왔다. 하지만 나는 그것이 전혀 근거가 없거니와, 사실 이 시는 어떤 계획된 작업의 일부분이라고 판단한다. 만약 키츠가 그토록 어린 나이에 죽지 않았다면 아무도 이 시행을 패니와 연결지어 생각하지 않았을 것이다. 패니가 키츠의 시예술, 가령 「라미아(Lamia)」 「성 마르크의 전야(The Eve of St.Mark)」 「히페리온(Hyperion)」의 일부분 등에 패니가 미친 은밀한 영향을 추적하는 비평적 작업은 나의 관심사가 아니다. 물론 이러한 추적은 시인의 반응과 방법론을 탐구하는 흥미로운 작업이다. 그러나 종종 너무나 막연한 것으로 끝나고 마는 결과는 구체성이 턱없이 부족하여 지금의 목적에 알맞지 않

완료되었다.

모든 위대한 예술이 그러하듯, 이 위대한 3대 오드(고웅부, 야앵부, 우울부)는 다양하면서도, 때로는 상충되는 비평적 해석을 낳았다. 물론 이 시편들은 그런 해석을 낳을 만하다. 인생의 미묘하게 뒤얽힌 여러 양상을 동시다발적으로 드러내기 위해서 천재 시인은 특별한 재능을 발휘하여 많은 것을 한번에 말해야 하는 것이다. 그러나 3대 오드의 심오한 의미를 추적하면서 비평가들은 그 시편의 진정한 의미와 당초의 영감을 간과하는 경향이 있다. 이 3대 오드는 인생의 덧없음과 짧음, 인생의 종말이 가까워짐을 탄식하는, 마음속 깊은 심연에서 숨죽인 울부짖음이다. 사랑이 무엇인지 새로이 알게 된 연인(키츠)은 자신과 그가 사랑하는 여인이 언젠가는 죽게 될 것이라는 저 번민스러운 사유(思惟)를 놓고 고민하고, 절망하며, 몸부림치고 있다. 그는 잠시 죽음을 피하는 대안을 사색한다. 그것은 예술에서 발견되는 영원(「고웅부」)일 수도 있고, 날짐승에게서 발견되는 개성의 부재(「야앵부」)일 수도 있다. 하지만 정적이거나 생명이 없는 그런 대안은 아무 소용에 닿지 않는다(「우울부」). 인간이 애당초 죽어야 할 운명이라면 인생의 현란한 복잡성, 그 자유, 그 느낌의 들판을 마음껏 소유하는 것이 훨씬 더 낫다는 것이다.

그러나 비극적이게도 3대 오드를 쓰고 난 후에 키츠에게는 겨우 8개월의 시창작 기간이 주어졌을 뿐이다. 그리고 그 다음에 병마가

다. 사실을 터놓고 말하자면 키츠가 패니를 만난 후에 제작한 시들은 이런 저런 경로로 그녀에 대한 감정과 잇닿아 있다. 이것은 결코 무리한 주장이 아니다. 가령 「오토(Otho)」나 「모자와 종들(Cap and Bells)」 같은 실패작에서도 그 영향을 읽을 수 있는 것이다.

덮쳐와 1년 동안 처절하게 투병하다가 숨을 거두었던 것이다. 그는 그 8개월 동안 멋진 영감의 파도를 그대로 타고 나아가, 멋지고 세련되고 상상력이 넘치는 시를 많이 썼고 사후의 명성을 확보했다. 하지만 3대 오드가 획득한 그 아득한 높이를 다시는 정복하지 못했다. 그후 키츠와 패니 사이에 무슨 일이 벌어졌든 간에 패니가 3대 오드에 영감을 주었다는 사실은 반드시 기억되어야 한다. 1819년 봄 새롭게 고동치고 있던 패니에 대한 사랑은 키츠가 그토록 갈망했지만 결국에는 얻지 못했다고 생각한 것을 키츠에게 주었다. 그것은 문학적 영원불멸이었다.

✿

와이트 섬의 작은 어촌인 샹클린(Shanklin)의 해안가 오두막에서 키츠는 책상 앞에 앉아 패니에게 편지를 썼다.[8] 때는 1819년 7월 1일 아침, 그는 갓 이틀 전에 이곳에 도착했다. 이제 진지하게 창작 작업에 돌입한 그는 런던의 번잡함—패니도 한 이유였다—에서 멀리 떨어져 있어야 했다. 게다가 그곳은 몇 달 동안 싼 값으로 지내기에 적당한 곳이었다. 샹클린 하이스트리트의 조용한 구석에 자리잡은 그의 오두막은 한쪽으로는 부드럽게 펼쳐진 언덕들이 잘 보였고, 다른 쪽으로는 쉴새없이 뒤척이는 바다가 보였다. 애인 생각으로 마

---

8) 샹클린에 간 키츠: 체류 초기에 오두막에 함께 머문 사람은 친구 제임스 라이스였으나 이 책에서는 언급하지 않았다. 라이스와 키츠는 얼마 함께 있지 않았으며, 함께 있는 동안에도 라이스는 키츠의 일과에 그다지 깊숙이 개입하지 않았다.(『Letters』 II, p.127)

음이 무거웠던 그도 '이 아름다운 해안에서는 한 마리 숫사슴처럼 자유롭게 뛰어놀며'(『Letters』II, p.123) 즐기고 있다고 썼다.

그는 이번 여행길에서 아주 진지한 계획을 세웠다. 그는 빡빡하다고는 할 수 없어도 충실한 집필 계획을 세워놓고 있었다. 이미 써놓은 것을 단행본으로 출판하기 위하여 마지막 손질을 하는 것 외에도, 실제로 이룰 수 있는 것보다 더 많은 것을 계획했다. 과도하게 계획을 세우는 것은 그의 버릇이기도 했다. 새로 구상하는 작품은 그동안 그가 쭉 실험해왔던 장편 담시(譚詩)였다. 그는 담시 형태가 일반 대중에게 더 호소력이 있으리라고 생각하였고, 「라미아」라는 담시에서 신비한 악마 같은 여자를 다채롭게 묘사해보려고 했다(이 시에서도 패니는 베일에 가려진 채 그 모습을 드러낸다).

또 다른 계획은 찰스 브라운과 협력하여 희곡 한 편을 완성하는 것이었는데, 이미 착수를 한 상태였다. 두 사람은 멋진 희곡을 써서 드러리 레인을 주름잡는 위대한 배우 에드먼드 킨의 관심을 끌어볼 생각이었다. 사실 몇 년 전에 브라운이 쓴 희곡이 드러리 레인에서 자그마한 성공을 거두어서 문은 열려 있었다. 브라운도 몇 주 내에 생클린으로 내려올 예정이었다. 한 방에서 함께 작업하면서 두 사람은 약 한 달에 걸쳐서 5막짜리 희곡을 완성하기로 계획을 세웠다.

7월 1일 아침에 키츠가 패니에게 쓴 편지는 이틀만에 두 번째로 쓰는 것이었다. 첫번째 편지는 보내기가 좀 망설여지는 것이었다. 키츠 본인의 설명대로 그것은 너무 과열된 상태에서 쓴 것으로서 '현실에서는 도저히 생각해볼 수 없는 불가능한 광상(狂想), 나중에 가서는 반드시 비웃어버리게 되는 광상'(『Letters』II, p.122)을 표현 해놓았기 때문이다. 그러나 두 번째 편지에서도 그는 그 같은 광상 에 빠지고 말았다. 키츠는 패니가 그의 마음을 완전히 사로잡아 그 의 자유를 파괴해버린 것은 너무나 잔인한 일이라고 선언했다.

　당신은 즉시 보내줄 회신에서 이런 나를 위로해주겠다고 말해주 세요. 양귀비 열매처럼 나를 도취하게 하는 그런 위로를. 나에게 가 장 부드러운 말을 적어주어요. 그리고 그 말에 키스해주세요. 당신의 입술이 놓였던 그 자리에 내가 키스할 수 있도록. 당신처럼 아름다운 여인에 대한 나의 헌신을 어떻게 표현해야 할지 나로서는 모르겠어 요. 나는 평소보다 더 부드럽고 예전보다 더 아름다운 말을 원하고 있어요. 나는 우리 두 사람이 여름날 나비가 되어 딱 사흘 동안만 살 았으면 좋겠어요. 당신과 그렇게 함께 보낸 사흘은 평범한 50년보다 더 많은 기쁨을 나에게 가져다줄 겁니다.(『Letters』II, p.123, 다음 두 인용문도 같은 책)

하지만 즐거운 분위기는 갑자기 바뀌어, 키츠는 패니가 자기와는 생각이 다르다는 저 오래된 공포를 또다시 음울하게 고백하고 있다. 그는 패니의 사랑만 있으면 자신의 행복은 완벽하게 성취될 수 있다고 선언한다. 그러나 "나는 당신의 마음을 온전히 차지할 수 없을 것 같아요. 만약 당신이 이 사랑에 대하여 나와 생각이 같다면, 내일 당장이라도 당신을 만나서 또다시 포옹하고 싶은 내 마음을 억누르지 못할 거예요. 하지만 아니에요. 나는 희망과 우연에 기대어 살아갈 수밖에 없어요."

그의 두려움은 점점 커져갔고, 심지어 그녀를 영원히 잃어버릴지 모른다는 생각마저 하게 되었다. 특정한 남자를 염두에 두고 있지도 않으면서 그는 음울하게 말했다. "최악의 경우가 발생해도 나는 여전히 당신을 사랑할 거예요. 하지만 나는 그 사람에게 아주 강렬한 증오심을 품게 되겠지요!" 그는 금방 읽다 만 매신저(1583~1639, 영국의 극작가—옮긴이)의 희곡에 나오는 대사 몇 줄을 아픈 마음으로 인용했다. 그는 그 희곡을 연구하던 중이었는데, 여주인공의 이름이 패니와 비슷하여, 더욱 더 그의 귀에 낭랑하게 울려왔다(패니의 본명은 프란세스이고 희곡 속의 여주인공 이름은 프란체스카이다—옮긴이).

내 눈보다 더 소중하게 생각하는 저 눈이
다른 남자에게 호감의 눈길을 보내는 것—

불멸의 넥타가 샘솟는 저 부드러운 입술이
나 아닌 다른 남자에게 부드럽게 키스를 받는 것―
프란체스카, 생각해보아요, 그것이 얼마나 잔인한 일인지
아, 그것은 말로 다하지 못할 고통.

당시 패니는 이 키작은 시인에 대하여 아직 마음을 결정하지 못했던 듯하다. 물론 그에게 격려를 해주고 그에게 매력을 느끼기도 했지만, 그녀의 마음은 자유로운 상태였다. 그녀는 아직도 남자에 대해서 배우고 있는 열 여덟 어린 소녀였고, 열정적이지만 다소 불안정한 이 시인은 그녀가 감당하기 버거울 정도로 너무 빨리, 너무 맹렬하게 움직이고 있었다. 이태 뒤에 키츠가 이탈리아로 떠날 때까지, 너무 급하게 선택을 강요당하고 있다는 패니의 불안감이 그들의 관계에 미묘하게 작용했다. 민감한 키츠에게는 너무나 안된 일이지만, 패니는 전혀 엉뚱한 방법, 즉 자신의 본능에 따라 움직이는 방법을 취하면서 불안감을 해소해나갔다.

패니는 두 사람의 관계를 좀 천천히 진행시키고 싶다는 자신의 느낌을 솔직하게 털어놓지 않았다. 대신 자신의 의사를 자유로운 행동으로 표현하면서 천방지축, 크레시다 식으로 움직였다. 딱 한 번 그녀는, 결혼할 때까지 '몇 년 더 기다리는 것이 나쁘지는 않을 것'[9] 이라고 완곡하게 말한 적이 있었다. 앞으로 살펴보게 되겠지만 키츠

9) 『Letters』 II. p.304. 키츠가 자신의 편지에서 패니가 했다고 밝힌 말이다.
키츠는 어쩌다가 그런 말이 나왔는지는 밝히지 않았다.

는 그 말의 뜻을 완전히 놓치고 말았다. 그는 비록 문학적 천재이기는 했지만 여인의 뉘앙스와 암시를 포착하는 데서는 사랑에 빠진 여느 젊은이와 별반 다를 것이 없었다.

그는 자꾸만 엉뚱하게 허방다리를 짚었다. 그녀를 아름답다고 치켜세우는 것이 그것이었는데, 패니는 그런 칭찬을 성가셔하기 시작했다. 마치 그녀가 당대의 최고 미인인 것처럼 말하는 것은 키츠의 단골 메뉴였다. 그녀는 자신이 그런 미인이 아님을 알고 있었기 때문에 제발 그런 식으로 말하지 말아달라고 두 번 정도 요청하기까지 했다. 약간 머쓱해진 그는 자기 자신을 절제하려고 노력했지만 완전하게는 하지 못했다. 그리하여 일주일 뒤 생클린에서 쓴 두 번째 편지에서는 미련스럽게도 또다시 그 허방다리로 되돌아가고 말았다.

키츠는 그 편지에서 사랑에 빠진 남자라기보다는 창작에 몰입한 무아지경의 시인—무아지경의 '젊은' 시인—의 입장에서 글을 써내려갔다. 그는 패니에게 그녀를 사랑하게 된 것은 그녀의 아름다움 '때문'이었다고 썼다. "왜 내가 당신의 '아름다움'에 대해 이야기하면 안 된다는 것입니까." (『Letters』 II, p.127. 이어지는 인용문도 같은 책) 그는 그러한 발언이 상대방에 미치는 여파를 전혀 알지 못한 채로 써내려갔다. "만약 그것이 없었다면 나는 절대로 당신을 사랑할 수 없었을 겁니다. '아름다움'이 아니었더라면 내가 당신에 대해 품고 있는 이 사랑은 시작조차 되지 않았을 겁니다."

키츠는 그녀의 얼굴과 몸매를 '아름다움'이라고 강조했다. 그리고 그의 사랑은 그 아름다움에서 '내 마음을 사로잡는 사랑의 풍성함, 꽃핌, 완벽한 형태, 끝없는 매혹' 등을 얻는다고 말했다. 그는 정서적 느낌에서 시작되는 사랑도 좋겠지만, 자신은 그런 사랑을 믿지 않는다고 선언했다. 그것은 젊은 남자가 내놓기에는 좀 거북한 고백이었다. 정말 아름다운 미인조차도 그런 덧없는 매력에 의존하는 사랑에 대해서는 분개했을 것이다. 나아가 과연 그런 사랑이 진실한 사랑일까 하고 의심까지 했을 것이다.

설상가상으로, 두 번째 편지를 읽어내려가던 패니는 그녀의 열렬한 구애자가 자기모순을 저지르고 있음을 발견했다. 키츠는 패니에게 적용했던 사랑의 기준과는 정반대되는 기준을 자기에게 적용하고 있었다. 그는 그의 문학적 명성이 그녀의 마음을 사로잡는 이유가 되어서는 절대로 안 된다고 강조했다. 그는 아무 생각 없이 이렇게 썼다. "내가 당신을 더욱 사랑하게 되는 것은 당신이 있는 그대로의 나를 사랑한다고 믿기 때문입니다. 사실 나는 시와 결혼하고 소설에 마음을 뺏긴 여자를 여러 명 만난 적이 있습니다."[10] 영리한 소녀인 패니는 키츠가 한 발언의 모순을 금방 꿰뚫어보았다. 오로지 아름다움 때문에 패니를 사랑한다면서, 패니가 키츠를 문학적 명성 때문에 사랑하면 안 된다는 것은 모순이다. 아름다움이든 문학적 명성이든 어떤 사람을 특정한 일부분 때문에 사랑하는 것은 어느 경우

---

10) 『Letters』 II. p.127. 이 문장은 패니의 아름다움 때문에 그녀를 사랑하게 되었다는 문장에서 일곱 줄 아래 나온다. 자기 자신을 위해서는 순수한 사랑을 원하고, 패니에게는 약간 희석된 사랑을 주겠다는 모순은 너무나 명백하여 이미 지적된 바 있다. 키츠는 현실의 어떤 측면에 대해서는 아주 어두운 구석이 있었는데, 이 부분처럼 그러한 무지가 잘 드러나는 부분도 없다 할 것이다.

에나 마땅치 않은 것이었다. 그러나 패니는 키츠의 젊은이다운 실수를 아무 말도 하지 않고 흘려보냈다. 이런 사실은 그녀가 현실적인 면에서는 키츠보다 좀더 원숙했다는 것과, 키츠가 생각한 것 이상으로 그녀가 키츠를 좋아했음을 보여준다.

샘클린에 머무는 동안 키츠는 거의 일주일에 한 번 꼴로 패니에게 편지를 썼고, 그녀 역시 재빨리 답장을 보냈다. 그녀가 보낸 많은 편지 중에서 전해지는 것은 하나도 없다. 하지만 키츠의 편지 속에 산발적으로 나타나는 내용과 논평은 배경에 잔잔히 깔려 있는 그녀의 목소리를 읽게 해준다. 키츠가 패니에게 보낸 편지들만 면밀히 읽어보아도 그후 3개월 동안 벌어진 사랑의 경로를 아주 세밀하게 추적할 수 있다. 그리고 3개월 후인 10월의 어느 날, 두 사람은 공식적으로 약혼을 하게 된다. 그것은 패니의 어머니와 키츠의 친지 모두에게 놀라운 일이었으며, 동시에 불안을 안겨주는 일이기도 하였다. 그들은 두 사람 사이에는 근본적으로 양립할 수 없는 어떤 것이 가로 놓여 있다고 보았다.

그것은 아주 기이한 러브 스토리였다. 키츠가 생각하기에 거의 압도적인 느낌으로 진행되다가, 또 키츠 자신에 의해서 의도적으로 견제되고 억제되다가, 우연한 만남으로 다시 불이 붙는 그런 식이었다. 둘 사이에 어떤 일이 벌어졌는지, 모든 세부사항을 알기는 어렵다. 다만 부분적으로만 복구할 수 있을 뿐이다. 만년의 패니가 자신이 받은 키츠의 편지들 중 가장 중요하다고 생각되는 몇 통을 없애 버렸기 때문에 공백은 더 크게 남게 되었다. 키츠의 연애편지는 총 39통이 전해지고 있는데, 그것은 45년 동안 패니가 잘 간직한 덕분이었다. 왜 그녀는 편지들을 그토록 오랫동안 보관했을까? 물론 그것은 비극적 첫사랑 또는 잃어버린 청춘의 기념물이기 때문이었을 것이다. 하지만 그녀가 자신의 자녀들에게 말한 것처럼, 그 편지들이 언젠가는 '가치 있는 것'[11]이 되리라는 예상 때문이기도 하였다.

패니에게는 냉담하고 초연한 구석이 있었다. 그리하여 아주 진실하고 동정심을 유발하는 열광에 직면했을 때에도 응답을 늦추면서 적당한 거리를 유지하려 했다. 키츠는 그녀의 초연한 성품을 금방 알아보았다. 하지만 그는 또 제멋대로 해석을 내렸다. 그녀가 과도한 감상주의의 태도에서 완전히 떠나 있는 것이라며 칭송을 보낸 것이다. 당시는 낭만주의 시대여서, 남녀 가릴 것 없이 강렬한 감정의 영향 아래서 감상적으로 되는 것이 하나의 유행이었다. 키츠는 잘 알지도 못하면서 동생 조지에게 "그녀의 얼굴에는 감정이 드러나지 않는다"(『Letters』 II, p.13)라고 말했다. 패니는 편지 친구에게 이렇게 털어놓은 적도 있었다. "나는 당신의 감정에 대해서는 아무런 동

11) 이 문구는 패니의 아들 허버트에 대한 권위자인 포먼(Forman)의 서문에 인용되어 있다.

정도 느끼지 않습니다. 나에게 감정 따위는 없으니까요."(FB-FK, p.51) 여름이 흘러가고 웬트워스 플레이스와 생클린 오두막 사이에서 편지가 오고가면서 키츠는 다른 무엇을 눈치채기 시작했다.

상대가 처음에는 잘 받아주었으므로 키츠의 광상은 한동안 계속되었다. 패니는 다른 젊은 여자들과 마찬가지로 자기 앞으로 보내오는 열정적인 편지, 그것도 일류 시인의 다채로운 문장에 매혹되었다. 7월에 들어 키츠는 그녀의 사랑을 생각하기만 해도 "열렬한 감정에 밀려 들뜨게 된다"(『Letters』 II, p.129)고 썼다. 그는 패니가 지난번에 부친 편지를 베개 밑에 놓았다가 잠이 들었다고 고백했다. 베개가 받은 열로 봉투에 새겨진 패니의 이니셜(頭文字)이 뭉개졌는데, 키츠는 그게 '나쁜 전조'가 아니라는 것을 확신하기 위해 한참 동안 생각에 골몰해야 했다. 그는 편지에다 자신이 읽은 동양의 어떤 이야기를 썼다. 마법의 정원에 살고 있는 사랑스러운 여인이 남자를 홀려서 넋이 나가게 했다는 얘기였다. "내 사랑, 이 이야기를 얼마나 여러 번 당신에게 적용시켰던지요. 얼마나 여러 번 내 가슴이 뛰었던지요."(『Letters』 II, p.132, 이어지는 인용문도 같은 출처) 그는 "촛불을 들고 내 방으로 들어가다가 내일도 당신을 만나지 못하리라는 생각에 내 잠자리가 얼마나 쓸쓸했던지요"라고 썼다. 그는 곧이어 덧붙였다. 한 달 내에 그녀에게 달려가 단 한 시간이라도 만나겠다고. 가서 다른 사람은 아무도 만나지 못해도 전혀 상관없다고.

일주일 뒤에 그는 다시 그녀를 안심시켰다. "당신과 함께 있고 싶어 내가 얼마나 애를 태우는지 당신은 상상하지 못할 겁니다. 한 시간만이라도 당신을 만날 수 있다면 죽어도 소원이 없겠어요." 그즈음에 보내온 편지에서 패니는, 그처럼 열렬한 사랑을 토로하면서도 그것(사랑)을 선언하는 데 왜 그렇게 오랜 시간이 걸렸느냐고 애교 섞인 말투로 불평을 토로했다. 키츠는 그 편지에 대한 회신에서 우물쭈물하면서 이렇게 말한다. "내 말을 믿어주세요. 나는 당신이 첫눈에 내 마음을 사로잡았다는 사실을 지체없이 알렸습니다. 당신을 알게 된 그 첫 주부터 나는 당신의 신하가 되었다는 편지를 썼지만, 다음번에 만났을 때 당신이 나를 싫어하는 것 같아서 편지를 불태워버렸습니다." 그리고 키츠는 슬쩍 이런 말을 끼워넣었다. "만약 당신을 처음 보았을 때 느꼈던 나의 마음을 당신이 다른 남자에게 느낀다면, 나는 이 세상에서 가장 비참한 남자입니다." 이어 처음으로 결혼 문제를 꺼내면서, 비록 이 세상에 안주할 준비는 되어 있지 않지만—"나는 가정 문제는 생각만 하는 것으로도 몸이 떨립니다"—패니를 위해서라면 그 고통도 기꺼이 짊어지겠노라고 과감하게 선언했다. 여기서도 그는 내처 달리는 생각의 속도 때문에 당황하고 있다. 그 결과 아주 미숙하면서도, 어쩌면 냉정해 보이는 제안을 한다.

나는 산책 도중에 당신의 아름다움과 나의 죽음의 시간, 두 가지를 곰곰 생각합니다. 아, 내가 그 둘을 동시에 소유할 수 있다면 얼마나 좋겠습니까. 나는 이 세상을 미워합니다. 그것은 내 의지의 날개를 너무 억누릅니다. 당신의 달콤한 입술로부터 독약을 받아 마셔 죽을 수 있다면 얼마나 좋을까요. 나는 그것을 다른 사람에게서는 받지 않겠습니다…(중략)… 지금 이후부터는 당신을 위하여 이보다 더 부드러운 말은 찾아내지 못할 것입니다.(『Letters』 II, p.133)

현실적인 여자인 패니는 이런 병적인 태도를 받아들일 수 없었다. 설령 상대가 시인일지라도 거부감을 느끼기는 마찬가지였다. 그녀는 곧 편지를 써서 자신의 불쾌감을 표시하였다. 그것은 키츠의 회신 첫머리에 잘 드러나 있다. "당신은 지난번과 같은 편지는 더이상 받지 않겠다고 말했습니다."(『Letters』 II, p.136) 그는 약간 미안해하는 어조로 썼다. "지난번과는 정반대 방향을 고수함으로써 당신이 더 이상 그런 편지를 받지 않게 되도록 하지요." 키츠는 패니의 반응에 충격을 받아서 이 10대 소녀―시도 읽지 않고 철학이나 우주적 상상력도 빈곤한 소녀―를 되돌아보게 되었다. 그녀는 그의 노골적인 공세에 위축되기는커녕 오히려 그의 조잡하고 잘못된 생각을 시정하라고 요구했다.

8월초에 쓴 같은 편지에서 그는 광상을 내달리는 것은 그만두고,

대신 하루종일 시를 쓰느라고 '인위적인 흥분'(『Letters』 II, p.127)을 느꼈는데, 그후에 그녀가 매일밤 그에게로 달려오는 환상을 본다고 적었다. 그는 단 한 시간만이라도 그녀를 만날 수 있다면 벼락같이 런던으로 달려가겠다고 다시 다짐한 후, 편지 말미에서 가정을 꾸리는 문제에 대하여 약간 태도를 바꾸었다. 결혼을 해봐야 '그들'이 편안하고 안정되리라는 보장은 없다고 그는 말했다. 그는 '우리들'은 파티, 따분한 만찬, 소란스런 무도회 등에서 '시들어가는' 그런 불행한 사람이 되어서는 안 된다고 말했다. "그건 안 돼요, 내 사랑, 당신을 나 자신에게 맡겨요. 그러면 당신에게 좀더 고상한 오락거리를 찾아드릴 테니까요." 하지만 패니는 좀더 진지한 오락을 위해 자신이 가장 좋아하는 파티, 만찬, 무도회 등을 포기할 생각이 없었다(우울한 분위기가 여전히 그를 사로잡고 있었다. 그는 다른 사람들에게 보낸 편지에서, 사랑은 '사람을 귀찮게 하는 당밀'이라고 했고, 사랑에 빠진 선남선녀를 '그림자들'이라고 했다).

같은 편지에서 키츠는 어떤 사교 모임에 다녀왔다는 패니의 말을 지적했다. 그는 마치 그녀가 잘 있지 못하기나 한다는 어투로 따지고 들었다. "외출을 자주 한다고 해서, 그게 잘 있다는 증거는 되지 못해요. 그래, 어땠어요? 너무 늦도록 바깥에 있으면 건강에 해로워요. 그래, 그건 어떤 모임이었나요?" 그는 그녀가 어디에 갔었으며 누구와 함께 있었느냐고 캐물었다. 그는 햄프스테드의 군부대 내에서 벌어진 호화 무도회에 다녀왔다는 패니의 말을 듣고서 불쾌해했다. "나는 그런 따분한 곳에서 근무하는 장교가 아니에요."(『Letters』 II, p.141) 그는 다음번 편지에서 그전에 보낸 편지가 왜 그토록 '애인답지 못했는지' 설명하는 동안 그렇게 투덜거렸다.

브라운과 공동 작업하던 키츠는 새로운 희곡을 꽤 썼으나, 배경 자료를 얻으려면 참고서가 많이 필요했다. 8월 12일 두 사람은 짐을 꾸려 페리호를 타고 본토로 건너가, 북쪽으로 몇 마일 떨어진 곳에 있는 윈체스터 행 합승마차를 탔다. 윈체스터에는 좋은 도서관이 있었던 것이다. 널찍하고 상쾌한 방을 빌린 그들은 몇 주 동안 그곳에서 묵을 계획을 세웠다. 키츠는 8월 16일이 되어서야 다시 패니에게 편지를 쓸 수 있었다. 편지 말미에 간략하게 써놓은 것을 빼놓고는 젊은 애인의 환희를 묘사하는 부분은 어디에도 없었다. 대신 편지 행간 여기저기에 초조함과 숨죽인 불평이 드러나 있었다.

먼저 그는 지난 6주 동안 「라미아」, 희곡, 기타 시작(詩作)에 매달리느라고 연애편지를 많이 쓸 수 없었다고 밝혔다. 그는 머리가 '완전히 가득 차서 크리켓 공처럼 속이 빽빽한 상태'라고 말하고, 곧 터져나갈 것 같다고 말했다.

나에게는 당신 생각을 할 여가가 없었습니다. 어쩌면 그것이 내게는 다행스러운 일인지도 몰라요. 나는 상상력을 발휘해야 하는 작업에 몰두하기 전에는 나를 사로잡는 저 질투의 고통을 견딜 수가 없었어요. …(중략)… 양해해주세요. 인위적인 정열에 대하여 쓰는 것보다는 나의 느낌을 당신에게 설명하는 게 더 좋은 것이 아닐까요? 그것을 당신 자신에게 물어봐줘요. 아무튼 당신은 사물을 훤히 꿰뚫어 보니까요. 당신을 속이려 해봐야 아무런 소용도 없어요…(중략)…

지난번 편지에서 내가 보인 단순하고 순진하고 어린애 같은 장난기 때문에 당신의 마음이 상했나 봅니다. 당신이 나에게 약속을 지키라고 채근했다는 얘기는 진심이 아니었습니다. 그점에 대해서 당신에게 사죄하겠습니다. 당신의 자존심이 '크게' 상처받은 것 같더군요. 당신은 내게 좋을 대로 하라고 말했습니다. 나는 지금 어떤 생각도 뚜렷하게 하지 못해요. 나의 금전적 능력은 현재 바닥난 상태이고 …(중략)…

나는 비단처럼 부드러운 문장과 은처럼 반짝거리는 단어를 써낼 만큼 마음이 평온하지 않아요. 마치 기병대의 말을 타고 달리는 것 같다고나 할까. 지금은 당신에게 안심이 되는 말을 해줄 수가 없어요. 그러면 당신은 더 이상 편지를 써보내지 말라고 할 테지요. 정말 쓰지 말아야 할까요?(『Letters』 II, p.140~141)

그는 편지 말미에 마지못해 애인다운 언어—그는 패니를 생각하기만 해도 '수정처럼 녹아 없어질 것 같다'—를 써넣었다. 그리고 좀더 구체적인 기억을 고백했다. "오 나의 사랑, 당신의 입술은 내 상상 속에서 점점 더 달콤해지는구려. 난 그 입술을 잊어버려야겠어요."

하지만 이 마지막 말 바로 직전에 나오는 질문은 편지의 의도를 명확하게 해준다. 당신에게 계속 편지를 써야 할까요? 당신은 내 편지가 계속 부쳐져오기를 바라는 건가요? 이 질문에 대한 그녀의 답변은 무심하기 짝이 없게도 '당신 좋을 대로 하라'는 것이었다. 이런 대답은 키츠의 편지 속에 나타나 있는데, 사실 패니가 말하려던 것은 당신이 편지를 보내지 않는다면 다시는 당신과 만나지 않겠다는 것이었다. 키츠는 그녀를 포기할 수 없었고 윈체스터와 웬트워스 플레이스 사이를 오가는 편지 교환은 계속되었다.

이처럼 꾸준히 편지를 쓰던 와중에 기이한 틈새─무려 27일간의 긴 공백─가 발생했다.[12] 키츠의 다음 편지는 9월 13일자로 되어 있었고, 그 다음날 곧바로 부쳐졌다. 발신 장소는 윈체스터가 아니라 런던의 롬바드 가였다. 미국에 있는 동생 일로 급히 런던에 올라왔다는 짧막한 편지였다. 그는 한번 들르겠다고 숱하게 약속한 인근의 햄프스테드에는 갈 수가 없노라고 덧붙였다. 그 다음날 아침 바로 윈체스터로 내려가야 한다는 것이었다. 너무 급히 쓴 편지였기 때문에 완전히 이해하려면 약간의 연구를 해야 했다. 그러나 패니의 입장에서 다음 문장은 아무런 연구가 필요없는 것이었다. "나는 당신

12) 『Letters』 II. p.160. 1819년 8월에서 10월까지 51일간 편지가 없는 것─중간에 9월 13일자의 짧은 편지를 제외하고─은 패니가 일부러 편지를 없애버렸기 때문이 아닌가 짐작된다. 그녀는 키츠가 그녀의 태도를 노골적으로 질책한 편지들을 주로 없앴으리라고 보인다. 일부 논평가들은 찰스 딜크 경이 몇몇 편지들을 없앴을 것이라고 생각하는데, 나는 그렇게 보지 않는다. 하지만 딜크가 내용을 알 수 없는 다른 편지들을 없앤 것은 사실이다. (Richardson, p.169를 참조)

에게서 나 자신을 떼어놓으려고 애쓰고 있어요……."

키츠는 자신이 말했듯이 다음날 런던을 떠날 때까지 햄프스테드에 들르지 않았다. 그는 합승마차로 12시간이나 걸리는 윈체스터로 재빨리 내려와 다시 집필에 몰두했다. 브라운과 합동 작업을 하는 희곡이었다. 그후 키츠는 3주 동안 런던에 가지 않다가 10월 8일에야 다시 올라갔다. 이 기간 동안 키츠와 패니가 서신 교환을 했는지는 분명하지 않다. 설령 교환했다 해도 남아 있는 것은 없다. 그가 그 다음에 패니에게 보낸 편지로 전해지는 것은 10월 11일자이다. 런던에서 쓴 편지였는데 웨스터민스터 칼리지 가 25번지에 있는 새로운 숙소에서 보낸 것이었다.

8월 16일에서 10월 11일까지 56일 동안 두 사람 사이에 오고간 편지 중 남아 있는 것은 짤막하면서도 혼란스러운 9월 13일지뿐이다. 그 편지에서 그녀로부터 그를 '떼어놓고' 싶다는 예기치 못한 구절을 읽었을 때 패니는 약간 동요했을 것이다. 특히 사흘씩이나 런던에 머물면서 그가 그녀를 찾아올 생각을 하지 않았다는 사실도 의외였다.

나는 야간 마차를 타고 금요일에 올라왔어요. 여기 머무는 동안 그 어떤 즐거운 일도 계획하지 못할 것 같아요. 만약 오늘 당신을 만나게 된다면 내가 지금 간신히 유지하고 있는 마음의 평정이 깨어지고 말겠지요. 당신을 너무도 사랑하기 때문에 햄프스테드에는 가지 못합니다. 내게 그것은 방문이 아니라 불 속으로 뛰어드는 일이에요. 나의 삶이 피로와 고민 속에서 영위될 것을 너무나 잘 알기 때문에 나는 당신에게서 나 자신을 떼어놓으려고 애쓰고 있어요. 오늘 아침 나는 내가 무엇을 하고 있는지 잘 모르겠어요. 나는 겁쟁이예요. 나는 행복함의 고통을 견디지 못해요…….(『Letters』II, p.160)

10월 8일, 윈체스터에서 런던으로 되돌아왔을 때 자신의 말을 실천하기 위해, 키츠는 웬트워스 플레이스의 자기 방으로 가지 않았다. 대신 윈체스터를 떠나기에 앞서 당시 웨스트민스터에 살고 있던 친구 딜크에게 웨스트민스터 근처에 적절한 집을 얻어달라고 부탁했다. 그후 3주 동안 칼리지 가의 키츠 숙소에는 정적이 감돌았다. 어쨌거나 양측이 보낸 편지는 남아 있는 것이 없다. 그리고 10월 11일 패니에게 키츠로부터 짤막한 편지가 날아왔는데, 그것으로 저간의 사정을 충분히 알 수 있다.

불 속으로 뛰어들지 않겠다던 그의 결심이 허물어진 것이다.

그 전날 그는 자발적으로 햄프스테드에 갔다(물건을 가지러 간다는 구실이었지만, 자기 자신을 속이는 핑계에 불과했다). 11일자의 짧은 편지가 밝히고 있듯이, 패니와 만났을 때의 분위기는 무뚝뚝한 9월 13일자 편지와는 사뭇 다르게 화기애애했다. 그는 여전히 '어제

속에서 오늘을 살고 있다'고 탄식하면서, 자기 자신이 그녀 외에는 그 어떤 것도 생각할 수 없고 정신을 집중하지도 못한다고 말했다.

나는 하루종일 완전한 매혹 속에서 보냈습니다. 나는 나 자신이 당신에게 꼼짝도 못하는 몸이라는 것을 압니다. 나에게 몇 줄의 편지를 써보내주세요. 어제처럼 늘 나에게 잘 해주겠다고 말해주세요. 당신은 나를 황홀하게 했습니다. 언제 단 둘이서 하루를 오붓하게 지낼 수 있을까요? 나에 대한 사랑으로 당신이 허용한 그 1천 번의 키스를 고맙게 생각합니다. 하지만 당신이 1천 1번째의 키스를 거부한다면 나는 아주 비참하게 하루 하루를 보내야 할 것입니다.(『Letters』 II, p.222)

이틀 뒤에도 그는 새롭게 살아난 희망 때문에 여전히 온몸이 들떠 있었다. 그는 다른 편지에서 그녀를 생각하면 다른 일은 통 할 수가 없다고 썼다. "내 영혼을 걸고 하는 말입니다. 나는 다른 것은 생각할 수가 없어요. 당신은 내가 거역할 수 없는 힘으로 나의 넋을 빼앗아갔어요. 하지만 나는 당신을 다시 만날 때까지 그 힘에 저항해보겠어요."[13] 그는 그 다음 주말인 10월 15일과 17일 사이에 웬트워스 플레이스로 되돌아가 예전에 브라운과 함께 썼던 방에 들었다. 패니의 집과는 계단 하나의 거리에 있었다. 그들이 이 며칠 동안 어

---

13) 『Letters』 II, p.223~234. 이 편지에서 드러난 자기연민적인 태도는 후대의 독자들을 불편하게 한다. "당신은 나를 완전히 흡수해버렸습니다." 그는 선언한다. "나는 지금 나 자신이 녹아내리는 느낌입니다." 그는 거의 자기 패러디나 다름없는 어조로 편지를 끝마치고 있다. "나는 당신 없이는 숨을 쉴 수가 없습니다."

떻게 시간을 보냈는지, 남아 있는 기록은 없다. 하지만 키츠가 나중에 그 기억을 분명하게 적어놓고 있어서 저간의 사정은 충분히 알수 있다. "그건 사흘 동안의 꿈이었어요."(『Letters』 II, p.224) 그는 기분 좋게 기억을 떠올리면서 「템페스트」에 나오는 말 "나는 또다시 꿈꾸어야겠다고 울부짖노라!"를 인용했다.

시월 중순의 그 방문이 가져온 직접적인 결과는 잘 알려져 있다. 키츠는 웬트워스 플레이스의 자기 방에 되돌아가기로 했던 것이다. 그보다 더 중요한 결과는 각종 자료를 면밀히 살펴보면 알 수 있다. 가정의 문제와 만찬 초대 등의 위협에 더 이상 구애를 받지 않게 된 키츠는 패니에게 구혼했고 승낙을 받아냈다. 둘은 이제 결혼을 전제로 공식적인 약혼을 한 것이었다.

세 번째 결과는 금방 알아챌 수 있는 것으로, 아주 혼란스러운 미래의 예고편이었다. 패니의 뽐내는 태도와 천방지축 시시덕거리는 습관이 그것이었다. 패니는 약혼 후에도 약혼자를 놀려먹는 유치한 행태를 보였다. 10월에 패니에게 보낸 세 통의 편지에서 키츠는 그녀의 경박한 농담을 거론하고 있다. 세 번씩이나 거론한 것으로 보아, 키츠는 패니의 시시덕거리는 농담조의 위협에 몹시 불쾌해했음이 틀림없다.

10월 12일자 편지에서 그는 패니에게 그의 허영심이나 자존심이 아니라 마음이 상처받게 된다고 경고했다. "만약 당신이 어제의 협

박을 실천에 옮긴다면 말입니다."(『Letters』II, p.222)

13일자에서 그는 구슬픈 목소리로 묻고 있다. "내 사랑 패니, 당신의 마음은 영원히 변하지 않을 건가요? 내 사랑이 변하리라고 생각하나요? 농담일지라도 그런 식으로 나를 위협하지 말아요."(『Letters』II, p.223)

약혼한 지 일주일이 된 19일에 그의 분위기는 더욱 심각해졌다. 그는 불쑥 이렇게 말하고 있다. "농담일지라도 나에게 그토록 잔인하게 군다면, 미래의 언젠가에는 실제로 실천할지도 모르지요. 만약 그럴 의향이라면 지금 하세요."(『Letters』II, p.224)

패니는 크레시다임이 틀림없었다. 그녀는 총명하고 또 나름대로 재주가 있었지만 동시에 지나치게 장난기가 많았다. 하지만 그녀는 아직 자기 자신과 자기의 매력을 확신하지 못하는 아주 어린 여자이기도 했다. 키츠는 그 점을 감안하지 못했다.

3 사랑은 장난이 아니다

1820년 2월 3일 밤 10시 30분에 햄프스테드 행 합승마차가 런던을 떠났을 때 키츠는 거기에 타고 있었다. 돈을 아끼기 위하여 흔들거리는 마차의 꼭대기에 설치된 노천 좌석에 앉은 키츠는 30분간의 여행 내내 몸을 부들부들 떨고 있어야 했다. 한동안 춥고 눈이 오던 1월의 날씨 끝에 그날 아침따라 날씨가 따뜻했기에 키츠는 집에다 외투를 내버려두고 외출했다. 신사복 저고리의 넓은 칼라를 귀 있는 데까지 치켜올렸지만 쌩쌩 불어오는 바람의 날카로운 손톱을 피하기는 어려웠다.

안정된 고정 수입이 없는 것은 키츠의 마음을 괴롭히는 문제였다. 세속적인 일 따위는 안중에도 없이 오로지 시인으로 출세하겠다는 야망을 품은 이 젊은 총각은 재정적인 문제에 대하여 단 한 번도 진지하게 생각해본 적이 없었다. 사랑과 앞에 닥친 결혼 때문에 시작(詩作)은 뒷전으로 밀린 지금, 그는 긴급히 결정을 내려야 하는 처지가 되었다. 의학 공부를 다시 할까? 좀 해놓은 의학 공부가 있으니까 약종상(藥種商) 자리를 쉽게 얻을 수 있을지도 몰랐다(당시 약종상은 단순히 약사라기보다 거의 의사에 가까운 역할을 했다). 최근에 창간한 런던의 정기간행물에 에세이를 써주는 칼럼니스트가 될까? 그는 이미 그런 일을 몇 번 했고, 또 문학계에 이름이 나 있었기 때문에 문학평론가로서 자리를 잡는 데에는 별 문제가 없었다. 그밖에 어떤 일을 할 수 있을까? 정식으로 사업을 해볼까? 시내에 아는 친구들이 좀 있으므로 회사에 취직을 할 수도 있을 것 같았다(그 생각은 차가운 바람과는 관계없이 그를 부르르 떨게 만들었다). 많은 돈을 원하는 것도 아니었고 그와 패니가 안락하게 살 수 있는 수입이면 충분했다. 물론 미래를 위하여 어느 정도 저축을 해야 한다는 생각도 했다.

그는 브론 가족에게 돈이 있다는 것을 알고 있었다. 패니가 성년이 되면 가족의 유산을 부분적으로 물려받을 터였다. 큰 돈은 아니지만 제법 쓸 만한 돈은 되었다. 물론 키츠는 그 돈을 단 한 푼도 건드리지 않을 생각이었다. 하지만 이미 안락한 생활에 익숙해져 있는 패니는 결혼 후에도 그 정도는 요구할 것이었다. 방안에 가구가 없으면 안 되고, 창문에는 커튼이 없으면 안 되며, 주방이나 거실에는 하인이 없으면 안 되었다. 하인이 없으면 매일 밤 벽난로는 어떻게 돌볼 것인가. 키츠는 과연 글만 써서 이런 안락한 생활을 보장해줄 수 있을지 의문이 들었다. '그게' 문제였다! 그는 지난 몇 달 동안 글쓰기를 거의 중단하다시피했다. 옛날에 써놓았던 것에다가 다시 끄적거리기도 하고 새로운 시도 몇 편 손대어 보았으나, 슬프게도 영감이 잘 떠오르지 않았고 흡족하지도 않았다. 무엇보다도 영감의 불꽃이 튀어오르지 않았다. 그는 왜 그런지 확실히 알 수 없었다. 아마도 상상력을 일시적으로 메마르게 하는 가문 계절 탓인지도 몰랐다(하지만 어떤 작업은 그를 즐겁게 했다. 가령 「히페리온」의 몇 부분을 손보았는데 아주 잘 되었다고 생각했다).

아무튼 그는 사랑에 빠졌고 패니는 곧 그의 여자가 될 터였다! 그
들은 곧 영구히 결합하여 어딘가에 정착할 것이고, 그때 즈음이면
그의 폭발적인 상상력이 되돌아와 과거처럼 아무 걱정 없이 풍성한
시작(詩作) 활동을 해낼 것이었다. 그러면 그들은 축복과 약속으로
빛나는 밝은 미래를 내다볼 수 있을 터였다.

덜컹거리며 달려가던 마차는 이제 거의 햄프스테드에 왔다. 꼭대
기의 노천 좌석에 앉아 부들부들 떨던 시인은 목적지에 다온 것을
기쁘게 생각하면서 어둠속에서 타가닥타가닥하는 말발굽 소리를 무
심히 듣고 있었다. 그때 갑자기 가슴이 답답해지면서 결려왔다. 숨
쉬기도 힘들어졌다. 마치 속에 뜨거운 물이라도 들어간 것처럼 폐가
뜨거워지기 시작했다. 잠시 뒤 그는 목구멍이 찢어질 듯 기침을 했
다. 폐 속에 들어간 듯한 걸걸하고 뜨거운 물이 그의 기관지를 타고
위로 올라왔다. 그의 입에서 그 뜨거운 물이 흘러나왔다. 그는 마차
밖으로 뱉어내다가 피야! 하고 생각했다. 비릿한 피냄새가 맡아졌
다. 피![1]

가슴속에서 뜨거운 쇳덩어리가 굴러가는 느낌이 몇 초 동안 지속
됐다. 동시에 숨쉬기가 점점 어려워졌다. 그는 이어 숨이 막혀 헉헉
거렸다. 노천 좌석의 난간에 필사적으로 매달리면서 그는 이런 기
습적인 공격이 계속된다면 단 1초도 견뎌내지 못할 것 같다고 생각

1) 키츠의 각혈: 이 사건에 대한 서술은 다음의 여러 자료를 종합한 것이다.
브라운의 회고록(KC II, p.73~74), 키츠가 여동생에게 보낸 2월 6일자의 편
지(『Letters』 II, p.251~252), Hale-White, p.51~52 · Brock, p.9~10 등. 달
리는 마차 위에서 각혈이 발생했다는 사실은 위의 자료에 언급되어 있지 않
다. 하지만 가이스 병원의 주치의인 윌리엄 헤일-화이트 경의 작은 책에 아
주 합리적으로 암시되어 있다. 주치의는 어느 정도 사정을 확인하고서 이러한
암시를 했으리라고 생각된다. 헤일-화이트는 이렇게 쓰고 있다. "폐결핵 간
상 세균이 키츠의 폐로 들어갔다. 거기서 세균은 동맥의 벽을 파괴했고 따라
서 피가 흘러나왔다. 키츠는 마차를 타고 갈 때 기침을 했고 피가 역류하여 입

했다. 기침이 격심해지고, 흰자위가 보일 정도로 눈알이 마구 돌아가자, 의식이 흐릿하게 암전(暗轉)되면서 그는 빠르게 획획 지나가는 저 땅 위로 굴러떨어지기만 기다렸다. 그 공황과 긴박의 순간에 그는 기이할 정도로 평온함을 느꼈고, 눈앞에서는 사랑스러운 패니의 얼굴을 보았다. 그는 나중에 그녀에게 이렇게 말했다. "발작이 일어나던 그날 밤, 너무 많은 피가 내 폐 속으로 몰려들어 나는 거의 질식할 뻔했다오. 정말이지 살아나지 못할 것 같은 느낌이었어요. 하지만 그 순간에도 오로지 당신 생각밖에 없었어요." (『Letters』 II, p.254)

그런데 갑자기 증세가 완화되면서 고통이 사라졌다. 그는 아무 어려움 없이 다시 숨을 쉴 수 있었다. 합승마차가 서는 햄프스테드의 폰드 가까이 왔을 때 그는 충분히 기력을 회복하여 마차에서 스스로 내릴 수 있었다. 웬트워스 플레이스는 폰드에서 얼마 떨어져 있지 않은 거리에 있어서 평소 같으면 5분이면 충분히 걸어갈 수 있었다. 그러나 숨은 좀 쉴 수 있지만 얼굴이 상기되고 다리가 후들거리는 키츠에게는 그 길이 5백 마일은 되는 것 같았다.

그날 밤 브라운은 마침 집에 있었다. 키츠가 현관 문을 열고 들어섰을 때 그는 거실에 앉아 있었다. 그는 키츠의 모습을 보고 깜짝 놀랐다. "열한 시쯤 그가 들어왔는데, 술에 엄청 취한 것처럼 보였어요. 평소 그는 그런 모습을 보일 때가 거의 없었어요. 일이 뭔가 단

으로 올라왔다. 아마 어두워서 그는 피를 보지 못했을 것이다. 하지만 피의 맛을 느낄 수 있었으므로 공포를 느꼈을 것이다. 바로 이 때문에 그는 집에 도착했을 때 술취한 것 같은 상태가 되었다." 따라서 마차를 타고 가던 중에 각혈을 했다고 묘사한 것은 전문가의 이런 의견을 참고한 것이다. 키츠는 노천 좌석을 타고 온 것이 너무도 후회가 된 나머지 2월 중순 한 친구에게 이렇게 말했다. "내가 한겨울에 맞바람을 맞아야 하는 노천 좌석을 다시 타고 가면, 그때는 총을 쏘아 나를 거기서 내려오게 하게." (『Letters』 II, p.260)

단히 잘못되었다는 느낌이 들더군요. 그 때문에 더 두려웠어요."(KC
II, p.73) 브라운은 초조한 목소리로 무슨 일이냐고 물었다. 열이 나
는 건가? "응, 응." 키츠가 대답했다. "난 마차의 노천 좌석에 탔어.
아주 추웠는데도 통 그걸 느끼지 못했어. 그래, 열이 난 거야, 약간."
브라운은 어서 침대에 들어가 누우라고 말했고 키츠는 친구가 시키
는 대로 했다.

　브라운은 키츠가 계단을 올라가는 동안 촛불을 켜고서 황급히 브
랜디를 가지러 갔다. 잠시 뒤 그가 키츠의 방에 되돌아왔을 때, 막
옷을 벗은 시인은 이불의 차가운 촉감에 몸을 떨면서 침대 속으로
들어가는 중이었다. 그가 무거운 머리를 베개에 내려놓는 순간 기침
이 터져나왔고 그의 입에서는 따뜻한 액체가 조금 흘러나왔다. 또
다시 가혈이었다. 키츠는 몸을 구부리면서 초조한 눈빛으로 핏방울
을 내려다보았다. "촛불을 좀 가져다 줘." 그가 중얼거렸다. "이 피
의 색깔을 좀 보게."

　촛불은 어른거리며 새하얀 시트에 노란 자국을 만들어냈다. 피는
선홍색으로 반짝였다. 키츠는 눈을 가늘게 뜨고서 핏방울을 유심히
들여다보았다. 그의 머릿속에는 의과대학생 시절 숱하게 보았던 얼
룩진 피의 환영이 가득 들어찼다. 이어 그는 고개를 돌리더니 불안
하게 서성대던 브라운을 '평온한 얼굴'로 쳐다보았다(브라운은 그
얼굴을 영원히 잊지 못하리라고 했다). 키츠는 그날의 발작을 최악의

사태로 판단했다. "이건 정말 불운한데." 키츠가 담담한 어조로 말했다. "나는 이런 색깔의 피를 잘 알고 있어. 이건 동맥에서 나온 거야……. 사형선고나 다름없지." 그보다 앞서 간 어머니와 남동생을 생각하면서 그는 자신이 폐결핵에 걸렸다고 즉각 확신했다.

친구의 선언—약종상 자격이 있는 친구의 아주 침착한 선언—에 충격을 받은 브라운은 키츠가 침대에 눕는 것을 지켜보았다. 그러고는 길 아래로 달려가 동네의 유명한 의사인 로드를 불러오겠다고 말했다. 촛불이 켜진 방에 혼자 누운 키츠는 초조하게 친구를 기다렸다. 곧 현관문을 통해 사람들이 들어오는 소리가 났다. 간단한 검진을 한 닥터 로드는 환자에게 방혈(放血)을 실시해야겠다고 말했다 (당시에는 진단이 어떻게 나오든 제일 먼저 하는 처치가 방혈이었다. 그러나 후대의 의학 지식에 비추어볼 때 그것은 오히려 하지 말았어야 하는 처치였다). 피를 빼는 처치는 자정 무렵에 완료되었고, 키츠는 선잠에 떨어진 듯했다. 의사는 자리를 떠나면서 호흡기 질환 전문가인 런던의 의사 브리를 불러오겠다고 말했다. 의사가 보기에 키츠의 증세는 반드시 폐결핵인 것 같지는 않았다. 그는 어쩌면 다른 병일지도 모르겠다고 말했다.

발병한 지 2주쯤 지나서 웬트워스 플레이스를 두 세 번 방문한 닥터 브리도 정확하게 진단내리는 것을 망설였다. 의사는 폐질환은 아닌 것 같다고 말했다. "키츠 씨는 폐의 감염이나 기타 내장 기관의 질병은 아니에요."[2] 병은 순전히 그의 '심리 상태'에서 발생한 것이었다. 너무 오랫동안 마음을 혹사하여 아주 피로한 상태인데다가, 마차의 노천 좌석을 타고 오는 과정에서 병이 나 버렸다는 것이다. 너무 많이 글을 읽고 쓰고 머리를 사용하며 정서적으로 시달린 나머지 일시적으로 발병 상태가 되었다는 설명이었다. 의사는 어쩌면 키츠가 지난해 많은 작품을 써냈다는 사실을 알고 있었을지도 모른다. 때로는 내용이 겹치는 장시와 단시를 계속 써냈고, 남들과 합작하여 한달 내에 5막짜리 드라마를 집필했으며, 장시 「라미아」의 상당 부분을 편집하며 손보는 작업을 했다. 아무리 강인한 젊은이라고 해도 계속 그런 식으로 일을 하면 몸에 무리가 올 수밖에 없다고 닥터 브리는 설명했다. 키츠의 발병은 그런 무리가 누적된 결과였다.

각혈은 그날 밤의 심한 추위가 원인이었을 것이다. 날씨도 추운데다 달리는 마차가 일으키는 바람 때문에 체감 온도는 더욱 낮아졌을 터였다. 만약 그가 실내 좌석을 잡고 왔더라면 이런 일은 벌어지지 않았을 것이다.

의사들은 완치가 될 수 있으리라고 예측하면서 간단한 처방을 내렸다. 첫째도 안정, 둘째도 안정이라는 것이었다. 신체적으로 무리를 하면 안 되고 흥분을 해서도 안 되고 글을 써서도 안 되며 특히 시를 써서는 더욱 안 된다는 것이었다. 시를 읽는 것도 허용되지 않았다. 철저한 채식 위주의 식사가 크게 도움이 될 것이고, 친구들이

2) KC I, p. 104. 이 진단은 3월 10일자로 테일러에게 보낸 편지에 보고되어 있다. 브라운은 이렇게 덧붙였다. "환자는 건강해져 위험을 벗어났습니다. 나는 그가 완전히 위험에서 벗어났다고 생각해요." 이러한 결론은 아마도 의사들에게서 나왔거나 어떤 언질이라도 있었을 것이다. 키츠도 그전에 비슷한 말을 하고 있다. 이 책의 p. 107을 참조. 그날 밤 외투 없이 외출한 것을 크게 후회한 듯 그는 여동생에게 '서리 내릴 때나 얼음이 풀릴 때는 늘 따뜻한 옷을 입고 다니라'고 주의를 주고 있다.(『Letters』 II, p. 252) 그리고 2주 뒤에 또다시 같은 조언을 했다. "해빙기에 옷을 따뜻하게 입어야 한다는 나의 조언을 꼭 명심하길 바래."(『Letters』 II, p. 261)

찾아오지 않는 것도 회복에 도움이 될 것이었다(사실 손님이 꾸준히 찾아왔다. 여자들은 과자가게를 하고도 남을 정도의 잼과 젤리 단지를 들고 왔다). 바로 옆집에 사는 특별한 친구(패니)는 가끔 찾아왔다. 하지만 그녀는 조용히 앉아 있었을 뿐 오래 머물지도 않았다.

당시는 치료약이라고 해봐야 특별한 것이 없어서 아편과 알코올을 섞은 아편팅크가 고작이었다. 그나마 환자를 느긋하게 하고 안정시키는 효과는 있었다. 그는 신경이 날카롭거나 잠이 잘 오지 않을 때에는 근처의 약사에게 사람을 보내 아편팅크 한 두 병을 사오게 했다. 복용량과 빈도는 그의 컨디션에 따라 달라졌다.

그 모든 것은 아무튼 좋은 소식이었고, 키츠는 그 소식을 여동생에게 전달했다. "의사는 내게서 위험한 증상을 아무것도 발견하지 못했어. 마음을 안정시키고, 날씨가 좋아지면 완쾌될 거라고 한단다."[3] 키츠는 여동생에게 보낸 다른 편지에서 의사의 소견과 진단 등 자신의 질병에 대한 소식을 좀더 자세히 알리고 있다. "의사는 신경이 불안한 것과 체력이 전반적으로 허약해진 것말고는 문제될 게 없다고 말했어. 체력 저하는 요 몇 년 동안 겪은 마음 고생과 시작(詩作)의 흥분 때문인 것 같대."(『Letters』 II, p.287) 키츠의 여동생은 오빠의 짧은 몇 마디에서 더 깊은 의미를 읽었을 것이다. 오빠는 정작 이런 말을 하고 싶었을 것이다. 오빠의 병은 폐결핵이 아니다. 오빠는 톰처럼 죽어서 여동생을 이 세상에 혼자 남겨두는 일은 하지

---

3) 『Letters』 II, p.261. 이 생각은 동일한 시기에 쓰여진 다른 쪽지에서도 반복된다. "의사는 내게 별 문제가 없다고 말했어."(『Letters』 II, p.264). 당시 키츠의 증상을 다룬 최근의 연구서로는 모션(Motion)의 책 p.496~499를 참조. 이 연구서에서도 의사들은 키츠의 증상이 폐결핵이 아닌 것으로 진단했다고 나와 있다. 하지만 키츠 자신이 '폐결핵 증상을 알아볼 수 있었으므로' 달리 생각했을 수도 있다(p.497)는 모션의 생각은 이 사실에 대하여 다른 시각을 준다. 당시의 의사들—그리고 새로이 준의사 자격을 획득한 약종상 포함—은 설령 폐결핵이 많이 진행되었다고 해도 그 병명을 진단할 수 없는 의학적 수준에 있었다. 모션은 키츠가 자신이 폐결핵임을 알았으면서도

않을 것이다.

그러나 과연 자신의 병이 그렇게 간단한 것인가 하고 의문이 들 때도 있었다. "나한테 뭔가 잘못된 게 있어서 내 몸으로 그것을 이겨내야 하는데, 혹시 잘못되어 병에 굴복하게 되지는 않을까"(『Letters』II, p.265) 하는 걱정이 있었다. 정양을 하라는 처방이 내려지기는 했지만 반드시 하루종일 침대에 드러누워 있어야 하는 것은 아니었다. 그는 곧 뒤뜰을 규칙적으로 산책하게 되었고 시간도 15분, 30분으로 늘려나갔다.

그러던 3월초 어느 날 저녁에 가슴이 격렬하게 두근거리는 약간 우려스러운 상황이 발생했다.(가슴의 두근거림: 『Letters』II, p.265·KC I, p.103~105) 그러나 서둘러 왕진을 나온 닥터 브리는 별로 걱정할 것이 없다면서 환자에게 아무런 영향도 없을 것이라고 진단했다.

3월말이 되자 키츠는 상당히 회복되어 원기가 되돌아오는 것을 느꼈다. 그리하여 어느 날 오후에는 런던으로 나들이를 나가 이집시언(Egyptian) 홀에서 친구의 그림 전시회를 관람하기도 했다(〈그리스도의 예루살렘 입성〉에는 군중 속에 키츠의 얼굴도 눈에 띈다). 폐결핵에 대한 공포도 상당히 물러가서 그의 마음속 저 먼 구석 한 점의 작은 빛 정도로 축소되었다.

아무 말을 하지 않았다고 생각하고 있다. 친지들과 가족에게 그 고통스러운 진실을 알려서 고통을 주는 것을 막아보려는 '영웅적 기만 행위' 를 했다는 것이다.

2월과 3월의 회복 기간은 거의 매일 패니를 볼 수 있었던 덕분에 상당히 견딜 만했다. 패니는 거실에서 키츠의 옆에 앉아 있지 않을 때에는 그의 창문을 가볍게 두드리거나 뒤뜰에서 그에게 손짓을 하거나 그의 집을 나서서 자기 집으로 돌아가는 발걸음 소리로 자신의 존재를 알렸다. 다른 남자들의 이목을 끌고 싶어하는 그녀의 장난기와 그에게 '잔인하게' 굴지도 모르겠다는 그녀의 '농담'도 멈췄다. 그녀의 말에 따르면 영원히 끝났다는 것이다. 이제 그녀는 피곤한 영혼을 달래주는 재생의 원천이 되었고 병든 육체를 다독여주는 약손이 되었다.

그가 회복하는 동안 두 사람은 서로를 격려하는 작은 편지들을 교환했는데, 그중 20여 통이 전해진다(키츠의 것만 있고 패니의 것은 없다). 편지들 중 첫번째 것은 발병하고 하루나 이틀 뒤에 쓰여진 것인데 그녀를 안심시키는 내용이었다. "당신이 나를 사랑한다는 생각은 당신 바로 옆에 있는 이 집을 즐거운 감옥으로 만들어줄 것입니다. 나를 자주 보러 와주세요."(『Letters』 II, p.250) 며칠 뒤 그는 '건강, 봄(春), 우리의 규칙적인 산책'(『Letters』 II, p.254)을 기대한다고 썼다. 닥터 브리에게 희망적인 진단을 받기 전에 쓴 편지에는 패니를 약속으로부터 놓아주어야 하는 것이 아닌가 하는 의구심이 조금 모호한 언어로 표현되어 있다. 자신의 병이 폐결핵일지도 모른다는 두려움 속에서 투병하면서 그는 자신이 그녀를 붙들고 있을 권리는 없다고 생각했다. 그리하여 2월 중순경 그녀를 풀어주겠다는 명확한 언질을 보냈다. 깜짝 놀란 패니는 즉각 회신을 보내 불쾌하다는 반응을 보였다. 그는 그날 밤으로 회신을 보냈다. "당신이 만약 나의 합리적인 제안에 동의했다면 나는 크게 상심했을 것입니다. 그리하여 나는 이제 더욱 더 당신을 사랑하게 되었습니다!"[4]

그녀의 사랑에 확신을 얻게 된 그는 사교 생활을 좋아하는 패니의 외출을 용인하게 되었고, 간호만 하지 말고 다른 데서 즐거움을 얻으라고 격려하기까지 했다. 이를테면 시내에 있는 친구를 찾아가 파티나 무도회에 참석해도 좋다는 뜻이었다. "당신이 시내에 나가는 것을 더 이상 말리지 않겠어요."(『Letters』 II, p. 257) 그는 말했다. "당신을 이처럼 가둬둔다면 끝이 없을 거예요." 그녀는 제안을 기꺼이 받아들여서 여러 건의 초청에 수락했으나 신중하게도 일부는 거절했다. 그녀는 자신이 취한 현명한 태도를 약혼자에게 알렸다. 조금 힘겹게 나온 키츠의 회신은 그녀의 현명함을 고맙게 생각한다는 내용이었다. 그는 '당신이 집에 남아 있는 것'(『Letters』 II, p. 281)을 아주 고맙게 생각하지만 '시내에 나가는 것'도 개의치 않는다고 말했다. "…… 집에 남아 있는 것을 비록 기쁘게는 생각하지만, 그렇다고 해서 시내에 나가는 것을 불쾌하게 생각한다는 뜻은 아닙니

4) 『Letters』 II, p. 255. 이 편지와 며칠 뒤에 쓴 또 다른 편지가 패니를 약속에서 놓아주기로 한 키츠의 결심을 보여주는 유일한 증거이다. 별로 많지 않은 증거이지만 사실을 정립할 정도는 된다고 생각한다. 두 번째 편지에서 그는 이렇게 경고했다. "나는 나를 잊어달라고 말할 수는 없어요. 하지만 이 세상에는 불가능한 것이 있다고 말하고 싶어요. 이제 더 이상 이런 상태로는 안 돼요."(『Letters』 II, p. 257)

다." 그는 내친 김에 이렇게 써나갔다. "나는 내가 아주 좋아하는 검은색 새 드레스를 입고 집에 앉아 있는 당신의 모습을 상상할 수 있습니다." 그것은 너무나 아름다운 그림이기 때문에 옆집으로 달려가 '당신을 놀라게 해주고 싶은' 욕망을 참기 어렵다고 고백하기도 했다.

3월초가 되자 그는 감정이 왕성하게 분출하던 예전의 연애편지를 쓸 수 있게 되었다. 그는 의사들이 조심하라고 극력 경고한 정서적 흥분 상태에 빠지기도 했다.

사랑하는 여인이여,
나는 당신을 아무 조건없이 영원히 사랑할 것입니다. 당신을 알면 알수록 더욱 더 사랑하게 됩니다. 정말 모든 면에서 당신을 사랑합니다. 나의 질투조차 사랑의 고뇌입니다. 더없이 뜨거운 사랑의 열기가 가장 뜨거워지면 당신을 위해서 죽을 수도 있을 것 같습니다.

지난번 당신의 키스는 너무나 달콤했습니다. 미소는 너무나 빛났습니다. 걸음걸이는 너무나 우아했습니다. 어제 당신이 나의 창 앞을 지나갈 때 나는 마치 당신을 처음 본 것처럼 경외의 마음으로 가득 찼습니다. 당신이 슬쩍 불평의 소리를 말해도 나는 거기서 아름다움을 느낍니다. 과연 나는 당신에게서 아름다움말고는 더 사랑할 게 없을까요? 혹시 나에 대한 사랑 때문에 날개 달린 마음이 갇혀 있는 것은 아닐까요? 그 어떤 불길한 생각일지라도 단 한순간이나마 나의 생각을 당신에게서 떼어낼 수가 없습니다.

설령 당신이 나를 사랑하지 않는다고 해도 당신을 향한 나의 헌신은 포기할 수 없습니다. 당신이 나를 사랑한다는 것을 안 후부터 당신에 대한 나의 감정은 점점 더 깊어집니다. 나의 마음은 너무나 불만투성이라서 나의 조그마한 육체로는 도저히 다 수용할 수 없습니다. 내 마음은 그 어떤 대상을 보아도 순일하고 완전한 즐거움을 얻을 수 없습니다. 당신을 빼고는 말입니다. 당신이 방안에 있을 때 내 생각은 창 밖으로 날아가는 법이 없어요. 당신은 언제나 나의 오감을 완벽히 장악해버려요. 지난번 편지에서 당신이 우리의 사랑에 대하여 불안을 표시한 것은 나에게는 엄청난 기쁨이었습니다.(『Letters』 Ⅱ, p.275)

4월이 되자 키츠는 완전히 회복되었다. 옛날의 정력이 되돌아왔고 수척했던 얼굴에는 다시 미소가 감돌게 되었으며 단정한 자세와 활기찬 걸음걸이를 회복했다. 병세의 차도가 완연했다. 그래서 브라운이 스코틀랜드 도보 여행을 한 번 더 가자고 제안했을 때(『Letters』 Ⅱ, p.287~288 · KC Ⅱ, p.74) 닥터 로드도 선선히 동의했다. 아니, 강권했다. 단 북쪽으로 갈 때는 보트를 타고 간다는 조건이었다. 배를 타고 북행하면서 상쾌한 공기를 많이 들이마시고, 다음에는 하이랜

즈 고원을 마음껏 걸어다니라는 것이었다. 하지만 키츠는 형편상 그 제안을 거절하기로 했고, 브라운은 마지못해 그의 뜻을 받아들였다. 어떤 의사였는지 또는 키츠의 친구였는지 정확히 알 수 없지만, 어떤 사람이 돌아오는 겨울을 이탈리아에서 보내면 어떻겠느냐는 제안도 했다. 많은 사람이 이탈리아 여행에서 큰 효과를 보았다는 것이었다. 키츠는 그 제안도 탐탁치 않게 여겼다. 무엇보다도 여행 경비를 마련할 수 있을 것 같지가 않았다.

브라운의 출발은 키츠의 계획에 또 다른 차질을 불러왔다. 여름 한 철을 보낼 숙소를 찾아야 했던 것이다. 브라운은 장기 휴가를 떠나게 되자 평소와 마찬가지로 웬트워스 플레이스를 남에게 세놓았다. 5월부터 8월까지 4개월 동안 키츠는 다른 곳에서 살다가 9월이 되어서야 비로소 웬트워스 플레이스로 돌아올 수 있었다. 그가 패니 곁에 계속 있을 생각이었다면 햄프스테드 근처에서 숙소를 찾을 수도 있었을 것이다. 하지만 그는 2마일 정도 떨어진 깨끗하고 작은 마을 켄티시 타운에다 방을 잡았다. 오랜 친구이며 데뷔 시절의 후원자였던 리 헌트가 켄티시 타운에 살고 있었으므로 그곳을 선택한 것은 그리 놀라운 일이 아니었다. 작가이자 편집자이고 시인 겸 런던 문학계의 마당발인 헌트는 정기적으로 글을 쓰게 키츠를 독려할 수 있는 적임자였다. 그와 패니 사이의 2마일은 건강한 남자라면 빠른 걸음으로 20분만에도 걸어갈 수 있는 거리였다. 5월 4일 키츠는 자그마한 이사 보따리를 새 숙소로 옮겼다. 그리고 이틀 뒤에는 패니와 잠시 작별을 했다.

이 작별에 뒤이어 아주 급작스럽게도 무대 위에 커튼이 드리워졌다. 그후 2~3주 동안에 벌어진 사건은 전혀 알 수가 없다. 이 기간 동안 둘 사이에 무슨 일이 벌어졌는지 모르지만, 아무튼 커튼이 다시 올라갔을 때는 급격한 변화가 발생해 있었다.

별로 할 일도 없이(그가 당시 급하게 해야 했던 일은 6월에 내기로 한 새 시집의 교정을 보는 것뿐이었다) 켄티시 타운의 방안에 혼자 틀어박혀 있던 시인에게 패니는 더 이상 무조건적인 헌신의 대상이 아니었다. 불과 한 달 전 그의 편지에서 '순일한 즐거움'으로 묘사된 그런 존재가 아니었다. 그보다 키츠는 전보다 훨씬 더 강한 분노를 담아 그녀를 질타했다. 절망에 빠진 애인은 그녀를 잔인하고 무정하고 끝이 나지 않는 지독한 '고문'의 원인이라고 지목하고 있다.

1820년 여름 켄티시 타운에 3개월 동안 머물면서 키츠가 패니에게 써 보낸 여섯 통의 편지는 그녀에게 보낸 다른 편지들과 함께 1878년에 가서야 출판이 되었다. 여섯 통의 편지 중 세 통은 키츠의 전기(傳記)에서 태풍의 눈이 되었고 그후에도 계속 그렇게 남아 있다. 1세기 이상 열띠게 진행되어온 논쟁(어떤 존경받는 학자는 서슴치 않고 패니가 키츠를 '죽였다'고 주장한다)을 돌이켜볼 때 우리는 문학사에서 이미 많이 연구된 문서인 이 편지를 좀더 찬찬히 살펴보아야 한다. 물론 그러려면 우선 그 편지들을 증거로 채택하여 대부분의 전문을 검토해야 한다. 세 통의 편지는 꽤 길지만, 땅 위에 발붙이고 살면서 동시에 자신의 방황하는 마음속에서 살았던 키츠의 내면을 보려는 독자들을 지루하게 하지 않을 것이다.[5]

5월 6일 웬트워스 플레이스를 떠날 때 키츠는 기분이 좋은 상태였다. 하지만 의사가 처방한 대로 흥분을 피하려고 조심하고 있었다. "까다롭거나 우울한 뉘앙스를 가진 것들은 사색하기가 두려워."(『Letters』 II, p.288) 그는 여동생에게 말했다. "그런 종류의 사색은 건강에 해로우니까 말이야." 그로부터 2주 뒤 그는 찰스 브라운에게 '건강이 아주 좋다'고 보고했다. 또 '여름 동안 고통보다 즐거움을 더 많이' 얻게 되기를 기대한다고 덧붙였다. 켄티시 타운에 묵는 동안 그는 몇 집 건너에 있는 헌트의 집을 방문하거나 자기 집이나 시내에서 친구들을 만나거나 새로 나올 시집의 교정쇄를 보면서 시간을 보냈다. 그는 별로 까다롭지 않은 새 작품에도 조금씩 손을 댔다.

그렇게 하여 아주 유쾌했던 한 달이 지나갔다. 신선한 공기를 많이 마시라는 지시를 받았기 때문에, 그는 6월 14일 아침에도 동네를 한 바퀴 산책하기 위하여 집을 나섰다. 정오 전에 집에 돌아온 그는

---

5) 이 편지 세 통의 앞 뒤 순서와 정확한 날짜는 아직도 의문의 대상이다. 하지만 편지들이 1820년 5월~7월에 켄티시 타운에서 쓰여졌다는 사실에는 이견이 없다. 편지는 원래 키츠의 편지가 그렇듯이 단락 구분이 되어 있지 않다. 독자들의 빠른 이해를 돕기 위해 이 책에서는 몇 군데 단락을 구분하였다.

책상 앞에 앉아 펜을 들었다.

사랑하는 여인이여,[6]

오늘 아침 책을 손에 들고 산책을 나갔지만 평소와 마찬가지로 내 머릿속은 당신 생각뿐이었어요. 나는 유쾌한 기분으로 이 편지를 쓸 수 있으면 좋겠어요. 요즈음 나는 밤낮으로 고문을 당하고 있어요. 사람들은 나에게 이탈리아로 가는 게 어떻겠느냐고 말해요. 당신에게서 그토록 오랫동안 떨어져 있으면 회복되지 못할 것이 너무나 뻔해요. 하지만 나는 이처럼 당신에게 헌신하고 있지만, 정작 당신에 대해서는 아무런 자신감도 품을 수가 없어요. 당신에게서 오래 떨어져 있었던 지난번의 경험은 나에게 형언할 수 없는 고통을 안겨주었어요. 나는 당신의 어머니가 오시면 당신이 딜크 부인 댁에 갔느냐고 느닷없이 따져묻게 될 것 같아요.[7] 그러면 어머니는 나를 안심시키려고 아니라고 하겠지요.

나는 문자 그대로 녹초가 됐어요. 나는 이제 이렇게 되는 수밖에 없나 봐요. 나는 이미 벌어진 일을 잊어버릴 수가 없어요. 어떤가요? 세상 속에 사는 남자라면 그런 건 아무것도 아니라고 생각해야 한다고요? 하지만 나에게는 죽도록 싫은 일이에요. 나는 그런 일은 되도록이면 없었으면 좋겠어요. 그만두겠다고 맹세한 버릇을 되살려서 브라운과 시시덕거리고 있을 때, 당신의 심장은 내가 당하는 고통을

6) 『Letters』 II, p.303~304. 『Letters』에 있는 이 편지(No.271)의 날짜는 7월 5일로 되어 있는데, 그것은 확실히 오류이다. 원래 날짜는 6월이다. 이것은 하루 뒤에 쓰여진 편지인 No.261(『Letters』 II, p.290)의 서두에서 밝혀져 있고, 그리하여 이 날짜가 이제는 맞는 것으로 인정되고 있다. 『Letters』 II, p.303의 길다란 각주를 참조. 이 주석은 키츠 문헌(1949)을 작성한 맥길리브레이(J. R. McGillivray)의 당초 제안을 자세히 논의하고 있다. 편지 자체에는 날짜가 없이 '수요일 아침'이라는 표기가 되어 있는데 이것은 아마도 화요일의 오류일 것이다. 이 두 편지와 261번 편지 이렇게 세 통을 날짜별로 배열해 보아야만 연애 사건에 대해 충분한 정보를 얻을 수 있다.

절반만이라도 느껴보았나요? 브라운은 좋은 남자예요. 브라운은 자신이 나를 서서히 죽이고 있다는 것을 몰라요. 당신이 그와 함께 보낸 그 여러 시간이 수천 개의 창이 되어 내 옆구리를 찌르고 있어요. 비록 그가 나를 많이 도와주었고 나에 대한 그의 사랑과 우정을 잘 알고 있고, 지금 이 순간도 그의 도움이 없었으면 내게 푼전 한닢 없었을 것임을 잘 알지만, 나는 늙어 죽을 때까지 그와 말도 하지 않고 만나지도 않을 거예요. 나는 내 심장이 축구공이 되어버린 것에 분개하고 있어요. 당신은 이것을 광기라고 말하겠지요.

당신은 나에게 몇 년 더 기다리는 것이 나쁘지는 않으리라고 말했어요. 당신은 즐거운 일을 쫓아다니는 데만 정신이 팔려 있고 나처럼 어떤 한 가지 생각을 곰곰이 하지 않아요. 어떻게 그리 할 수 있지요? 당신은 내 커다란 소망의 대상입니다. 당신이 없는 방안에서 내가 숨쉬는 공기는 불온할 뿐입니다. 당신에게 나는 예전과 같은 존재가 아니에요. 아니, 당신은 얼마든지 기다릴 수 있겠지요. 당신은 할 일이 너무나 많으니까요. 나 없이도 얼마든지 행복할 수 있겠지요. 파티든 무도회든 하루를 채울 수 있는 곳이면 아무 곳이나 다 좋겠지요.

이번 달에 당신은 어떻게 지냈습니까? 누구와 함께 시시덕대며 미소를 지었습니까? 너무 야만적으로 들릴지도 모르는 질문이겠습니다. 하지만 당신은 나처럼 느끼지 않아요. 당신은 사랑한다는 것이 무엇인지 몰라요. 아마도 장래의 언젠가는 알게 되겠지요. 당신의 때

7) 딜크 부부는 패니의 활발한 사교 활동에서 창구 역할을 했는데, 당시 런던의 중심가에 살고 있었다.

는 아직 오지 않았어요. 키츠가 외로움 속에서 당신에게 불행한 시간을 안겨주었는지 당신 자신에게 물어보세요. 그동안 나는 내내 순교자였어요. 또 그 이유로 이렇게 말하고 있는 거예요. 계속되는 고문 때문에 이런 고백이 나왔습니다. 나는 당신이 믿는다는 그리스도의 피로써 당신에게 호소합니다. 이번 달에 내가 보았으면 고통에 빠졌을 일을 했다면 나에게 편지를 쓰지 마세요. 나는 당신이 바뀌었다고 생각했어요. 바뀌지 않았다면, 무도회와 사교 활동에 여전히 마음이 끌린다면(내가 전에 여러 번 보았듯), 난 차라리 살고 싶지 않아요. 만약 당신이 정히 그렇게 해야겠다면 오늘밤이 나의 마지막 밤이 되기를 간절히 바라겠어요.

나는 당신 없이는 살 수 없어요. 있는 그대로의 당신뿐 아니라 순결한 당신, 정숙한 당신을 원합니다. 해가 뜨고 지고, 날짜가 흘러가고, 당신은 당신 마음 내키는 대로 행동하고 있어요. 당신은 내가 하루 온종일 느끼게 될 그 처절한 비애에 대해 조금도 배려하지 않아요. 제발 진지해지세요! 사랑은 장난이 아니에요. 수정같이 티끌 한 점 걸리는 것 없는 양심으로 편지를 쓸 수 없다면, 쓰지 말아요. 차라리 당신을 만나지 못하고 죽는 편이 낫겠어요, 만약 내가—[8]

당신을 사랑하는

J. 키츠

8) '만약 내가' 다음에 생략하고 쓰지 않은 문장은 '다른 남자들과 함께 당신의 사랑을 나누어야 한다면'을 함의하고 있다.

도대체 무슨 일이 벌어졌을까?

그가 그토록 사랑하는 여자를 향하여 이런 날카로운 의심의 칼날을 들이대게 된 데는 무슨 사정이 있었을까? 알려진 기록은 아무 암시도 주지 않고 있으므로 이 편지 하나만이 유일한 근거이다. 그러나 편지의 행간 속에 사정이 잘 드러나 있기 때문에 잘 살펴보면 아주 그럴 법한 대답을 하나 얻을 수 있다.

먼저 그는 어떤 소문을 들었다. 켄티시 타운이나 런던에서 만난 친구 또는 친지에게 패니와 그녀의 방종한 행동을 이야기하는 소문을 들었을 것이다. 그 소문은 아마도 믿어지지 않는 어떤 것이었으리라. 그 소문은 반드시 사악하거나 비정한 내용을 담고 있지는 않았으리라. 키츠와 패니의 특별한 관계를 잘 모르는 사람이 아마도 지나가는 농담으로 슬쩍 해준 말이었을 것이다. 아무튼 그는 '뭔가' 들었음이 틀림없다. 그외의 다른 결론, 가령 신랄한 질책을 담고 있는 이 편지가 실제적 근거는 하나도 없이 시인의 외로운 사색 속에서 쓰여진 것이라는 판단(오늘날에는 이런 판단이 통설로 자리잡고 있다)은 시인이 심적으로 심각한 불균형 상태에 있었음을 전제하는 것이다. 달리 말하면 그가 사이코(정신이상) 상태였다는 것이다.

패니를 옹호하는 사람들은 키츠가 일종의 병리적 우울 상태에 있었다고 보고 있다. 에이미 로웰이라는 전기작가는 키츠가 '섬망 상태'에 빠져들어 '일시적 광기'를 보였다고 확신한다.(Lowell, p.430,

433) 좀더 현명한 에일린 워드는 '패니에게서 고립' 되어 있다는 사실이 피곤한 키츠에게 유해한 결과를 가져왔다고 판단한다.(Ward, p.358) 아주 꼼꼼한 전기작가 로버트 기팅스는 '고독 속에서 서서히 악화된' 키츠의 정신적 상태가 크게 황폐해져서 '여성에 대한 뿌리 깊은 불신'을 가져왔다고 본다.(Gittings, p.391) 키츠의 전기를 펴낸 지 30여 년이 된 지금에도 가장 권위 있는 키츠 전기작가로 평가되는 W.J.베이트는 이렇게 설명한다. "시인은 고독 속에서 잠시 심신의 균형 상태를 잃어버렸다. 그리하여 패니를 상상할 때면, 그녀가 다른 남자들과 시시덕거리고 있다고 망상하게 되었다."[9]

사실 키츠의 편지는 지나칠 정도로 격렬하고 신랄하며 때로는 야만적이기까지 하다. 하지만 어조는 잘 절제되어 있어서, 중언부언하거나 우회하지 않고 날카롭게 본론을 지적하고 있다. 비록 언어는 격렬하지만 그 바탕은 이성적이라는 느낌을 주며, 같은 시기에 다른 사람들에게 써서 보낸 편지는 그가 평상심을 유지하고 있었음을 보여주고 있다. 격렬한 말투와 비난은 패니에 대한 불쾌한 이야기에게서 뿜어져 나온 것이 틀림없다. 그 이야기는 신빙성이 있다(세부사항이 결핍되어 있긴 하지만 두 번째 편지에서 증거를 발견할 수 있다). 그녀는 파티 초청을 기꺼이 받아들여 남자들 사이에서 즐거운 시간을 보내면서 명랑하게 그들의 시선을 사로잡았음이 틀림없다. "아, 저 재치 있는 언변으로 다가오는 모습이여." 셰익스피어는 크레시

---

9) Bate, p.646. 앤드류 모션의 1997년 전기도 시인에게 잘못을 돌리는 일반적 추세에 합세하고 있다. 하지만 시인의 신체적 상태로 인해 그 같은 잘못이 다소 희석될 수 있다고 보고 있다. "그는 질병 때문에 거의 광기에 가까운 분노를 폭발시켰다."(p.517)

다에 대해 그렇게 말했다. "남자들이 다가서기도 전에 어서 오라고 재촉하네."

이런 분노에 더하여 잘 알려지지 않은 내재된 요인이 폭발력을 더해가고 있었다. 그의 신체적 상태에 대한 회의와 낙담은 편지 속에 늘 한자락을 깔고 있었다. 건강에 대한 우려가 키츠의 마음속에서 사라지지를 않았다. 그리고 그의 마음 깊숙한 곳에서는 그의 문학적 명성을 입증해줄 장시 또는 희곡을 완료하기도 전에 죽을지도 모른다는 끔찍한 생각이 꿈틀거리고 있었다. 그밖에도 패니에게서 추상적 아름다움의 이데아를 구현하려는 강렬한 암묵적 욕망이 있었다. 여자를 이처럼 이데아와 동일시하는 것은 정말 유해해서, 그 어떤 러브 스토리에서도 지장과 장애를 초래할 수 있는 것이다.

들려오는 소문은 감수성이 예민한 키츠의 마음속에 온갖 못된 그림을 그려놓았다. 그리하여 그는 작년에 겪은 유사한 경우를 떠올리게 되었다. 그중 대표적인 것이 무고한 브라운이 패니와 시시덕거린다는 상상이다. 키츠가 브라운 건에 대하여 수세적인 입장으로 돌아가 "당신은 이것을 광기라고 말하겠지요"라고 말한 것은 그 문제에 대해서는 키츠 자신도 확신이 없음을 보여준다. 그러면서도 키츠는 최근에 패니와 떨어져 있었기 때문에 그녀가 무도회 등에서 방종한 행동을 했을 가능성을 또다시 생각하게 된다.

"이번 달에 당신은 어떻게 지냈습니까?" 그는 마치 그렇게 물어볼 권리가 있는 것처럼 묻는다. "누구와 함께 시시덕거리며 미소를 지었습니까? … (중략) … 이번 달에 내가 보았으면 고통에 빠졌을 일을 했다면 나에게 편지를 쓰지 마세요." 패니는 무도회나 파티에서 시시덕거리며 자기 자신을 뽐냈을까? "내가 전에 여러 번 보았듯이." 이 구절은 많은 것을 말해준다. 만약 그게 사실이 아니었다면 (그는 실제로 그녀가 그렇게 행동하는 모습을 한 번이 아니라 여러 번 보았다), 패니에게 과연 그런 편지를 쓸 수 있었을까? 근본적인 것을 파헤쳐보면 그의 질투는 대체로 보아 성적(性的)인 것에서 생겨났으며, 그렇기 때문에 더욱 맹렬했다. 키츠와 키스도 하고 애무도 했던 것처럼(나타난 증거만으로 볼 때 그 이상의 행동은 생각해볼 수 없다), 패니가 다른 곳에서도 그렇게 하지 않는다는 보장이 어디에 있는가? 약혼한 몸이라는 것도 그녀의 방종한 시시덕거림을 억제하지 못한다면, 그런 행동은 과연 어디에서 멈출 것인가?

편지를 다 쓴 키츠는 곧바로 부치지는 않았다. 그것을 다시 읽어보면서 그는 마침내 그 잔인한 비난의 파괴력을 감지하고 망설이게 되었다. 그는 편지를 접어서 책상 위에 하룻밤을 묵혔다. 다음날 아침 그는 좀더 온화한 편지를 쓰기 위해 다시 펜을 들었다. 그러나 얇은 편지지 위에다 첫 문장을 쓰는 순간 어제의 씁쓸함이 다시 되살아났다.

사랑하는 여인이여,[10]

나는 어제 당신의 어머니를 만나게 되리라는 기대 아래에서 편지를 썼어요. 당신에게 고통을 주리라는 것을 알면서도 이기적인 나는 편지를 부치려고 합니다. 당신을 사랑하기 때문에 내가 얼마나 불행한지 당신에게 알리고 싶어서입니다. 또 당신의 온 마음을 나에게 바치게 하고 싶은 뜻도 있습니다. 사실 나는 당신에게 온통 매달려 있는 존재에 불과합니다. 한 발걸음만 떼어놓아도, 눈꺼풀 한번만 움직여도 당신은 내 마음에 지진을 일으킵니다. 나는 당신에 관한 한 탐욕스럽습니다. 나 외에는 아무것도 생각하지 말아주세요. 내가 존재하지 않는 것처럼 생활하지 말아주세요. 나를 잊지 말아주세요.

내가 과연 나를 잊어달라고 말할 권리가 있을까요? 어쩌면 당신은 나를 하루종일 생각할지도 모릅니다. 당신이 나 때문에 불행해지기를 바랄 권리가 있을까요? 만약 당신의 사랑을 원하는 이 격렬한 열정을 이해한다면 당신은 그런 불행을 바라는 나의 심정을 이해할 겁니다. 내가 당신을 사랑하는 것처럼 당신이 나를 사랑해주려면, 편지로 그런 말을 쓰지 말고 생활 속에서 오로지 나만을 생각해야 할 것입니다.

어제와 오늘 아침 나는 달콤한 환상에 사로잡혔습니다. 시골 처녀의 드레스를 입은 당신을 내내 쳐다보았습니다. 그 환상에 내 오감은 얼마나 아팠던지요! 내 마음은 그 환상에 얼마나 헌신했던지요! 그

10) 『Letters』 II, p. 290~291. 이 편지는 서두에 언급된 No. 271과 동봉되어 있다. 이 장의 각주 6번을 참조.

환상 때문에 내 눈에 얼마나 많은 눈물이 고였던지요! 진실한 사랑은 아무리 넓은 가슴이라도 가득 채울 수 있음을 알게 되었어요.

당신이 다시 시내로 외출한다는 소식을 들었을 때 나는 큰 충격을 받았어요. 어느 정도 예상은 했지만 말입니다. 나는 아직 이렇게 기대하고 있는데 말이에요. 내가 나을 때까지 돌아다니지 않겠다고 약속해달라고, 나에게 약속해주고, 편지지 하나 가득 부드러운 말을 속삭여달라고, 만약 선의(善意)로라도 그렇게 하지 못하겠다면, 내 사랑, 당신이 생각하고 있는 것을 말해달라고, 당신의 마음이 이 세상에 단단히 고정되어 있다면 그렇다고 고백해달라고 기대하고 있는 것입니다. 그러면 나는 저만치 멀찍이 떨어진 곳에서 당신을 보게 될지도 모르지요. 우리 속에 든 사랑스러운 새를 잃어버려야 한다면 그 새가 눈에 보이는 한 계속 아픔을 느끼게 되겠지요. 하지만 새가 보이지 않는다면 얼마간은 고통에서 회복될 것입니다.

만약 당신이 나말고 필요한 어떤 것들이 있다고 털어놓고 말해준다면, 나는 애를 덜 태우게 되어 지금보다는 행복할 것입니다. 내가 내 청춘을 향유하지 못하게 하는 당신은 얼마나 이기적이고 얼마나 잔인한 사람입니까. 또한 내가 불행해지기를 바라다니! 당신이 만약 나를 사랑한다면 오히려 당신이 불행해져야 합니다. 내 영혼을 걸고 말하지만 나는 그외의 어떤 것으로도 만족할 수가 없습니다. 당신이 정히 파티에 나가서 즐겨야 한다면, 사람들을 쳐다보며 미소를 짓고 그들의 청송을 들어야 직성이 풀린다면, 당신은 나를 사랑하지도 소유하지도 못할 것입니다.

나는 내 '삶'에서 당신의 사랑에 대한 확신만 보고 있어요. 내 사랑, 내게 확신을 주세요. 그런 확신을 얻지 못하면 나는 고뇌로 죽을 수밖에 없어요. 우리가 사랑한다면 우리는 다른 남자나 여자들처럼 사랑해서는 안 돼요. 나는 유행의 맹독(猛毒)과 허례허식과 수다스러움을 용납할 수 없어요. 만약 당신이 나의 여자라면, 내가 원할 경우 고문대 위에서 죽을 준비가 되어 있어야 해요.

나는 내가 내 친구들보다 감정이 더 풍부한 사람이라고는 이야기하지 않겠어요. 하지만 내가 보낸 다정한 또는 잔인한 편지들을 다시 한번 읽어보세요. 그러면 그 편지를 쓴 사람이 당신이라는 특별한 사람이 만들어낸 고뇌와 불확실성 때문에 얼마나 고통을 당했는지 알 거예요. 내가 완쾌되었을 때 당신이 온전한 나의 것이 되지 못한다면, 신체적 건강은 나에게 아무런 의미도 없을 거예요. 제발 나를 구제해주어요. 아니면 나의 열정이 당신이 감당하기에는 너무 벅차다고 말해줘요. 신의 가호를 빌며.

J.K.

아니, 내 사랑 패니, 내가 틀렸어요. 나는 당신이 불행해지기를 바라지 않아요. 아니, 바래요. 이처럼 달콤한 아름다움이기에 바라는 거예요. 내 사랑하는 여인이여! 안녕. 당신에게 키스를 보냅니다. 오, 이 고통이여!

첫번째 단락은 모든 것을 말해준다. 패니에 대해서 들은 이야기는 낙타의 등을 부러뜨린 마지막 밀짚이었다("그건 나에게 큰 충격을 주었어요"). 그녀는 그와 약혼한 몸으로, 남자들과 만나서 미소지으며 시시덕거리는 것은 그만두어야 했다. "당신의 온 마음을 나에게 바치세요. 나 외에는 아무것도 생각하지 말아주세요." 편지의 나머지 부분은 비록 소란스럽게 펼쳐지고 있지만, 이 요구를 변주(變奏)한 것에 지나지 않는다. 시내에 혼자 나가서도 안 되고 샤프롱(사교계에 나가는 젊은 여자의 보호자—옮긴이) 없이 파티나 무도회나 사교 행사에 나가 매혹적인 미소로 뭇 남자의 시선을 집중시켜서 남자들의 만만한 표적이 되는 행동을 해서도 안 된다. 다른 남자들이 자꾸 자기를 쳐다본다고 자랑하듯 편지에 쓰는 것도 그만두어야 한다. "그런 말을 편지 속에 쓰지 말고 생활 속에서 오로지 나만을 생각해야 할 것입니다." 만약 이런 요구가 그녀의 자유를 억압하는 이기적인 것이라고 해도 할 수 없다. "나는 그외의 어떤 것으로도 만족할 수가 없어요. 내게 확신을 주세요." 추신에 상당히 부드러운 말을 써넣기는 했지만, 더 이상 '당신이라는 특별한 사람이 만들어낸' 고뇌를 견디면서 살지 않겠다는 마지막 경고를 감추지 않고 있다.

여하튼 이 편지는 아무래도 좀 지나쳤다. 시인은 자신의 의미를 강하게 각인시키기 위하여 생생한 이미지를 찾던 중, 자기가 무엇을 쓰는지 충분히 인식하지도 못한 상태에서 마구 휘갈겨 썼던 것이다. "만약 당신이 나의 여자라면, 내가 원할 경우 고문대 위에서 죽을 준비가 되어 있어야 해요." 설사 과장법을 쓴 것이라고 해도 이것은 정상적인 범위를 넘어서는 표현이다. 어쨌든 그 의미만큼은 명확하다. 이런 헌신이 그녀의 능력을 벗어나는 것이라면 "나의 열정이 당신이 감당하기에는 너무 벅차다고 말해줘요." 전부 아니면 전무(全無)라는 것이다.

이 편지 속에는 자신이 너무 지나치게 말하고 있다는 키츠의 느낌이 고통스럽게 드러나 있다(하지만 감정의 격류 속에 감추어져 있기 때문에 이를 발견하자면 편지를 자세하게 들여다 보아야 한다). 편지의 중간(제 4단락과 5단락)에서 그는 합리적인 태도를 보이기 위해 패니에게 '나말고 필요한 어떤 것'을 얻기 위해 사교계에 나가야 한다면 말해달라고 요구한다. 그렇게 해주면 적어도 불확실성으로 '애를 태우지'는 않을 것이고, 마음이 한결 편할 것이라고 말한다. 그러나 그 말을 쓴 잉크가 종이 위에 번지자마자 그는 자신의 입장을 번복한다. 일상생활에서 다른 사람들의 자극이 필요하다면 그녀는 그에게 걸맞은 여자가 아니라는 것이다. 그렇게 말하고 다섯 줄 밑으로 내려와서는 패니가 고문대 위에서 죽을 준비를 해야 한다는 잔인한 말을 거침없이 쏟아낸다.

　6월 16일경이 되어 패니는 거의 하루 이틀 간격으로 키츠의 편지 봉투를 손에 받아들게 되었다. 편지는 평소보다 더 두꺼웠다. 그녀가 두 통 중 어느 것을 먼저 읽었는지는 중요한 문제가 아니다(두 편지에는 날짜가 적혀 있지 않았다). 어쨌거나 그 충격적인 효과는 마찬가지였기 때문이다. 그녀가 놀람과 분노를 극복하고 답장을 하는 데까지 얼마나 걸렸는지, 또 그의 까다로운 질문에 어떻게 대답했는지는 정확하게 알 수 없다. 하지만 그녀가 하루 이틀 사이에 답장을 했다는 것은 알려져 있다. 후에 키츠가 그녀에게 보낸 편지에서 그녀의 답변을 얼마간 알 수 있기 때문이다. 두 사람의 사랑은 아주 특이하지만, 동시에 그 고통스럽게 교환된 편지들은 태곳적부터 내려온 젊은 여인들의 러브 스토리를 얼마나 고스란히 반영하고 있는가!

　그녀는 제 잘못을 시인하지도 않았고, 사과의 말도 하지 않았다. 그녀는 그가 '생각, 말, 행동'에 있어서 자신을 정말 섭섭하게 했다고 불평을 털어놓았다.(『Letters』 II, p.292) 그가 들은 소문이 어떤 것인지 모르지만, 그녀는 자신이 그가 생각하듯 경박한 여자가 아니라고 말했다. 친구들 사이에서 다른 친구들은 즐기는 동안, 구석에 처박혀서 큰바위 얼굴처럼 가만히 앉아 있어야 약혼녀 노릇을 제대로 하는 것이 되는가? 젊은 남자들이 그녀와 대화하고 싶어서 자꾸만

다가오는데 겨우 스무 살의 젊은 여자가 중년의 아줌마처럼 행동해야 정숙한 것이 된단 말인가?

그녀는 떠벌리기 좋아하는 그의 친구들을 참을 만큼은 참아주었다고 말했다. 그들은 패니가 키츠에게 합당하지 않다고 농담삼아 말하면서 키츠에게는 집안과 교양, 원숙한 지성, 그의 예술가적 야망과 멋진 시들을 이해하는 감식안을 지닌 여자가 어울린다고 떠벌렸다. 그들이 지껄이고 돌아다니는 그 가증스러운 말들을 자신이 모르고 있다고 생각하는가? 수치를 모르는 여자이고 머저리같이 골빈 여자라고 자신을 음해한다는 것을 모르고 있다고 생각하는가? 그에게 소문을 들려준 사람이 누구인지는 보지 않아도 짐작할 수 있다!

"저만치 멀찍이 떨어진 곳에서 보게 될지도 모른다"는 얘기와 '가까이서' 그녀를 안아보지도 못할 것이라는 얘기는 무슨 뜻인가? '그외의 어떤 것'으로는 만족이 안 되고 '확신시켜 달라'고 주장하는 것은 무슨 뜻인가? 파혼하고 싶다는 뜻인가? '당신의 마음이 이세상에 단단히 고정되어 있다면'의 속뜻은 그것인가? 어쩌면 그녀가 그에게 좋은 배필이 아니라는 뜻인가? 하지만 충격적인 편지 두 통을 받고서도 그녀는 자신이 정말 그를 사랑하고 있으며, 그가 원하면 언제까지나 그의 '마음과 영혼'이 되어주겠다는 사실을 알아달라고 말했다.

그러한 내용으로 회신을 보낸 패니는 초조하게 답변을 기다렸다.

어쩌면 키츠가 크게 동요하여 자신에게 달려올지도 모른다고 생각했다. 그러나 일주일이 지나도 편지나 약혼자는 나타나지 않았다. 그리고 나서 하루 이틀이 더 지난 다음에야 패니는 왜 침묵이 계속되었는지 알게 되었다. 6월 22일 키츠의 병이 재발한 것이었다.

그날 아침 일찍 키츠는 월텀스토의 후견인 집에서 체류하고 있는 여동생을 찾아가려고 자신의 집을 나섰다. 그는 길을 막 내려가다가 가벼운 기침이 나는 바람에 걸음을 멈추게 되었다. 그리고 몇 방울의 피를 토해 올렸다. 핏방울은 몇 점에 지나지 않았으나 그에게 공포를 안겨주기에는 충분했다. 그는 다시 집으로 돌아와 공포스럽게 그 다음에 올 일을 기다렸다. 하지만 아무 일도 일어나지 않았다. 그날 오후, 숨쉬기도 편안하고 가슴이 답답한 증세도 전혀 없었기 때문에 그는 몇 발자국 떨어지지 않은 모티머 테라스의 헌트 집으로 놀러갔다. 거기서 그는 셸리의 친구인 기스본 부처를 만났다. 기스본 부인은 그 다음날의 날짜를 적은 일기에서, 셸리가 훌륭하다고 칭찬한 「엔디미온」을 쓴 젊은 시인을 만났다고 썼다. 이어 그녀는 덧붙였다. 실망스럽게도 키츠는 저녁 내내 '별로 말이 없었고' 설사 말을 하더라도 '아주 낮은 목소리로' 말했다.

그 일기는 부지불식간에 키츠의 그날 밤 상태를 아주 잘 보여준다. 당시 그는 우울한데다가 몸이 나른한 상태였다. 그것은 심각한 각혈을 알리는 예고편 같은 것이었다. 과연 키츠는 그날 저녁 헌트

에게 작별을 고하고 집에 돌아온 지 한 두 시간만에 자기 방에서 각
혈을 했다.[11]

※

정말 그렇게 해야 합니다, 하고 닥터 램은 말했다. 키츠가 겨울
동안 이탈리아에 가 있어야 한다는 것이었다. 그의 병이 진짜 폐결
핵인지 아닌지는 아무도 단언하지 못했다. 그러한 각혈과 발열은
나쁜 심장이나 위, 과로, 정신적 동요, 혈관을 찢어놓는 혹한기의
기침 등 여러 가지가 겹쳐서 발생한 것일 수도 있었다. 어쩌면 그것
은 본격적인 폐결핵의 시작인지도 몰랐다. 폐결핵이 아닐지라도 따
뜻한 남쪽은 불안정한 건강 상태를 물리치기에는 가장 적합한 곳이
었다. 병세를 진단하기 위하여 이미 모티머 테라스를 다녀간 전문
의 로버트 달링도 이탈리아행에 동의했다. 키츠는 늦어도 9월초에
는 길을 떠나야 했다. 여행 준비를 제대로 하려면 두 달도 부족할지
몰랐다. 이탈리아의 숙소를 잡으려면 우편으로 신청해야 하는데,
우편이 프랑스를 거쳐 알프스를 넘어가는 데 시간이 많이 걸리기
때문이었다.

헌트 저택의 2층 방에 누워 있던 키츠에게 그 반갑지 않은 판정이
내려졌다. 헌트는 키츠가 재발한 직후 그를 자신의 집으로 옮겼다.

11) 6월 22일의 각혈: 『Letters』 II, p.300. 키츠가 여동생에게 보낸 편지. 기스
본(Gisbome)의 인용을 포함하고 있는 같은 페이지의 각주를 참조. Bate,
p.647~649 · Gittings, p.400도 참조. 키츠는 6월 23일자 편지에서 의사들의
낙관적인 의견을 보고하고 있다. "나는 잠도 잘 자고 있고 또 의사들은 걱정할
게 별로 없다고 해." (『Letters』 II, p.300)

헌트 부인과 여러 하인들이 이제 친절하게 그를 돌보았고, 그가 쉽게 먹을 수 있는 유동식을 준비해주었으며, 다섯 명의 시끄러운 아이가 만들어내는 소음을 최소화하려고 애썼다. 이미 그는 두 명의 의사에게 검진을 받았는데, 그들은 7월초부터 이탈리아 행을 권했다. 이탈리아에 가기로 결심한 것을 여동생에게 알리면서 그는 의사의 말 외에 다른 말도 덧붙였다. "몇 달 동안 꾹 참으면 완전히 회복될 그런 병세가 아닌 것 같아. 하지만 이제는 참는 데 이골이 나서 생각보다 훨씬 잘해내고 있어."(『Letters』 II, p.305) 이번에는 완쾌가 빠른 시일 내에 될 것 같지 않다는 전언이었다.

그는 6월 22일의 각혈 이래 더 이상 피를 토하지 않았고, 매일 '기력이 약간씩 회복'된다는 느낌이 들었다. 하지만 그는 크게 겁을 먹고 있었고 육체적으로도 큰 타격을 입었다. ㄱ의 까칠해진 얼굴이 그것을 잘 보여주었다. 한 방문객은 그의 모습, 특히 그의 얼굴은 "너무나 처참하여 죽은 톰을 연상시킨다"[12]고 말했다. 비슷한 시기에 키츠를 방문했던 다른 사람은 "키츠가 말을 하지 않았고 아주 수척했다"(『Letters』 II, p.300)고 말했다.

그러나 재발 후 3주쯤 지난 7월 중순에 그는 서서히 회복하여 사람의 왕래가 많은 모티머 테라스를 하루에 두 번, 30분씩 산책할 수 있게 되었다. 신선한 공기와 가벼운 운동을 제공하는 이 산책으로 그는 무기력에서 벗어나게 되었다. 그가 보고한 그 거리는 "고함치는 소

---

12) KC I, p.121. 이렇게 관찰한 사람은 조지프 세번이었고, 그는 그것을 해슬람에게 보낸 편지에다 적었다. "나는 그가 회복할 거라고 생각해." 그는 덧붙였다. 그는 "기회 있을 때마다—가령 일주일에 두 번 정도—키츠를 방문하겠다"고 약속했다. 이 편지의 작성 시기는 세번이 키츠를 따라 이탈리아로 가기로 결정하기 3개월 전이다. 이때도 세번은 여전히 낙관적 기질을 보여주고 있으며, 그후 그것은 로마에서의 길고도 지루한 나날에 큰 도움이 되었다.

리, 발라드 소리, 거리의 음악 등이 흘러넘쳤다."(『Letters』 II, p. 309)

키츠가 6월 중순에 보낸 고뇌어린 두 통의 편지에 대한 패니의 답변이 재발병 전에 그에게 도착했는지 아니면 헌트의 집에서 와병 중일 때 도착했는지는 분명하지 않다. 그녀가 헌트의 집을 방문했는지도 확실치 않다. 그녀는 꽃을 보냈는데, 키츠는 그것을 침대 옆 테이블의 꽃병에다 꽂아놓았고 그녀가 준 반지를 끼고 있었다. (『Letters』 II, p. 301) 아무튼 패니의 회신에 대한 그의 답변은 기력이 얼마간 회복될 때까지 연기되었다. 그가 편지를 다시 쓴 것은 아마도 모티머 테라스를 산책하던 7월의 두 번째 주였을 것이다. 그 편지는 산만하나 꽤 많은 내용을 밝혀준다. 그녀에 대한 자신의 사랑이 변함없으며, 또 감히 그녀와 헤어지겠다고 생각했다니 당치도 않다면서 거듭 부인(否認)하고 사과한 것이 주된 내용이었다.

"오늘 아침 나는 머리가 어질어질합니다. 머릿속에는 수백 가지 생각이 떠돌고 있으나, 무엇을 어떻게 말해야 할지 잘 모르겠습니다."(『Letters』 II, p. 292. 이어지는 두 인용문도 같은 책) 그는 아주 여유 있는 말투로 시작했다. 그러나 곧 날카로운 말투가 돌아오기 시작했다. "당신과 상관이 없는 건강이나 즐거움을 향유하기보다는 차라리 이런 비탄 속에서나마 당신에게 편지를 쓰는 것이 더 좋습니다." 그는 마지못한 어조로 지난번의 두 편지에 대하여 사과하면서 "내 감정이 너무 날카로워서 그런 말이 부지불식간에 흘러나간 것입니다"라고 서투르게 변명했다. '만약 내가 아무런 근거도 없이 그런 말을 했다는 것을 확신할 수 있다면' 더 많이 참회하고 후회하면서 모든 의심을 물리치리라고 말했다. 이러한 문구는 그가 '뭔가'를 들었음을 입증한다.

파혼하는 문제에 대해서 그는 구슬프게 물었다. "내가 당신 곁을 떠나는 것이 가능하다고 생각합니까?" 키츠는 지난번 편지에서는 '자신이 너무 비참한 상태'에 있었기 때문에 본의 아니게 위협적인 말이 튀어나가게 되었다고 밝혔다. 헤어지자는 경고나 위협을 말하려고 했던 것은 결코 아니었다. "나의 어여쁘고 우아한 천사 패니여! 나를 그런 경박한 남자로 생각하지 말아요."

감히 그녀를 비웃는 그의 친구들에 대해서, 그는 그런 사람이 몇몇 있다고 시인했다. "나는 앞으로 그들을 내 친구 또는 친지로 생각하지 않겠습니다. 나는 어떤 일이 있어도 한가한 잡담거리가 되지는 않겠습니다." 그는 그녀에게 그처럼 비웃는 자들에게는 신경 쓰지 말라고 했다. 그들은 그녀를 질투하고 그녀의 재치를 부러워하며 그녀의 매력, 그녀의 아름다움을 시샘하는 자들이기 때문이다. 만약 비웃는 자들이 있다면 그들은 애초에 "당신에게 경멸을 받아 마땅합니다. 사실 그들은 당신과 내가 맺어지는 것을 말리려고 애쓰고 있어요." 그는 두 사람의 사랑에 대하여 단 하나의 희망사항(하지만 그것은 그에게 아직도 좌절감을 주는 것이었다)을 밝히면서 편지를 마쳤다. "당신이 영혼으로나 마음으로나 나의 사람임을 확신하게 해주세요. 만약 그렇게만 되면 사랑 없이 살아 있는 것보다 훨씬 더 행복하게 죽을 수 있을 것입니다."

'비웃는 사람들'과 절교하겠다는 그의 맹세는 더러 공연한 약속이었다. 그것은 패니나 키츠나 둘 다 잘 알고 있었다. 개중에는 비웃지 않는 사람들도 있었지만, 그런 사람들도 두 사람의 맺어짐에 대해서는 심각한 의문을 품고 있었다. 그중에는 찰스 브라운, 딜크 부부, 패니의 어머니 등 무시할 수 없는 사람들이 들어 있었다. 브라운은 패니가 '결점이 많다'고 생각하고 있었고,[13] 나중에 패니 자신이 털어놓았듯 브라운은 그녀를 별로 좋아하지 않았다. 그는 패니가 과연 키츠에게 진실한 감정을 품고 있는지도 의문시했다.

딜크 부처의 생각은 딜크 부인이 쓴 편지의 한 짧은 단락에서 잘 드러난다. 그것은 브론 부인이 상황을 어떻게 보고 있는지도 잘 드러낸다. "그건 결정된 일이에요." 딜크 부인은 썼다. "존 키츠와 미스 브론은 맺어졌어요. 하느님이 그들을 도와주시기를. 패니의 어머니는 말릴 수가 없었다고 했어요. 그녀의 어머니는 이제 일이 잘 되기만을 바라고 있어요."[14] 그 단락에 등장하는 또 다른 문장은 비록 짧지만 주위 사람들이 둘의 관계에 대해서 회의적인 이유를 극명하게 밝혀준다. 그들은 키츠에게서 주위 사람들을 우려하게 만드는 특징을 발견했다. "그는 그 누구도 그녀에게 말을 걸거나 그녀를 바라

---

13) 『Letters』 II, p.345. 이 표현은 키츠가 1820년 9월 28일 브라운에게 보낸 편지에 들어 있다. 이 책의 p.56에서 인용한 편지를 참조. 키츠가 이 같은 말을 공개적으로, 또 침착하게 할 수 있다는 것은 키츠와 브라운 사이에 이 문제 (패니의 결점)에 대한 토론이 상당히 있었음을 의미한다. 따라서 그녀의 결점으로 열거된 사항은 시사하는 바가 많다.

14) Dilke, p.11. 이 인용문은 딜크의 산만한 회고록 속에 나온다. 이 인용문의 출처에 대해서는 밝혀지지 않았다. 아마도 딜크 부인이 시아버지에게 보낸 편지가 아닐까 한다.

보는 것을 좋아하지 않아요." 친구들이 지적했듯이 패니는 젊은 남자들에게 지나치게 스스럼없이 귀엽게 구는 태도에 대해서는 비난받아야 마땅했다. 하지만 패니의 태도에 지나치게 반응하는 키츠도 문제였다. 그는 지나치게 소유욕이 강했고 질투는 너무 심해 건강을 해칠 정도였고 때로는 광적일 지경이었다. 두 사람의 궁합이 잘 맞느냐 하는 문제는 차치하고라도, 지나친 소유욕은 결혼 생활을 망치는 아주 위험한 소지가 될 수 있었다(패니를 신통치 않게 보는 딜크 부부의 평판은 전 가족에게 퍼져나간데다가 대를 물리게 되었다. 1875년 딜크의 손자는 작은 할아버지 윌리엄에게 편지를 받았는데, 그 편지에서 윌리엄은 패니의 성격을 부분적으로 논했다. "소녀 시절의 브론 양에 대한 내 기억은 네 할아버지의 말과 일치해. 그녀는 안색이 누르스름했고 존 키츠같이 민감한 시인이 사랑할 만한 여자가 못 되었어. 네 할아버지는 그녀가 별로 좋아하지 않으면서도 먼저 키츠에게 수작을 걸었을 거라고 말하곤 했어."—KC II, p.338).

키츠를 잘 이해해준 가장 친한 친구 존 레이놀즈도 그들의 약혼을 실수라고 생각했고 그 의견을 주저하지 않고 표명했다. 키츠가 요양차 이탈리아로 간다는 말을 듣고서 그는 어떤 편지에 아주 잘되었다고 썼다. "특히 그가 그토록 애착을 느끼는 저 신통치 않은 여자에게서 떨어진다는 것은 그리 나쁜 일이 아닐 것이다."[15] 레이놀즈의 세 여동생들도 그의 견해에 동의했다. 한 여동생은 7월에 쓴

---

15) Reynolds, 『Letters』, p.21, 또는 KC I, p.156. 패니와 레이놀즈 가문과의 관계에 대한 논의는 존스(Leonidas Jones)의 『Life of J.H.Reynolds』(1984)에 소상히 나와 있다.

16) Dilke, p.11. 이 말이 들어 있는 전체 문장은 다음과 같다. "나는 키츠가 로마로 간다는 말을 들었는데, 그것은 그의 친구들을 여러모로 기쁘게 할 것이다. 나는 그 여행이 그의 건강을 회복시켜주기를 진심으로 바란다. 불쌍한 친구! 그의 몸과 마음이 그 여행으로 틀림없이 좋아질 것이다. 그처럼 떨어져 있으면 그에게 있어서 가장 불행한 관계가 완전히 해소되지는 않는다고 해도 많이 약화될 것이다." 편지의 작성자는 제인 레이놀즈(Jane Reynolds)이고 그

짧은 편지에서 "그 관계는 그에게 있어서 가장 불행한 관계였다"[16]
라고 썼다. 레이놀즈 가족이 패니를 사정없이 깔아뭉개는 이유는 키
츠가 그의 여동생들 중 하나와 결혼하지 않았기 때문이라는 설도 있
으나, '다른 사람들' 도 패니를 신통치 않게 얘기했다는 점을 감안하
면 그다지 설득력 있는 얘기는 아니다. 그 '다른 사람들' 도 서로서
로 잘 알고 있는 사이였음을 유념해야 한다. 가령 딜크 부인은 브론
부인과도 가까웠을 뿐 아니라 패니와도 '친한 친구' 였고 그후 오랫
동안 그런 상태를 유지했다.

패니의 이종 사촌—패니의 어머니에게는 결혼한 여형제 네 명이
있었다—들도 그녀에 대해서 나름대로 의견이 있었다. 한 남자 이
종 사촌은 여러 해 뒤 키츠의 연애편지가 발간되면서 터져나온 논쟁
에 참가하여 자신의 의견을 밝혔다. 이 사촌의 보고가 정확한 것인
가 하는 점에 의문을 표시하는 사람도 있지만, 어찌됐거나 그런 보
고가 있었다는 사실은 무시할 수 없다.

미스 패니 브론은 경애를 받는 것을 매우 좋아했다.[17] 키츠와 약혼
한 사이이기는 했지만 그녀가 정말로 키츠를 좋아했다고는 생각하지
않는다. 그녀는 키츠가 죽었을 때 몹시 슬퍼했다. 그녀는 생전의 키
츠를 아주 섭섭하게 대했기 때문이다. 그녀는 춤추기를 좋아했고 오
페라, 무도회, 파티 등에 가는 것을 좋아했다. 딜크 부부를 통하여 미

녀는 나중에 Thomas Hood의 아내가 되었다. 만년에 그녀는 결혼한 패니와
친하게 지냈다. 『The Letters of Thomas Hood』(1973) 여기저기에서 관련 자
료가 여럿 발견된다.

17) Colvin, p.331. 이 책에 보면 《뉴욕 헤럴드》 1889년 4월 12일자에 나온 기
사를 인용했다고 나와 있다. 하지만 그 날짜의 신문에는 그 같은 기사가 나오
시 않는다. 1889년 4월 2일, 11일, 14일, 21일자의 같은 신문, 또 1888년 4월
12일자의 같은 신문에서도 발견할 수 없다. 정확한 전거를 발견할 수 없으므
로 나는 약간 망설이면서 여기에 사용하게 되었다. 세심한 콜빈이 날짜를 잘
못 안 게 틀림없으나, 나는 콜빈이 기사를 본 것은 사실이라고 결론지었다. 그

스 브론은 많은 사교 행사에 초청을 받았다. 키츠가 그녀를 무도회에 데리고 갈 만큼 건강이 좋지 못했기 때문에(그는 그녀를 무도회에 데리고 간 적이 한 번도 없었다) 그녀는 군인들과 함께 울위치 무도회, 햄프스테드 무도회 등에 다녔다. 그녀는 무도회에 가면 키츠가 싫어할 정도로 장교들과 많이 춤을 추었다.

그녀는 대단한 미인은 아니었지만 아주 생기발랄하고 귀여웠다. 햄프스테드에 있는 브론 부인의 집을 자주 드나들었던 사람 중에는 외국 신사가 많았다. 키츠는 그녀가 그런 남자들과 지나칠 정도로 많이 대화를 하고, 시시덕거리고, 춤을 춘다고 생각했다. 하지만 그의 항의는 모두 무시되었다.

심지어 키츠의 남동생 조지도 1820년 급한 일이 있어서 영국에 돌아왔다가 그 문제의 증인이 되었다. 무슨 얘기인가 하면, 당시 런던 시내에 패니에 대한 험담이 나돌아다닌다는 것을 알게 된 것이다.

키츠가 첫번째 각혈을 하기 직전인 1월에 도착한 조지는 곧 이름을 알 수 없는 소식원('내가 아주 존경하는 사람들')에게 패니에 대한 이야기를 듣고서 그것을 사실로 믿게 되었다. 그는 구체적으로 어떤 이야기인지는 말하지 않았다. 단지 그 이야기에 따르면 패니가 '나쁜 심성을 지닌 교활한 여자'라는 것만 밝혔다.[18] 하지만 조지는

이야기는 당시 대중적인 가십을 주로 취급하던 《헤럴드》의 방향과도 맞아떨어진다. 콜빈은 그 얘기가 패니의 사촌으로부터 나온 것이라고 말했다. 그 사촌은 "1819~1820년경에 어린 소년이었고, 이모 브론 부인의 집을 자주 드나들었다." 콜빈 이래 키츠를 다룬 전기작가들 중에 이 사촌을 거론한 사람은 로웰이 유일하다. 하지만 그녀는 이 이름 없는 사촌의 발언을 중시하지 않는다. "그의 발언은 악의에서 비롯된 것이다. 우리는 그의 회상을 무조건적으로 신빙할 수는 없다."(II, p.129). 베이트, 워드, 기팅스는 패니에 대한 부정적 증거는 대부분 무시하고 있는데, 이 사촌의 발언도 무시하고 있다.

18) MKC, p.20. 이 표현은 자신과 키츠의 여동생 패니 키츠에게 보낸 조지의

그녀를 직접 만나보았을 때 그런 주장을 뒷받침할 만한 것을 느끼지 못했으며, 단지 약간 건방지다는 인상을 받았다고 덧붙였다.

키츠의 여동생에게 써보낸 패니 자신의 진술도 간략하게 살펴보아야 한다. "지금 나를 무척 슬프게 하는 것은," 패니는 키츠가 죽고 난 후 바로 이렇게 썼다. "그의 죽음이 그렇게 가까이 있었는데, 그의 곁에 있지 못했다는 것입니다. 만약 그가 돌아왔다면 나는 그의 아내가 되었을 것이고 그는 우리와 함께 살았을 것입니다."(FB-FK, p.25) 그로부터 두 달 후, 그녀는 또다시 그를 알고 있는 모든 사람 중에서 자신이 "그를 가장 사랑했다"고 주장하면서, 자신의 상실감은 회복이 불가능하다고 덧붙였다. "당신을 빼놓고는 아무에게도 그에 대해 말하지 않았어요. 또 당신 외에 아무에게도 그에 대한 이야기를 하지 못하게 하겠어요. 나는 아직도 충격에서 회복하지 못했어요. 아니 영원히 회복하지 못할 거예요."(FB-FK, p.31~32)

이런 발언이 과연 패니의 지지자들이 주장하는 그녀의 좋은 성품을 뒷받침해주는지는 뒤에서 더 다루게 될 것이다. 그러나 여기서 예고편으로 미리 말해두어야 할 것은 그녀는 상실을 영원히 극복하지 못할 것이라고 말했지만, 실제로는 극복했다는 사실이다. 여러 해 뒤 키츠의 명성이 아직도 떠오르지 않고 있을 때, 그녀는 자신이 어떻게 그런 별볼일 없는 시인에게 마음이 끌렸는지 의아하다고 말했다. 그것도 아주 분명하게. 아무튼 이것은 패니 브론의 후반기 생

1824년 편지에 나와 있다. 그는 이렇게 덧붙였다. "내가 들은 것 중에서 가장 혐오스러운 것은 그녀가 여동생을 사랑하지 않고 어머니를 존경하지 않는다는 얘기야. 나는 네가 생각하고 있는 변화에 그 여자가 관련되지 않기를 바란다." 당시 패니 브론과 친했던 패니 키츠는 오빠 조지에게 보낸 편지에서 그녀를 옹호하고 있다. 그녀의 발언은 조지의 회신 속에 반영되어 있다. "브론 양이 그처럼 나쁜 여자라는 이야기를 듣고 기뻤네. 그렇게 특이한 기실이 있어서 나에게 정보를 주는 사람들이 속았고, 그녀를 버릇없는 여자라고 한 것 같다"(MKC, p.24). 물론 조지에게 정보를 주었던 사람들은 아주 많이 속은 것은 아니었다. 패니의 어리석고 무식한 행동, 천방지축으로 날뛰는 모습

애에서 목도하게 되는 특징의 하나이다.

8월초, 앞으로 몇 주만 있으면 영국을 떠나 낯선 땅에서 불확실한 미래를 맞이해야 한다는 생각에 마음이 우울해진 키츠는 패니에게 보내는 편지를 썼는데, 그게 결국 마지막 편지가 되었다. 그 편지는 사랑하는 여자의 본심에 대하여 아직도 의심하고 경계하는 자신의 비참함을 묘사한 병적인 편지였다.

그는 그녀와 헤어지면 자신이 결코 살아남지 못할 것이라고 거듭하여 불평했다. 그녀 속에 그가 '집중되어 있고' 그녀와 떨어져 있으면 '그 어떤 휴식의 전망'도 보이지 않는다고 썼다.(『Letters』II, p.312. 이어지는 두 인용문도 같은 책)그는 "당신이 미소를 짓고 있는 저 잔인한 세상에 넌더리가 난다"라고 선언했다. 그에게 있어서 미래는 '가시덩쿨뿐'이라고도 썼다. 이어 아주 선명한 한 문장으로 이유를 설명했다. "로마에 있는 나를 상상해보십시오. 나는 거기서 아무 때고 이 동네 저 동네를 비추어줄 수 있는 마법의 유리공을 통해 당신을 보고 있을 것입니다."

비탄에 휩싸인 그는 패니에게서 어떤 확신을 얻으려고 했다. 그래서 그녀가 최근에 보낸 편지의 일부분을 다시 써서 보내달라고 요청했다. "당신의 편지 중에 있던 한 문장을 여기 보냅니다. 당신이 그 문장을 약간 수정해주면 좋겠어요. 당신이 괜찮다면 내용을 나에게 좀 덜 차가운 말로 수정해주세요." 패니가 이런 기이한 요청을

은 분명히 키츠의 마음을 아프게 했던 것이다. 조지의 딸 엠마(후일 필립 스피드의 부인이 됨. 링컨 행정부의 검찰총장을 지낸 스피드의 제수)는 1877년 그녀의 삼촌(키츠)이 '그의 사랑에 화답해주지 않는 여자와 사랑에 빠졌다'고 공개적으로 말했다(《Harper's New Monthly》5월, 1877, p.358). 찰스 브라운의 견해도 대를 물렀다. 1879년 브라운의 아들 칼리노(혹은 브라운 소령)는 '그 사랑은 키츠의 일방적인 사랑이었다는 게 나의 생각'이라고 말하면서 JK-FB 편지에 대한 반응을 말했다.(McCormick, p.223)

들어주었는지는 불분명하다. 아마도 들어주었을 가능성이 크다. 어쨌거나 이것은 시사하는 바가 아주 큰 사건이다. 패니가 편지에서 원래 썼던 내용—그녀의 냉담한 어조, 논평, 그들의 관계에 대한 함의(含意) 등—은 키츠에게 중요한 관심사가 아니었다. 단지 마음을 아프게 하는 문장들만 수정해주면, 로마의 외로운 숙소에서 그 편지를 아무런 고통 없이 읽을 수 있겠다는 것이었다.

키츠의 마지막 편지에는 놀라운 문장이 또 튀어나오는데, 이것도 시사하는 바가 크다. 그가 셰익스피어를 증인으로 불러올린 것은 어쩌면 그리 놀라운 일이 아닐지 모른다. "셰익스피어는 언제나 가장 멋진 방식으로 사태의 핵심을 요약하지요." 그는 불쑥 이렇게 썼다. "'가, 가, 수녀원으로 가란 말이야!' 하고 오필리아에게 외친 햄릿의 가슴에는 나와 같은 비참함이 가득 들어차 있었지요." 셰익스피어를 언급한 것은 이것이 전부이지만, 패니에 대한 하나의 명백한 진술이 되었다.

"살 것이냐 죽을 것이냐"의 독백 직후에 나오는 햄릿과 오필리아의 저 유명한 만남의 장면에서, 우울한 사색에 빠진 햄릿은 네 번씩이나 이렇게 저렇게 수녀원을 언급한다. 물론 햄릿의 말은 상징적인 것이었고, 키츠가 인용한 의미 그대로는 아니다. 햄릿의 비탄은 사랑의 질투나 여자의 변덕에 대한 개인적 피로감에서 나온 것이 아니었다. 그렇다면 햄릿의 비참함을 자신의 그것과 같다고 말한 키츠의 의도는 무엇일까? 키츠가 이 말을 할 때 염두에 둔 것은 햄릿의 묘사를 통해서 여자의 거짓됨과 변덕스러움, 남자를 속이고 조종하려는 능력 등을 강조하는 것이었다.

"당신은 수녀원으로 가."(『Hamlet』 III, 1, 122ff) 햄릿은 명령했다. "만약 결혼을 하려거든 멍청한 남자하고 해. 현명한 남자는 여자가 남자를 괴물로 만든다는 것을 잘 알고 있으니까." 그런 다음 햄릿은 여자가 남자에게 휘두르는 마력을 아주 간결하게 나열한다. 그러한 마력은 패니에게도 그대로 적용된다. "신은 당신에게 하나의 얼굴을 주었건만 당신은 또 다른 얼굴을 만들어내지. 당신은 빠르게 춤추고 가볍게 걷고 어눌하게 혀짧은 소리를 해. 당신은 신의 피조물에게 별명을 붙여주고, 당신의 변덕을 당신의 무지(無知)로 만들어. 가. 난 더 이상 관심 없어. 그것은 나를 미치게 해."

패니가 샤프롱도 없이 혼자 외출한 사건 때문에 속을 끓일 때마다 키츠가 늘 크레시다만 생각한 것은 아니었다. 햄릿의 말 역시 그의 마음속에 오갔던 것이다.

"만약 내 건강이 허락하면," 키츠는 편지를 계속 써내려갔다. "내 머릿속에 가득 들어 있는 것으로 멋진 시를 쓸 수 있을 텐데. 그 시는 나와 비슷한 상황에 있는 사람들에게 커다란 위안이 될 것입니다. 나처럼 사랑에 빠진 사람, 당신처럼 자유롭게 사는 사람을 그려 보일 텐데."(『Letters』 II, p.312) 사실 그 시는 제작되었다.[19] 그의 마

19) 패니에게 바친 시: 이것은 "의사이신 자연이여! 나의 정신을 피 흘리게 하라!"로 시작되는 「패니에게 바치는 오드」이다. 키츠의 편지 속에 이 시가 바로 그 시라는 직접적인 언급은 없으나, 이 시처럼 패니에게 딱 들어맞는 시도 없다.

지막 시였다. 각각 8행씩을 가진 7연으로 구성된 시인데, 깊은 영감 없이 쓰여진 것이었다. 하지만 혼돈에 빠진 젊은 시인의 마음 상태를 잘 보여주고 있다. 7연 중 2연만 인용해도 충분할 터인데, 여기에는 그의 성적(性的)인 관심사가 잘 드러나 있다.

누가 이제 탐욕스런 눈빛으로 나의 축제를 갉아먹는가?
그 어떤 응시가 은빛 달(月)의 얼굴을 가리는가!
아! 적어도 그 손을 깨끗한 상태로는 유지하라.
사랑에 빠진 사람들이 불타오르게 하라.
그러나 제발 당신 심장의 흐름을
나에게서 그토록 빨리 거둬가지 말라.
오! 순결 속에서 당신의
빠른 맥박을 나를 위해 아껴두어라.

아! 만약 당신이 단 한 시간의 저 덧없는 자만(自慢)의 시간보다
나의 침울한 영혼을 더 높이 쳐준다면
내 사랑의 신성한 교구(敎區)를 그 누구도 침범치 못하게 하라.
또는 그 더러운 손으로 성찬식의 성체를
부수는 일은 못하게 하라.
아무도 이 갓 피어난 꽃봉오리를 더럽히지 못하게 하라.

만약 누군가가 그렇게 한다면 나는 눈을 감으리라
사랑이 그 마지막 숨결을 내쉴 때.

이탈리아 행이 이제 한 달밖에 남지 않은 8월 12일, 그는 잠시라
도 마음의 평화를 얻기 위해 마지막으로 필사적인 시도를 했다. 어
쩌면 유배지에서 두고두고 회상할 추억거리를 만들기 위해 한 일이
었는지도 모른다. 그는 자신의 집주인에게 일부러 싸움을 걸어—패
니에게서 왔다는 편지가 그의 방에 전달되기도 전에 개봉되어 있었
다는 이유로—폭풍처럼 헌트 저택을 뛰쳐나왔다. 그는 곧장 웬트워
스 플레이스로 갔다. 아마도 새로운 숙소를 찾기 전에 잠깐 들른 것
이었을 테지만, 거기서 받아주겠지 하는 음흉한 속셈이 너무나 빤히
들여다 보이는 행동이었다.[20]

    과연 그가 바라는 대로 되었다. 그의 수척하면서도 애처로운 모
습에 깜짝 놀란 자상한 브론 부인이 그에게 어서 안으로 들어오라고
했다. 부인은 키츠 홀로 멀리 떨어진 숙소에 가는 것을 말리고 나섰
다. 영국에서 보낸 마지막 몇 주 동안, 키츠는 햄프스테드의 브론 가
족 집에서 브론 부인과 두 딸, 아들과 함께 지냈다. 그는 그들과 한
지붕 아래에서 살았고, 매일 같은 밥상에서 패니와 밥을 먹으면서
다소 만족스러워했다.

    두 사람은 이 기간 동안 진지한 대화를 많이 나누었을 것이다. 하

20) 키츠가 헌트의 집을 나온 것: 이 사건에 대한 충실한 설명은 Bate, p.652
~653 · Gittings, p.405 · Ward, p.365~366에 나와 있다. 나는 키츠의 이 행
동은 의도적이었다고 본다. 키츠는 개봉된 편지를 하나의 구실로 삼아 잠재의
식적으로 기다려온 기회를 잡았다고 생각한다. 만약 브론 부인이 이탈리아로
떠날 때까지 웬트워스 플레이스에서 묵으라고 초대하지 않았다면, 키츠 자신
이 제안했을 것이다. 그는 자신의 제안이 거절당하지 않으리라는 것을 확신했
다. 『Letters』 II, p.315~317과 각주를 참조.

지만 그들의 화제 중에 단 한 가지만 알려져 있다. 패니와 그녀의 어머니가 그를 따라 이탈리아로 가는 문제가 그것이다. 그들은 마침 영국에 그다지 급한 볼 일이 없었다. 패니가 곁에 있어주는 것이 정신적 위안을 준다는 것말고도, 친숙한 사람들의 간호는 환자의 건강 회복에 커다란 영향을 줄 것이었다. 하지만 이 문제에 대해서 알려진 것은 훗날 패니가 약간 기록해놓은 것이 전부이다. 키츠가 여자들은 갈 필요가 없다고 결정했다는 것이다. 그녀가 설명한 것처럼, 그 결정은 "대체로는 나에 대한 배려 때문이었는데, 그는 무슨 일이 벌어질지 이미 예상한 듯했어요."(FB-FK, p.25) 그의 예상은 좀더 현실에 가까운 것이었다. 원인이 무엇인지 몰라도 병세는 점점 악화되어 그는 하루종일 침대에 드러누워 있는 상태가 되었고, 끝내 사망에 이르게 되었다. 그는 어린 애인에게 그런 시련을 감당하게 하고 싶어하지 않았다.

키츠의 결정은 용감한 행위였다. 당시는 조지프 세번이 여행의 길동무로 나서리라는 얘기가 아직 나오지 않았을 때였다. 그는 자신이 여러 달 동안 침울한 고독과 싸워야 하리라는 것을 알았다. 만약 병세가 더 악화되면 앞은 더욱 암담해질 것이었다. 그는 8월 중순에 여동생에게 이렇게 썼다. "나의 병세는 아직 폐결핵은 아니야. 하지만 겨울 동안을 추운 날씨 속에서 보내야 한다면 그렇게 될 가능성이 많아."(『Letters』, p.314)

그가 마침내 런던 근처의 부두에서 배에 올랐을 때, 그의 가방에는 브론 가족이 준 여러 선물이 들어 있었다. 거기에는 패니가 준 작은 선물도 포함되어 있었다. "당신 없이도 내가 행복을 느낄 수 있는 물건을 하나 만들어내라"[21]는 키츠의 진지한 요청에 따라 패니가 특별히 마련해준 것이었다. 그것은 계란 한 알만한 크기와 형태를 지닌 타원형 홍옥수였다. 그것은 붉은색이 도는 하얗고 매끄러운 옥수(석영의 일종)로서 손바닥에 올려놓고 주무르기에 아주 좋은 돌이었다.

---

21) 『Letters』II, p.311, 이 애원하는 문장 때문에 패니가 길 떠나는 애인에게 홍옥수를 준 듯하다. 세번은 패니가 키츠에게 선물을 건네는 현장에 있었다. 《Atlantic》, p.402 · Sharp, p.91

4 봄은 다시 오는가

피아차 디 스파냐에 있는 자신의 집 현관 창문 앞에 선 닥터 제임스 클라크[1]는 널찍한 스페니시 스텝스(스페인풍의 계단)를 한눈에 볼 수 있었다. 바로 그 맞은편, 가파른 언덕 꼭대기에는 교회의 쌍둥이 탑이 우뚝 솟아 있었다.

그리고 스페인 계단의 바로 오른쪽에 26번지 집이 있었다. 닥터 클라크는 얼마전에 그의 신입 환자 존 키츠를 위하여 작은 집 하나를 임대해놓았다. 키츠는 이제 곧 도착할 예정이었다. 이처럼 기다리고 있는 클라크에게 키츠는 그가 로마에서 돌본 많은 영국 환자 중 한 사람에 지나는 것이 아니었다. 문학에 취미가 큰 박사는 키츠의 시집 세 권을 모두 읽었으며, 젊은 시인이 좀더 원숙해지면 더 멋진 시를 써내리라고 기대하는 문학 애호가의 한 사람이었다. 최근에 그는 몇 달 전에 발간된 키츠의 시집에 대한 호의적인 서평을 《에딘버러 리뷰》에서 읽고서 아주 기뻐했다. "나는 그에게 아주 관심이 많습니다."[2] 클라크는 영국의 친구에게 보낸 편지에서 그렇게 썼다. "정말이지 나는 있는 힘을 다하여 그를 도와주려 합니다."

사실 클라크가 로마에 있었기 때문에 키츠와 주치의들은 겨울의 한기를 피할 곳으로 로마를 선택했던 것이다. 스코틀랜드 출신으로 에딘버러의 유수한 의과대학을 나온 향년 32세의 클라크는 기후가 고질병의 치료에 미치는 영향을 연구하는 비교적 새로운 의학 분야의 저명한 권위자였다. 이 주제를 다룬 그의 책은 선구적인 저서가

1) 닥터 클라크와 그의 배경: KC I, lxx~lxxi · Hale-White, p.77~79 · Brock, p.17~18 · 《British Medical Journal》 January 7, 1939, p. 20. 이 책 뒤에 붙어 있는 참고문헌 중 Jarcho, Pershing, Whitfield 등을 참조. 클라크는 나중에 빅토리아 여왕의 주치의가 되었다.
2) KC I, p.172. 클라크는 그해 7월 발간된, 키츠의 위대한 오드가 들어 있는 얇은 시집을 거론하면서 말했다. 《에딘버러 리뷰》가 그의 시를 평했다는 것을 발견하고 무척 기뻤다." 키츠도 클라크가 로마의 거처를 주선해줄 것이라는 기록을 남겼다. 또 "여러모로 나에게 다정하게 대해주었다"고 말했다. (Letters』 II, p.327)

되었는데 그해(1820년) 초에 에딘버러에서 출판되었다. 그 책의 제목은 완벽을 기한 나머지 한 페이지에 가득 들어찰 만큼 길었다. 아마도 그 주제가 의사들 사이에서도 아주 새로운 것이었기 때문에 그렇게 긴 제목이 필요했을 것이다. '프랑스, 이탈리아, 스위스의 기후, 질병, 병원, 의과대학에 관한 의학적 소견 : 폐결핵의 경우 유럽 남부에 거주할 때 치료에 미치는 영향 탐구 및 이들 국가의 현재 의료계 현황.' 이 책의 수정판의 제목은 이보다 더 길지만 간단히 줄여서 '고질병의 치료와 예방에 미치는 기후의 영향'이라고 한다.

이 책에서는 남부 유럽의 여러 도시가 요양지로 거론되고 있지만, 로마가 가장 선호되는 도시이고 그 뒤를 니스와 나폴리가 쫓고 있다고 되어 있다. 클라크는 그 책의 서문에서 이렇게 쓰고 있다. "많은 영국 사람이 이 멋진 도시를 해마다 찾고 있다. 이처럼 환자들이 겨울 주거지로 로마를 선호한다는 것은 이 도시의 기후가 효력이 있음을 입증하는 것이다. 필자는 이런 사실을 바탕으로 하여 다음같이 의료계의 독자들이 납득할 만한 관찰을 내놓고자 한다."[3]

클라크의 설명에 따르면, 로마의 기후는 따뜻하고 습기가 풍부해서 환자들이 선호할 만한 조건을 갖추고 있고, 다른 곳에서는 아주 흔한 '차갑고 건조한 바람'이 전혀 없다는 것이다. 로마에서는 비오는 날만 빼고는 일년 내내 "환자들이 핑키오 산을 오르면서 하루에 두 시간씩 가벼운 산책을 할 수 있다. 산책하는 도중에도 강한 햇빛

---

3) Clark, 『Influence』, p.69. 클라크는 키츠에게 축축하고 차가운 교회를 방문해서는 안 된다며 금지시켰으나 성 피터 바실리카는 예외였다. 클라크는 자신 있게 이렇게 썼다. "그 교회는 엄청나게 많은 양의 공기를 포함하고 있으므로 환자에게는 늘 안전하다. 운동을 할 수 없는 비오는 날이면 나는 종종 나의 환자들에게 이 멋진 건물을 방문하라고 권유했다. 그들은 그곳에서 정신적인 오락거리를 빛건할 뿐 아니라 온화한 기온 속에서 운동도 할 수 있다." 그러나 키츠는 성 피터 바실리카에 가지 않았다. 닥터 클라크의 책들은 매디슨·위스콘신 대학교의 Health and Science Library에 보관되어 있다.

에 직접 노출될 우려가 없다." 그는 환자들이 로마 기후의 혜택을 본 사례를 거듭 제시하고 있다. 어떤 환자는 '폐병으로 고생하다가' 로마를 떠나 나폴리로 갔는데 거기서 각혈을 하는 바람에 할 수 없이 다시 로마로 돌아왔다. "로마에 돌아오자 그는 각혈도 하지 않았고 아무런 고통도 느끼지 않게 되었다." 그런 일이 그가 돌보는 다른 환자에게도 발생했다. 그 환자는 기침과 가슴 통증으로 고생했다. 그가 나폴리로 가자 병세는 더욱 악화되었다. 로마로 급히 다시 돌아오자 그의 "불쾌한 증세는 씻은 듯이 사라졌다." 로마 중에서도 클라크는 "피아차 디 스파냐 근처가 가장 좋다"고 권유했다. "그곳은 주위가 병풍을 친 듯 가려져 있을 뿐 아니라 인근에 핑키오 산이 있어서 로마에서 가장 안락하고 즐거운 산책로를 제공하고 있다."

하지만 한 가지 주의해야 할 사항이 있었다. 환자에게 로마는 위험한 곳이 될 수도 있다. 오락 시설이 많아서 환자가 지각 있는 행동을 하는 데 방해를 준다는 것이다. "회복기의 환자는 고국에서 금지당했던 오락을 마음대로 즐길 수 있다고 상상해서는 안 된다." 로마의 건물은 대부분 "겨울철의 편의를 별로 고려하지 않고 있다. 가령 계단과 로비는 너무 크고 썰렁하며 외풍이 심하다. 환자들은 그런 상황에 빈번히 노출되는 것이다." 또 도시 중심부의 거리들은 "습하고 축축하며, 이렇게 습윤한 거리와 햇빛 쨍쨍 내리쬐는 거리가 번갈아 나타나는 빈도가 너무 크다." 로마 사람들이 좋아하는 무개 마차도 위험 요인이 될 수 있다. '신체가 취약한 사람이' 그늘에 있다가 양지로 나서는 것은 아주 나쁘다. 체온을 일정하게 유지하는 데는 유개 마차가 한결 낫다.

더욱 중요한 것은 도시의 명승지, 가령 유명한 고대 유적이나 현대의 거대한 교회들은 무슨 일이 있어도 피해야 한다는 것이다. 그런 장소는 "종종 축축하고, 언제나 차갑다. 교회를 방문하는 여성들은 두꺼운 구두를 신어서 대리석 바닥의 냉기로부터 자신을 보호해야 한다."

클라크의 신규 환자인 키츠는 11월 중순이 되도록 로마에 나타나지 않았다. 비록 그가 이탈리아에 도착했다는 소식을 나폴리에서 보내오기는 했지만 말이다. 11월 15일 약간 걱정스러워진 클라크는 책상 앞에 앉아서 나폴리의 동료에게 키츠의 소재를 알아봐 달라는 편지를 쓰기 시작했다. 그가 편지를 쓰는 동안 하인이 존 키츠와 조지프 세번이라는 두 영국 신사가 도착했다는 전갈을 알려왔다.[4] 클라크는 두 사람을 반갑게 맞아들이면서 나폴리에서 오는 여행이 평소보다 더 오래 걸렸다는 것을 알았다. 두 사람이 천천히 움직였던 탓에 여드레나 걸린 것이었다. 게다가 그들은 좀 한가한 길을 택해서 왔다. 그들은 포출리, 테라시나 그리고 벨트리를 경유하여 로마에 도착했다. 그들은 소형 마차인 베투라를 임대하여 하루에 25마일이 넘지 않는 느린 속도로 달려왔다고 했다.[5]

<hr/>

4) 키츠와 세번의 로마 도착: 닥터 클라크는 이렇게 회상하고 있다. "내가 그에 대해서 알아보기 위해 나폴리에 있는 친구들에게 편지를 쓰는 동안 그가 불쑥 여기에 나타났다." KC I, p.172 · Sharp, p.64~65
5) 나폴리에서 로마까지의 여행: Sharp, p.64. 샤프의 책은 그 여행에 대한 세번의 기록을 인용하고 있다. 실제 여행 루트는 자세히 알려져 있지 않으나 여권 사본을 테라시나에서 받은 것으로 보아 테라시나의 길로 갔을 것이다 (Lowell, p.497). Birkenhead, p.47~49도 참조.

여행의 속도가 너무나 느긋하고 주변의 풍경이 너무나 아름다워서 세번은 종종 마차에서 내려 걸어갔다. 그렇게 하면 키츠에게 발을 뻗을 수 있는 기회도 줄 수 있었다. 유일하게 실망스러웠던 것은 매일밤 묵어가야 했던 길 옆의 여인숙이었다. 세번의 회상에 따르면 이들 숙소의 식사가 '너무나 엉망이고 입맛에 맞지 않아서'(이것은 아마도 새로운 것을 시도해보지 않으려는 신참 여행자의 반응이었을 것이다) 고생을 했다는 것이다.(Sharp, p.64. 이어지는 두 인용문도 같은 책) 15일 아침에 그들은 라테란 대문을 통해 로마에 들어섰고, 곧 '굉장한 크기와 남성적 웅장함'을 자랑하는 콜로세움에 다가섰다. 그러나 명승지보다는 의사의 진료가 더 시급했던 두 여행자에게 가장 반가운 광경은 닥터 클라크의 '온화한 얼굴'이었다.

26번지의 집을 안내받은 그들은 마음에 들어했고, 곧 짐을 풀기 시작했다. 여주인은 안나 안젤레티라는 중년 부인이었다. '생기 넘치고, 똑똑하고, 잘 생긴'[6] 그 부인은 두 딸과 함께 건물 안쪽의 2층과 3층을 쓰고 있었다. 남자 주인 안젤레티 씨는 무슨 일인지 늘 집을 떠나 있었다. 그 집의 다른 방들에도 사람이 들어 있었다. 아래층에는 은퇴한 영국인이 살았고, 위층의 방들에는 젊은 아일랜드인과 이탈리아 장교가 각각 살고 있었다. 이들은 모두 집안에 거주하는 하녀의 시중을 받았다. 그 건물 전체에서 자취를 하는 사람은 키츠와 세번뿐이었다. 여주인의 하녀에게 가끔 도움을 받을 수 있는 일

6) Nitchie, p.47. 안젤레티 부인의 배경에 대해서는 『Keats' Roman Landlady』·〈London Times〉(2. 2., 1953)와 Nitchie, p.47~48을 참조. 나중에 이 여주인은 다소 완고하게 행동했는데 키츠의 질병과 사망에 압박을 받아서였을 것이다. 여주인이 키츠와 세번을 별로 좋아하지 않은 것은 너무 심각하게 생각할 필요가 없다. 이 집에 기숙했던 또 다른 세입자는 그녀가 아주 깔끔한 가정주부였고 개인적으로 매력이 있었으며 "미술에 대한 취미가 대단했다"고 말했다.(Nitchie, p.48)

은 집안 청소 정도였다.

집은 크지는 않았지만 안락했고 가구도 잘 갖추어져 있었다. 식구가 적은 가족이나 친구 둘이 쓰기에는 알맞은 집이었다. 여주인에게서 임대한 피아노가 곧 그들의 집에 갖추어졌다.[7] 세번은 음악 교사인 아버지에게 가르침을 받아 피아노를 곧잘 쳤다. 세번은 음악을 '열정적으로 좋아하는' 키츠가 하루 한 시간 정도 자신의 피아노 연주를 들으면 마음이 진정되리라고 생각했다. 닥터 클라크는 그거 좋은 생각이라고 하면서 두 사람에게 악보를 한아름 빌려주었다.

키츠의 침실 바로 옆에 있는, 스페니시 스텝스를 내려다보는 방은 벽장보다 좀 클까 말까 했지만 커다란 창문이 있었다. 세번은 자기가 그 방을 쓰기로 하고 이젤(畫架)과 화구를 들여놓았다. 그는 머릿속에 그림에 대한 구상을 야심차게 품고 있었다. 그는 스파르타 사람들에게 암살당한 아테네 정치가 알키비아데스의 죽음을 그려 보려고 했다. 그것은 최소한 여덟 명의 인물과 정교한 장식을 많이 덧붙인 커다란 그림이 될 터였다. 짐을 푼 지 며칠 되지 않아 그는 아까운 시간을 낭비하지 말라는 키츠의 재촉을 받아들여 초벌 스케치를 하기 시작했다.

로마의 가구 딸린 방에서 생활하는 대부분의 외국인이 그렇듯이, 26번지의 신규 입주자들은 근처의 트라토리아에서 저녁식사를 시켜다 먹었다. 매일 정해진 시간에 배달부가 커다란 함석 표면의 바

---

7) 피아노의 임대: 세번의 회상에 따르면 키츠가 집에 피아노를 갖다 놓자고 했다. "내(세번)가 피아노를 쳐주면 그의 고통과 신경질이 다소 완화되는 것 같았다"(Sharp, p.67). 세번에 따르면 닥터 클라크는 "나에게 많은 책과 악보를 구해주었다." 악보 중에는 하이든의 소나타도 들어 있었는데 시인은 특히 그 음악을 좋아했다. 세번의 하이든 연주를 듣고 나서 키츠는 하이든이 "다음에 어떻게 할지 알 수 없다는 점에서 어린아이와 같다"고 말했다. 1820년 11월 29일부터 시작되는 월세의 첫 달 영수증은 여주인 시뇨라 안젤레티가 서명한 것인데 지금 로마에 있는 키츠-셸리 기념관에 보관되어 있다.

구니를 들고 문앞에 나타났다. 바구니는 그 안에 든 음식을 잘 보온하기 위하여 겉에다 따로 함석을 두른 것이었다. 이 저녁 서비스 역시 여주인이 관장했는데 음식은 건물의 바로 옆에 붙어 있는 트라토리아에서 가져왔다. 그런데 키츠는 이 음식 서비스에 좀 유별난 반응을 보였다. 그것은 평소의 키츠답지 않은 행동으로서 젊은이다운 허장성세의 결과였을 것이다. 그 행동은 그후 키츠의 전기작가들이 흥미롭게 묘사한 풍경이기도 하다. 그러나 그 에피소드는 마침 현장에 있던 여주인의 미움을 사는 계기가 되어 나중에 그들에게 상당한 어려움을 불러왔다.

　며칠 동안 계속 '소스와 향료로 위장한 형편없는 식사'를 대접받고 항의를 해도 아무 소용이 없자 키츠는 직접적인 행동에 나서기로 했다. 엿새째인가 이레째 되던 날 저녁식사 배달부가 식탁 위에 바구니를 내려놓고 김이 모락모락 나는 접시—마카로니, 닭고기, 꽃양배추, 라이스 푸딩(세번의 회고)—를 꺼내놓자 키츠는 말없이 서서 바라보기만 했다. 그러다가 여전히 아무 말도 하지 않고 접시를 차례로 집어들어 건물 입구를 내려다보는 창가로 걸어가더니 팔을 내밀어 2층 아래의 보도로 음식을 쏟아버렸다.[8] 그 동작을 마치고 나서 키츠는 "조용히 그러나 단호하게 바구니를 가리키며 배달부에게 가지고 가라고 지시했다. 그는 아무 이의도 제기하지 않고 빈 접시들을 가져갔다." 그 직후 배달부는 또다시 김이 나는 '훌륭한' 음

8) 맛없는 저녁 식사를 쏟아버린 사건: Sharp, p.67에 세번의 설명이 있다. Bate, p.697∼680·Birkenhead, p.52도 참조. 세번은 이 사건에 대하여 간단히 설명했다(그러나 20년 뒤 그는 이 사건의 유머러스한 측면만 기억했다). 그러나 이 사건을 좀더 진지하게 살펴보면 시뇨라 안젤레티는 키츠의 무례한 행동을 재미있다고 생각하지 않은 것 같다. 그녀의 불쾌감과 분노는 나중에 경찰에 신고하는 것에 영향을 주었을 것이다(이 책의 p.180을 참조). 내버린 음식이 정말 그렇게 맛이 없었는지도 의문이다(나폴리에서 로마로 들어올 때 도로변 여관에서 먹었던 '맛없는' 음식을 상기할 것). 두 젊고 경험 없는 여행자는 전에 먹어보지 못한 낯선 음식에 너무 귀족적으로(!) 반응한 것이 아닌

식을 가지고 나타났고, 그리하여 음식은 더 이상 문제 될 것이 없게 되었다.

여러 해 뒤 그 에피소드를 회상하면서 세번은 그의 행동이 "배달부와 집주인을 놀라게 했다"고 말했다. 식당 주인도 버린 음식에 대해서는 요금을 청구하지 않는 아량을 베풀었다. 그런 대담한 행동에 대하여 여주인이나 배달부도 내심 존경의 염을 품었다는 것이다. 이런 견해는 그후 널리 받아들여졌다. 하지만 우리가 앞으로 살펴보겠지만, 현장에 있었는지 어쨌는지 알 수 없고 또 건물 입구에 버려진 음식물을 청소해야 했던 시뇨라 안젤레티는 별로 유쾌하지 않았을 것이다.

닥터 클라크는 종합검진을 실시하기 전에 키츠에게 이탈리아의 비포장 도로를 덜컹거리는 마차를 타고 오느라고 고생을 했으니 며칠 푹 쉬라고 말했다. 그리고 두 번째 검진을 끝낼 때까지는 결론을 유보하겠다며 조심스러운 태도를 보였다. 그리하여 의사는 11월말이 되어서야 초조해하는 키츠에게 검진 결과를 통보했다. 다행히도 클라크의 검진 결과는 런던의 의사들이 전에 내렸던 진단과 일치했다.

키츠의 질병은 폐결핵이 아니었다. 정확한 진단은 내릴 수 없지만 병소(病巢)는 '위장에 있는 것 같고'[9] 또 심장에도 '약간 의심스러운 구석'이 있다는 것이었다. 의사는 폐에 관해서는 조금도 확신하지 못했다. 물론 폐도 관련이 있을 수 있지만, 설사 그렇다 해

가 여겨진다. 이 일이 있은 직후 그들은 처음으로 스파게티를 먹어보았다. 세번은 스파게티가 '길고 하얀 지렁이' 같아 보인다고 했으나 맛은 좋다고 말했다.(Evans, p.343)

9) KC I, p.172. 이 단락에 나오는 다른 인용문도 같은 책. 승마를 하라는 처방은 여기에서도 언급되어 있다. 클라크는 키츠가 인근 마구간에서 말을 샀거나 아니면 임내했을 것이라고 말했나. 승마의 의학적 측면에 대해서는 Jarcho, p.93을 참조.

도 아주 경미한 정도일 것이라고 보았다. "나는 시인의 정신적 피로와 혹사가 질병의 주된 원천이 아닌가 생각한다"라고 클라크는 친구에게 보낸 편지에 썼다. 그의 이런 의견은 런던 의사들의 의견과 거의 같은 것이다. 아마 클라크도 그들의 소견을 알고 있었을 것이다. "내가 그의 마음을 진정시킨다면 나는 그를 회복시킬 수 있을 것이다."

클라크는 좀더 자세한 것을 알게 될 때까지 휴식, 정기적인 산책, 적당한 식사를 처방하겠다고 말했다. 그는 또 하루 한 시간 정도 말을 타고 핑키오 산이나 티베르 강가를 달려보라고 권했다. 말은 인근의 마구간에 부탁하면 얼마든지 빌릴 수 있었다. 현대인의 눈으로 볼 때 희한하기 짝이 없는 승마 처방은 키츠나 세번에게는 전혀 놀랍지 않은 것이었다. 초기 폐병 환자를 비롯하여 만성 환자들에게 승마를 권유하는 것은 당시의 일반적인 절차였고 의학계 내에서 널리 받아들여지는 설이었다.

클라크는 말을 타고 가볍게 달리거나 빨리 달리는 것은 환자에게 팔다리의 긴장 외에는 신체적으로 무리를 주지 않고, 숨차게 하지도 않으면서 그의 몸을 단련시켜주리라고 보았다. 그리고 신선한 공기와 환경에 변화를 주어서 낙관적인 심리 상태를 조성한다고 생각했다. 다른 환자는 물론이고 폐병 환자의 경우에는 그 어떤 운동보다 휴식이 더 중요하다는 사실을 감안하지 않은 것이었다. 키츠는 신속히 말을 임대하여, 도착한 거의 첫날부터 아침마다 승마를 나갔다. 하지만 느린 구보 정도 이상으로는 달리지 않았다.

부수적이긴 하지만 그래도 중요한 관심사는 닥터 클라크가 환자의 검진을 어떻게 실시했는가 하는 점이다. 1년 전 파리에 있었을 때 클라크는 의학계의 최신 발명품을 본 적이 있었다. 그것은 새로 발명된 멋진 도구로서 의료 사상 최초로 소리를 해석하여 환자의 흉부 상태를 탐사하는 장치였다. 길고 가느다란 나무관으로 된 이 청진기는 당시 르네 라넥이 막 완성시킨 참이었다. 클라크는 청진기의 진단 능력을 알아보았고 또 '질병을 구분하는 데 아주 유익한 정보'[10]를 준다는 점에 흥분하여, 파리의 네커 병원에서 라넥이 청진기를 사용하는 장면을 유심히 지켜보았다.

영국에 돌아온 그는 자신의 진료에서도 청진기를 잠시 사용해보았다. 그러나 그의 책에도 나와 있듯이 그는 너무 서둘러 그 기구를 사용하려 한 나머지 실망만 맛보았다. "이 기구의 사용 방법을 숙달하려면 좀더 많은 시간을 들여야 함을 알게 되었다"라고 그는 적고 있다. 그러나 1년 뒤 1820년 가을, 청진기의 사용이 꼭 필요한 환자인 키츠를 보고서 그는 다루는 솜씨가 아직 능숙하지 않았지만, 다시 한번 청진기를 사용했을지도 모른다. 11월의 검진에서 청진기를 사용하지 않았다면, 그후에라도 사용했을 것이다. 특히 최종적으로 폐결핵 진단을 내렸을 때는 사용했을 가능성이 높다.

10) Clark, 『Influence』, p.153. 이 단락에 나오는 다른 인용문도 같은 책. 자세한 논의를 위해서는 Jarcho, p.92를 볼 것.

클라크는 의학적인 문제가 아니라 개인적인 문제에 대해서도 걱정을 했다. 그가 보기에 세번은 키츠의 길동무로서는 적당하지 않았다. 세번은 런던에서 친지들을 납득시키 못했던 것처럼, 로마에서도 클라크를 납득시키지 못했다. 클라크는 이렇게 썼다. "키츠는 자신을 아주 정성스레 돌보는 친구를 둔 듯하다. 그러나 당신과 나 사이이니 솔직히 털어놓고 말하면, 그는 키츠의 길동무로는 적당하지 않다. 하지만 저 불쌍한 친구는 다른 대안이 없었던 듯하다."(KC I, p.172) 많은 사람이 사람 좋고 잘 웃는—어쩌면 순진한 성격인지도 모르는—세번이 천재를 보조해줄 사람으로는 아무래도 적당하지 않다고 생각했다.

클라크의 낙관적인 진단을 들은 지 사흘이 지나서 키츠는 찰스 브라운에게 짧은 편지(그가 제일 마지막으로 썼고 또 남아 있는 편지들 중에서도 최후의 것)를 썼다. 이 당시 키츠는 몸이 편안했고, 기침이나 자각 증세가 별로 없었다. 하지만 그는 정신적으로 고통을 받고 있었다. 그것은 편지의 서두에서 분명히 드러난다. 그는 우울증의 근본 원인인 패니에 대한 생각을 결코 잊어버리지 못했다.

친애하는 브라운,
나에게는 편지를 쓰는 일이 무엇보다도 어려운 일이야. 속이 계속 안 좋아서 책만 펼쳐 들면 더욱 쓰려와. 하지만 검역 기간보다는 지금이 훨씬 좋아. 그때는 나의 관심을 끄는 영국 내 화제에 대하여 찬반(贊反)의 이야기를 들을까봐 두려워했지. 나는 습관처럼 이런 느낌이 들어. 나의 실제 생활은 이미 과거가 되었고 나는 현재 죽음보다 못한 삶을 살고 있노라고 말이야. 어떻게 하다가 이렇게 되었는지. 하지만 내게는 그렇게 보여. 하지만 나는 그 문제에 대해서는 말하지 않겠어.(『Letters』 II, P.359)

키츠는 패니에 대한 걱정과 아울러 그녀를 이탈리아에 따라오지 못하게 한 것을 서서히 후회하기 시작했다. 게다가 아직도 시를 쓰는 것이 금지된 상태였기 때문에 점점 더 비참해졌다. 그는 이렇게 썼다. "나를 아주 괴롭히는 생각이 하나 있어. 나는 건강하고 날렵하게 그녀와 산책을 하곤 했지. 그런데 지금, 대조의 지식과 명암의 대비 등, 시를 쓰는 데 필수적인 정보(원초적 느낌)가 위장 장애의 회복에 커다란 적이 되고 있어."(『Letters』 II, p.360) 그의 핵심이라고 할 수 있는 패니와 시, 이 두 가지가 그에게서 사라졌다. 하나는 1천 마일 이상 떨어진 곳에 있었고, 다른 하나는 낙심천만한 상태의 키츠에게는 더 멀리 떨어져 있었다.

클라크의 검진 이후 하루 이틀만에 고정된 일과가 시작되었다. 평상시에 키츠는 아주 잘 잤다. 밤은 아주 편안하게 지나갔다. 매일 아침 여덟 시경 세번은 큰방에 있는 소파 겸 침대에서 조용히 일어났다. 옆의 작은방에 잠들어 있는 키츠를 깨우지 않기 위해서였다. 그는 옷을 입고 집을 나서서 넓은 광장을 가로질러 산책을 했다. 분수 앞에서는 콸콸거리는 물소리를 듣기 위해 잠시 멈춰섰다. 산책에서 돌아오는 길에 그는 아침 식사용으로 신선한 우유 한 통을 사들고 왔다. 이른 아침 암소들을 몰고 광장에 나오는 농부에게서 직접 산 것이었다. 암소들 앞에는 하인과 주부들이 줄을 서서 기다렸다. 아홉 시가 되면 키츠가 기상했고 둘은 세번이 벽난로 앞에다 준비한 아침식사 상에 앉았다. 때때로 여주인의 하녀가 아침 식탁을 준비하기도 했다. 키츠는 아침식사가 끝나면 승마를 하러 나갔다.

오후에는 우아한 비아 델 코르소를 따라 걷거나 널찍하고 번화한 피아차 델 포폴로에 들어갔다. 아니면 그 반대편에 있는 피아차 베네치아를 산책했다. 올리브 나무와 감탕 나무가 많은 핑키오 산을 몇 시간씩 돌아다니거나 집에서 몇 발 떨어져 있지 않은 배(보트) 모양의 분수 앞에서 시간을 보내기도 했다. 아주 평온한 상태에서 하루하루가 즐겁게 흘러갔다. 그리고 시인은 자신이 정말로 사랑하는 두 가지의 상실을 마지못해 받아들이기 시작했다. 두 가지 모두 잠시 동안 자기에게서 벗어나 있을 뿐이라고 확신했기 때문이다.

세번은 혼자서 콜로세움, 고대 유적, 교회, 미술관 등을 찾아다녔다. 키츠는 클라크의 엄명에 따라서 명승지는 방문할 수 없었다. 특히 콜로세움은 경험이 없는 세번을 크게 감동시켰다. 그는 열심히 들어주는 키츠에게 소풍 나가서 보고 온 결과를 일일이 보고했다.

콜로세움의 돌출부에 피어 있는 향꽃무를 따려고 위험을 무릅쓰던 것이 기억납니다. 그걸 가져다 주면 키츠가 콜로세움의 공기를 맡을 수 있을 것 같아서요! 고대의 장엄한 유물이 고고한 모습으로 서 있고, 그 높은 벽과 가파른 돌출부에는 자연의 향기로운 꽃들이 피어 있어서 관광객의 눈을 두 배로 즐겁게 합니다. 거대한 돌덩어리로 이루어진 그 굉장한 유적은 나를 놀라게 했습니다. 저렇게 큰 돌을 어떻게 들어올려 접합했을지 경이로웠습니다. 나는 그 평화롭던 시기에 멋진 유적을 많이 보았고 그 얘기로 키츠를 즐겁게 했습니다……(Sharp, p.83)

세번은 클라크를 통하여 로마에 살고 있던 유명한 예술가인 존 깁슨(저명한 조각가)을 소개받게 되었다. 깁슨은 26번지 집에서 몇 블록 떨어지지 않은 곳에 있는 자신의 스튜디오에서 세번을 환영했다. 세번이 깁슨의 집을 찾아간 첫날, 마침 그 자리에 중요한 영국 손님도 있었다. 영국의 미술품 수집가인 콜체스터 경이었다. 세번이 공손히 인사를 하고 나가려 하자 깁슨이 그의 팔을 붙잡으며 만류했다. 그날의 방문 시간 내내 깁슨은 세번과 콜체스터 경을 똑같이 대우했다. '나처럼 가난하고 이름없는 젊은 예술가에게' 그처럼 환대를 해주는 것에 감명을 받아, 세번은 로마야말로 '바로 나를 위한 도시!' 라고 기쁜 마음으로 생각하게 되었다.(Sharp, p.65) 그날 저녁 얘기를 들은 키츠도 기뻐하면서 그의 의견에 동의했다.

세번은 더 유명한 예술가 또 한 명을 찾아가 보라는 소개장을 갖고 있었다. 그는 로마에 살면서 작업하는 조각가 안토니오 카노바였다. 세번은 그를 방문해서도 환대를 받았지만 방문 중에 있었던 일에 대해서는 짤막한 기록을 남겨놓았을 뿐이다("그들은 파이프와 냄비를 함께 가지고 있었다. 그는 하시라도 나를 도와주겠다고 했다. 그는 나의 견해를 높이 생각하는 것 같았다." —Evans, p.342) 아무튼 카노바는 곧 다른 일로 등장하는데, 그는 두 친구가 이탈리아의 상류사회를 흘낏 엿보게 해주었다.

피아차 디 스파냐에서 그리 멀지 않은 곳에 있는 왕궁 같은 저택에는 폴린 공주가 살고 있었다. 그녀는 세계에서 최고로 갑부 중의 하나인 카밀로 보르게스 왕자와 결혼했다가 별거 중이었는데, 나폴레옹(당시 세인트 헬레나 섬에 유배중이었다)의 여동생이었다. 나이는 좀 들었지만 유명한 미인인 폴린은 당시 40대 초반이었고 로마의 사교계에서는 바람둥이로 널리 알려져 있었다. 키츠와 세번이 로마에 도착했을 때에도 그녀를 둘러싸고 여러 소문이 나돌았는데, 그중에는 카노바가 최근에 공주의 의뢰로 그녀의 나신상을 조각했다는 것도 들어 있었다. 당시 그 조각품을 전시중이던 빌라 보르게스는 인산인해를 이루었다. 로마에서 알몸 조각상은 그리 신기한 것이 아니지만 살아 있는 여인이 알몸 조각상의 모델 노릇을 한 것은 공주가 처음이었다. 공주는 그처럼 도발적인 여자였던 것이다.

다른 사람들과 마찬가지로 키츠와 세번도 조각상을 구경하러 갔다. 조각상은 반라였다. 엉덩이 아래는 휘장 장식으로 감겨져 있었고 배에서부터 윗부분은 누드였는데, 베개에 반쯤 드러누운 자세였다. 왼손에는 상징의 사과를 들고 있었다. 세번은 다른 관람자들과 마찬가지로 아주 멋진 작품이라고 생각하면서 '멋진 악취미'라고 말했다. 키츠는 동의하면서도 차라리 조각상 제목을 에올리언 하프(바람을 맞으면 저절로 울리는 하프)라고 하는 게 어떻겠느냐고 꼬집었다. 사실 소문대로라면 공주야말로 그 하프였던 것이다.

자칫하면 그것이 공주 얘기의 끝일 뻔했으나 사실은 그렇지 않았다. 조각상을 본 직후 둘은 핑키오 산의 산책로로 산책을 나갔다가 공주를 직접 만나게 되었다. 그 무렵 그들은 산책길에서 아이작 엘튼이라는 영국군 중위를 알게 되어 함께 산책을 다녔다. 엘튼도 요양차 로마에 왔는데 멋진 군복을 맵시 있게 차려입은 키크고 잘 생긴 남자였다. 수행원을 데리고 또는 무개마차를 타고 산책을 하던 공주는 곧 엘튼을 눈여겨보게 되었다. 다음은 세번의 회상. "그후에 우리를 지나치게 될 때 공주가 아주 나른한 눈빛으로 엘튼을 쳐다본 것이 한 두 번이 아니었다. 마침내 그것이 키츠의 신경을 거스르게 되었고 키츠는 자신이 그 눈빛의 대상이 아니어서 얼마나 다행이냐고 말했다. 키츠가 너무나 싫어했기 때문에 우리는 산책로를 바꾸어야 했다. 엘튼도 우리의 결정에 흔쾌히 따라주었다."[11]

공주의 추파에 키츠가 왜 그토록 분개했을까? 왜 늙은 바람둥이 여자의 재미있지만 슬픈 모습을 있는 그대로 보아주지 못했을까? 여기에 대하여 세번은 아무런 설명도 하지 않았다. 왜 그런지 몰랐다면 세번은 짐작이라도 해보았을 것이다. 부끄러운 줄 모르고 추파를 던지는 공주의 모습에서, 키츠는 햄프스테드에 두고 온 여자의 모습을 연상했던 것이다. '마치 마법의 유리공을 통한 것처럼' 그는 패니가 시도 때도 없이 '이 마을 저 마을로 돌아다니는 것'을 보았던 것이다. 나폴리에서 쓴 편지에서는 "그녀에 대한 나의 상상력은 너무나 생생해. 나는 그녀를 볼 수 있고, 그녀를 들을 수 있어"라고 썼다. 과도한 그의 상상력이 공주에게서 패니의 10년 후 또는 20년 후의 모습을 본 것은 그리 놀라운 일도 아니었다. 자신이 늙었다는 것을 의식하지 못하고 여전히 남자들의 주의를 끌어보려고 하는 공주의 모습이 영락없는 패니의 미래 모습이었을 것이다. 키츠가 핀키오 산의 산책로를 바꾸자고 고집한 것은 당연한 일이었다.

그들은 엘튼 중위 외에도 로마에 대규모로 정착한 영국 예술촌 사람들을 몇 명 더 사귀었다. 그중에서 두 사람의 이름만 알려져 있다. 한 사람은 건축가 웨스트매코트이고, 다른 한 사람은 젊은 조각

11) Sharp, p.82. 세번은 이 사건을 아주 자세하게 묘사하고 있지만 왜 그것이 키츠의 신경을 그토록 '거슬렀는지'는 설명하지 않았다. 그러나 내가 이 책에서 제시한 설명은 누가 봐도 명백한 사실이라고 생각한다.

가 윌리엄 유잉이었다. 키츠와 세번은 로마에서 닥터 클라크를 빼놓고는 유잉과 제일 친하게 지냈다. 유잉은 종종 26번지 집으로 놀러 왔다.

어떻게 해서였든지 간에 로마의 생활은 키츠의 질병에 좋은 효과를 가져왔다. 그 집에 든 지 3주 후 키츠는 신체적으로 강해진 것처럼 보였다. 세번이 말한 '그의 밝은 매(鷹) 눈'(《아틀란틱 *Atlantic*》, p.402)은 초롱초롱하게 빛났고 계속해서 건강이 회복되리라는 정신 호를 보냈다. 사실 닥터 클라크도 낙관적으로 예후를 말하고 있어서 그런 희망은 더욱 강해졌다. 패니에 대한 끊임없는 고민을 빼놓고 키츠는 심리적으로나 정서적으로 어느 정도 균형 감각을 회복했다. 그는 시에 다시 손을 대기도 했다. 아직 본격적으로 시작(詩作)을 한다고 할 수는 없지만 장편 담시의 구상은 가다듬었다.

장시의 주제는 밀턴의 「코무스」에 묘사되어 있는 강의 여신 사브리나였다. 세번의 회상에 따르면 키츠는 이 고전적 이야기의 세부사항에 '아주 적극적으로' 매달렸고, '죽을 때까지 잊지 못할 낭랑한 목소리와 표정으로' 밀턴의 시행을 낭송했다는 것이다.(Sharp, p.89) 키츠는 새로운 시가 '영국의 몇몇 역사와 인물'을 묘사할 것이라고 말했다. 그것은 키츠로선 하나의 실험이었는데, 생기 넘치는 주인공은 '도덕적인 미녀'가 될 것이라 말했다고 한다. 그러나 여기에서도 패니 브론의 영향이 느껴진다. 사실 패니는 그 시에 커다란 영감을 주는 인물인 것이다. 여신 사브리나(밀턴 이전에도 전설 속에 존재했었음)의 임무는 고민에 빠진 처녀들, 특히 처녀성에 위협을 느끼는 처녀들을 도와주는 것이었다. 시를 쓰면서 키츠는 그가 고국에 남겨두고 온 천방지축의 젊은 여자를 위하여 사브리나에게 감시(監視)의 손길을 청원할 생각이었다.[12]

밀턴의 「코무스」에서 발견할 수 있는 방종한 시행 속에서 키츠는 그가 그토록 잘 아는 한 젊은 여자의 생생한 모습을 보게 된다.

> 들어봐요, 여인이여. 처녀성이라는 자랑스런 이름 때문에
> 수줍어지거나 속임을 당하지 말아요.
> 아름다움은 자연의 동전이에요. 집안에 저축해두어서는 안 되고
> 널리 유통되어야 해요. 그 아름다움의 효용은
> 서로 즐기는 축복 속에 있는 거예요.
> 저 혼자만의 아름다움에 도취하는 것은 재미가 없어요.
> 무시당한 장미처럼 시간을 흘려보낸다면
> 줄기에 매달린 채 머리부터 이울게 되지요.
> 아름다움은 자연의 자랑, 그러니 널리 보여야 해요.
> 궁정, 축제, 엄숙한 의식 등에서.
> 그래야 사람들이 그 세공(細工)을 칭송할지니.(『Comus』 II, p.737
> ~747)

---

12) 세번은 로마에서 테일러에게 보낸 편지(KC I, p.267)에서 물었다. "자네는 키츠가 사브리나 이야기로 장시를 쓸 계획이 있었다는 것을 알았나? 그는 그 얘기를 나에게 여러 번 했다네." 그로부터 25년 뒤 밀른스 전기의 주석에서 세번은 이렇게 말했다. 키츠는 "밀턴이 남겨놓은 사브리나 이야기로 장시를 쓸 계획이었고, 로마에 있는 동안 종종 그 얘기를 했으나 단 한 줄도 쓰지는 못했다."(KC II, p.138)

키츠가 사브리나에 대해서 써보겠다고 생각한 것은 여신 사브리나에 대한 밀턴의 묘사에서 영감을 얻은 것이다. 여신은 궁정, 축제, 엄숙한 의식─말이 나온 김에 디너 파티, 카드 게임, 극장, 무도회, 군대 무도회 등─에 보호자 없이 혼자 가는 부주의한 젊은 여성을 보호하는 신으로 묘사되어 있다.

> 늙은 시골 사람이 말한 것처럼, 그녀는 사람들을 꽁꽁 묶는
> 마법을 풀 수 있어요, 사람을 마비시키는 마법도 풀어요,
> 지저귀는 노랫가락으로 그녀의 이름을 부른다면,
> 처녀성을 사랑하는 그녀는 자신과 같은 처녀들을
> 재빨리 구조해줘요.
> 아주 극심한 어려움에 빠져 있는 처녀를.(『Comus』 II, p.852~857)

영국에서 소식을 기다리던 친구들은 이제 키츠가 이탈리아에 무사히 도착했다는 소식을 들었다. 두 사람이 나폴리에서 부친 편지는 3주나 걸려 런던에 도착했다. 편지가 알프스를 넘어 영국까지 도착하는 데에는 당시 그 정도의 시간이 걸렸던 것이다. 해슬람에게 보낸 편지는 기쁜 마음으로 접수되었다. 그 편지에서 세번은 어떤 어려움이 있어도 극복하겠다고 친구를 안심시켰다. "우리는 좋은 기분을 느끼고 있어. 낙관적인 친구들이라 할 수 있지."(KC I, p.167)

그러한 소식은 웬트워스 플레이스는 물론이고 다른 10여 가구의 가정에서도 환영을 받았다.

해슬람이 친구들에게 돌린 세번의 편지는 마침내 브라운에게 도착했고, 브라운은 그것을 옆 집의 브론 가족에게 보여주었다. 브라운은 편지를 돌려줄 때 이렇게 썼다. "편지를 보내주어서 감사합니다. 나는 편지를 옆집으로 들고 가서 함께 읽었습니다."(KC I, p.174) 하지만 11월 1일자로 키츠가 브라운에게 보낸 편지는 보여주지 않았다고 덧붙였다. 패니와 떨어져 있어서 너무 비참하다는 그 깊은 탄식이 마음에 걸렸던 것이다. "차라리 보여주었다면 좋았을 걸 하는 생각도 듭니다. 그렇게 하면 내 마음이 한결 가벼웠을 텐데 말입니다. 이제 그 생각이 내 마음을 무겁게 누릅니다."

키츠와 기질이 비슷한 브라운은 키츠가 겪는 고통의 원인인 여자를 매일 보기 때문에, 그의 고뇌에 찬 편지를 생각하면 마음이 무거워졌던 것이다. 그는 편지를 여러 번 다시 읽었다. 그러면서 그 우울한 분위기에 몸을 떨었다. 그러면서 그는 키츠가 그 편지를 부친 이후 3주 동안에 상황이 좋은 쪽으로 변해 있지 않을까 하고 생각해 보았다.

오, 하느님! 하느님! 하느님! 내 몸안에 남아 있는 그녀의 추억이 일만 개의 창이 되어 나를 찌르고 있어. 오 내가 그녀가 사는 곳 근처에 묻힐 수만 있다면! 어디서 위로와 안락을 얻을 수 있을까? 설령 내게 회복의 기회가 있다고 해도 이 열정이 나를 죽이고 말 거야. 오, 브라운, 나는 가슴속에 이글거리는 불덩어리를 가지고 있어. (『Letters』 II, p.351)

5 죽음보다 못한 삶

조지프 세번은 키츠와 둘만이 이탈리아에 있을 동안, 병약한 친구의 병세가 더 악화되면 어쩌나 하는 생각은 단 한 번도 하지 않았다. 그가 나중에 말했듯이, 앞으로 틀림없이 위대한 시인이 될 친구를 도와주어야겠다는 마음뿐이었으며 공포나 망설임을 느껴볼 겨를은 없었다. 그는 '오로지 키츠의 뷰티플 마인드(아름다운 정신), 그에 대한 나의 애착, 그의 회복'만 생각했다.

병세가 호전을 멈추거나 재발할지도 모른다는 사실은 세번도 잘 알고 있었다. 하지만 젊은이다운 패기를 되살려 끔찍한 가능성은 될 수 있으면 생각하지 않으려 했다. 또 그렇게 되면 자신의 처지는 어떻게 될 것인가 하는 것 따위도 생각하지 않았다. 하지만 12월 9일 아침 세번은 키츠의 병이 아주 느닷없이, 또 아주 충격적으로 재발했음을 알게 되어야 했다.[1] 그가 평생 동안 잊어버릴 수 없는 고통스러운 젊은 날의 시간이 이제 막 시작된 것이었다.

세번은 9일 아침, 평소처럼 자리에서 일어나 피아차로 산책을 나갔고, 몇 통의 편지를 부친 다음 집으로 되돌아오는 길에 아침식사용 우유를 샀다. 집에 들어와 보니 키츠는 이미 일어나 옷을 입고 있었고 '드물 정도로 정신이 맑은' 상태였다. 함께 아침식사를 준비하는 동안 키츠는 부드럽게 웃으면서 가볍게 말을 건넸다. 사실 그는 "아주 유쾌하게 행동하고 있었다."

이어 세번은 키츠의 기침 소리를 들었다. 거칠고 숨가쁜 기침이

---

1) 12월의 재발 : 나는 12월 9일의 재발 사건에 대해 세번이 12월 14일과 17일에 브라운에게 흥분된 상태로 써서 보낸 장문의 편지에 바탕을 두고 재구성했다(KC I, p.175~179). 다음의 12월 10일~12월 24일에 벌어진 사건의 구성도 역시 브라운에게 보낸 편지와 12월 24일자로 테일러에게 보낸 더욱 긴 세번의 편지에 의존했다(KC I, p.179~84). 또한 Severn, 《Atlantic》, p.403 · Hale-White, p.63~64 · Brock, p.18~19를 참조.

두 세 번 계속되었다. 곧 기침이 쉴새없이 터져나오는가 싶더니 키츠는 배를 부여잡고 허리를 깊숙이 숙였다. 그는 호주머니에서 손수건을 꺼내 재빨리 입으로 가져갔다. 그의 입술에서는 피가 흘러나오고 있었다.

처음에 세번은 멍하니 서서 쳐다보기만 했다. 세번은 키츠의 어깨가 들썩거리는 것을 보면서 그가 가래를 끌어올리지 못해 기침이 헛구역질이 되었음을 알았다. 그는 비틀거리는 친구를 부축하기 위해서 달려갔다. 피가 키츠의 입에서 계속 흘러나오자 세번은 겁을 먹었다. 그는 재빨리 그릇을 하나 집어서 키츠의 입에다 갖다댔다. 기침의 발작이 어느 정도 가라앉자 온몸을 땀으로 적신 채 탈진한 키츠는 소파 위에 털썩 드러누웠다. 세번이 들고 있는 피투성이의 그릇에는 '두 컵에 가까운 피'가 담겨 있었다.

키츠가 소파 위에 드러눕자 세번은 곧바로 집 밖으로 나 있는 계단을 황급히 내려가 광장을 가로질러 달렸다. 클라크의 집에 도착한 그는 막 일어나 하루 일과를 시작하려는 의사를 발견했다. 왕진 가방을 손에 든 클라크는 헐레벌떡 광장을 가로질러 달려왔다. 흥분한 세번도 그 옆에서 정신없이 달렸다. 키츠는 온몸이 고열에 휩싸인 채 여전히 소파 위에 누워 있었다. 클라크는 곧 그의 팔을 걷어올리고 전보다 더 많은 피를 뽑아냈다. 세번은 그가 키츠에게서 '아주 검붉고 혼탁한' 피를 8온스 가량 뽑아냈다고 말했다(물론 방혈 조치는 환자를 더욱 허약하게 만드는 것이었지만 당시의 의사들은 그 사실을 몰랐다). 이어 의사와 세번은 키츠를 그의 방으로 데려가서 옷을 벗기고 침대에 눕혔다.

처치를 마치고 떠나면서 클라크는 필요하면 언제라도 부르러 오라고 말했다. 저녁에 한 번 더 들르겠다는 말도 했다. 그는 키츠에게 하루종일 침대에 누워 있어야 하고, 약간의 우유를 제외하고는 일절 음식을 먹어서는 안 된다는 지시를 내렸다. 혈액의 흐름을 억제하려면 음식 섭취는 극도로 줄여야 한다는 논리였다(음식을 먹지 못하게 하는 것은 환자의 생기를 한층 더 앗아가는 조치이다).

이제 집안은 조용해졌다. 그러나 세번의 시련은 그때부터 시작이었다. "오, 이 얼마나 끔찍한 날인가!" 그날의 소동이 마침내 잠잠해졌을 때 그는 한숨을 내쉬며 그렇게 말했다.

키츠는 한동안 조용히 침대에 누워 있었고, 세번은 다른 방에 있었다. 그런데 키츠가 갑자기 침대 커버를 내던지며 일어나더니 충혈된 눈으로 침실 밖으로 뛰쳐나왔다. 그는 자살을 하겠다며 미친 듯이 소리쳤다. 동생 톰처럼 서서히 죽어가는 고통은 결코 감당할 수 없다는 것이었다. "오늘로 끝장내고 말 거야!" 세번은 키츠의 말을 그대로 전하면서 이렇게 덧붙였다. "만약 내가 없었으면 정말 그렇게 되었을 것입니다."

키츠는 벽장과 책상 서랍을 맹렬하게 뒤지기 시작했다. 약품을 넣어둔 작은 상자를 찾는 것이었다. 그 안에는 그들이 영국을 떠나기 전에 약국에서 샀던 아편팅크(아편제) 병이 들어 있었다. 당시에는 약국에서 아편팅크를 자유롭게 살 수 있었다. 그 독극물을 한입크게 마셔버리면 간단히 끝날 일이었다. 아편 과용은 19세기에 가장흔한 자살 방법이었다. 친구보다 먼저 병을 거머쥔 세번은 제발 병을 넘겨달라는 키츠의 애원을 뿌리쳤다. 이어 세번은 집안을 돌아보면서 칼, 가위, 유리 제품, 날카로운 날을 가진 도구가 있으면 모두수거했다. "자살 도구로 쓰일 수 있는 물건들이 그의 손이 닿지 않게 했고, 단 1초도 그의 곁을 떠나지 않았다."

시간은 더디게 흘러갔다. 세번은 소파에 앉아 있거나 침대에 누워 있는 친구의 주위를 맴돌았다. 그날 저녁 닥터 클라크의 왕진은세번의 사기를 약간 돋구워주기는 했지만 그밖에는 아무런 소용도없었다. 밤이 와도 두 사람 다 잠을 잘 수 없었다. 촛불을 켜놓은 방에는 긴 침묵이 감돌았다. 세번은 키츠의 침대 옆에 의자를 갖다놓고 앉아, 적신 수건으로 뜨거운 이마를 가끔씩 식혀주었다. 키츠는졸다가 깨면, 화난 목소리로 어서 아편팅크를 가져다달라고 말했다.

마침내 아침이 왔다.

그러나 멍한 눈빛이 되어 있던 세번은 또 다른 위기를 맞았을 뿐이다. 키츠가 또다시 기침 발작을 일으키면서 각혈을 전날 못지 않게 많이 했던 것이다. 세번은 클라크에게 달려갔고 의사는 광장을 가로질러 달려와 또 다시 8온스의 피를 뺐다. 클라크가 떠난 다음, 어제보다 '더 놀라고 낙담한' 키츠는 고함을 치면서 아편팅크를 내놓으라고 졸라댔다. 세번이 간절한 마음으로 그러지 말라고 호소하자 키츠는 "약간 안정을 되찾았다." 하지만 각혈은 이번이 끝이 아니었다. 그후 키츠는 나흘 동안 아침마다 세 번씩이나 각혈을 했다. 처음의 두 번만큼 많은 양은 아니었으나 환자의 이성을 빼앗아갈 만큼은 섬뜩한 양이었다.

키츠는 빨리 끝내버려야겠으니 어서 아편팅크 병을 내놓으라고 계속 졸라댔다. 세번이 안 된다고 하자, 키츠는 죽을 것이 뻔한데 구차하게 생명을 연장해봐야 무슨 소용이 있느냐고 따졌다. 이어 키츠는 죽을 것이 뻔한 환자를 오래 간호하다보면 세번도 병에 걸릴지 모른다고 협박하면서 제 소원대로 해달라고 요구했다. 마침내 키츠는 모든 인내심을 잃어버렸다. "내가 계속 거절하자 그는 내게 점점 더 거칠게 나왔습니다. 나는 그가 저렇게 화를 내다가는 정말 자진해버리는 것이 아닐까 겁이 났습니다." 그 지경이 되자 세번은 아편팅크 병을 닥터 클라크에게 주어버렸다. 그후에 키츠는 "체념한 듯 잠잠해지더니 침울한 침묵 속으로 빠져들었다." 닥터 클라크가 하루에 한 번씩 왕진을 올 때면, 키츠는 그를 빤히 쳐다보면서 냉소적으로 말했다. "이 죽음보다 못한 삶(this posthumous life)이 얼마나 오래 계속될 건가요?" ('이 죽음보다 못한 삶'이라는 표현은 그가 아직 건강했을 때 브라운에게 보낸 편지에서 처음 쓴 것이었다).

그 정신없는 한 주 동안 세번은 침대에 들지 못했고 밤이 되어도 옷을 벗지 못했다. 발작적으로 선잠에 떨어지는 시인 옆에 앉아 있다가 이마를 식혀주거나 물컵을 건네주어야 했기 때문이다. 12월 14일 키츠가 침대에 조용히 누워 있는 동안 세번은 키츠의 충격적인 재발 소식을 고국에 알리는 편지를 쓰기 시작했다. 산만한 문장과 완전히 맺어지지 않는 생각은 그가 상당히 피로한 상태였음을 보여준다.

친애하는 브라운,

우리의 불쌍한 키츠가 최악의 상태인 것 같아. 그는 전혀 예기치 않게 병이 재발해서, 요즘 하루종일 침대에 드러누워 있어. 모든 상황이 나쁘기만 해. 나는 그가 회복중이라고 생각했는데 갑작스럽게 재발했어. 겉보기에 아무런 이유도 없이 벌어진 일이기 때문에 다음에는 또 어떻게 바뀔지 알 수 없어. 난 정말 겁이 나. 그의 고통이 너무 심각하고, 또 너무 오래 지속되고 있어. 그의 인내심도 완전히 바닥이 났어. 이대로 조금만 더 진행된다면 그는 정신착란 상태에 빠지게 될 것 같아. 재발한 지 이제 닷새째인데 점점 더 악화되고 있어. 가만, 재발의 경과를 처음부터 자세히 말할게.

무슨 이유인지 모르지만 편지는 여기서 중단되었다. 키츠가 갑자기 기침 발작을 일으켰을지도 모른다. 아니면 세번이 너무 피곤하여 잠시 중단했는지도 모른다. 12월 15일과 16일에도 아무 변화가 없었다.

밤이 되면 세번은 의자에 앉아서 키츠의 '몽롱한 정신'을 위로했고 낮에는 글을 읽어주거나 말을 걸었다. 세번은 환자의 병상을 떠나는 일이 없었다. 키츠는 12월 17일 새벽 4시 무렵에야 깊은 잠— '여드레만에 처음으로'—에 빠져들었다. 세번은 다른 방으로 살짝 건너와 펜을 집어들고 사흘 전에 쓰다만 편지를 다시 꺼내들었다.

그는 재발 경위를 자세히 보고했고 소량의 음식만 허용 받은 키츠는 '항상 배고프고 걸기들린 상태'에 있다고 설명했다. 하지만 그의 내장 기관은 상태가 너무 엉망이어서 약간씩 먹는 음식마저 제대로 소화해내지 못했다. 그런 와중에 키츠는 계속 허기를 호소했다. "나는 참으로 곤란한 지경에 놓여 있어. 의사는 음식을 많이 주는 것은 그를 죽이는 행위라고 하고, 키츠는 더 달라고 소리치고 있으니……."

신체적 고통도 고통이려니와, 정신 상태도 황폐해질 대로 황폐해져 있었다. 키츠의 그 멍한 눈빛과 뜻모를 중얼거림을 보고 들으면서 세번은 자꾸 눈물이 났다.

······ 이 편지를 끝낼 때까지 그가 깨지 않았으면 좋겠어. 나는 자네에게 이 처참한 상황을 꼭 알려야 하니까 말이야. 하지만 내가 걱정하는 표정을 그에게 들키지는 않았으면 좋겠어.

그의 마음은 그 어느 때보다 더 나빠졌어. 어디를 보나 절망뿐이야. 그의 상상과 기억은 끔찍한 이미지만 떠올릴 뿐이야. 너무나 끔찍한 상상이어서 나는 그가 정신을 놓을까봐 밤낮으로 걱정하고 있어. 영국에 대한 추억─'좋은 친구 찰스 브라운'에 대한 기억, 브론 부인의 집에서 보낸 출발 직전의 몇 주, 그의 여동생과 남동생······. 그는 이 모든 것을 구슬픈 목소리로 말하고 있어. 나는 그의 뜨거운 이마를 적신 수건으로 식혀주면서 눈물을 보이지 않으려고 몸을 부들부들 떨고 있어. 그의 유리 같은 눈은 나를 빤히 응시하고 있고.

키츠가 예전의 키츠로 되돌아갈 희망은 거의 없는 것 같아. 내가 너무 비관적인 걸까. 아무튼 그의 곁에 앉아 꼬박 밤을 새우고 나면 내 마음에는 우울한 생각밖에 남지 않아······.

세번은 자기 자신에 관해서도 말했다. 육체적인 피로뿐더러, "나는 더러 크게 낙담에 빠져 ···(중략)··· 난 여기서 하루종일 키츠를 씻겨주고 먹여주고, 그에게 책을 읽어줘. 게다가 내 가족에게서 편지 한 통도 없어. 여간 기운 빠지는 일이 아니지. 나는 가족이 이처럼 소중한지 전에는 몰랐어." 그는 편지의 끝을 다음과 같이 용감하게 맺었다. "하지만 키츠가 다시 회복하고 '그의 가족들'에게 좋은 소식을 담은 편지가 온다면 나는 다시 나 자신이 될 수 있을 것 같아." 이 편지를 쓰는 시점에서 세번은 한 가지 사실을 확신하고 있었다. 그는 키츠의 미래에 대하여 전보다 훨씬 비관적이었다.

2층 방에서의 소란, 닥터 클라크의 황급한 왕진, 닫힌 문 뒤에서 끊임없이 들려오는 기침 소리는 시뇨라 안젤레티를 놀라게 했다. 그녀는 아마도 복도에서 열심히 귀를 기울였거나 광장 내의 다른 거주자들에게서 소문을 들음으로써 일의 경과를 짐작하고 나름대로 판단을 내렸을 것이다. 그녀는 키츠 씨가 그냥 아픈 것이 아니라 죽을 병에 걸렸으며, 아마도 폐결핵일 것이라고 제멋대로 진단을 내렸다 (폐결핵 진단은 닥터 클라크도 조심스럽게 유보하고 있었는데 말이다). 이탈리아 법률은 폐결핵 환자가 발생했을 경우 경찰을 통해 즉시 보건 당국에 신고할 것을 요구하고 있었다. 설혹 그녀가 젊은 세입자들을 좋게 생각하고 있다 해도 다른 선택은 있을 수 없었다. 그녀는 지난번 음식을 쏟아버린 사건말고도 중병에 걸린 환자가 있는데도 속여서 입주를 한 그들에게 적지 않은 적개심을 느꼈다.

세번이 12월 17일자 편지를 쓴 직후 무렵, 시뇨라 안젤레티는 아무에게도 말하지 않고 바로 경찰서로 갔다. 일주일 뒤, 이미 제 코가 석자인 세번은 여주인이 취한 조치를 듣게 되었고 앞날에 더 복잡한 골칫거리가 기다리고 있음을 알게 되었다.[2]

2) 시뇨라 안젤레티의 경찰 신고: 세번의 12월 24일자 편지에 나와 있다. KC I, p.184, p.190. 반갑지 않은 재발에 그가 절망하는 것에 우리는 동정심을 느끼지 않을 수 없다. 그러나 여주인은 자신의 집을 합법적으로 지키고 법률이 정한 조치를 충실히 이행했을 뿐이다. 그녀가 과연 무슨 근거로 키츠가 폐결핵 환자라고 결론을 내렸는지 궁금하다. 아무튼 키츠와 세번은 이러저러한 핑계를 대면서 26번지 집에 입주한 것 같다. 그들은 키츠가 환자이거나 게다가 폐결핵일지도 모른다는 얘기를 하지 않은 듯하다. 시뇨라 안젤레티는 닥터 클라크가 그들의 방을 드나드는 것을 보고서 키츠가 폐결핵일지도 모른다고 추측했을 것이다.

키츠의 병세에는 12월 내내 전혀 차도가 없었다. 기침은 하지만 각혈을 하지 않는 것이 다행이라면 다행이었다. 하지만 키츠는 하루 종일 침대에 드러누워 있었고, 거의 아사를 면할 만한 음식만으로 연명했다. 온몸에 미열이 있어서 얼굴은 아주 창백해졌고, 눈알은 유리알처럼 번들거렸으며, 마음은 세번이 지적한 대로 '폐결핵이 가져온 치명적 전망'(KC I)에 몰두했다. 꼼짝 않고 침대에 드러누운 그의 모든 생각은 "절망과 비참함에 집중되었다…(중략)… 그는 동생의 죽음을 생각하지 않는 적이 없었다. 그는 동생의 모든 증상을 미주알고주알 기억해냈다."

그는 무엇보다 위대한 문학적 업적을 이루겠다는 자신의 희망이 사라져버린 것을 가슴 아파했다. 심지어 오랜 시간 책상 앞에 앉아서 글을 쓴 것이 발병의 원인이었다고 불평하기도 했다. 세번도 키츠의 말에 동의하면서 이렇게 썼다. "상상력을 지속적으로 무리하게 사용한 것이 그를 죽이고 있다고 생각한다. 그는 만약 자신이 회복한다면 단 한 줄도 쓰지 않겠다고 했다. 그는 그 모든 것에 머리를 흔들면서 작별을 고했다." 키츠의 고통을 너무나 잘 알았던 마음씨 고운 세번은 그의 친구가 '가장 고상한 감정을 품은 명석한 천재'라고 생각했다. 그는 키츠를 성실하고 다정할 뿐 아니라 콜리지와 워즈워스 이후의 세대를 대표하는 젊은 목소리라고 판단했던 것이다.

기력이 떨어지게 되자 키츠의 분노와 방종은 악화일로를 걸었다.

이제 키츠의 성격은 느닷없이 바뀌어서 아무 까닭도 없이 야비해졌다. 세번은 그것을 '적개심이 만들어낸' 사소한 사고라고 불렀다. 때때로 극도의 '의심과 불안'을 나타낼 때도 있었다. 한번은, 세번이 커피를 만들어오자 잔을 받아들더니 일부러 바닥에 홱 쏟아버리는 것이었다. 세번은 아무 말도 하지 않고 또다시 커피를 타서 화를 내고 있는 시인에게 가져다 주었다. 그는 또다시 홱 쏟아버렸다. 세번이 여전히 화를 내지 않고 세 번째 컵을 가져다주었을 때 키츠의 마음이 누그러졌고, 그는 자신의 '야비한 태도'에 대해 사과했다.[3]

이제 별로 대화를 하고 싶은 기분이 아닌 키츠는 크리스마스 이브 밤 늦게 전혀 그답지 않은 말을 느닷없이 하여 친구를 깜짝 놀라게 했다. "사악한 존재가 우리를 지배하고 있다고 생각해!"(KC I, p.181) 어떤 사악한 존재가 인간사를 통제하고 있다고 그는 말했다. 그 존재에 대해서는 "전지전능한 신도 거의 또는 전혀 영향력을 행사하지 못한다"는 것이었다. 그날 밤 늦게 키츠는 여러 주 동안 자신을 고민에 빠뜨린 것에 대해 고백했다. 이제 죽을지도 모르는 처지에 놓여 있는 참에 어떤 정신적 동경을 강렬하게 느낀다는 것이었다. "세번, 나는 자네가 믿는 그 성서라는 책을 믿을 수가 없어. 하지만 신앙의 결핍이 어떤 건지는 느끼고 있어. 뭔가 기댈 수 있는 희망 같은 것이 있으면 좋겠다는 생각이 들어." 키츠처럼 명석한 상상력을 가진 사람에게 그림자 같은 '사악한 존재'는 너무 살벌하고 너무

---

3) Sharp, p.85. 세번의 원고에서 인용했다. 사건 발생의 날짜는 찾을 수 없으나, 나는 그것이 12월의 재발과 관계 있다고 확신한다.

비관적인 개념이었다. 따라서 뭔가 견제해줄 수 있는 힘이 있어야 했다.

키츠는 자신에게 희망과 신앙과 기댈 언덕을 주는 단 하나의 책이 있다고 말했다. 그것은 제레미 테일러의 『거룩한 죽음(Holy Dying)』이었다.[4] 세번이 알아보니 로마에서는 그 책을 구하기가 어려웠다. 하지만 닥터 클라크가 어렵사리 한 권을 구해주었다. 그후 세번은 매일 아침저녁으로 키츠에게 그 책을 읽어줌으로써 '커다란 위안'과 안정을 주었다. 세번이 테일러의 책 중 어느 부분을 읽어주었는지는 언급되어 있지 않다. 하지만 책은 전반적으로 키츠의 상황에 걸맞은 내용을 담고 있었다. 그 책의 일부 주제는 키츠에게 즉각적인 호소력을 발휘하여 기억, 욕망, 후회의 착잡한 심경을 불러일으켰다. 짧은 인생이나마 얼마나 손쉽게 낭비될 수 있는지 지적한 다음의 문장이 특히 그러하다.

우리는 각자 다소 차이는 있어도 앞으로 30~40년 후면 어머니(대지)의 내장 속으로 들어가게 된다고 불평을 터뜨린다. 또 인생이 너무나 짧아서 위대한 일은 아무것도 성취할 수 없다고 말한다… (중략)…

당신의 인생을 평가하면서 너무 멀리 나아가거나, 쾌락을 누린 시간, 희망의 만족, 욕망의 성취 등으로 재지 말라… (중략)… 자신의

4) Jeremy Taylor, 『Holy Dying』, Chapter 1, 3.3. 이 책 p.184의 인용문은 1, 3.7에서 인용. 만약 세번이 말한 것처럼 자신이 키츠에게 매일 이 책을 읽어주었다면(때로는 하루에 두 번씩) 키츠가 사망할 무렵에는 책 전체를 읽었을 것이다(이 책은 전부 8만 단어로 이루어진 책으로 그리 긴 책이 아니다). 다른 책, 가령 『돈키호테』나 '미스 웨지위스(Miss Wedgeworth)의 소설들'도 읽었다(KC I, p.181). 또 얻어볼 수 있을 때에는 영국 신문도 읽었다.

삶에서 많은 추수를 누려야 한다고 생각하는 사람은 늘 생산물이 충분하지 않다거나 충분하더라도 너무 빨리 사라졌다고 생각하게 될 것이다. 어떤 사람은 밤을 바라면서 낮을 허송하고, 낮을 기다리면서 밤을 탕진한다. 희망과 헛된 기대가 우리 삶의 많은 부분을 낭비하게 하는 것이다.

또는 인생의 슬픔을 열거함으로써 '죽음의 쓸쓸한 잔을 약간 달콤하게 해주는' 다음과 같은 문장이 호소력을 발휘했을 것이다.

인간은 이 세상의 사물들 때문에 단 하루라도 온전히 평화의 시간을 가지지 못한다. 그중 어떤 사물은 그를 괴롭히는가 하면, 또 어떤 사물은 그를 만족시키지 못한다. 또는 비만이 그의 신체를 부풀려놓아 밤에 잠자리에서 숨을 쉬기 어렵게 만든다. 인간의 즐거움이라는 것은 골칫덩어리다. 즐거움을 잃어버릴까 하고 걱정하다가 현재의 쾌락이 다 달아나는 것이다… (중략)… 즐거움은 허영심에서 생겨나고 얼음 위에 머문다. 즐거움은 바람과 대화를 나누는가 하면 새들의 날개를 가졌고, 어린아이의 고집처럼 결사적이다. 리비우스 드루수스는 자기 자신에 대하여 이렇게 말했다. 그는 소년 시절 평온한 나날을 보내본 적이 없다. 왜냐하면 그는 바쁘고 불안하고 조용하지 못하고 갈팡질팡하는 사람이었기 때문이다. 따지고 보면 모든 사람이 그렇다. 인간은 언제나 갈팡질팡하면서 불안해하는 것이다. 인간은 물 위에서 살고 가시덤불 위에 엎드리며 날카로운 돌 위에 머리를 내려놓는 것이다.

그 독서는 두 사람에게 기도하는 분위기를 만들어주었고, 실제로 두 사람은 기도를 올리기도 하였다(키츠는 묵묵히 따르기만 했다). 시인이 원할 때마다 "나는 그의 옆에서 기도를 했고, 그러면 커다란 변화가 일어나 그의 얼굴이 평온해졌다. 그래서 내 일에는 한결 부담이 덜해졌다"(Sharp, p.94)라고 세번은 썼다. 독실한 기독교 신자인 세번은 이런 순간에 아주 현명하게 처신했다. 그는 키츠에게 자신의 종교를 강요하는 것은 되도록 피하려고 애썼다. 단 한순간도 "나는 키츠에게 나의 신앙을 강요한 적이 없었다. 단지 그를 편안하게 해주어야겠다는 느낌뿐이었다. 나는 되도록 그렇게 하려고 애썼다"(KC I, p.181)라고 그는 썼다.

세번은 12월 23일 밤을 꼬박 새우고 다음날 새벽까지 편지를 썼다. 새벽 4시 30분, 그는 그날의 다섯번째 편지를 쓰기 시작했다. 이 편지에서 그는 현재까지의 상황을 자세히 적었다.

재발한 지 이제 3주째야. 나는 하루에 두 시간 이상은 그의 곁을 떠난 적이 없어. 그는 3주 내내 침대에서 내려오지 못했어. 그는, 설사 건강한 사람이라도 이렇게 오래 침대에 누워 있는 것에는 당해낼 수 없을 것이라고 말했어… (중략)… 나는 가끔 그를 설득하기도 했어. 꼭 나아서 나와 함께 영국으로 돌아가리라고 말이야. 나는 그가 영국을 떠난 것은 잘못한 일이라고 골백 번도 넘게 한탄하고 있어. 물론 의료 시설이나 친구들이 부족하다는 뜻은 아니야. 닥터 클라크는 너무 너무 친절하니까… (중략)… 그러나 2,000마일 거리를 여행했던 것은 아무래도 너무 심했던 것 같아… (중략)…

테일러, 나 자신은 그런대로 버텨나가고 있어. 나와 교대해줄 사람은 아직 얻지 못했지만. 키츠는 내가 나 자신을 제대로 돌아보게 해. 그는 나의 의사야. 환경을 약간 바꿔보면 나에게 큰 도움이 되겠지만 나는 그런 변화 없이도 해나갈 수 있어. 이제 아침 6시야. 나는 밤새 편지를 썼고—이것이 다섯번째야—키츠가 방금 깨어났어. 이제 그만 가서 주전자에다 물을 끓여야겠어… (중략)…[5]

세번의 회상에 의하면, 편지를 마치고 났을 때 키츠는 종이 위에 펜촉이 사각거리는 소리를 듣고서 누구에게 편지를 쓰고 있느냐고 물었다. 출판사 사장 존 테일러라는 대답을 듣자 키츠는 자신의 불확실한 운명을 출판 일에 빗대면서 농담을 걸어왔다. "테일러에게 내가 곧 전지(全紙) 상태로 차가운 인쇄기 밑에서 재판(再版)에 들어간다고 말해줘."(전지는 수의를, 차가운 인쇄기는 지하를, 재판은

---

5) KC I, p.182. 침대에서 세번에게 농담을 거는 키츠의 모습도 같은 출전. 세번은 이런 가벼운 순간들이 그 비참한 상황을 잠시 중단시켰다고 덧붙였다. "그것은 진정한 햇빛이었으며 좋은 건강과 행복한 마음을 가진 사람이라야 할 수 있는 농담이었다." 세번은 "키츠가 그런 기지와 쾌활함을 분출한 것은 나 때문에 일부러 한 것이 아닌가" 하고 생각했다. "나는 그가 늘 나의 상태에 신경 쓰고 있다는 것을 알 수 있었다."(Sharp, p.69) 세번이 죽어가는 키츠의 기지 넘치는 언동을 이것밖에 기록하지 않았다는 것은 참으로 아쉬운 일이다.

저 세상을 빗댄 것—옮긴이)

참으로 균형 감각을 갖춘 평온한 마음이라 아니 할 수 없다. 이 사건은 키츠의 마지막 나날에 대하여 많은 것을 시사한다. 사태가 최악일 때에도 키츠는 날카로운 유머 감각을 잊지 않았다. 세번은 나중에 이렇게 썼다. "그토록 고통을 받으면서도, 또 죽음이 얼마 남지 않았음을 알았으면서도 그는 쾌활하고 유연한 마음을 결코 잃지 않았다."

그날 오후 세번이 다시 편지를 쓰기 시작하여 막 끝낸 참에 닥터 클라크의 쪽지가 전해졌다. 시뇨라 안젤레티가 경찰서에 신고를 했다는 충격적 내용을 담은 쪽지였다. 세번은 친구가 죽을 거라고는 꿈에도 생각하지 않았기에 이탈리아 보건법의 상식적 예방 조치를 받아들일 수 없었다. 그는 다 써놓은 편지를 다시 꺼내어 세 번째 페이지의 여백에다 이렇게 횡서했다.

오후 네 시. 지금 이 순간 의사가 소식을 전해왔어. 여주인이 경찰서에 가서 키츠가 폐결핵으로 죽어가고 있다고 신고했다는 거야. 그런 행동을 하다니 여주인에게 화를 내지 않고는 못 견디겠어. 죽음과 폐결핵이라는 단어가 내 기분을 크게 상하게 했어. 이곳 법률은 매우 엄격해. 나는 법의 내용이 어떤지는 알지 못해. 하지만 불쌍한 키츠가 죽는다면 이 방안의 모든 것을 불태워야 한대. 심지어 벽지까지 말이야. 이탈리아 사람들은 폐결핵을 아주 무서워하기 때문에 사후 처리 비용이 엄청나. 검사와 감염 예방을 위해서 그런다는군. 바보 같은 사람들. 나는 화가 나서 어쩔 줄을 모르겠어. 아, 나는 저 늙은 고양이 같은 여주인에게 복수할 거야. 감히 내 친구가 죽는다는 생각을 하다니…….(KC I, p.184)

세번이 본격적으로 폐결핵 진단이 내려진 것을 거부하고 아직도 완쾌의 가능성이 있다고 믿었던 데에는 나름대로 이유가 있었다. 우선 닥터 클라크가 아직 폐결핵 여부를 확정짓지 않았다. 의사는 각혈은 완연하게 제 기능을 발휘하지 못하게 된 위장에서 나온 것인지도 모른다고 생각했다. 의사는 그 즈음 거의 기능을 발휘하지 못하는 '소화력의 완전한 난조'(KC I, p.182) 때문에 키츠가 피를 토할 수도 있다고 보았다. 클라크는 머지 않아 그것이 폐결핵으로 진행될지 모른다고 우려했지만, 그래도 환자의 심리적 상태가 일변하면 충분히 완치될 수 있다고 생각했다. 지금 당장이라도 키츠가 피폐한 감정을 다스릴 수 있다면 용태는 호전될 터였다.

클라크는 그렇게 생각을 하면서도 심기일전이 실제로 일어나리라고는 보지 않았다. "불쌍한 친구 …(중략)… 위장은 아주 형편없는 상태이고 폐의 감염도 점점 심해지고 있어. 심리 상태는 아주 절망적이야."[6] 그 무렵 패니의 편지가 도착하여 키츠의 심리적 피폐

---

6) KC I, p.194. 클라크가 남긴 논평은 나중에 키츠의 친구들에게 고통스러운 생각을 안겨주었다. 친구들은 키츠가 차라리 영국을 떠나지 않았으면 좋았으리라고 생각하게 된 것이다. "그의 거처는 편안한 곳이다. 하지만 나는 그가 어디를 가든 고국에서보다 더 좋은 회복의 기회를 잡을 수 있으리라 생각하지 않는다. 적어도 그곳에는 그의 마음을 진정시켜줄 수 있는 친구들이 있는 것이다."

상태를 더욱 악화시켰다. 키츠가 고국을 떠난 후 처음 온 편지였다. 편지는 크리스마스 며칠 전에 26번지 집에 도착한 다섯 통의 편지 속에 들어 있었다. 두 통은 세번에게, 나머지 세 통은 키츠에게 온 것이었다.

키츠는 첫 두 통은 흥미롭게 읽었으나 패니에게서 온 것은 정작 읽지 않고 내려놓았다. 그는 편지를 뜯으려다가 친숙한 필적을 보고서 망설였다. 자신의 질투심을 불러일으킬지도 모르는 무심한 단어나 표현이 있을지 모른다면서. 그것을 지켜보았던 세번은 그때 키츠의 기분은 깊은 낙담 바로 그것이었다고 회상했다. "그는 아주 참담해했습니다."(KC I, p.183)

키츠가 패니의 편지를 당장에 읽지는 않았다고 하더라도(그는 그날이나 그 다음날 제 침실에 혼자 있을 때 편지를 읽었을 것이다) 그에게는 패니를 생생하게 기억하게 하는 또 다른 기념물이 있었다. 그것은 햄프스테드를 떠날 때 그녀가 작별 선물로 주었던 홍옥수였다. 세번에 따르면 "그는 이 반들거리는 작은 돌을 손 안에 꼭 쥐고 놓지 않았다. 때로는 그것이 그의 유일한 위안이었다. 그것은 이 세상에 남겨진 물건들 중에서 그가 구체적으로 쥐고 만질 수 있는 것이었다."[7] 그의 손 안에서 따뜻해진 그 돌은 나름대로 그가 그토록 필요로 하는 안정을 가져다주었다. 하지만 그만한 안정이나마 그가 패니의 편지에서 만나게 될지도 모르는 부주의한 어구나 표현에 의해

---

7) Severn, 《Atlantic》 p.402 · Sharp, p.91. 세번은 피아차 디 스파냐의 집에서 키츠의 소유물을 세심하게 회수했으나, 이 홍옥수만은 보존되지 않았다. 세번이 이 돌의 얘기를 일부러 했다는 점을 감안할 때 이것은 놀라운 일이다. 이와 관련하여, 홍옥수는 패니의 편지와 함께 관 속에 넣어진 것이 아닌가 생각된다.

금세 날아가버릴 것이었다.

　그런 우울한 분위기는 크리스마스까지 계속되었다. 낙담한 세번은 그가 지금껏 보낸 그 어떤 크리스마스보다 가장 비참한 크리스마스를 보냈다. 이어 새해의 첫 며칠까지 그 같은 분위기가 이어졌다. 이 기간 동안 세번이 진 과중한 부담의 결과가 그의 몸에 나타나기 시작했다. 큰 목소리로 책을 읽어주는 것을 위시하여 환자 수발, 수면 부족 등이 그의 신경을 날카롭게 만들었다. 세번은 기분이 아주 우울하여 가족에게 보내는 편지에 자기를 좀 불쌍하게 생각해달라고 하소연하기에 이르렀다.

　"나는 불을 피우고, 아침식사를 준비하고, 때때로 요리까지 해야 합니다. 그의 침대를 깨끗하게 정돈하고 방안도 청소해야 합니다. 이런 일들은 얼마든지 할 수 있습니다. 하지만 제때 시간 맞춰 할 수 없다는 게 문제입니다."(KC I, p.189) 그를 가장 화나게 한 것은 불을 피우는 일이었다. "나는 불을 붙이기 위해 한 시간쯤 불고 또 불어야 합니다. 그러면 연기가 꾸물꾸물 흘러나옵니다. 스토브가 없기 때문에 잔가지에 불을 붙인 다음 주전자에 물을 끓여야 합니다. 키츠는 왜 자기 곁에 붙어 있지 않느냐고 자꾸 부릅니다. 당황한 나머지 불에 손을 데기도 하고, 바빠 죽겠는데 초인종은 자꾸만 울립니다." 잠시 자기 연민을 내보인 것이 면구스러웠던지 세번은 편지의 수신자에게 자신이 그 같은 일에 적임자가 아님을 상기시킨다.

"전혀 익숙하지 않고 능력도 되지 않는 사람이 모든 일을 해내야 하는 것입니다."

그러나 바로 그 순간, 키츠는 차도를 보이기 시작했고 닥터 클라크마저 놀라게 했다. 그의 기분은 눈에 띄게 좋아졌고 얼굴에는 혈색이 돌아왔다. 눈빛도 다시 반짝거렸고 입술에는 희미한 미소가 감돌았다.

세번은 놀라면서도 기뻐했다. 그는 비록 집안에서이긴 하지만 키츠에게 약간 환경을 바꿔주어 회복에 도움을 주고자 했다. 비좁은 침실에 오래 누워 있었던 환자에게는 천장의 장미무늬 장식 외에 뭔가 쳐다볼 것이 있어야 했다. 세번은 낮 동안에는 키츠를 거실의 소파에 옮겨 눕게 했다.[8] 이탈리아의 보건법에 신경이 쓰였기 때문에 이동은 닥터 클라크에게만 알렸다. 키츠가 소파 위에 누워 있을 때에는 출입문을 가구로 봉쇄하기까지 했다. 세번은 거실의 가구가 돈으로 따지면 수천 달러는 될 것임을 생각했다. 폐결핵으로 환자가 사망하면 방안의 모든 가구를 불태워야 하고, 그 비용은 세번이 떠맡아야 하는 것이다.

키츠의 병세가 호전된 데에는 아무런 특별한 원인이 없는 듯했다. 하지만 세번은 나름대로 이유를 짐작했다. 제레미 테일러의 『거룩한 죽음』의 낭독 효과와 그후의 조용한 기도 때문이라고 생각한 것이다(키츠는 독실한 세번의 기도에 묵묵히 동참했다). 여러 해 뒤,

8) 이 이야기는 세번이 브론 부인에게 보낸 1월 11자 편지에 묘사되어 있다. KC I, p.189~190. 세번의 묘사는 명확하지 않지만, 거실로 옮긴 것은 크리스마스 날로서 6~7시간 동안 정도 되었을 것이다. 키츠는 그처럼 자신을 몰래 거실로 옮기는 전모를 전혀 알지 못했다. 세번이 그것을 비밀로 했기 때문이다. "닥터 클라크 외에는 아무도 그것에 대해서 알지 못합니다"라고 그는 썼다(KC I, p.191). 이것은 질병의 감염에 대하여 영국과 이탈리아가 서로 다른 견해를 갖고 있었음을 보여준다. 만약 닥터 클라크가 키츠의 이동이 이 거실을 감염시킬 것이라고 판단했다면 그는 그것을 허용하지 않았을 것이다.

세번은 불운에 집착하려는 키츠의 마음을 돌려놓아 정신적 영역으로 인도한 것이 중요한 결과를 가져왔다고 회상했다. 그는 키츠에게 테일러의 책을 자주 읽어주었다고 말했다.

"그리고 그와 함께 기도를 했다. 나는 그가 내 손을 꼭 잡는 것을 보고서 그의 마음이 회복되고 있다고 생각했다 … (중략) … 그가 성령을 받아모시는 것은 그리 힘드는 일이 아닌 듯했다."(Severn, 《Atlantic》p.403) 기도가 키츠에게 미친 효과는 닥터 클라크가 필요로 했던 바로 그것이었다. 그것은 늘 소용돌이치는 혼란한 마음을 진정시킬 강력한 힘이었던 것이다. 그러나 이례적인 평온함에서 오는 육체 상태의 호전은 직접적인 치유와는 아무런 상관이 없었다. 오히려 사정은 그 반대였다.

흥분한 상태에서 쓴 1월 11일자의 편지에서 세번은 키츠의 호전이 치유의 약속이라고 보았다. 키츠가 죽음을 체념하는 순간 기이하게도 평온이 왔고, 그 같은 평온함으로 계속 밀어붙이면 승산이 있다고 본 것이었다. 11일자의 편지는 브론 부인에게 보낸 것이었는데, 물론 그녀의 딸도 보리라고 예상하며 쓴 편지였다.

…… 불쌍한 키츠의 머리 위에 감도는 여러 불길한 일 중에 가장 끔찍한 것은 내가 지금껏 그의 회복에 대하여 가능한 길을 찾지 않고 헛된 기대와 희망을 갖고 있었다는 것입니다.(KC I, p.188~189) 하

지만 신에게 경배를. 이번에는 진짜 희망을 갖게 되었어요. 나는 그가 꼭 나아서 나와 함께 영국으로 돌아가리라고 확신합니다. 그의 회복과 평안에 대한 나의 우려가 나로 하여금 다음같이 생각하게 하였습니다.

그는 이제 냉정과 평온을 회복했습니다. 참으로 좋은 일이고 또 고무적인 일입니다. 그동안 그의 마음이 그를 아주 괴롭혔기 때문입니다. 그는 이제 모든 생각, 희망, 심지어 회복의 소망을 포기했습니다. 이 세상에 대하여 최종적으로 작별을 고하고 미래에 대한 모든 희망을 내던졌기에 마음의 평화를 얻고 있는 것입니다. 희망은 엄청난 무게로 그를 짓누르고 있어서 그로서는 떨쳐내고 일어서기가 어려웠습니다. 그는 이 무거운 운명 아래 묵묵히 순종하는 모습을 취하고 있습니다.

그가 회복을 하게 된다면 그것은 바로 그가 자신을 비워버렸기 때문일 것입니다. 나는 지난 사흘 동안 회복의 조짐을 보았습니다. 닥터 클라크도 같은 생각을 하고 있습니다. 그의 내부에서 자연(自然)이 다시 살아나고 있습니다…….

그는 브론 부인이 알고 싶어하는 내용을 추가로 적었다. 의사와 그의 마음씨 착한 부인이 키츠뿐 아니라 자신에게도 아주 잘 대해준다는 얘기였다. "두 사람 중 누가 더 우리에게 잘해주는지 말하기가 어려울 정도입니다. 나도 그들의 배려를 톡톡히 입고 있습니다. 나의 기력을 회복시키기 위해 가느다란 파이와 기타 맛좋은 것을 많이 보내주고 있어요. 그들의 친절이 아니었다면 우리는 아주 우울할 뻔했습니다."

그는 편지에 서명을 하고 나서 펜을 내려놓고 촛불을 든 채, 어두워진 침실로 살금살금 들어가 보았다. 촛불을 높이 치켜든 세번은 키츠가 담요를 덮어쓴 채 깊이 잠들어 있는 것을 보았다. 호흡도 편안했다. 그는 책상으로 되돌아와 서명 밑에다 덧붙였다.

방금 그에게 가보고 왔습니다. 그는 아주 달콤한 잠에 빠져들었어요. 겉보기에는 예전 모습 그대로인 것 같아요. 나는 그에 대하여 더할 나위없는 희망을 품고 있습니다.(KC I, p.192)

꽃

패니 브론의 성품이 두려움과 혼란함을 뒤섞어놓은 소녀의 그것에서 여인다운 침착함으로 바뀐 것은 1821년 1월 10일 아침 웬트워스 플레이스에서였다. 성격의 변화를 자극한 원인은 찰스 브라운이 패니의 가족에게 가져온 놀라운 뉴스였다. 한 달 전에 각혈을 함으로써 키츠의 지병이 재발했다는 소식이었다. 젊은 패니는 난생 처음으로 자기의 애인이 죽을지도 모른다는 가능성에 대면하게 되었다.

1820년 12월 14~17일자로 세번이 보낸 편지 두 통은 1821년 1월 9일에 런던에 도착했다.[9] 키츠의 병세를 아주 자세하게 설명한 동시에 "우리의 불쌍한 키츠가 최악의 상태인 것 같아… (중략) … 모든 상황이 그에게 나쁘기만 해"라고 구슬프게 보고했던 편지였다. 세번은 그의 용태가 '위험할' 뿐 아니라 설령 살아난다 하더라도 "키츠가 예전의 키츠로 되돌아갈 희망은 거의 없는 것 같아"라고 말했다.

이런 심란한 소식이 패니에게 미칠 나쁜 효과를 예상하니 브라운은 편지를 옆집에 보여주는 것이 망설여졌다. 그러나 하룻밤 곰곰 생각해본 끝에, 적어도 브론 부인에게는 사실을 알려야 한다고 결론을 내렸다. 그리고 패니에게 소식을 알릴지 여부는 브론 부인에게 일임하기로 했다.

그는 다음날 결심한 대로 했다("브론 부인은 소식을 듣자 크게 동요했다").[10] 부인은 사실을 알게 된 즉시 딸에게 알려주었고 세번의 편지도 건네주었다. "그녀는 그 소식을 아주 굳세게 견뎌냈다." 브라운은 다소 모호하게 썼다. "슬퍼했지만 꾸미는 태도는 전혀 없었다." 브라운의 이 말은 이런 뜻인 것 같다. 패니는 겉으로는 근심하는 표시를 별로 드러내지 않았지만, 평소의 밝았던 표정이 소식을

---

9) 이것은 브라운이 세번에게 보낸 1월 15일자의 편지에 기술되어 있다. "자네의 12월 17일자 편지가 지난 화요일인 1월 9일에 도착했네."(Sharp, p.75). 그는 그 다음날 패니에게 편지를 보여주었다고 덧붙였다.

10) Sharp, p.75. 브라운은 패니에 대하여 이렇게 논평하고 있다. "불쌍한 여인! 그녀는 희망이 없다는 것을 알았을 때 자신의 마음이 얼마나 황량해질지 모르고 있다. 또 바보가 되는 느낌이 없고서는 자기가 얼마나 비참하게 느껴질지 모르고 있다." 브라운은 무엇보다도 "바보가 되지 않겠다"는 패니의 말을 오해하고 있다. 그녀는 그렇게 말하면서 친구와 친지들 사이에서 널리 퍼진 자신의 이미지—영리하고 수다스럽고 변덕 많은 바람둥이 여자, 진지한 문

접하고는 적이 어두워졌다. 이러한 해석은 나중에 나올 증거에 의하여 뒷받침된다.

하지만 브라운은 키츠의 소식에 대한 그녀의 '첫번째' 반응은 감정을 억제하는 듯 보이던 표정과는 정반대되는 것이었음을 알게 되었다. 경험이 없는 이 여성은 곧바로 절망에 빠져들었다. "그는 곧 죽을 것이 틀림없어요!" 그녀는 어머니에게 소리쳤다. "그가 죽었다는 소식을 들으면 즉시 나에게 알려줘요." 그러다가 그녀는 지금껏 보여주지 못한 원숙성을 보여주겠다는 듯 대뜸 덧붙였다. "난 바보가 아니에요!" 후대의 독자들은 당시의 젊은 사람들이 즐겨 사용했던 이 '바보'(fool)라는 말의 의미를 잘 이해하지 못할 수도 있다. 그러나 동정심 많은 브론 부인은 그 말뜻을 명확히 알고 있었다. 의역하면 이렇게 된다. "그래요, 나는 전에 여러 번 바보 짓을 했어요. 하지만 더 이상은 바보 노릇을 하지 않겠어요!"

애타는 기다림의 열흘이 지나갔고, 이어 로마에서 또 다른 편지가 도착했다(12월 24일자의 편지). 각혈이 멈추고 소화 상태도 좋아졌지만 상태는 여전히 '희망없음'이라는 것이었다. 폐결핵의 망령이 키츠를 "절망과 비참함에 빠져들게 하고 있고, 그에게는 투병 의지는커녕 살아야겠다는 생각조차 없다"는 보고였다.(KC I, p.180) 이 편지는 브론 가족에게 전해졌고, 틀림없이 패니의 떨리는 손에도 전달되었을 것이다.

제에 대해서는 조금도 개의치 않는 버릇없는 여자라는 이미지—에 항의하고 있는 것이다. 브라운은 패니가 키츠의 소식을 아주 침착하게 받아들이는 것을 보고서 놀랐다고 고백했다. 이 책의 p.242를 참조.

그리고 애태우는 기다림이 또다시 계속되었다. 키츠의 죽음이 임박했다는 끔찍한 예상이 런던에 있는 지인들의 마음속에서 흘러갔다. 2월 1일, 세번이 브론 부인에게 쓴 1월 11일자 편지가 도착했다. "그는 꼭 나아서 나와 함께 영국으로 돌아가리라고 확신합니다"(KC I, p.188)로 시작되는 희망찬 편지였다. 그러나 흥미롭게도 이 기쁜 소식은 패니에게 있는 그대로 전달되지 않았다. 그녀가 볼 때 세번이 말한 병세 호전의 이유—키츠가 체념하고 죽음을 받아들였다—는 자기모순인 것처럼 보였다(하지만 브론 부인은 세번의 소식이 "우리를 기쁘게 했다"라고 말했다).[11]

하지만 이 문제에 관한 한 패니의 의견은 두 다리 또는 세 다리 건너 인용할 필요가 없다. 지금껏 키츠의 눈을 통해서만 보이던 이 젊은 여자가 무대 중앙으로 직접 나와서 제 목소리로 자기 변호를 하게 해보자.

2월 1일에 세번이 브론 부인에게 보낸 편지가 도착한 지 두 시간 뒤, 패니는 키츠의 여동생에게 편지를 쓰기 시작했다.[12] 편지는 열여섯 살이 된 키츠의 여동생에게 사태의 경과를 알려주는 것이었다. 편지의 진실한 문면에서는 파티에 참석하여 남자들의 이목을 집중시키고 사람들에게 찬사를 받아야만 행복했던 사교계의 매력적인 여성을 찾아보기가 어렵다.

키츠의 여동생에게 편지를 쓰기 전에, 패니는 어머니의 조언을

11) Sharp. p.80. 여기에는 세번에 대한 브론 부인의 회신 전문이 인용되어 있다. 이 표현이 들어 있는 단락의 완전한 모습은 다음과 같다. "지금껏 고통스러운 소식만 들어왔기 때문에 나는 감히 그의 회복을 희망하지 못했습니다. 하지만 나는 당신의 말을 믿겠습니다. 그를 영국에 데려오겠다는 당신의 말은 우리를 기쁘게 했습니다. 그가 건강을 회복하여 이곳으로 돌아온다면 나는 그때를 내 일생의 가장 기쁜 순간으로 생각하겠습니다." 그녀는 진심으로 말했다. 그녀의 진정어린 말 속에는 딸과 키츠와의 약혼을 반대했던 것에 대한 미안함도 약간 섞여 있다.
12) 키츠의 여동생에게 보낸 패니의 편지: FB-FK. p.18- 21에서 처음 출간.

받아들여 이미 여러 날 전에 받은 나쁜 소식은 의도적으로 알리지 않았다.

친애하는 소녀에게,

나는 이번 주에 당신에게 편지를 쓰려고 했으나 당신에게 고통을 주지 않을 어떤 소식을 기다리느라고 미루어왔어요. 하지만 이제는 더 이상 기다리는 것이 소용 없을 것 같아요. 아, 이를 어쩌지요. 그는 매우 아프대요. 지난 12월 8일 이후부터 그랬다나봐요.

만약 내가 이 편지를 두 시간 전에 썼더라면 희망은 전혀 남아 있지 않을 뻔했어요. 병이 재발된 이래 가장 좋은 소식을 담은 세번 씨의 편지를 받은 지금에도, 기대어볼 것은 별로 없어서 겨우 희망과 운수에 기대를 걸고 있어요.

하지만 그동안의 경과를 되도록 차분하게 이야기할게요. 1월 10일 브라운 씨가 로마에서 온 편지를 받았는데, 당신의 오빠가 다시 각혈을 했고 증세가 아주 심각하다는 내용이 들어 있었어요. 그는 17일 동안 내내 아팠고 차도가 없었나봐요. 나는 당신 생각을 하면서 곧바로 편지를 보내고 싶었으나 좋은 소식을 담은 편지가 올 것을 기대하며 일부러 미루었어요. 그렇게 한 것이 잘못되었다고는 생각하지 않아요.

나는 나쁜 소식이라면 차라리 모르고 있는 게 좋았을 걸 하고 많

이 책에는 이 편지에 앞서 보낸 다섯 통의 편지가 수록되어 있다. 하지만 개인적 통찰을 살펴보는 데에는 이 편지만한 것이 없다. 두 젊은 여인의 교제는 키츠의 요청에 의하여 시작되었다. 키츠는 집안에만 틀어박혀 있느라 경험이 없는 여동생이 세상 물정을 잘 아는 친구를 사귀기를 바랐다. 또한 로마에 간 오빠의 소식은 패니 브론을 통하여 키츠의 여동생에게 전달되었다.

이 한탄했어요. 2주일 혹은 일주일이라도 몰랐다면 많은 고통에서 면제될 수 있었을 텐데 하는 생각이 들었어요. 하지만 나는 더 이상 침묵을 지킬 수 없게 되었어요. 혹시라도 당신이 내가 게을러서 소식을 전하지 않았다고 생각할지도 모르기 때문이지요. 편지를 쓰더라도 나쁜 소식은 말하지 않은 채 당신에게 신속한 회복의 희망을 줄 수 있게 하고 싶었어요.

우리는 짧은 소식을 두어 번 들었어요. 그 편지들은 우리의 희망을 고양시켜주지도 않았고, 그렇다고 해서 꺾어놓지도 않았어요. 하지만 어제 온 편지는 그의 상태가 전과 조금도 다를 바가 없다고 했어요. 좋아지지도 나빠지지도 않았대요. 하지만 그의 경우 좋아지지 않는다는 것은 곧 나빠진다는 뜻임을 어떻게 감출 수 있겠어요. 만약 희망을 버려야 한다면 어쩔 수 없이 버려야 하겠지요. 나는 희망을 버리려고 무진 애를 썼어요. 그를 다시는 보지 못할 것이라고 나 자신을 설득하려 했어요. 또 더 이상 당신이 소식을 모르고 있어도 안 된다고 생각했어요. 오늘 하루종일 이 소식을 당신에게 어떻게 전할까 그것만 생각했어요. 나는 지금 매우 기뻐요. 내가 앞에서 기대한다고 말한 좋은 소식을 받았거든요.

세번 씨는 처음으로 희망을 느낀다고 말했어요. 그는 키츠를 우리에게 데려다줄 수 있겠다고 말했어요. 정말 좋은 소식이지요. 하지만 희망의 근거로 제시된 사유가 오히려 그 희망을 죽이고 있어요. 세번

씨가 편지를 쓸 무렵의 사흘 동안(편지에 적힌 날짜는 1월 11일이에 요) 당신의 오빠는 죽음을 받아들였기 때문에 평온했다는 거예요.

오, 그 소식을 어떻게 믿을 수 있겠어요. 살겠다는 소망마저 포기 해버리다니. 오 하느님! 좋은 것, 위대한 것을 만들어낼 자질이 넘치 는 그가 삶과 행복의 희망을 포기하다니. 그것도 그렇게 젊은 나이 에…….. 그의 오랜 투병 기간 동안 삶의 소망을 포기했다는 말처럼 나의 마음을 아프게 하는 것도 없었어요. …(중략)…

사랑하는 나의 동생, 나는 당신을 내 동생이나 다름없다고 생각하 고 있어요. 이 슬픈 소식을 좀더 완곡하게 전하지 못했다면 용서하세 요. 덜 슬프게 보이는 단어를 나는 찾아내지 못하겠어요. 만약 그를 잃는다면 나는 모든 것을 잃는 거예요. 그러면 내가 한없는 애착과 사랑을 느끼는 어머니말고는 당신만이 남겠지요. 나는 당신을 내 여 동생만큼이나 사랑하고 있어요…….

패니의 편지는 정서적인 압박감과 깊은 근심걱정 속에서 쓰여졌 다. 그렇지만 편지의 내면을 들여다보면 아주 흥미로운 사항이 나타 난다.

마지막 부분에서 제 여동생과 남동생을 언급하지 않은 부주의는 넘어가기로 하자. 최악의 뉴스라도 입수되는 즉시 알려달라고 해놓 고는("나는 바보가 아니에요!"), 정작 이 편지 속에서는 나쁜 뉴스는 몰랐더라면 하고 말한 자기모순도 넘어가기로 하자. 하지만 1월 11일자 세번의 편지에 언급된 좋은 소식에 대해 심드렁하게 다뤘다는 사실은 그냥 넘어갈 수가 없다.

기이하게도 그녀는 세번이 로마 현지에 있고, 지난 몇 주 동안 키츠를 간호했다는 사실을 무시했다. 닥터 클라크가 환자에게서 회복의 조짐을 보았다는 얘기도 무시했다. 그녀는 자기 눈에 모순으로 보이는 것, 즉 삶을 체념한 사람이 어떻게 질병에서 회복할 수 있는지에만 관심이 있다.

세번의 추론은 타당하다. 어려운 상황에서 체념을 하면 마음의 평화를 얻게 되기도 하고, 따라서 심적 동요가 진정된다. 이것이야말로 어려움을 겪는 시인에게 정말 필요했던 것이다. 자신이 지닌 내면적 초연함―그것을 절연(무심함)의 태도라고 불러도 무방할 것이다―때문에 패니는 세번의 낙관적 편지에서 즐거움의 단서를 포착하지 못하는 것이다. 바로 그 같은 무심함이 있었기 때문에 그녀의 교태를 지적하는 키츠의 심한 질책에도 패니는 아랑곳하지 않았던 것이다.

패니는 세번의 편지 중 키츠가 "삶의 소망을 포기했다"는 당황스러운 보고에 깊은 충격을 받았고 또 신경이 쓰였다. 시인의 절망적 포기는 그녀의 시선을 집중시켰고, 그녀에게서 "그의 오랜 투병 기간 동안 삶의 소망을 포기했다는 말처럼 나의 마음을 아프게 하는

것도 없었어요"라는 고백을 이끌어냈다. '아프게 하는' 이라는 표현
은 의미심장하다. 시인이 죽고 싶어하는 심정은 패니에게 보낸 편지
에서 자주 등장하는 화두였고, 때로 그는 죽음의 소망을 노골적으로
표현했기 때문이다. 따라서 로마에서 추가 소식이 오기를 초조하게
기다리는 동안, 그녀가 자신이 키츠에게서 받은 39통(혹은 그 이상)
의 편지를 모두 꺼내어 한 줄 한 줄 과거를 회상하며 고통스럽게 읽
어보았으리라고 짐작하는 것도 결코 무리는 아니다.

전에는 키츠가 죽음에 대한 생각에 깊은 친밀감을 느끼고 있음을
특별히 알지 못했다고 해도, 이번에 편지를 다시 읽으면서는 확실
하게 느꼈을 것이다. 그는 자신의 죽음을 즐겨 상상했고 습관적으
로, 또 의도적으로 그 같은 상상을 추구했다. 키츠는 편지에서 "나
는 산책을 할 때면 당신의 아름다움과 나의 죽음의 시간, 이렇게 두
가지를 곰곰 생각합니다"(『Letters』II, p.133. 이어지는 인용문도 같
은 출전)라고 다소 수다스럽게 적었다. 키츠는 젊은이답게 다소 경
박한 어조로 "내가 당신의 달콤한 입술로부터 독약을 받아마셔 죽
을 수 있다면 얼마나 좋을까요"(『Letters』II, p.304)라고 말하여 패니
의 질책을 받기도 했다. 이제 더욱 의미가 확실해지는 것은 패니의
부박(浮薄)한 행동이 그에게 엄청난 파괴의 효과를 안겨주었다는
것이다.

그는 편지에서 이렇게 썼다. 만약 그녀가 계속 방종하게 행동한

다면, "난 차라리 살고 싶지 않아요… (중략)… 오늘밤이 나의 마지막 밤이 되기를 간절히 바라고 있어요." 키츠가 그녀에게 작별을 고하며 쓴 편지에서 가장 예리한 질책의 문장은 부정한 여인을 매도하는 햄릿의 말을 연상시킨다. "난 그 문제를 영원히 끝내버리고 싶어요."[13] 그는 소리쳤다. "나는 죽어버리고 싶어요… (중략)… 나는 당신이 미소를 지어보내는 저 잔인한 세상에 넌더리가 났어요… (중략)… 이 세상에 무덤이라는 것이 있어서 기뻐요. 나는 거기에 도착할 때까지는 아무런 휴식도 얻지 못할 거예요."

젊은 패니는 당혹해하며 시인의 비통한 불평을 회상해보는 시간을 가졌을 것이다. 그리하여 시인의 죽음에 대한 소망을 촉진시킨 것이 바로 그녀 자신이었음을 시인할 수밖에 없었을 것이다.

---

13) 『Letters』 II. p.312~313. 키츠는 패니에게 마지막으로 보낸 이 비통한 편지의 말미에서 그녀에게 큰 충격을 주었을 법한 황당한 소망을 말하고 있다. "나는 믿음으로 가득 찬 채 당신의 팔 안에서 죽거나 아니면 벼락에 맞아 죽었으면 좋겠어요."

6 물 위에 이름을 새기다

닥터 클라크는 손에 1피트 길이의 가느다란 나무 관을 들고 있었다. 관은 꼭대기 부분의 직경은 반 인치 정도였으나 밑으로 갈수록 넓어져서 반대쪽 끝은 자그마한 나팔 모양을 하고 있었다. 키츠는 상반신을 벌거벗은 채 침대 위에 누워 있었다. 클라크는 관의 넓은 부분을 키츠의 가슴에다 대고서 허리를 구부리고는 반대편 끝 부분을 귀에 찔러넣었다. 그후 15분 동안 의사는 관을 키츠의 가슴 위의 여러 부분에 옮겨놓으면서 소리를 들었다. 이어 환자를 돌아눕게 했다. 그는 키츠의 등에 조금 전과 똑같은 절차를 반복했다.

하루나 이틀 뒤인 1월 15일, 조지프 세번은 키츠의 병명이 마침내 확정되었다고 적었다. 그는 집에 보낸 편지에서 저 끔찍한 폐결핵의 존재가 마침내 '확인되었다'고 썼다.[1] 일시적인 회복으로 키츠가 질병을 극복할지도 모른다는 기대는 불과 2주를 넘기지 못했다.

가장 초기 형태의 청진기가 키츠에게 사용되었는지 여부를 입증할 수는 없다. 하지만 여러 정황 증거를 미루어볼 때 아마 사용되었을 것이라고 추측할 수 있다. 게다가 클라크는 초창기의 청진기를 사용한 의사들 중 한 사람이었다. 키츠에게는 추가 각혈이 없었고 새로운 증상도 나타나지 않았다. 하지만 불과 이틀 전만 해도 클라크는 자신의 진단에 확신을 하지 못했다. 만약 청진기라는 새로운 도구를 사용하지 않았다면 클라크는 키츠가 폐결핵이라고 '확정' 짓지 못했을 것이다.

---

1) 키츠의 폐결핵 진단 확정: KC I, p. 196. 닥터 클라크의 진단이 원시적인 청진기의 도움을 받아 이루어졌다는 주장은 다음 두 사실에 의거한 것이다. 진단의 확고함과 정밀함은 당시의 막연한 추측에 기댄 진단과는 아주 다르다는 사실과, 클라크가 파리에서 라넥의 지도 아래 청진기를 직접 사용했다는 사실(이 책 p. 157 참조). 모든 키츠 전기작가들은 클라크나 세번이 청진기 얘기를 하지 않았으므로 그것이 사용되지 않았다고 보았다. 내가 볼 때 청진기가 사용되었다는 결론은 불가피한 것 같다. 하지만 나는 이 점을 고집하지는 않겠다.

세번은 키츠가 폐결핵이라는 결정적 증거로 다음 다섯 가지를 들었다.(KC I, p.196, 199) 때로는 피가 묻어 있고 때로는 묻어 있지 않은 가래가 계속하여 나온다. 마른 기침을 한다. 밤에 땀이 난다. 살이 자꾸 빠진다. "가슴이 아주 답답하다." 그러나 처음의 네 조건은 새로운 것도 아니어서 그것만으로는 클라크를 확신시키지 못했다(마른 기침과 많은 가래는 어떻게 봐도 서로 모순되는 것이었다). 그가 폐결핵이라는 확진을 내릴 수 있었던 것은 아마도 다섯째 조건 때문이었을 것이다. 숨을 쉴 때마다 폐에서 쿨럭거리는 소리가 나는 것을 청진기로 날카롭게 포착했던 것이다.

세번은 아마 진료 현장에 있었을 것이다. 하지만 그가 청진기 얘기를 하지 않은 것은 그리 중요하지 않다. 신형이든 구형이든 의학 도구에 대해서는 아는 것이 별로 없던 세번은 청진기의 사용을 당연하게 여겼을 것이다. 사실 클라크는 정확한 진단을 내리기 위하여 또 다른 수단도 동원했다. 이탈리아의 폐병 전문의를 불러왔던 것이다(이 의사는 키츠가 특징짓기 어려운 양상을 보이는 흉부 부전증을 앓고 있다고 진단했다).[2] 어쩌면 이 이탈리아 의사가 청진기를 사용해 보라고 권했는지도 모른다.

새로운 의학 도구를 사용한 결과이든 아니면 구식 방법을 통한 근거 있는 추측(19세기초에 대부분의 의학 진단은 이런 추측에 의존했다)에 의한 것이든, 닥터 클라크는 최종 진단을 내렸다. 또 예상되던

2) 이탈리아 전문가: KC I, p.184, 225. 이름이 제시되어 있지 않고, 또 이 전문가가 어느 정도로 개입했는지에 대한 세부사항이 알려져 있지 않다.

바와 같이 그는 지금껏 회피해오던 예후(豫後)에 대해서도 말했다.(KC I, p.193~194, 198~199) 의사는 놀라는 세번에게 앞으로 몇 주밖에는 안 남았다고 말했다. 그는 어쩌면 2~3주 안에 키츠가 임종을 맞을지도 모른다고 예측했다(이처럼 정확한 예후를 말한다는 것이 청진기를 사용했음을 짐작하게 해준다).

세번은 진단을 듣고서 커다란 충격을 받았다. 먼저 가련한 키츠에 대하여 그리고 자기 자신에 대하여 감정의 소용돌이가 몰려오는 것을 느꼈다. 그후 며칠 동안 동요하고 있는 세번의 마음 상태는 긴장된 얼굴, 가라앉은 목소리, 축 처진 태도에서 은연중에 드러났다. "자네의 평온한 표정 밑에 엄청난 고민과 갈등이 숨어 있다는 것을 느낄 수 있어"(KC I, p.197. 이어지는 세 인용문도 같은 책)라고 키츠는 책을 읽어주는 세번에게 말했다. 그는 키츠에게 클라크가 내린 진단을 말해주지 않았다. 어떻게든 그 화제를 피하고 싶었던 세번은 모호하게 대답했다. 하루나 이틀 뒤 그는 친구 해슬람에게 편지를 씀으로써 자신의 갈등을 다소나마 해소했다.

"지금 내 두 어깨에는 커다란 부담이 내려앉아 있어." 그는 엄청난 재정적 부담을 떠안게 되었다는 사실을 설명했다. 당장 해결해야 할 금전적 문제 외에도(그는 '단 하나 남은 크라운 금화'로 임대료를 지불해야 했다. 그러나 런던의 친구들을 통해 임대료 문제는 해결이 되었다), 키츠의 사후에 집안의 모든 가구를 불태우는 비용을 감당해야 했다. 시뇨라 안젤레티가 병든 사람이 거실에서도 누워 있었다는 것을 알아차리게 되면 변상액으로 수천 달러는 물어야 할 것이었다. 상황이 아주 어렵게 돌아가고 있었다. 그러나 "침대에 누워 있는 이 고결한 친구는 공포 속에서 죽어가고 있어. 그 어떤 희망도 그의 고통을 위로해주지 못하고, 그 어떤 철학, 그 어떤 종교도 그를 지탱해주지 못해. 비록 그가 그 같은 것들을 아주 갈망하고 있어도 말이야." 또다시, 그 죽어가는 사람이 정신적 위안을 달라고 소리치고 있었다. 키츠의 외침은 세번의 '가슴을 갈가리 찢어놓고' 말았다. 이번에 그는 그저 묻는 것에서 그치지 않고, 왜 자신이 가치 없이 혼자 남겨졌으며, 왜 아무런 준비 없이 외롭게 죽음을 맞이해야 하는지 대답하라고 요구했다.

세번의 말에 의하면, 고뇌하던 키츠는 이빨을 덜덜거리면서 격분의 탄식 속에서 파편 같은 말을 내뱉었다. 사실 그 파편 같은 언어들은 따지고 보면 무의식적인 기도나 다름없었다.

나는 얼마나 비참한 사람인가…(중략)…. 악당이나 바보도 얻을 수 있는 위안을 난 마지막 순간에도 얻지 못하다니, 왜인가. 오! 나는 선량한 마음으로 모든 사람에게 봉사했는데 왜 이런 일이 …(중략)… 난 이해할 수 없어……. (KC I, p. 197).

키츠는 말하고 있다. 나는 늘 선량하게 살려고 애써왔다. 그렇지만 나는 의심과 공포에 둘러싸여 아주 비참하게 죽음을 기다리고 있다. 하느님은 왜 이런 끔찍한 일을 하는가. 그토록 많은 사람에게 내려주었던 위안을 왜 내게서는 빼앗아가는가!(이러한 외침은 아주 익숙하게 들린다. 귀신들린 아이의 아버지가 예수에게 했다는 저 간절한 호소의 말, "나는 믿습니다, 나의 믿지 않음을 막아주소서!"를 연상시킨다). 무서움에 떨던 세번은 고작 제레미 테일러의 『거룩한 죽음』의 몇 구절을 낭독해주는 것밖에 할 수 없었다. 세번은 편지에서 자신의 열렬한 희망을 말하였다. "선의의 천사가 이 어두운 광야에서 그를 인도해주기를!" 이교도적이면서도 동시에 신성을 귀하게 여긴 키츠가 임종의 자리에서는 십대 시절에 경멸해마지 않았던(그는 사실상 무신론자였다) 종교로 되돌아왔는지에 대한 문제는 확정지을 수 없다. 이 문제에 대해서는 아직까지 정설이 없으며 다양한 의견이 나오고 있다. 어떤 전기작가는 그 같은 가능성을 아예 무시하고 있으며, 어떤 전기작가는 그 같은 일은 벌어졌을 법하지 않다는 의견을 개진했다. 키츠가 마지막 순간에 어린 시절의 종교(기독교)로 되돌아 왔으리라고 보는 견해는 별로 없다.

명망 있는 키츠 전기작가인 로버트 기팅스는 관련 증거를 간단히 살펴본 다음 이렇게 결론 내렸다. 세번이 이 문제에 대해서 말한 것에 대해 "키츠가 기독교인으로 죽었다는 것은 자기 자신을 설득하기 위해서일 뿐이다."[3]라고 말하고 있는 것이다. 기팅스도 시인이 생의 말기에 자신의 운명에 '순응한 것은' 사실이라고 동의한다. 하지만 "그가 기독교의 위안을 받아들였다는 증거는 없다"고 말했다. 기팅스가 무엇을 말하려고 하는지는 분명하지만, 그의 문면에는 그 말뜻이 전부 표현되어 있지는 않다. 이 문제에 대하여 균형 잡힌 의견을 갖는다는 것이 얼마나 어려운지 보여주는 예이다. 키츠는 기독교의 위안 중 '어떤 것'은 받아들였다. 가령 그는 제레미 테일러 주교의 정신적 통찰을 기꺼이 받아들였던 것이다. 죽기 몇 주 전 키츠는 『거룩한 죽음』의 페이지마다를 여러 번 들었으며, 종종 같은 부분을 아침저녁으로 두 번씩 듣기도 했다. 키츠의 무의식적인 기도에 응답하여 세번은 '병들었을 때의 신앙의 실천과 은총' '병들었을 때 회개'를 읽어주지 않았을까? 어쩌면 키츠는 '인생의 짧음과 인간의 허영에 대하여'나 '인생의 비참함'을 다룬 짧은 논평을 더 좋아했을까?

확실히 키츠는 종교에 귀의하겠다는 구체적인 증거를 남겨놓지 않았다. 기록이 없는 것이다. 하지만 충분히 검토해야 할 사소한 증거가 하나 있다. 그것은 세번이 로마에 머무는 여러 달 동안 친구를 위하여 지칠 줄 모르고 봉사해주었다는 사실이다. 키츠는 친구가 자기에게 해주는 것이 아주 특별한 어떤 것임을 알고 있었다. 키츠는 세번이 화가로서의 미래와 건강을 해칠 위험을 무릅쓰고—몇 날 며칠

3) Gittings, p.427. 죽어가는 키츠에 대하여 기독교적 혹은 정신적 영향이 전혀 없었다고 보는 과거의 경향은 점점 더 강해져가는 것 같다. 예를 들어 1997년에 나온 모션의 전기는 병상에서 키츠가 아무런 위안을 얻을 수 없다고 불평한 것이 종교적 관심사에서의 '독립'을 보여준 것이라고 기술했다. 모션은 내생(來生)의 문제와 관련하여 세번이 제레미 테일러의 책을 읽어준 것은 아무런 관련이 없다고도 보았다. 키츠는 죽으면 육체가 "완전히 파괴된다"(p.560)고 생각했다는 것이다. 모션은 키츠가 숨을 거두기 바로 몇 시간 전까지도 "종교의 경건한 '사기'를 받아들이지 않았고, 대신 '인간적이고 지적인 이교도주의'를 유지했다"(p.578)고 적었다. 이 문제에 대해 모션은 아주 간단

밤잠을 못자고, 낮에도 쉴새없이 간호해야 하는 것을 마다하지 않고—도와주고 있음을 알았다. 자기 자신의 앞길도 구만리 같은 젊은 이가 어쩌면 불평도 없이 그토록 남을 성심성의껏 도와줄 수 있는가? 그러던 어느 날 해답이 저절로 떠올랐다. "세번," 하고 키츠가 불쑥 말했다. "자네가 어떻게 이 모든 것을 참아내는지 이제야 알겠어. 그건 자네의 기독교 신앙 때문이야. 나처럼 죽어가고 있는 환자를 보면 모두 도망가려고 할 텐데 말이야!"(Sharp, p.85) 세번은 종교적 신앙심으로 그 같은 긴장된 상황을 견뎌낼 수 있었다(세번 본인이 그렇게 말했다). 또 그의 신앙이 그러한 희생과 봉사의 정신을 보여준 것은 그때가 처음도 아니었다. 아무튼 키츠가 그 같은 진실을 알아보고 그 것을 입밖에 내어 말하기까지 했다는 것은 결코 가볍게 넘길 문제가 아니다. 그는 다시 기독교로 돌아오기 일보직전이었다.

만년의 세번은 키츠가 마지막 순간에 내보인 정신적 허기(虛飢)의 문제를 자주 거론했다. 그는 1863년 영국과 미국에서 동시에 발표된 기사에서, 26번지에서 보낸 슬픈 마지막 나날에 키츠가 보였던 상태를 회상했다. "그는 단순하면서도 기독교적인 정신을 호흡했다. 나는 늘 그가 기독교인으로 죽었다고 생각한다. '자비'라는 말이 그의 죽어가는 입술 위에 맴돌았고, 그의 고통받는 영혼은 그를 환대하는 축복의 손에 의해 인도되었으리라고 생각한다."[4] 독자는 이 같은 회상을 믿을 수도 있고, 믿지 않을 수도 있다. 세번 자신이

하게 언급하고 있어서, 내가 이 책에서 다룬 대부분의 자료들은 다루지 않고 있다.
4) Severn, 《Atlantic》, p.403. 테일러의 책을 매일 읽어주고 병상 옆에서 기도를 올린 세번은 이렇게 덧붙였다. "그가 내 손을 꼭 붙잡는 것을 보아 나는 그의 정신이 되살아난다는 것을 알 수 있었다. 그는 제레미 테일러를 아주 좋아했다. 테일러의 문장을 들으면서 성령을 맞아들이는 것이 키츠에게는 그다지 어려운 일이 아닌 듯했다. 나는 마침내 그가 자신의 죽음에 대비하여 평온하게 기다리는 자세가 된 것을 보고서 위안을 얻었다."

현명하게도, 자신은 그렇게 '생각한다'라고 쓴 것으로 보아, 자신의 판단이 정확하다고 고집하고 있지는 않다. 그러나 한 가지 사항에 대해서는 의문의 여지가 없다. 그것은 현장에서 있었던 사람의 목격 담이기도 하다. 이제 죽음이 불과 몇 시간 앞으로 닥쳐온 그 마지막 시간에 키츠는 간절하게 "하느님 감사합니다!"라고 두 번 이상 중얼 거렸다는 것이다.(KC I, p.224 · KC II, p.94 · Sharp, p.94)

1821년 1월말 그 자신의 개인적 문제가 세번을 무겁게 짓누르기 시작했다. 그는 왕립미술원에 출품해야 할 그림이 걱정되었다. 그는 화필을 들지 못한 지가 벌써 몇 주나 되었다. 그나마 스케치도 제대로 하지 않은 상태였다. 또한 6주에 걸쳐 밤낮 없이 환자를 간호한 데 따른 여파가 밀려오기 시작했다. 사실 그동안 비좁은 집안에 갇혀서 숨도 제대로 쉴 수 없었던 것이다. 그런데 이제 휴식은 더욱 멀어져갈 뿐이었다. 그는 가끔 교대해줄 사람이 있으면 하고 생각했으나, 그럴 때마다 자신이 책임져야 할 사람을 내버리고 싶어한다는 죄책감에 시달렸다. "내가 지금 이대로 견디지 않는다면 나는 나 자신에게 결코 공로를 인정하지 않겠어."(KC I, p.197) 그는 해슬람에게 썼다. "그리고 나는 꿋꿋이 견딜 거야. 내가 지금 어떻게 견뎌내고 있는지 알면 자네도 기뻐할 거야. 아직까지는 조금도 흔들리지 않고 있어. 나는 글을 읽어주고 요리를 하고 침구를 정리하고 모든 자잘한 일을 다 하고 있어. 의사와 나를 빼놓고는 아무도 키츠 근처에 오지 않으려고 하니까."

정말 씩씩한 기상이었다. 그는 자신의 말대로 행동했을 뿐 아니라 키츠에게 자신의 생활이 얼마나 고단한지에 대해서는 전혀 내색하지 않았다. 하지만 젊은 세번은 마음속으로는 아무 근심걱정 없이 보내던 런던 시절이 몹시 그리웠다. 특히 많은 식구들 사이에서 느꼈던 따뜻함과 즐거움이 자꾸 생각났다. 1월 21일 일요일 저녁, 키츠가 잠든 틈을 타서 그는 다른 방에서 혼자 식사하기 위해 촛불이 켜진 식탁 앞에 앉았다. 그의 앞에는 그림이 한 점 세워져 있었다. 영국을 떠나기 전에 그가 아이보리색 바탕에 그린 가족 그림이었다.[5] 그 그림은 아버지, 어머니, 세 여동생, 두 남동생이 고개를 옆으로 돌리고 나란히 앉아 있는 모습을 담고 있었다. 그는 근처 트라토리아에서 바구니에 담겨오는 식사를 기다리면서 집에 편지를 쓰기 시작했다. 세번은 그가 그린 가족 그림과 그가 그들 사이에서 차지했던 자리를 생각하면서, 자신이 지난 몇 주 동안의 정신적, 육체적 긴장으로부터 얼마나 벗어나고 싶어하는지 깨닫게 되었다.

가족들을 떠나 있으니까 나는 일요일이면 시간이 느리게 지나가

---

5) 이 조그마한 초상화는 로마에 고립되어 있던 세번에게 커다란 위안을 주었다. 이 그림은 현재 햄프스테드의 키츠 기념관에 전시되어 있다.

는 것을 느껴. 오늘 나는 너무나 적적하여 식탁에 가족 그림을 세워 놓고 식사를 하려고 해. 나의 유일한 즐거움은 가족들을 기억하는 것이니까 말이야. 여기 이런 풍경이 내 마음을 스쳐지나가.(Evans p. 340~341)

"조지프는 오는 거야?"

"그는 왜 늘 저녁식사가 끝날 때야 오는 거지?"

"아!" 가련한 어머니가 말씀하셔(어머니가 나의 이 즐거운 상상에 함께 하시고 나의 행복한 모습을 보아주시길!). "아! 좋은 캐비지는 원래 차가운 거야."

"그래!" 아버지가 말씀하셔. "조지프는 애는 좋은데 좀 굼뜬 편이지. 찰스, 형이 온다고 했니?"

"그럼요. 준비가 다 되었을 거예요. 아까 보니까……."

"오, 여기 오는군."

마치 정복의 영웅같이 내가 나타는 게 보여. 순무를 벗기고 자두를 집어들고 와인을 준비하고 그릇을 가져오고 식탁 주위로 음식 접시를 돌리고, 그제야 왕바랭이(국화의 일종) 조지프가 나타나. 나는 식구들과 함께 있지 않으면 즐겁지가 않아. 이런 생각이 내 머릿속을 흘러가면 나는 즐거워.

오! 내가 아버지의 식탁에서 늘 받았던 영국식 환대. 내가 늘 보았던 다정하고 사랑스러운 얼굴들. 내가 방문할 때마다 흡족한 표정을 보이시던 아버지. 많이 찾아가면 갈수록 아버지는 더 행복해 보였지. 이것 저것 걱정된다는 듯 자상하게 질문하던 어머니의 표정. 사랑스러운 마리아의 선량한 웃음, 조지프가 깨끗이 잘 있는지 머리끝에서 발끝까지 살펴보던 그애의 눈길. 나를 쳐다보며 새로운 악보를 들여다보던 마음씨 착한 톰. 저녁을 먹으며 동시에 오르간을 치던 그애의 모습.

오! 이런 풍경들이 내 마음속에서 돌고 또 돌아…….

그가 몇 문장을 더 써넣고 있자니 저녁식사가 도착했다. 그는 나중에 쓸 생각으로 편지를 옆으로 밀쳐놓았다. 그후 그는 3주가 지나서야 다시 편지를 쓸 수 있는 짬을 얻었다. 침통해 있던 키츠는 최악의 상태였고 점점 더 심술궂어지면서 때때로 짜증을 부리기까지 했다. 사정이 그러하다 보니 세번은 하루종일 그의 곁에 붙어 있어야 했다. 침대에 누워 있던 키츠는 갑자기 책 같은 것은 필요없다고 짜증을 내면서 모두 치워버리라고 소리쳤다. 세번은 마지막 한 권까지 방안에서 내가야만 했다. 그러다가 며칠만에 마음이 바뀌어서 집안에 있는 모든 책을 자기 침대 옆에다 쌓아놓으라고 요구했다.(KC I, p.203) 또 어떤 날에는 자신의 유년 시절에 대해서 얘기했다. 건강했을 때에는 전혀 없던 버릇이었다. 그의 말투는 진지하면서도 우울했다. 그러다가 또다시 분위기는 급변하고, 키츠는 이번에는 격앙된 목소리로 세번을 질책하여 그를 안절부절못하게 했다. 그가 아편팅크 병을 빼앗아간 것은 큰 잘못이라고 말했다. 키츠는 회복 불가능임을 아는 순간, 아편팅크를 삼킬 생각이었는데 세번의 방해로 하지 못했다는 것이었다. 키츠는 고열과 발한으로 잠을 한숨도 자지 못하고, 고통스러운 기침을 끊임없이 해야 하는 것은 정말 참을 수 없노라고 격앙된 목소리로 말했다. 더구나 "몸이 뼈와 가죽만 남을 정도로 쇠약해지는 것은 정말 참을 수 없다"고 소리쳤다.[6]

그는 본인의 의사와 관계없이 환자를 살려두는 것은 그 어떤 징벌, 그 어떤 징계로도 다 다스릴 수 없는 죄악이라고 고함쳤다. 이어 침묵의 순간이 찾아들었다. 다시 침울해진 키츠는 침대에 누운 채 수척해진 세번을 올려다보았다. 그는 전에는 늘 웃고 있던 세번의 얼굴이 극도의 피곤으로 거무튀튀해진 것을 보고서 걱정을 하기도 했다. 키츠는 매일 몇 시간씩이나마 자신을 돌보아줄 간호사를 고용하라고 고집했다. 그래야 세번이 신선한 공기를 쏘이면서 운동을 할 수 있다는 것이었다. 세번은 마침내 간호사(이탈리아 여성으로 아마도 영어를 못하는 사람) 한 명을 불러왔다. 1월 26일 간호사가 근무하러 나타났을 때 침울함에 빠져 있던 키츠는 시무룩한 표정을 지으며 한참을 있더니 그녀에게 가라고 했다. 세번은 저간의 사정을 편지에다 이렇게 설명했다. 그녀는 키츠의 요구를 도저히 다 받아줄 수가 없었다. 키츠가 원하는 것이 너무 많기 때문에 "내가 아니면

---

6) KC I, p.203 · KC II, p.90~91. 이 내용을 담은 편지에서 키츠가 자살하겠다고 또다시 말한 것이 언급되어 있고, 아편팅크를 요구한 것, 임시 간호사를 고용하기로 한 것 등이 언급되어 있다.

해줄 수가 없다"는 것이었다. 이제 기력을 약간 회복한 세번은 집안에 하루종일 남아 있기로 결심했다. "나는 더 이상 외출하지 않기로 했다. 키츠가 언제 뭐라고 말할지 모르고 언제 또 필요한 것을 요구해올지 모르기 때문이었다."(KC I, p. 205)

그는 편지를 마치면서 키츠의 신경질이 어느 정도 정신착란 때문이 아닐까 하는 논평을 했다. 하지만 세번은 실제로는 그보다 더 심각하다고 생각했다. "자네니까 털어놓고 하는 말인데, 그는 정신이상 직전인 것 같아… (중략) … 하도 변덕스러워서 우리를 깜짝깜짝 놀라게 하고 있어. 정상적인 사람의 느낌이나 생각은 찾아볼 수 없어."(KC I, p. 205) 착란 상태인 키츠가 맛이 없다며 음식을 거부하자(아마도 굶어죽을 생각이었을 것이다) 세번은 그의 마음을 돌리기 위하여 최선을 다했다. 어떤 때는 하루에 여섯 가지 이상의 음식을 만들어서 갖다 바침으로써 환자가 '딴소리'를 하지 못하게 했다.

새해가 밝아와도 세번의 외로운 밤새움은 계속되었다. 환자의 침상 옆에 앉아 있거나 아니면 옆방의 책상 위에 엎드려서 편지를 썼다. 단 하나의 촛불이 켜진 조그마한 침실에서 수마(睡魔)와 싸우던 그는 의자에 앉은 채 종종 졸기도 했다. 한번은 새벽녘 가까운 시간에 베르니니 분수의 물튀기는 소리가 어둠을 잔잔하게 흔들어놓는 가운데 잠든 키츠를 스케치하면서 잠을 쫓았다.[7] 키츠의 머리는 호흡을 쉽게 하기 위하여 높은 베개 위에 놓여 있고, 눈은 평화롭게 감

---

7) 오늘날 이 유명한 그림은 26번지 집, 키츠가 누워 있던 방의 벽에 걸려 있다. 이 스케치 속의 피곤하지만 파괴되지 않은 얼굴과 수척한 데스 마스크(死面) 사이의 대비는 아주 놀랍다. 이 얼굴과 데스 마스크 사이에는 겨우 26일의 시차가 있을 뿐이다. 그 사이에 키츠의 얼굴은 몰라보게 파괴되어 쑥 꺼진 뺨과 텅 빈 눈만 남게 되었다. 닥터 클라크 자신도 그 같은 갑작스러운 변모에 놀라움을 금치 못했다. "그는 환자의 모습이 그처럼 빨리 변하는 것을 예전에 본 적이 없었다."(Sharp, p. 90)

긴 모습이었다. 아직도 충만하고 부드러운 표정이었고 병마에 기이할 정도로 파괴되지 않은 얼굴이었다. 하지만 이마에 흘러내린 몇 가닥의 머리카락은 그의 잠이 평온하지는 않다는 것을 보여준다. 스케치를 끝낸 세번은 도화지 밑에다 이렇게 써넣었다. "1월 28일 새벽 3시. 잠을 쫓기 위해 그림. 그는 밤새 심하게 땀을 흘렸다."

2월초가 되어도 26번지의 우울한 일과에는 변화가 없었다. 때때로 키츠는 동요하고 분노하고 격앙된 모습을 보였다. 그러다가 아주 잠잠해지고 목소리는 나지막해지면서 마치 한순간 몸과 마음이 휴식 상태에 들어가는 것 같았다.[8] 이런 순간이면 세번은 혹시 친구의 병세가 진정되어 결국엔 회복되는 것이 아닐까 하는 한가닥 기대와 희망을 자기도 모르게 갖게 되었다. 세번이 그 같은 생각에 동의를 얻어내기 위해 닥터 클라크에게 말할 때마다 의사는 '고개를 흔들 뿐'이었다.(KC II, p.90. 이어서 나오는 인용문도 같은 책) 키츠도 마찬가지로 병세가 조금이라도 회복될지 모른다는 생각을 완강히 거부했다. 그에게 회복에 대한 생각은 "너무 끔찍한 것이었다…(중략)… 그는 조용한 무덤에 대해서만 말하고 있다." 클라크는 이제 임종이 며칠 남지 않았다고 말했다. 그는 키츠가 2월 중순 혹은 그 직후에 숨을 거둘 것이라고 예측했다.

이제 세번을 교대해줄 사람이 필요하다는 것이 명백해졌다. 그렇게 하지 않으면 그마저 병이 날 것이었다. 젊은 조각가 유잉이 가끔

8) 2월의 26번지 집의 상황: Sharp, p.84~85에서 세번의 원고 인용. KC II, p.90~94에서 세번이 브라운에게 보낸 편지의 인용.

찾아와서 한 시간 정도 교대를 해주었으나, 좀더 정기적인 조치가 있어야 했다. 그래서 또 다른 간호사를 찾아보기로 되었다. 마침 이번에는 닥터 클라크가 영국 여자를 알아봐주었고 다행스럽게도 키츠는 이 여자는 좋아했다. 그러나 그녀는 시간이 많지 않았다. 하루 건너 오전에 두 시간밖에 올 수 없었다. 그러나 비록 적은 시간이었지만, 과로한 세번에게 '밖으로 나가 신선한 공기를 마실 수 있는 시간'(Evans, p.341)을 주기에는 충분했다. 간호사가 처음 온 날은 2월 4일 일요일이었다. 세번은 밖으로 나가 산책을 하는 대신 방안에서 일을 하기로 했다. 그는 자그마한 화실로 가서 두 시간 동안 붓을 잡고 그림을 그렸다.

패니 브론이라는 이름은 2월 10일 토요일에 마지막으로 등장했다. 그러나 이때에도 그녀는 키츠에게 평화를 가져다주지 못했다. 어느 날 그녀가 키츠에게 보낸 편지가 브라운의 편지 속에 동봉되어 도착했다. 키츠는 브라운이 보낸 편지 겉봉의 왁스를 떼어내고 편지를 펼쳐드는 순간, 자그마한 편지를 발견하고 그게 뭔지도 모르는 채 읽기 시작하다가 중단했다. "그 편지의 주인을 알아보는 순간 그의 마음은 산산조각이 났습니다."(KC II, p.92) 세번이 회상했다. "그 여파는 여러 날 갔습니다! 그는 그 편지를 읽지 않았어요. 아니, 읽을 수가 없었습니다. 그는 나에게 그 편지를 자기 관에다 넣어달라고 부탁했습니다." 세번은 키츠의 떨리는 손에서 황급히 편지를 낚아채어 옆에다 두었다. 그러나 그것으로 유쾌하지 않은 그 에피소드가 끝난 것은 아니었다. 며칠 후, 갑자기 그리고 터놓고, 묻지도 청하지도 않았는데 키츠는 세번에게 패니에 대해 이야기하기 시작했다. 그는 전에 다른 사람에게는 해본 적이 없는 방식으로 낱낱이 고백했다. 나폴리에서 상륙하던 그날 밤의 솔직한 고백보다 더 강도 높은 고백이었다. 과거의 의문이 강력하게 되살아났고, 키츠는 패니의 행동에 대한 불평을 숨김없이 털어놓았다. 이번에는 노골적으로, 그녀가 자신이 발병한 주된 원인이었다고 계속 강조했다.

이 대화는 세번이 브라운에게 보낸 편지에 기록되어 있다. 그 편지는 대화가 있고 나서 바로 한 두 시간 후에 쓰여진 것이다. 간결하지만 분명한 그 기록은 패니의 편지가 도착했다는 정보에 바로 뒤이어 나오고 있다. 따라서 동요한 키츠가 무슨 말을 했는지는 의심의 여지없이 짐작할 수 있다. "그는 자신의 '열정'이 과열되고 좌절된 것이 발병의 주된 원인이라고 생각하는 것 같아. 하지만 나는 그런 '미묘한' 문제에 대해서는 다르게 생각하는 것이 좋을 거라고 설득했어."[9] 몹시 화가 난 키츠는 패니의 편지를 처분하는 문제를 놓고 자신이 앞서 한 지시를 변경했다. "그는 그녀의 편지를 관 속에 넣지 '말라고' 나에게 부탁했어."(강조는 세번의 것)

패니에게 책임을 물으면 안 된다고 키츠를 '설득'하기 위해 세번은 어떤 논조를 폈을까? 그런 개인적인 문제에 대하여 세번의 '주제

---

9) KC II, p.92. 이 편지는 키츠가 마음을 열고 세번에게 비밀을 털어놓은 사정을 적고 있다. 키츠가 패니의 편지를 관 속에 넣어달라고 한 것도 같은 편지에 적혀 있다.

넘은' 반대가 왜, 그리고 어떻게 나오게 된 것일까? 일부 비평가들이 지적했듯이 해석의 열쇠는 '열정'(passions)이라는 단어에서 찾아볼 수 있다. 키츠가 살던 당시 열정이라는 단어는 감정(emotions)이라는 말과 상호교환적으로 쓰였다. 그러나 이 이야기의 맥락을 좇다보면 어떤 부분에서 키츠는 감정의 동요가 아니라 패니와 사귀던 동안의 성적 좌절, 흥분, 거부 등을 언급하고 있다. 이렇게 해석해야 세번이 말한 '미묘한'(delicate)의 의미가 통하게 된다. 그 경우에 세번은 보다 자유롭게(다시 말해서 주제넘지 않게) 키츠의 개인적인 문제에 개입할 수 있다. 이렇게 볼 때 세번의 반대는 설득력 있는 것이 된다. 편지의 처리에 대해서도 그는 키츠의 결정을 번복했다. 왜냐하면 그는 나중에 패니의 편지들(그후에 온 편지까지)을 관 속에다 '내 손으로 직접'[10] 넣었다고 말했기 때문이다.

그리고 이 마지막 간난의 시기(키츠의 육체가 급격히 파괴되는 시기)에 키츠는 자신이 문학의 영역에서 위인의 반열에 오를 기회를 박탈당했다는 것을 뼈아프게 의식하기 시작했다. 키츠는 이제 문학적으로 크게 성숙했고, 엄청나게 늘어난 자신의 문학적 기술을 확신했으며, 인간의 깊은 통찰력이 무엇인지 깨달았으므로, 자신의 수명이 길었더라면 어떤 업적을 이루어낼 수 있는지 뼛속 깊이 통감했을 것이다. 자신이 위대한 문호가 되리라는 것을 확신하면서 동시에 그 운명을 성취할 시간적 여유가 없다는 사실을 깨닫는 것보다 더 깊은

---

10) KC II, p.94. 이 문구는 세번이 브라운에게 보낸 2월 27일자 편지에서 나온다. 두 통의 편지를 수의 저고리 가슴께의 안주머니에 넣어준 기억을 떠올리면서 세번은 감정이 복받쳐서 갑자기 편지 쓰기를 중단했다. "그만 써야겠어. 더 이상 쓸 수가 없을 것 같아." Sharp, p.92, 93을 참조.

개인적 고뇌가 있을 수 있을까?

키츠가 최후의 순간에 격앙된 감정을 토로한 것은 바로 이루지 못한 꿈에 대한 아쉬움 때문이었다. 하지만 세번은 그 같은 감정의 분출을 보고만 할 수 있었을 뿐, 그 깊은 이유는 이해하지 못했다.

2월 중순, 우유를 가져오는 아침 일과를 마치고 집에 돌아와서 세번은 키츠에게 어떤 나무에 꽃망울이 맺힌 걸 보았다고 기분이 좋아서 말해주었다. 올해에는 봄이 빨리 오려는가봐! 하지만 누워 있는 키츠에게서는 기쁨의 대답이 돌아오지 않았다. 오히려 그 소식은 "그에게 아주 나쁜 영향을 주었다. 나는 분위기 파악을 하지 못한 것이었다."[11] 세번이 아주 불안해하며 내려다보니 키츠의 푹 꺼진 눈에서 갑자기 눈물이 솟구쳤다. "아! 왜 그걸 나에게 알리는 거지?" 키츠는 꺼져가는 목소리로 말했다. "왜 그런 위안이 내게서 사라졌음을 알리는 거지? 왜 내가 다시는 봄을 보지 못하리라는 것을 상기시키는 거지? 난 봄이 오기 전에 죽고 싶어. 어서 빨리 무덤 속에 들어갔으면 좋겠어. 이 앙상한 손과 옹이진 무릎을 느낄 수 없는 조용한 그곳으로 말이야!"

하지만 고통은 그 같은 신체의 쇠락에서 오는 것이 아니었다. 살이 다 내려서 손은 갈고리같이 되었고 허벅지와 종아리는 가느다란 막대기 같이 되었지만, 그런 것쯤은 참을 수 있었다. 키츠가 정작 참을 수 없었던 것은 꽃들이 일제히 선홍(鮮紅)의 총성을 쏘아올리는

---

11) KC I, p. 267. 이어지는 두 인용문도 같은 책. 세번은 1822년 1월 테일러에게 보내는 편지에서 그 광경을 묘사했다. 이 무렵 두 사람은 세번이 좋아하는 시인인 타소 얘기를 나누었다. 키츠는 이렇게 말했다고 한다. "내가 오래 살 수 있다면 지금보다 위대한 시인이 될 텐데." 그는 머리를 흔들면서 위대한 사업을 완성하기도 전에 이 세상과 인연을 끊게 만드는 저 잔인한 운명에 대해 한탄했다(Sharp, p. 85). 타소보나 위대한 시인이 되겠다는 뜻인가, 아니면 지금보다 더 위대한 시인이 되겠다는 뜻인가? 나는 후자였을 거라고 생각한다. 하지만 전자의 가능성도 생각해볼 만하다.

그 봄이었다. "봄은 내게 늘 매혹이었지." 그리고 봄은 빛나는 새 희망을 말했다. 그런 봄을 이제는 두 번 다시 맞이할 수 없는 것이다. 그는 이제 희망에는 신물이 났다. 다가오는 이 봄은 그에게 그가 지금껏 잃어버린 것들을 더욱 뼈아프게 의식하게 만들었다.

"봉분에 꽃들이 피어 있는 무덤, 그 무덤으로 나를 보내줘." 풀죽은 세번이 묵묵히 듣고 있는 가운데 키츠가 말했다.

지난 크리스마스 이브에 키츠는 자신의 죽음이 아무도 알지 못한 채 완전한 정적 속에서 지나가기를 바란다고 말했다. "리뷰, 잡지, 신문에 나의 사망 소식이 전혀 언급되지 않기를 바래."(KC I, p.184) 그리고 "나를 그린 그림을 가지고 판화를 만들지 않았으면 해." 그로부터 3주 뒤인 2월 14일 밤에 세번과 얘기하면서 키츠는 거기서 한술 더 떴다. 키츠는 그의 묘비에다 이름, 날짜 등 개인적인 사항은 아무것도 적지 말라고 지시했다. 그 대신 "여기 물 위에 이름을 새긴 사람이 누워 있노라"(KC II, p.91)라는 단 한 줄만 적어달라고 부탁했다. 세번은 그 가슴 저리는 순간을 브라운에게 전하면서, 브라운이 이 문장의 뜻을 잘 알고 있을 테니 더 이상 중언부언하지 않겠다고 말했다. 이어 침울하게 덧붙였다.

"마음속이 클라이맥스까지 치달은 불행으로 가득한 그가 단 한순간의 인간적 행복마저 거부당한 채 생애를 마감해야 한다는 것은 너무 끔찍한 일이 아닌가?"(KC II, p.92)

키츠가 부탁했다는 묘비명은 그가 만들어낸 것은 아니지만, 키츠의 주장을 아주 잘 드러내는 문구였다(그 문장의 원천으로는 여섯 군데 이상 문학전의 전거가 존재하고 있다. 보몽과 플레처의 『필라스터(Philaster)』도 그중 하나인데, 키츠는 이 책을 한 권 갖고 있었다).[12] 그러나 전거의 문제보다 더 흥미로운 사항이 있다. 키츠가 익명의 문장을 선택한 것은 혐오감이나 절망감을 표현하려는 것이기보다는 미묘한 방식으로 후대인의 눈을 사로잡으려 했기 때문이다. 이런 문제에 대하여 예리한 감각을 갖고 있었던 그는 공동묘지 내에 이름을 달고 있는 무수한 묘비 사이에서, 주인의 이름이 없는 몇 개의 단어가 방문객들에게 던질 미묘한 매력을 알고 있었을 것이다. 키츠는 그 같은 비명이 멋진 인상을 남길 것이라고 생각했을 것이다. 그 문장에는 자신의 운명에 대한 분노가 얼마간 서려 있지만, 키츠는 그것이 갖고 있는 다른 영향의 효과도 감안했을 것이다.

날이 갈수록 키츠의 몸은 앙상해져갔다. 그의 얼굴은 살이 완전히 내려 해골이나 다름없이 되었다. 쑥 꺼진 텅 빈 눈, 날카로운 코, 잿빛의 뺨⋯⋯. 어느 날 밤 그는 잠에서 깨어나 마지막으로 시적 통찰의 한순간을 경험했다. 뒤숭숭한 잠에서 깨어난 그는 세번이 침대 맡 의자에서 졸고 있는 것을 보았다. 침대 옆 테이블에 놓아둔 촛불은 차츰 약해지더니 꺼지려 하고 있었다. 세번을 깨워서 새 양초를 가져오라고 하기가 귀찮아서, 그는 사위어가는 촛불을 가만히 바라

---

12) 『필라스터』: 키츠가 죽고 나서 이 책 한 권이 그의 방에서 회수되었다. 또 다른 가능성에 대한 논의는 KC II, p.94와 『Keats-Shelley Journal』 (1972~1973과 1981)을 참조. Bate, p.694는 키츠가 창문 아래에 있는 광장의 베르니니 분수가 철썩거리는 소리를 맨 처음에는 수도관에서 나는 소리인 줄로 알았다는 흥미로운 제안을 하고 있다.

보고 있었다. 곧 그 가물거리던 촛불은 꺼져서 잠시 어둠이 깃들었으나 불현듯 두 번째 초의 심지가 타오르기 시작했다. "세번, 세번!" 키츠가 흥분된 목소리로 말했다. "여기 요정이 나타나서 다른 촛대에 불을 붙였어!"

잠에서 깨어난 세번은 빙그레 미소지으며 설명했다. 혹시 자신이 선잠이라도 들어 그 사이에 촛불이 꺼지기라도 하면 키츠가 어둠속에서 눈을 뜰지 몰라, 두 양초 사이를 가느다란 줄로 묶어두었다는 것이었다. 그는 자신의 실험이 성공을 거두자 흐뭇해했다.[13]

2월 중순 런던에서는 세번의 편지 두 통이 추가로 접수되어 널리 유포되었다. 그 편지는 해슬람에게 보낸 1월 15일자와 테일러에게 보낸 1월 25~26일자였다. 앞의 편지는 브론 부인에게 보낸 편지에서 언급되었던 희망을 산산조각내는 것으로서, 키츠의 병명이 폐결핵으로 확정되었다는 내용이었다. 이제 키츠의 죽음은 막을 수 없다는 것이었다. 뒤의 편지는 나쁜 소식을 더욱 굳혀주는 것이었다. "점점 더 희망이 없어져 가고 있고…(중략)… 의사는 할 수 있는 건 다 했다는 입장이다…(중략)… 의사는 키츠가 영국을 떠난 게 잘못이었다고 말했다—병이 너무 깊어진 상태였다는 것이다…(중

---

13) KC II, p.138. 이 사건은 밀른스의 키츠 전기에 넣기 위해 세번이 후에 제공한 원고(1845)에서 설명되어 있다. 나는 두 개의 양초로 거듭 실험을 해보았으나 결코 간단한 일이 아니라는 것을 발견했다. 세번은 "한 초의 맨밑에 있는 심지를 불이 켜지지 않은 초의 심지에다 연결시켜서 했다"고 설명했다. 하지만 내가 실험해본 결과 연결 심지는 불이 붙는 순간 끊어지고 말았다. 이런 저런 심지를 많이 사용해보았지만 결과는 신통치 않았다(늘 느슨해지거나 팽팽해졌다). 또 세번이 심지의 줄을 어떻게 '고정'시켰는지도 내게는 의문이다. 줄을 두 번째 초의 심지에 연결시키는 것은 쉽지만 불타고 있는 초는 심지가 왁스 속에 들어 있기 때문에 연결시키기가 간단하지 않다. 그는 아마도 불

략)··· 앞으로 2주를 버티기 힘들 것이라는 말과 함께······."(KC I, p. 202, 204, 205)

두 번째 편지가 런던에 도착한 것은 2월 17일이었는데, 버티기 힘들 것이라는 2주를 지난 지 열흘도 더 되는 시점이었다. 따라서 키츠는 그 무렵이면 이미 죽었을지도 모르는 일이었다. 그 같은 가능성을 알고 있던 친구들은 세번의 다음 편지를 애타게 기다렸다. 한편 친구들은 1월자로 된 두 통의 편지는 패니에게 보여주지 않았다. 그녀에게는 키츠가 악화되지는 않았지만 좋아지지도 않았다는 말만 해주었다. 그녀에게 그런 기다림과 날마다 계속되는 걱정은 공포를 하나의 현실로 바꾸어놓았다. 패니는 키츠의 여동생에게 이렇게 썼다. "내가 할 수 있는 것이라고는 그를 다시는 보지 못할 것이라고 나 자신을 설득하는 것뿐이에요."(FB-FK, p. 23) 웬트워스 플레이스에서 패니를 자주 만나는 브라운은 회복의 희망이 완전히 사라졌다는 내색을 하지 않으려고 조심했다. "그녀는 날마다 더욱 슬퍼 보인다"(Sharp, p. 76)라고 그는 보고했다.

2월 후반에는 로마로부터 더 이상 소식이 날아들지 않았다. 그렇게 시간이 흘러 3월 중순이 되었을 때, 세번이 2월 중순에 브라운에게 쓴 장문의 편지가 도착했다. 키츠가 아직 살아 있다는 소식이었다. 키츠는 병세가 아주 악화되었고 또 아픔 때문에 하루하루를 겨우 견디고 있지만 "자신의 끔찍한 불행과 화해를 했다"(KC II, p. 91)

타고 있는 초의 밑동을 갈라서 심지를 꺼냈을 것이다(나는 그렇게 해보았지만 역시 잘 되지 않았다). 당시에는 초를 많이 사용했으므로 이 기술이 널리 알려져 있었으리라 생각된다. 그렇다면 세번이 그것을 '실험'이라고 했다는 것은 좀 의아하다. 결론적으로 말해서 세번은 특별한 재료(고정 장치나 튼튼하게 꼰 실 등)를 갖고 있었거나 손재주가 비상한 사람이었을 것이다.(내 아들 매튜는 실제로 실험을 해보지는 않았지만, 왁스 양초가 아닌 녹지 않는 수지 양초를 써서 거기에다 왁스 끈을 이용하면 가능하리라고 말했다. 그럴 수도 있겠지만 나는 여전히 의문이 든다. 가장 어려운 부분은 두 초를 연결시키는 끈을 어떻게 고정시키느냐이다)

고 세번은 적었다. 세번은 또다시 그들이 런던을 떠난 것을 후회했다. 키츠가 런던에서 죽음을 맞이했더라면 '많은 친구들의 도움으로 한결 수월했을 것' (KC II, p.90)이라는 내용이었다.

이 편지도 브론 부인의 요청에 따라 패니에게 보여주지 않았다. 하지만 브라운은 이제 그 같은 조치에 반대했다. 걱정하는 여자에게 진실을 알려주지 않는 것은 그녀로 하여금 최악의 경우를 상상하게 한다는 것이었다.[14] 브라운은 패니의 기이한 행동이 자신의 예측을 증명한다고 확신했다. 그녀의 분위기는 양극단을 달렸다. 때때로 사람들 틈에서 재기발랄한 모습을 드러내는 예전의 습관이 되살아났는데, 브라운에게는 그런 그녀가 '수다스러워' 보였다. 그녀의 입에서는 사람들을 즐겁게 하기 위하여 온갖 재담이 흘러나왔으나, 그것은 "웃기기보다는 사람을 깜짝 놀라게 했다." 그러다가 갑자기 말이 없어지면서 침통한 표정이 되더니 "의구심 속으로 가라앉았다."

3월 9일 브라운은 옆집으로 건너가 지금 로마로 편지를 쓰고 있는 중인데, 브론 가족의 소식을 적어넣었으면 좋겠다고 말했다. 패니와 어머니는 마침 한 방에 있었다. 이번에도 브라운은 패니의 반응이 좀 이상하다고 생각했다. 하지만 왜 그러냐고 물어보지는 않았다. "브론 양은 단 한마디도 하지 않았고, 또 말을 할 수 없을 것 같은 표정이었어. 내가 자네에게 편지를 쓰고 있다는 것을 알린 게 후회될 정도였다네."(Sharp, p.88) 패니가 그처럼 기이하게 행동하던

---

14) Sharp, p.88. 이어지는 두 인용문도 같은 책. 키츠의 소식을 패니에게 알리지 말라고 지시한 것은 브론 부인이었을 것이다. 브라운은 그 같은 지시가 '잘못된 판단'이라고 생각했다.

그 무렵은 키츠가 사망한 지 이미 열 나흘이 지났을 때였다.

꧁

그것은 좀 놀라운 부탁이었다. 세번은 정말로 당혹스러웠으나, 그렇다고 그 부탁을 거절할 수도 없었다. 키츠가 자신이 묻힐 공동 묘지를 자기 대신 한번 둘러보고, 그곳의 풍경을 자세히 말해달라고 간절히 부탁해온 것이었다. 세번은 부탁을 들어줄 수밖에 없었다.[15)

어느 공동묘지로 할 것이냐는 문제에는 어려움이 없었다. 키츠의 묘는 로마 북단의 전원 지역에 넓게 자리잡은 개신교 묘지에 잡기로 했던 것이다. 그곳은 고대 로마 유적지의 그늘 아래에 있어서 찾기도 어렵지 않았다. 카이우스 세스티우스는 높다란 피라미드형의 무덤으로서 이름은 별로 나지 않은 유적이었다. 2월 16~18일의 사흘 중 어느 때, 세번은 영국인 간호사가 키츠를 돌보고 있는 틈을 타서 공동묘지를 찾아갔다.

그곳은 탁 트인 들판이었다. 고대 로마의 성벽 바깥에 있는, 나무가 듬성듬성 나 있는 일종의 초원이었다. 별로 크지 않은 묘석들이 나무들 사이에 아무렇게나 군집해 있었는데, 그 수는 세번이 예상했던 것보다 적은 50여 기 정도였다. 봉분들 중에는 이름이 표시되어 있지 않은 것이 많았다. 여기저기에 멋진 기념비가 서 있었고, 그 위

15) 세번의 공동묘지 방문: Sharp, p.93에 인용된 세번의 후기 원고에 서술되어 있다. 세번은 키츠의 마지막 나날 중 '어느 때'인가 키츠의 요청으로 공동묘지를 가보게 되었다고 말했다. 하지만 단 한 번의 방문만 추적할 수 있다. 시인은 피라미드, 야생화, 동물 떼, 목동 등의 얘기를 '아주 흥미진진하게' 들었다. 방문 날짜는 언급되어 있지 않다. 또 간호사가 환자와 함께 남아 있었던 시간도 언급되어 있지 않다. 하지만 이 시점(時點)에 대한 나의 결론은 타당하다고 생각한다. 세번은 그 방문이 마지막 나날의 어느 때라고 말했는데, 키츠가 '체념하여 아주 평온하게' 있으면서 '물에 쓴 묘비명(죽기 아흐레 전)을 말하던 그 시섬이었을 것이나. 묘지의 지형은 세번의 설명과 현대의 시긴

에는 '고전적 형태와 우아한 디자인의 항아리'(Medwin, p.414)가
놓여 있었다. "대리석이 하얗게 반짝거리는 것으로 보아 조각가가
최근에 만든 것이었다." 주로 바이올렛과 데이지로 이루어진 들꽃
들이 멋대로 자란 풀들 사이에서 형형색색으로 풍경을 수놓고 있었
다. 들판의 주인공은 단연 야생화였다.(Medwin, p.415) 세번이 알아
보니, 새로운 무덤은 공동묘지의 한쪽 구석을 사용하면 된다고 했
다. 키츠의 무덤은 세스티우스 피라미드의 모퉁이 가까운 곳이 되리
라는 것이었다. 그곳에는 고대 로마 성벽의 한 부분이기도 한, 총안
(銃眼)이 있는 성탑이 우뚝 솟아 있었다.

공동묘지 터를 거닐면서 세번은 시인이 묻힐 곳을 어떻게 설명해
주면 좋을까 곰곰이 생각했다. 그때 세번은 키츠에게 특별한 호소력
을 가질 만한 풍경 하나를 발견했다. 초원에는 염소가 몇 마리 섞인
소규모 양떼가 유유히 풀을 뜯고 있었다. 목동은 젊은 남자였다. 터
는 좀 떨어진 전원 지역에 있어서 조용하고 고풍스러운 분위기 덕에
편안하고 양떼와 목동이 있는 아주 사랑스러운 곳이었다. 세번은 이
런 저런 풍경을 감안할 때 그곳이 키츠의 분노하는 영혼이 안식을
얻을 수 있는 곳이라고 생각했다.

26번지 집에 돌아와 세번은 약간 우물쭈물하면서도 키츠에게 공
동묘지의 풍경을 아주 자세하게 설명해주었다. 키츠는 그의 얘기를
열심히 들었고 '나의 장소 설명에 기쁨'을 표시했다.(Sharp, p.93.

(Gittings, p.401 · Sharp, p.252 · Adam, I, p.168 · Cacciatore, p.49 ·
Raymond, p.49 등에 나와 있다)을 종합한 것이다. Medwin, p.414~415에
보면 2년 뒤에는 셸리가 같은 묘지에 묻혔다는 얘기가 나온다.

이어지는 두 인용문도 같은 책) 키츠는 특히 오래된 성탑과 만발한 들꽃 이야기를 마음에 들어했다. 키츠는 자신이 바이올렛을 좋아한다고 말했다. "그 꽃들이 자신의 무덤을 뒤덮을 것을 생각하니 기쁘다"고 말하기도 했다. 그러나 주어진 임무를 잘 수행한 세번의 기쁨은 친구의 구슬픈 중얼거림을 듣는 순간 증발해버렸다. 키츠가 "꽃이 자신의 몸 위에 자라고 있는 것을 느낀다"고 말했기 때문이다.

영국인 간호사와 가끔 찾아오는 젊은 조각가 유잉을 빼놓고 그 집에 찾아오는 방문객은 아무도 없었다. 유잉은 찾아와도 오래 머물지는 않았다. 하지만 쇼핑이나 기타 심부름은 기꺼이 하겠다고 말했다. 한번은 유잉이 낯선 사람 하나를 데리고 왔다.[16] 문인으로 성공하겠다는 야망을 품은 젊은 스페인 사람이었는데 키츠가 죽을 병에 걸려 고생하고 있다는 얘기를 들었다는 것이다. 두 사람이 키츠를 찾아온 것은 2월 19일경이었다. 하지만 그들은 키츠의 상태가 아주 위중한 것을 보고서는 방해가 되지 않으려고 곧 물러갔다. 그들은 살아 있는 시인을 본 마지막 외부 인사였다(이 방문에 대해서는 이 이상 알려진 것이 없다. 그러나 젊은 스페인 남자 발렌틴 야노스는 그 후 런던으로 건너가 키츠의 친구들과 친해지게 되었다. 그는 1826년 키츠의 여동생과 결혼했다).

이제 키츠는 우유와 약간의 빵이 먹을 수 있는 것의 전부였다. 하루에 서너 번에 걸쳐 먹었는데, 그것이 그가 받아들일 수 있는 유일

<hr>

16) 유잉과 야노스: 두 사람은 나중에 런던을 방문하여 키츠의 옛 친구들과 사귀게 되었다. 유잉은 FB-FK, p.47에 언급되어 있다. 야노스가 죽어가는 키츠를 방문한 것은 Griffin, p.149에 기술되어 있다. 런던에서 브론 가족과 패니 키츠에게 야노스를 소개한 것은 제럴드 그리핀이었다. 야노스는 나중에 패니 키츠와 실혼하게 된다. 야노스는 스페인 사람인데, 1820년대에는 로마의 스페인 대사관이 피아차 디 스파냐에 있었다. 아마도 그래서 야노스가 26번지 집을 방문하게 되었을 것이다. 유잉에 대해서는 Sharp, McCormick, Birkenhead 등의 자료를 참조.

한 자양이었다. 2월 중순이 되어 불충분한 섭생과 오랜 투병의 여파로 키츠의 체중은 급격히 줄어들었고, 그리하여 사람의 모습이 완전히 바뀌었다. 2월 19일 걱정되는 눈으로 바라보는 세번에게 키츠의 얼굴은 '아주 무시무시한' 해골 그것이었다.[17] 그날 밤 처음으로 세번은 키츠의 죽음이 임박했음을 알았다. 이제 몇 시간 더 버티지 못할 것 같았다. 세번은 병상 곁에 앉거나 서서 긴긴 밤을 새우면서 키츠의 발작적인 기침과 고통스러운 신음소리를 들었다. 때로는 키츠의 기침이 너무 심하여 저러다 질식사하지나 않을까 걱정이 되었다. 그는 어서 죽음이 찾아와 친구를 고통으로부터 해방시켜주기를 간절히 바랐다. 기침을 가라앉히고 잘 나오지 않는 가래를 쉽게 뱉어내기 위해 자신을 앉혀 달라는 키츠의 무망한 요구를 세번은 무수히 들어주었다. 세번은 여윈 어깨 아래로 팔을 둘러 어깨를 치켜올렸고 살이 완전히 빠진 몸을 똑바로 세워주었다. 하지만 키츠는 얼마 버티지 못하고 다시 눕혀달라고 청했다.

"전에 누가 죽는 것을 본 적이 있나?"[18] 키츠가 조용한 순간에 희미한 목소리로 물었다. 세번은 없다고 대답했다. "그렇다면 불쌍한 세번, 자네는 참 안되었네." 키츠가 말했다. "자네는 나를 위해 엄청난 고통과 위험을 무릅썼지. 난 회복될 것 같지가 않아. 그러나 조금만 견뎌주게. 곧 끝날 테니까. 나는 곧 조용한 무덤 속에 눕게 될 거야. 하느님, 조용한 무덤을 주셔서 감사합니다. 오! 나는 차가운 흙

17) KC I, p.221. 세번은 해슬람에게 보낸 2월 22일자 편지에서 이렇게 썼다. "나는 그가 죽을까봐 두려워 사흘 밤을 꼬박 새웠어." 그렇다면 임종을 지키는 철야는 2월 19일부터 시작된 셈이다.
18) KC I, p.224. 이 문장은 키츠 사후 2주 만에 세번이 테일러에게 쓴 편지 속에 나온다. 따옴표도 세번이 넣은 것이다. 발작에 대한 언급은 따옴표 속에 있지 않으나 죽어가는 키츠가 한 말 중 일부였을 것이다.

이 내 위를 덮는 걸 느낄 수 있어!" 그날 밤 기침이 멈추었고, 그는 새벽까지 곤하게 잤다. 다음날 아침 날이 밝아 멍한 눈을 뜨던 키츠는 자신이 아직도 살아 있음을 깨닫고, 또다시 하루를 견뎌야 한다는 사실에 좌절하면서 비명을 내질렀다. 자신이 아직 살아 있다는 사실을 깨닫고 "그가 얼마나 비통하게 탄식했던지요!"(KC I, p.224) 하고 세번은 후일 회상했다.

지난 몇 주 동안 세번은 틈틈이 가족들에게 보내는 긴 편지를 썼다. 2월 20일 아침 지난 밤의 시련으로 몸과 마음이 모두 지친 그는 또다시 펜을 들고서 긴 문장을 써나갔다. 그때 쓴 문장에서 키츠는 기이하게도 짧게만 언급될 뿐이다("불쌍한 키츠는 며칠 못 버틸 것 같습니다. 나는 이제 그의 병세에 대해 체념하고 있습니다. 하지만 그의 부재는 오랫동안 느끼게 될 것입니다"). 요컨대 세번이 가족에게 쓰던 편지를 다시 잡게 된 것은 시인의 운명에 대하여 말하기 위한 것이 아니었다. 그는 편지를 쓰는 잠시만이라도 죽음의 어두운 그림자를 피해보려고 애썼던 것이다. 전혀 예상치 않게 심한 시련을 견뎌내야 했던 그는 너무나도 황량한 인생의 한순간을 벗어나는 도피처로 가정의 따뜻함과 위안을 추구했던 것이다.

다시 한번 그는 집에 돌아와 있는 광경을 상상했다. 그는 상상 속에서 사랑하는 여동생과 정겹게 대화를 나누었다.

벽난로에 기분 좋게 타오르는 불은 굿모닝 마리아 하고 말하고 있고, 주전자의 물이 끓는 동안 나는 너와 함께 약간의 대화를 나눠. 자, 이제 편히 앉아. 오늘 아침 기분은 어때? 가족들은 다 어떻게 지내? 어머니는? 자, 이제 내 얘기를 좀 들어봐. 모자는 벗으렴. 넌 나를 자주 보는 것이 아니니까. 벌써 다섯 달이 흘러갔어. 아주 오랜 세월이었지. 난 정말 많은 변화를 목격했어…….[19]

그는 이탈리아로의 항해, 나폴리에서의 생활, 자신의 예술가적 관심, 그밖의 여러 사항에 대해서 자세히 적어나갔다. 하지만 26번지에서의 생활은 쓰지 않았다. 그는 긴 답장을 부탁하면서 편지를 끝맺었다. "편지를 쓸 때 미리 사과하지 않아도 돼. 네가 마구 흘려 쓴 글씨도 나에게는 기쁨이니까."

2월 20일, 아침 밥상에서 몇 분 동안 자신의 피로와 그 우울한 풍경을 잠시 잊어버렸던 것은 세번으로서는 다행스러운 일이었다. 그 날 밤 또다시 시련이 시작되었다. 날밤을 새워야 하는 일이 새벽까지 계속되었다. 그리고 결과는 똑같았다. 키츠는 그토록 죽기를 갈망했지만 여전히 숨이 붙어 있었다. 21일 밤도 마찬가지였다. 아침이 오자 절망의 탄식이 터져나왔고, 가슴을 옥죄는 기침의 고통을 가라앉히기 위하여 침대에서 일어나 앉았다가 다시 눕는 과정이 반복되었다. 고열로 펄펄 끓는 몸은 흥건한 땀으로 적셔졌다.

19) Evans, p.343~344. 거실 벽난로의 불꽃이 낮고 조용하며 꾸준하게 타오르는 모양에 '기분 좋게' 라는 이례적인 어구를 쓴 것을 보면 세번이 이 당시 얼마나 집에 가고 싶어했는지 알 수 있다. 그의 편지들이 보여주고 있듯이, 그는 무심하게 사용하는 듯하면서도 멋진 단어나 표현을 쓰는 재주가 있었다.

2월 22일 아침. 세번은 닷새 동안 날밤을 새우고도 친구 해슬람에게 보내는 짧은 편지를 썼다. 그것은 편지라기보다는 동정의 손길을 구하는 처절한 몸부림이었다.

오! 나는 정말 너의 소식을 듣고 싶어. 나폴리에서 보낸 편지에 대한 답장말고는 네가 부친 편지는 온 적이 없어. 나에게 이 고독을 깨뜨릴 수 있는 수단은 편지밖에 없어. 날이면 날마다 그리고 밤이면 밤마다, 나는 죽어가는 친구 곁에 딱 붙어 있어야 해. 나의 정신, 나의 지능, 나의 건강도 무너지고 있어. 나의 기분을 바꿔줄 사람도 없고 교대해줄 사람도 없어. 사람들은 모두 백리 밖으로 달아날 뿐이야. 행여 달아나지 않는다 해도 키츠는 내가 없으면 안 돼… (중략)…

지난 밤 나는 그가 죽는 게 아닐까 하고 생각했어. 그는 내게 일으켜 앉혀달라고 했어. 너무 아파서 죽을 것 같다면서. 나는 밤새 그를 지켜보았어. 그가 기침을 할 때마다 질식하는 게 아닐까 걱정되었어. 죽음이 아주 빠른 속도로 닥쳐오고 있어. 오늘 아침 동틀 무렵 그의 변화된 모습은 나를 겁먹게 했어…….(KC I, p.220)

그렇게 쓴 다음 그는 자신의 감정에 복받쳐서 아주 과감한 필치로 문학사상의 아주 감동적인 장면을 스케치하고 있다.

불쌍한 키츠는 나를 그의 곁에 꼭 붙어 있게 해. 그러고는 하나밖에 없는 친구의 모습을 계속 확인하고 있어. 그는 엄청난 공포와 회의 속에서 눈을 떴다가, 나를 확인하고는 다시 부드럽게 눈을 감아. 그런 식으로 눈을 떴다 감았다 하면서 잠에 빠지는 거야. 사정이 이렇다 보니 나는 그가 죽을 때까지 곁에 붙어 있어야 해.(KC I, p.221. 본문에 이어서 나오는 인용문도 같은 책)

커다란 편지지 두 장을 가득 채우면서 여기까지 오는 동안 세번은 예의 그 깨끗한 필치로 편지를 써 내려갔다. 줄도 똑 발랐고 행간도 정연했다. 그러나 두 번째 장의 밑부분에 이르면서는 휘갈겨 쓰기 시작했고, 세 번째 장의 맨 윗 부분을 쓸 때에는 자기 자신을 잘 통제하지 못하여 이렇게 썼다. "나는 더 이상 쓰지 못할 것 같아. 잠이 부족해서 온몸에 힘이 다 빠져나간 느낌이야. 우편 마차가 곧 떠날 테니까 어서 써야 할 텐데. 다정한 해슬람, 내가 행복하게 잘 해나가고 있다고 생각해줘. 사정이 허락하는 범위 내에서 말이야."

그날(2월 22일)도 세번은 키츠의 병상 옆에서 촛불을 켜놓은 채 힘겹게 밤을 새웠다. 다시 한번 두 사람은 끔찍한 아침을 맞이했고 키츠는 절망의 신음을 내질렀다.

당초 하루 건너 몇 시간씩만 봐주기로 되어 있던 영국인 간호사는 키츠의 병세가 악화되면서 더 자주 왔고, 한번 오면 여러 시간을 머물렀다. 오전 중 몇 시간이라도 세번이 눈을 붙이게 하려는 것이었다. 세번은 거실의 소파에 누워 눈을 감고 아무것도 생각하지 않으려 했지만 잘 되지 않았다. 그는 잠을 잘 수가 없었고, 정신은 더욱 흐리멍덩하고 무감각해졌다. 2월 23일 오후 간호사는 평소대로 돌아갔다.[20] 소파에서 벌떡 일어난 세번은 또다시 키츠의 침실로 들어갔다.

이날은 가슴을 찢어놓는 듯한 기침이 일찍 시작되었다.[21] 오후 네 시 직후였다. 키츠는 숨을 제대로 쉴 수 없는 듯 그 어느 때보다 더 크게 헐떡거렸다. 그는 일으켜 세워달라고 했다. 세번은 어깨 밑으로 오른팔을 집어넣었다. 키츠의 잠옷은 땀으로 흠뻑 젖어 있었다. 세번은 그 앙상한 몸을 베개에 기대어 일으켜 세웠다. 가슴이 들썩거릴 때마다 목구멍 속에서 가래 끓는 소리가 났다. 언제나 크고 밝았던 키츠의 눈은 움푹 꺼진 얼굴에서 '기이할 정도로' 더욱 크고 밝아 보였다. 겁을 먹고 쳐다보는 세번에게 그 효과는 거의 '초자연적'이었다.

"내쪽으로 숨을 쉬지 마."(KC I, p.224) 키츠가 쉰 목소리로 말했다. 그의 얼굴은 상기되어 있었고 땀으로 번들거렸다. "얼음처럼 느껴져."

그날 오후 내내 그리고 저녁까지 키츠는 여러 번 일으켜 앉혀달라고 했다. 어둠이 다가오자 그의 호흡은 더욱 가빠졌고, 가래 끓는

20) 영국인 간호사가 돌아간 시간: 세번은 간호사가 "이날 하루종일 나와 함께 있었다(the nurse had been with me all this day)"라고 말했다(KC I, p.225). 하지만 그녀가 언제 돌아갔는지는 언급하지 않았다. 나는 그녀가 마지막 위기가 시작된 오후 네 시경에 돌아갔으리라고 생각한다. 만약 그녀가 계속 머물렀다면 세번은 그 사실을 언급했을 것이다. 그가 'had been'이라는 표현을 쓰고 있는 것도 이 같은 판단을 뒷받침한다.
21) 마지막 날의 세부사항: 일차적 자료는 키츠 사망 직후 하루 이틀만에 세번이 브라운에게 쓰려 했던 편지의 초고다. 하지만 이 초고는 완성되지도 송부되지 않았다. Sharp, p.94에는 이 초고가 그대로 인용되어 있다(초고는

소리는 더욱 요란해졌다. 밤 11시를 막 넘겼을 즈음 아직 의식이 남아 있는 채로 축 늘어져 있던 키츠는 일으켜 앉혀달라는 신호를 보냈다.

세번의 오른쪽 팔이 다시 한번 키츠의 어깨 밑을 부여잡았다. 키츠는 일어나 앉으면서 세번의 왼쪽 손을 잡더니 아주 세게 쥐었다. 팽팽한 얼굴 표정은 '아주 다정한 느낌'을 드러냈고 고통의 표정은 신비로울 정도로 가셔 있었다.

"겁내지 마."(KC I, p.225. 이어지는 인용문도 같은 책) 키츠가 잠시 뒤에 말했다. 그의 목소리는 허약했지만 평온했다. 그는 전에 한두 번인가 했던 말을 다시 반복했다. "나는 편안하게 죽을 거야. 하느님, 감사합니다. 이제 드디어 가는가봐."

키츠의 가슴이 고통스럽게 오르락내리락했다. 이윽고 가래 끓는 소리가 천천히 가라앉더니 잠잠해졌다. 세번은 마침내 키츠가 축복의 잠에 떨어졌다고 생각했다. 그는 키츠의 몸을 떠밀지 않으려고 조심하면서 오른팔에 힘을 주어 젖은 어깨를 꼭 감싸쥐었다. 침묵의 몇 분이 흐른 뒤 땀에 젖어 번들거리는 뺨과 눈꺼풀을 내려다보면서 세번은 팔 안에 감겨오는 키츠의 체중이 상당히 묵직해졌음을 느꼈다. 그리고 키츠가 더 이상 숨을 쉬지 않는다는 것을 알았다.(Sharp, p.94 · KC II, p.94)

그는 키츠의 어깨를 침대의 베개 위에다 부드럽게 내려놓았다.

아직도 남아 있다). 그로부터 하루 이틀이 더 지나서 여전히 넋이 빠져 있던 세번은 또 다른 편지를 완성하여 브라운에게 보냈다. 편지의 내용은 초고와 거의 비슷하다(KC II, p.94 날짜는 2월 27일). 일주일 뒤 세번은 테일러에게 보내는 더 길고 자세한 편지를 썼다(KC I, p.223~228은 긴 각주를 포함하고 있다).

세번은 미동도 하지 않고 서서, 숨이 떨어진 키츠를 몇 분 동안 내려 다보았다. 엄청난 안도감과 함께 슬픔이 몰려왔다. "그의 창백한 사 안(死顔)은 잠시 동안 내게 커다란 위안을 주었습니다." 세번은 나 중에 그렇게 회상했다. "왜냐하면 그 얼굴에 얼마나 많은 고통이 머 물렀는지 알기 때문이었습니다."[22]

세번은 이 얘기는 하지 않았다. 또 이것을 언급한 기록도 남아 있 는 것이 없다. 하지만 자신 있게 상상할 수 있다. 그 구슬픈 밤에 벌 어진 한 가지 사건을. 헐떡거리던 숨이 멈추자 생명 없는 느슨한 손 바닥에서 작은 물건 하나가 침대 위로 흘러내렸다. 그것은 하얀색이 섞인 붉은 홍옥수였다.

세번은 정신적으로나 정서적으로나 완전히 탈진 상태였다. 그는 키츠가 죽은 후 한 주일을 비몽사몽간에 보냈다. 다행히도 사람 좋 은 닥터 클라크가 사태를 수습하여 필요한 신고와 조치를 취했다. 시신은 영안실로 보냈고 집은 경찰이 봉쇄했으며, 보건 당국의 검사 를 기다리고 있었다. 세번은 광장 건너편 닥터 클라크의 집으로 거 처를 옮겼다. 그는 여전히 잠을 잘 자지 못했으나 그래도 휴식을 취 할 수는 있었다. 영안실에서 검시가 실시되었고 폐결핵이 사망의 원

22) 키츠의 사망 시간: 세번에 따르면 '죽음의 그림자'가 닥쳐온 것은 오후 4 시경이었다(Sharp, p.94에는 '오후 4시 반' KC II, p.94에는 '4시경' KC I, p.224에는 '오후 4시'로 되어 있다). 그후 키츠의 고통은 "밤 11시가 될 때까 지 6시간 동안 커져갔다. 11시경에 그는 서서히 죽음 속으로 빠져들었다. 너 무나 고요히어 처음에는 잠든 줄 알았다."(Sharp, p.94 · KC II, p.94도 같은 내용). 세번은 2주 후 테일러에게 이렇게 썼다. "내가 그를 양팔에 안자 그는 내 손을 꼭 잡았다. 그는 아주 감성 어린 눈빛으로 나를 쳐다보았고 얼굴에는 아무런 고통도 없었다."(KC I, p.225). 세번은 물론 후대의 기록을 위해 사망 시간을 적어놓은 것이 아니었다. 그는 사망 시간을 11시경이라고 했는데, 그

인으로 확인되었다.[23] "폐는 송두리째 상해 있었다. 의사들은 그가 어떻게 두 달씩이나 버텼는지 의아해했다."(Sharp, p.94) 그리고 세 번의 요구로 데스 마스크(死面)를 만들었고 발과 팔의 석고 모형도 떴다.

2월 26일 월요일 아침 일찍, 세번은 관에 못을 박기 직전에 패니 의 머리카락으로 둘둘 만 그녀의 편지 두 통(키츠가 읽지 않은 것)을 수의 상의의 가슴께 안주머니에 직접 넣어주었다.(관 속에 넣은 패니 의 편지들: KC Ⅱ, p.92, 94 · Sharp, p.93.) 관 속의 다른 곳에다가는 키츠의 여동생이 보낸 편지 두통과 그녀가 작별 선물로 준 작은 지 갑을 넣었다.

세번, 닥터 클라크, 윌리엄 유잉과 두 세 명의 조문객이 참석한 가 운데 영구차는 천천히 거리를 빠져나가 교외의 개신교 공동묘지로 향했다. 소규모 조문객들이 세스티우스 피라미드와 고대 로마 성탑 의 그늘에서 관을 둘러싸고 서 있는 가운데, 로마 주재 영국인 목사 인 월프 씨가 장례식을 집전했다. 오전 9시 하관이 완료되었고 조문 객들은 마차를 타고 각자 돌아갔다. 닥터 클라크는 뒤에 남아서 산 역꾼들에게 자세한 지시 사항을 내렸다. 무덤을 완전히 메운 뒤 부 드러운 흙을 가져다가 그 위를 덮고 무덤과 그 주위에 데이지 꽃을 심으라는 것이었다.[24]

다음날 아침, 세번은 런던에서 초조하게 기다릴 친구들을 생각하

무렵 키츠가 더 이상 몸을 들썩이지 않았던 것이다. 사망 시간이 11시에서 얼 마나 지난 시간이었는지는 알 수 없다.
23) KC Ⅱ, p.94. 부검은 이름을 알 수 없는 이탈리아 의사와 또 다른 의사의 도움 아래 닥터 클라크가 집도했다. 그들은 검시 결과를 이렇게 말했다. "최 악의 폐결핵 상태였다. 양쪽 폐는 완전히 파괴되었다. 세포도 모두 죽고 없 었다."
24) 장례식: 세번이 테일러에게 보낸 편지에는 아주 간결하게 보고되어 있다. KC Ⅰ, p.225~228 · Sharp, p.96도 참조. 세번, 닥터 클라크, 목사 외에 장례식 에 참석한 사람은 여섯 명이었다. 윌리엄 유잉, 리처드 웨스트매코트, 닥터 루

여 가까스로 펜을 집어들고 브라운에게 보내는 짧은 편지를 썼다. 브라운이 두루 소식을 알릴 것이었다.

그는 세상을 떠났어. 아주 평온하게 숨을 거두었지. 마치 잠에 빠진 듯했어. 2월 23일 금요일 오후 4시 반부터 죽음의 그림자가 닥쳐오기 시작했어… (중략) … 그것이 밤 11시까지 계속되더니 그는 서서히 죽음 속으로 빠져들어갔어. 너무 조용해서 나는 그가 잠든 줄 알았어…….[25]

세번의 편지를 옆집에 가져가 보이며 패니에게 소식을 전한 것은 브라운이었다. 그는 그날의 만남에 대해서는 자세한 세부사항을 전하지 않았다. 그래서 그 만남에 대해서는 개략적으로라도 재구성할 수가 없다. 하지만 그가 그 일과 관련하여 말한 내용은 결코 가볍게 넘겨버려서는 안 된다. 비록 그것이 패니를 곤경에 빠뜨리는 한이 있더라도.
브론 부인은 방안에 있었다. 브라운은 지난 몇 주 동안 패니에게 나쁜 소식을 알려주지 않았다는 것을 알고 있었다. 따라서 그녀는 약혼자가 앞으로 적어도 몇 달 동안은 살아 있을 것으로 생각했다. 그래서 키츠의 사망 소식을 전하는 것이 그로서는 곤혹스럽고 또 조심스러운 일이었다. 하지만 걱정은 공연한 것이었다.

비, 앰브로스 포인터, 헨리 파크, 헨더슨이라는 이름의 남자.(KC I, p.227)
25) Sharp, p.94. 이것은 세번이 2월 27일 브라운에게 썼으나 내버린 편지의 초고이다. 이 편지는 완성되지 않았고 글씨는 끝으로 갈수록 휘갈겨 쓰게 되었는데, 끝 부분에는 오염된 가구를 불태우기 위해 경찰이 오고 있다는 얘기가 들어 있다(이 부분은 북북 지워져 있어서 출판된 텍스트에는 들어 있지 않다).

패니에게 가해진 첫번째 충격은 아주 대단했다고 브라운은 말했다. 너무나 급작스러운 소식이었으므로 그 같은 반응은 당연한 것이었다. 그러나 그녀의 회복은 빨랐다. 그후 그녀의 행동은 기이할 정도로 절제되어 있어서 브라운이 언급할 정도였다. "그녀가 소식을 들은 지 닷새가 지났어." 브라운은 세번에게 쓴 편지에서 말했다. "처음의 충격과 그후 며칠 동안에 대해서는 이야기하지 않겠어. 지금 그녀는 상당히 나아졌어. 그동안 내내 굳센 마음을 보여주어서 엄청난 슬픔의 짐을 안고 있는 젊은 여자답지 않다는 생각이 들었지."

그 닷새 동안 브라운은 그녀를 자주 만났다(그는 '그동안 내내'라고 쓰고 있다). 그리고 만날 때마다 엄청난 상실 속에서도 평상심을 유지하는 그녀의 태도에 크게 감명을 받았다. 패니는 비록 나이 어린 여자였지만, 슬픔과 적당한 거리를 두는 능력에는 아주 뛰어났던 것이다.[26]

---

26) Sharp, p.98. 패니는 사망 소식을 3월 17일에 들었다. 브라운이 말한 것처럼 닷새 뒤가 되자 그녀는 마음의 평정을 회복했다. 닷새가 더 흐른 뒤 패니는 키츠의 여동생에게 긴 편지를 썼다. 그 편지를 보면 패니가 평상심을 회복했다는 것을 알 수 있다. 죽은 연인에 대하여 그녀는 이렇게 말했다. "나는 키츠가 행복하다는 것을 알아요. 여기에 있을 때보다는 1천 배 더 행복하다는 것을요. …(중략)… 그런 만큼 내게 어떤 힘이 있다고 해도 나는 그를 이리로 데려오지 않을 거예요."(FB-FK, p.25) 브라운은 패니, 패니의 어머니, 키츠의 여동생 그리고 기타 인사들이 상복을 입는 것을 지켜보았다. 패니가 밤이면 깊은 슬픔에 잠겨 과부의 모자를 쓰고 검은 드레스를 입은 채 햄프스테드 히스를 외롭게 방황했다는 후대의 이야기는 신빙성이 없다(Richardson, p.87 참조). 물론 패니가 불운한 시인에게 충직했다는 사실을 믿고 싶은 사람들은 Richardson의 책에서 수다하게 발견되는 이런 후대의 전설도 사실이라고 믿고 싶어한다. 이러한 경향은 모션의 키츠 전기에서도 그대로 되풀이되고 있다. 모션은 리처드슨의 전설을 거의 그대로 반복하고 있다(Motion, p.568~569 참조). 그는 패니가 평생 동안 '키츠가 준 반지를 뺀 적이 없다'는 근거 없는 이야기를 기정사실인 듯 진술한다. 사실을 터놓고 말하면, 그녀는 가치 있는 유물로서 반지를 보관했을 뿐이다. 남편이 보는 앞에서는 그 반지를 낀 적이 단 한 번도 없었다. 그녀는 남편에게 키츠와 관련된 과거의 사실을 철저히 숨겼던 것이다.

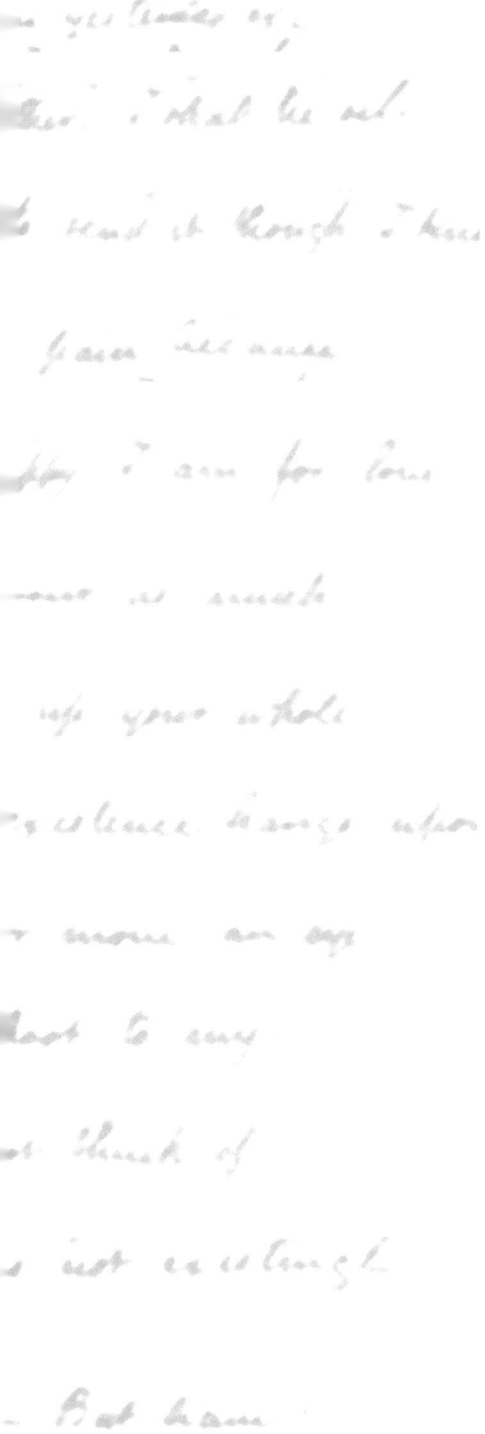

7 시인의 축복

비아 디 산 이시도로 18번지에 있는 그 작은 집은 피아차 디 스파냐에서 걸어서 5분 거리에 있었다. 그곳에 거처를 정한 조지프 세번은 계획보다 많이 뒤처진 왕립미술원 제출용 그림을 그리는 작업에 착수했다.[1] 그는 과연 시간 안에 그림을 마쳐서 런던에 보내 심사 완료를 할 수 있을지 걱정이 되었다. 설사 시간이 남아 있다고 해도 세번은 붓을 놀리기가 쉽지 않았다. 그의 머릿속에는 비참하게 죽어간 친구의 기억이 너무나 생생했기 때문이다.

게다가 보건 당국은 광장 한 가운데 쌓아놓고 불태워버린 가구들의 변상을 요구하고 있었다. 뿐만 아니라 키츠가 사망한 방의 청소와 보수 비용도 요구했다.[2] 장례식을 치른 지 2주가 지났지만 세번은 아직도 심리적으로 불안정한 상태였다. 그는 런던에 있는 친구 테일러에게 편지를 쓰면서 그동안의 침묵을 사과했다.

"자네에게 여러 번 편지를 쓰려고 했어. 하지만 안 됐어. 뭔가 생각한다는 것이 나로서는 너무 버거웠거든. 나는 그동안의 피로와 고통으로 몸이 아픈 상태였어. 불쌍하게 죽은 키츠의 추억이 나를 붙들고 여간해서는 놓아주질 않아. 나는 어디를 봐도 그의 모습을 봐… (중략) … 잔인한 이탈리아 사람들은 그 기괴한 일을 거의 다 끝냈어. 그들은 가구를 다 불태우고 이제는 벽을 박박 긁어내고 있어. 새로운 창문, 새로운 문을 만들고 그것도 부족하여 새로운 바닥을 간다고 해."(KC I, p. 223)

---

1) 세번의 감동적인 삶은 샤프(Sharp)와 버켄헤드(Birkenhead)의 전기에 자세히 소개되어 있다(그보다 앞서 발간된 버켄헤드의 『Against Oblivion』(1943)은 허구적인 내용이 많이 포함되어 있다). 이 두 전기는 키츠 외에 많은 사람을 논평한 세번의 편지들을 상당수 인용했다. 또 그의 미발표 원고들도 인용했다.

2) 키츠의 침실 청소: 모든 가구, 그림, 커튼, 양탄자, 하다 못해 자질구레한 물품들까지 광장 한 가운데 쌓아놓고 불을 질렀다(Sharp, p. 96). 세번은 "보건당국이 벽을 쥐어뜯고, 창문, 문, 심지어 바닥까지 만들고 있다"고 적었다(KC I, p. 223). 다른 편지에서 그는 천장까지도 손을 본다고 썼다(Evans,

오랜 시련 끝에 그렇게 탈진하는 것은 당연한 일이었다. 그 3월초의 여러 날은 세번의 인생에서 가장 밑바닥이던 시절이었다.

그의 우울 증세가 극도에 달한 3월 중순, 모든 것이 확 바뀌었다. 죽어가는 시인을 정성스레 돌본 젊은 화가의 영웅담이 로마의 영국인 사회에 널리 퍼져나갔고, 이어 영국에까지 전해졌다. 그리하여 저명한 인사들이 이시도로 거리의 집을 찾아오기 시작했다. 외로움에 떨던 세번은 그런 변화에 '깜짝' 놀랐다.(KC I, p.230) 수줍게 그의 집의 문을 노크하면서 자신을 소개한 사람들은 온갖 화가, 귀족, 지체 높은 신사 숙녀, 부호 등이었다. 그 모든 사람이 세번을 만나보고 싶어했고, 그가 한 일에 대하여 감사를 표시했으며 그의 너그러운 마음과 이타적인 태도를 칭찬했다. 그리고 거의 예외 없이 그의 화가 생활을 격려하면서 미술 분야에서 도움을 주겠다고 약속했다.

그에게 선물로 각종 화구(畵具)가 넘칠 만큼 들어왔다. 또 피아노를 마련해주는 사람도 있었다. 그는 왕궁과 전원의 빌라에서 벌어지는 오찬과 만찬에 초대를 받았다. 당시 로마에서 지내다가 다른 곳에 잠시 가 있던 저명한 영국 화가 찰스 이스트레이크의 화려한 스튜디오를 사용할 수 있는 배려를 받기도 했다. 그가 잘 되기를 바라는 사람들이 4월 내내 줄을 이었다.

5월 들어 세번은 건강을 완전히 회복하여 자신에게 무슨 일이 벌어지고 있는지 충분히 인식하게 되었다. 그것은 부자들의 일시적인

p.345). 벽을 쥐어뜯는다는 것은 아마도 벽지를 뜯어낸다는 뜻일 것이다. 그렇다면 '새로운' 창문, 문, 바닥은 무엇인가? 이탈리아 보건법에 따르면 이런식으로 파기된 물품에 대한 변상은 세입자가 해야 하는 것으로 되어 있다. 닥터 클라크는 액수를 깎는 데 성공했지만, 여하튼 그 같은 사후 조치는 아직도시련에서 중분히 회복하지 못한 세번을 크게 하나게 했다. 장례식 후 세뇨라 안젤레티가 키츠와 세번이 깨뜨린 접시, 유리, 컵 등을 변상하라고 요구하자세번은 마침내 폭발했다. 여러 해 뒤 그가 이 사건을 회상한 것이 있다. "길다란 테이블 위에는 동네에서 모두 주워온 듯한 깨진 그릇들이 쌓여 있었다. 나는 미친 듯이 화를 내며 막대기를 집어들어 테이블 위에 있는 그릇들을 내리

변덕이 아니었다. 그는 인간 마음속 깊은 곳에 있는 가장 근본적인 심금(心琴)을 울린 것이 틀림없었다. 세번은 그 사실을 깨닫게 된 것이다.

5월초 그는 런던에 있는 해슬람에게 편지를 써서 최근에 많은 친구를 사귀었다고 알렸다. "하지만 얼마나 많이 사귀었는지는 자네도 상상하지 못할 걸세."(KC I, p.239)

그는 자신의 행운에 대해서 자세히 설명했다(그는 지난밤에 콜체스터 경의 만찬에 초대되어 루트벤 남작과 레이디 웨스트모어랜드 사이에 앉아서 식사를 했다고 적었다).

또 그에게는 그림 제작 의뢰도 많이 들어왔다. "이곳은 내게 모든 것이야." 그는 행복에 젖어 설명했다. "나는 커다란 희망과 기쁨으로 앞날을 내다보고 있어. 내 앞에는 멋진 앞날의 전망이 있어. 고상한 직업, 세계에서 가장 좋은 환경 속에 살면서 아주 건강한 전망, 젊음과, 무엇보다도 만족하는 마음이 있어. 모든 것이 나를 흡족하게 해. 나는 아주 작은 수입으로도 잘 살 수 있어. 아, 나의 다정한 친구, 아주 오래 있어야 자네를 다시 볼 수 있을 것 같아." 세번에게 키츠의 길동무가 되어 로마로 가겠느냐고 권유한 해슬람에 대하여 그는 열띤 목소리로 덧붙였다. "고마워, 정말 고마워. 내 생애가 다하는 그날까지."

7월에 그는 왕립미술원 제출용 그림인 〈알키비아데스의 죽음〉을

쳤다." 여주인은 황급히 물러서면서 그 손실은 자기가 떠안겠다고 말했다.(Sharp, p.96)

완성하여 런던으로 부쳤다. 비록 런던에는 그림이 늦게 도착했지만, 그는 그 그림 덕분에 바라던 후원금을 얻게 되었고, 적어도 앞으로 3년 동안은 재정적으로 자유롭게 되었다.

12월에 또 다른 수혜가 그에게 주어졌다. 셸리가 그를 칭송하는 글을 썼는데, 그로 인해 세번은 영문학사에서 영원한 이름으로 남게 되었다. 키츠의 죽음을 애도하는 셸리의 멋진 비가 「아도나이스」[3]에는 짧은 서문이 붙어 있는데, 그 말미에는 시인을 따라 이탈리아로 가서 정성스레 간호한 세번의 이야기가 나온다.

내가 듣기로, 장래가 아주 촉망되는 젊은 화가 세번 씨는 "죽어가는 친구를 끝까지 간호하기 위해 자신의 목숨을 걸었고, 또 모든 일을 희생했다"고 한다. 만약 내가 이 시를 완성하기 전에 그 사실을 알았다면 그 덕성이 넘치는 사람이 친구에게 행한 미덕에 대한 구체적 보상으로 나의 미약한 정성을 바쳤을 것이다.

세번 씨는 '꿈이 만들어지는 물질'에 의한 보상은 없이 지낼 수 있을 것이다. 그의 행동은 그의 앞에 빛나는 미래에 대한 훌륭한 전조이다. 그의 걸출한 친구의 죽지 않는 영혼이 그의 그림에 활기를 불어넣어 주고, 그의 이름이 망각되지 않도록 가호가 있기를!

이 같은 찬사를 읽으면서 세번은 기쁨과 감사의 눈물을 흘렸다.

3) 이 시는 1821년 6월에 완성되었다. 피사에서 출판된 이 시의 한 부가 셸리의 설명을 담은 편지와 함께 11월 29일 세번에게 송부되었다(Sharp, p. 118). 세번이 「아도나이스」의 서문 중 일부를 자신의 집 벽에다 걸어두었다는 얘기는 Sharp, p. 121에 나온다. 나중에 세번은 그 서문 덕분에 글래드스턴을 비롯하여 영향력 있는 친구들을 사귀게 되었다고 말했다.

그는 자신이 그림을 그리는 데 영감의 원천으로 삼기 위하여 셸리 서문의 맨 마지막 문장("그의 걸출한 친구의 죽지 않는 영혼이 그의 그림에 활기를 불어넣어 주고, 그의 이름이 망각되지 않도록 가호가 있기를!")을 크게 확대하여 자신의 스튜디오 벽에 걸어놓았다.

세번은 계속 로마에서 살고 작업했으며 그림 제작 의뢰를 받기 위하여 이탈리아 전역을 여행했다. 1828년에 마침내 그는 레이디 웨스트모어랜드의 아름다운 조카딸을 아내로 맞이했다. 결혼하여 전보다 더 로마 생활을 즐기게 된 그는 바쁘고 만족스럽게 생활하는 가운데 로마에서 10년을 더 보낸 다음, 영국으로 돌아가기로 했다. 1841년 여름 로마를 떠날 무렵, 그는 다섯 아이의 아버지가 되어 있었다(여섯째 아이는 런던에서 태어날 것이었다). 그는 죽은 시인 못지않은 명성을 누리는 화가가 되어 있었다.

키츠의 묘비명에 대한 문제는 그리 간단하게 해결되지 않았다. 친구들과 친지들이 보기에 키츠가 세번에게 불러주었다는 단 하나의 문장만을 묘비에 새겨넣는 것은 문제가 있었다. 묘비를 어느 정도 크기로 할 것인지 또 자발적으로 조각을 해주겠다는 로마 체류 조각가들 중 누구를 조각가로 선정할지도 문제였다. 마침내 조각가로는 존 깁슨이 선정되었고, 묘비의 디자인도 결정되었다. 그 디자인은 세번의 아이디어였다. 세번은 묘비의 맨 꼭대기 묘비명 위에다 줄이 반쯤 끊어진 그리스의 수금(豎琴)을 새겨넣자고 했다. 그것은 키츠의 고전적 천재성과 촉망받는 자질이 요사(夭死)에 의해 꺾인 것을 의미했다.

묘비명에 대한 진지한 토론은 로마와 런던 사이를 왕복하며, 또 브라운, 해슬람, 헌트, 테일러 등이 한마디씩 거들면서 근 2년이나 끌었다.(Sharp, p.109~112, 119~120, 123~132와 KC I, p.252, 273 · Bate, p.694도 참조) 시인이 말한 대로 단 하나의 문장만을 새겨넣는다면 어떤 효과를 가져올 것인가? 설명을 위해서라도 뭔가 좀더 적어넣어야 하지 않을까? 테일러는 키츠가 부탁한 이름도 날짜도 없는 '우울한 논평'이 그 어떤 것보다 좋다고 생각했다. 테일러는 말했다. 그같이 도발적인 단 하나의 문장은 "웨스터민스터 수도원에서 발견할 수 있는 흔한 묘비명보다 훨씬 더 후대에 호소할 것이다."

브라운은 의견을 달리 했다. 그가 주장하기를, 묘비명은 망자 자신이 직접 쓴다기보다는 망자의 친구들이 쓰는 것이 일반적이다. 따라서 그 문장이 친구들이 아니라 고인로부터 나온 것이라는 사실을 분명히 할 수 있는 간단한 설명이 있어야 한다는 것이다. 만약 그 문장이 친구들이 보내는 뜻으로 읽히게 된다면, 키츠가 의미하려던 바를 흐릴 터였다. 브라운은 테일러와 정반대의 입장을 취하면서 묘비명에 다음과 같은 말을 써넣어야 하지 않겠느냐고 말했다.

"이 묘에는 영국의 젊은 시인의 유해가 묻혀 있다. 죽음의 자리에서 고국 사람들의 무심함에 극도로 고뇌하던 그는 묘비에 이런 말이 새겨지기를 원했다. '여기 물 위에 이름을 새긴 사람이 누워 있노라.'"

브라운은 말하면서 반드시 그렇게 하자는 뜻은 아니라며 신중한 태도를 보였다. 그러나 그의 의견은 논쟁을 촉발시켰다. 브라운은 또 다른 사람들이 테일러의 의견에 동의한다면 기꺼이 자신의 견해를 철회하겠다고 신속하게 덧붙였다.

산만한 의논 끝에 이 세상에 작별을 고하는 키츠의 말은 극적으로 수정되었다. 최종 결정을 위임받은 세번은 장거리 논의에 진력이 난 탓인지 불행하게도 잘못된 선택을 하고 말았다. 그는 브라운의 의견에 동의하면서 그의 유보 사항은 무시했다. 브라운의 문장은 분명 좀더 다듬어야 할 필요가 있는데도 세번은 깊이 생각하지 않고 '편지 속에 제시된 그대로 할 것'[4]이라고 회신을 보냈다.

1822년 후반 조각가 깁슨은 묘비를 완성했고 세번은 석수를 시켜서 묘비의 회색 표면 위에다 브라운의 텍스트를 새기게 했다. 묘지에 묘비를 세우는 그 처연한 일은 1823년 2월 세번이 집행했다. "나는 물론 묘지 주위에다 늘 푸른 나무를 몇 그루 심을 생각입니다."[5]

관계 당사자들이 그 사건에 대해 어느 정도 초연해질 만큼 세월

---

4) 그는 딱 한 군데 수정을 했는데 그로 인해 묘비명은 별로 좋아진 것도 없이 초점만 더욱 빗나갔을 뿐이다. 그는 '고국 사람의 무심함에 극도로 고뇌하던'을 빼버리고 대신 '적들의 사악한 힘에 애를 태우던'으로 바꾸었다. 하지만 키츠가 불러준 문장은 어떤 적들에 대한 외침이 아니라 그에게서 생명과 명성을 빼앗아간 것처럼 보이는 무자비한 운명에 대한 외침이었다.

5) Sharp, p.123. 그는 키츠가 죽은 해의 봄과 여름 동안에 여러 번 무덤을 찾았다. 그는 5월에 해슬람에게 이렇게 써보냈다. "며칠 전 키츠의 무덤 주위를 거닐었어. 무덤 위에 데이지가 가득 자랐더군. 이제 그는 그토록 바라던 꽃들에 뒤덮인 채 무덤 속에 편안히 누워 있어. 그가 마음의 눈으로 보았던 그 장

이 많이 흐른 후, 아무 장식도 없는 키츠 자신의 단 한 문장이 훨씬 더 나았으리라고 모두들 동의했다.

소에 말이야. 그곳은 딸랑딸랑 종소리를 내는 몇 마리 양과 염소 외에는 아무도 소리를 내지 않아. 나는 이런 풍경에 너무나 감사해. 나는 그를 위해 늘 이런 풍경을 빌었지."(KC I, p.238~239)

8 남겨진 사랑

런던의 이튼 스퀘어 근처 콜스힐 스트리트에 똑같은 모양을 하고 늘어서 있는 조그마한 집들 중 한 채에는 루이스 린든 씨와 그의 아내(패니 브론)가 살고 있었다. 그 부부에게는 세 자녀가 있었는데, 스물 일곱 살의 아들 허버트와 스물 두 살의 딸 마가렛은 여전히 집에 데리고 있었다. 서른 살인 큰 아들 에드먼드는 외무부에 근무하면서 독립해서 살고 있었다. 그 가족은 풍족하다고 할 수는 없지만 세일즈맨으로 근무하는 린든 씨의 월급으로 편안하게 살고 있었다. 과거에 큰 보탬이 되었던 아내의 꽤 많은 유산은 마침내 바닥이 나고 말았다.

이제 예순 다섯이 된 린든 부인은 천식과 협심증의 위험한 합병증 탓에 건강이 아주 좋지 않았다. 그녀의 질병 때문에 1865년 가을, 린든 가정 내에서는 기이하면서도 운명적인 사건이 발생하게 되었다. 그 사건에 대해서는 정확한 기록이 남아 있지 않지만 각종 관련 증거에서 개략적인 윤곽은 재구성할 수 있다. 또한 동일한 증거에 따라서, 사건이 벌어진 날 린든 씨는 출타하고 집에 없었다는 것도 확인할 수 있다.

이제 반쯤 병자가 된 린든 부인은 상당 시간을 침대나 소파에 드러누워서 보냈다. 1865년 10월이나 11월의 어느 날인가 패니는 허버트와 마가렛을 자기 방으로 불렀다. 두 자녀는 어머니의 말을 조용히 들으면서 흥분이 점점 더해가는 것을 느꼈다. 그녀는 자신의 과거로부터 아주 낯선 이야기를 꺼내놓았다. 그것은 자녀들이 전에는 들어본 적이 없는 이야기로서, 어머니가 이미 오래전에 죽은 이름 없는 시인을 사랑했던 이야기였다.[1] 이야기를 하면서 어머니는 자그마한 상자를 열어서 안에 든 것을 책상 위에 꺼내놓았다. 그것은 일곱 권의 책, 황금 케이스에 든 한줌의 붉은 머리카락, 붉은 머리를 한 젊은 남자의 소형 초상화, 자색이 감도는 붉은 석류석이 박힌 반지, 오래된 편지 여러 통이었다.

패니는 그것들이 소녀 시절 자신이 겪었던 로맨스에서 남겨진 유물이라고 말했다. 그녀가 말한 젊은 시인은 불운한 존 키츠였다. 그는 무명으로 젊은 나이에 죽었으나 그후 아주 유명해졌다.

책상 위에 놓인 책들은 키츠 시집 세 권과 단테, 셰익스피어, 스펜서, 밀턴의 작품이었다. 각 권의 여백에는 키츠의 활달한 필치로 적힌 노트가 빽빽이 있었다. 붉은 머리카락은 그가 이탈리아로 마지막 여행을 떠나면서 기념으로 패니에게 준 것이었다. 수십 통에 달하는 편지들은 키츠가 패니에게 보낸 것으로서, 열렬한 사랑을 선언한 것이었다. 반지는 1819년 가을 그들의 약혼식에서 키츠가 그녀에게 준 것이었다.

그녀는 자신의 죽음이 가까워졌기 때문에 이야기를 해주는 것이라고 자식들에게 말했다. 패니는 자식들에게, 아버지는 이 과거의 일을 모르기 때문에 그가 외출한 틈을 탔고, 그에게는 알려서 안 된

---

1) 패니가 자녀들에게 말한 것: 이 대화가 패니의 사망 직전인 1865년 후반에 이루어졌을 것이라는 사실은 여러 증거에서 내가 추론한 것이다. 이 장에서 증명되듯, 패니는 자신과 키츠의 관계를 32년간의 결혼 생활 동안 남편에게 철저히 비밀로 유지했다. 따라서 자녀들에게도 비밀로 했을 것이다. 또 자녀들에게 알려주기로 마음을 먹었다고 해도 되도록이면 늦은 시점에서 그렇게 했을 것이다. 그 관계가 남편이나 자녀에게 알려지지 않았으므로 유물이 든 상자는 당연히 비밀이었다. 상자 속에 든 물품은 패니의 소유물이었다. 이 즈음 그녀는 협심증과 천식이 겹친 중병을 앓고 있었고, 결국 그 병으로 사망했다.(Richardson, p.139)

다고 말했다. 그것은 반드시 지켜야 할 전제 조건이었다. 30년 이상의 결혼 생활 동안 그녀는 이 일을 비밀로 유지했고, 남편에게 작은 상자의 존재나 그 내용물에 대해서 이야기한 적이 없었다. 그는 아내가 젊은 시인과 사귀었다는 사실과, 다른 많은 젊은이가 그랬듯이 키츠도 그녀를 '존경' 했다는 것은 알고 있었다. 하지만 그게 전부였다. 남편이 그런 정도로 알고 있기를 패니가 원했기 때문이었다. 그토록 오랜 세월을 함께 살았으면서도 그녀의 설명에 따르면, 남편은 진실에 대해서 "불완전하게밖에는 알지 못한다"[2]는 것이었다. 왜 키츠와의 연애 사건을 비밀로 유지했는가에 대해 그날 그녀가 자녀들에게 설명해주었는지는 추론할 수가 없다. 설혹 자녀들이 이유를 물어보았다 해도(틀림없이 물어보았을 것이다) 분명한 대답은 해주지 않았을 것이다. 아무튼 그런 대답을 해주었다는 암시는 없다.

패니는 자신이 50년 동안 간직해온 유물을 이제는 자녀들이 보관해야 한다고 말했다. 그리고 아버지가 돌아가실 때까지는 자녀들이 비밀을 지켜야 한다고 말했다. 그후 상자 속의 물건을 어떻게 처분할 것인지는 그들 마음에 달려 있다고 했다. 그리고 그 유물들, 특히 편지들은 '언젠가 가치 있는 것으로 여겨질 것' (이것은 아들 허버트가 어머니의 말을 그대로 인용한 것으로 확인되었다)[3]임을 기억하라고 당부했다. 린든 부인은 그 가치가 어떤 것인지, 가령 문학적인 것인지 금전적인 것인지에 대해서는 정확하게 언급하지 않았다. 여하

2) Rollins, 『Bulletin』, p.373에서 이 편지가 최초로 발표되었다. Richardson, p.166에는 전문이 인용되어 있다. 이 편지의 원본은 전해지지 않으며 복사본만 전해진다. 이 복사본은 한때 찰스 딜크 경의 소유였다. 이 사본은 1890년경 보스턴의 수집가인 F. H. Day가 런던에서 만들었다(키츠의 자료와 관련하여 데이가 벌인 기괴한 행적에 대해서는 Rollins와 Parrish의 공저인 『Keats and the Bostonians』를 참조). 편지의 사본은 키츠 관련 부분만 남겨놓고 나머지는 교묘하게 잘려져 나갔음을 보여준다(페이지 1과 2의 윗부분 절반이 날아갔고 페이지 3과 4는 그대로 보존되었다. 그리고 또 다른 페이지도 있을 것으로 추정되는데 그것은 보존되어 있지 않다). 이 편지에 대해서 더 자세한 것은 이

튼 그후 그 가치의 의미를 수정할 기회가 얼마든지 있었는데도 패니의 아들은 편지들이 후자(금전적)의 의미로 해석되도록 내버려두었다는 사실을 지적하고 싶다.

패니는 그날 자녀들에게 또 다른 견해를 털어놓았다. 서른 아홉 통의 편지는 키츠 전기(傳記)의 중요한 부분을 이룬다는 것이었다. 그녀는 그 편지들이 시인의 내면을 적나라하게 드러내고 있으므로 언젠가는 출판을 해야 한다고 생각했다. 아니 '반드시' 출판되어야 한다고 덧붙였다.

어머니의 놀라운 고백을 듣고서 아찔함을 느끼고 적잖이 흥분된 두 린든 자녀는 그 어린 시절의 사랑에 대하여 어렵지 않게 더 많은 것을 발견할 수 있었다. 지나간 50년 동안 무명의 젊은 시인은 명성을 획득했고 그 명성은 날로 높아져 가고만 있었다. 키츠에게 로맨스가 있었다는 사실은 영문학계 내에서는 이미 정설로 굳어져 있었고, 단지 여자의 이름만 베일에 가려져 있었다. 사후 근 50년이 흐르는 동안 키츠가 그토록 열정적으로 사랑한 여자의 이름은 대중에게 아직도 알려지지 않았다. 몇몇 늙은 친구들과 친지의 기억 속에만 남아 있을 뿐이었다.

최초로 그 연애 사건을 언급한(물론 여자의 이름은 뺀 채) 사람은 유명한 회고록 『바이런 경과 그의 동시대인들』(1828)을 쓴 리 헌트였다. 헌트는 불쌍한 키츠가 건강이 좋지 않은 것과 시인으로 출세하

책 p. 278~280을 참조.
3) JK-FB에서 포면의 해설문 lxi. 패니는 이 편지들에 대하여 '아주 과묵' 했다고 포면은 적었다. "하지만 자녀들이 장성한 만년에는 시인의 편지를 한 권의 책으로 묶을 수 있을 것이라고 여러 번 말했다. 그녀는 그동안 비밀로 해오던 이 편지들을 잘 보관하면 '언젠가 가치 있는 것이 될 것'이라고 말했다." 포면은 가치 있는 것이라는 말에 따옴표를 치면서도 그 같은 말을 전한 사람이 누구인지는 밝히지 않았다. 하지만 문맥상으로 볼 때 그 정보는 린든의 자녀 특히 허버트가 내놓은 것임이 분명하다.

는 문제 등과 관련하여 많은 어려움을 느꼈다고 썼다. 그런 사정은 '내가 그저 암시밖에 할 수 없는' 어떤 로맨스 건으로 인하여 더욱 '은밀하게' 악화되었다.(Hunt, 『Byron』, p.439) 그 사건은 '가장 따뜻한 가슴과 상상력을 지닌 시인의 하나' 인 그에게 정서적으로 엄청난 동요를 안겨주었다. 한번은 절망에 빠진 키츠가 '눈에 눈물이 그렁그렁한 채로' 그(헌트)에게 고백했다. 그는 로맨스의 우여곡절 때문에 "가슴이 깨어진다"고 했다. 헌트는 그 여자의 이름을 알고 있었고, 또 러브 스토리의 상당 부분을 알고 있었다. 하지만 옛 친구에 대한 배려와 당시의 관습 때문에 저간에 있었던 사정은 공개할 수 없었다.

언젠가는 '가치 있는 것' 이 되리라는 예상 때문에 그 편지들은 보관되었다. 린든 자녀들은 또 다른 사실도 발견했다. 헌트의 책이 나온 지 20년 뒤 그 연애 사건에 대하여 더 많은 정보가 공개되었다. R. M. 밀른스의 『존 키츠의 생애와 편지』(1848)라는 책은 그 여자에 대해서 더 많은 것을 밝혀놓았다. 하지만 그녀의 이름은 여전히 베일에 가려져 있었다. 책을 읽으면서 허버트와 마가렛은 믿기지 않는다는 듯 눈을 깜빡거렸다. 과연 이 사람이 그들이 어린 시절부터 알고, 또 사랑했던 저 예의바르고 실용적이고 극기심 강한 그 여인이란 말인가?

사랑이 어떻게 시인에게 찾아왔는지 설명하면서 밀른스는 강도 높은 언어를 구사했다. 책의 시작에서부터 밀른스는 그 연애 사건을 하나의 결정적 요소로 제시했고, 키츠의 요절을 가져온 결정적 원인이었다고 말했다. 밀른스는 이렇게 썼다. "강렬한 애정이 그의 전 존재를 흡인해버리고, 나아가 그 맹렬한 폭력성으로 인해 비참한 종말을 재촉하는 순간이 가까이 다가왔다. 키츠는 아무리 발버둥쳐도 그 종말을 피할 수가 없었다."(Milnes, p.106) 문제의 여자는 감수성 예민한 시인에게 엄청난 힘을 지속적으로 행사했고 그에게 오로지 '죽음만이 소진시킬 수 있는' 정열을 주었다.

이름을 밝히거나 개인사를 너무 깊숙이 천착하는 것은 그 여자에게 '무례한' 일이 될 뿐 아니라 사생활 '침해'가 될 것이었다. 하지만 전기는 거기에서 그치지 않았다. 밀른스는 시인과 그 젊은 여성의 결혼은 궁핍한 재정 상태('심한 가난') 탓에 이루어지지 못했고, 나중에는 악화되는 건강('죽을 병') 때문에 더 가망 없게 되었다고 썼다. 전기작가는 거기서 한발 더 나아가 문제의 여성이 아직도 살아 있다고 말했다.

이처럼 강렬하고 요구가 큰 사랑의 엄청난 힘은 바람직하지 않은 효과를 시인에게 가져왔다. 밀른스는 이렇게 썼다.

그 강렬한 열정은 그의 신체를 제압해버렸고, 어느 의미에서는 그의 죽음의 보조 도구가 되었다. 만약 그가 덜 적극적으로 살았더라면

(if he had lived less), 그는 더 오래 살았을 것이다(밀른스는 lived라는 단어를 쓰고 있으나 실은 loved—만약 그가 덜 적극적으로 사랑했더라면—가 문맥에 더 맞는다). 그러나 이것은 그의 사랑의 대상에 대한 자의적인 비난의 수단이 되어서는 안 된다. 그의 시적 능력에 대해서도 그래서는 안 된다. 또 키츠라는 사람을 만든 모든 사항에 대해서도 마찬가지이다. 그녀는 성스러운 명예로서 그에 대한 기억을 간직하고 있다. 이 고귀한 존재의 정열에 영감을 주고, 또 그것을 지속시킬 수 있었다는 것, 그것은 여러 우연과 변화를 겪으며 이 지상을 순례하는 동안 그녀에게 엄숙한 환희와 진정한 감사의 원천이 되었다.(Milnes, p.145)

먼저 연애 사건에 따른 정신적 긴장에 대해 지적한 헌트가 있었고, 이어서 밀른스는 키츠의 죽음을 부추긴—그의 정열은 그의 요절을 가져온 보조 도구였다—애정의 '폭력성'에 대하여 야릇하고 기이한 논평을 전개했다. 허버트와 여동생 마가렛이 볼 때 어머니의 어릴 적 로맨스는 목가적인 전원시(田園詩)가 결코 아니었다.

1848년 전기에는 키츠 자신의 증언도 들어 있었는데, 그것은 밀른스가 그리는 생생한 초상화를 부분적으로 뒷받침했다. 키츠가 찰스 브라운에게 쓴 두 통의 편지에서 린든 자녀들은 사랑하는 여인과의 이별이 다가옴에 따라 공포와 비탄에 빠져드는 시인의 모습을 읽을 수 있었다. "미스 ○○를 떠나야 한다는 생각은 정말 너무나 끔찍해." 그는 첫번째 편지에서 고백했다. "어둠의 느낌이 나를 덮쳐오고 있어. 나는 그녀의 모습이 영원히 사라지는 것을 영원히 보고 있어." 두 번째 편지에서도 그는 유사한 고뇌를 토로하고 있다. "그녀를 떠나야 한다는 생각을 하면 견딜 수 없어. 오, 하느님! 하느님! 하느님! 내 몸안에 남아 있는 그녀의 추억이 일만 개의 창이 되어 나를 찌르고 있어… (중략)… 그녀에 대한 나의 상상력은 너무나 생생해. 나는 그녀를 볼 수 있고, 그녀를 들을 수 있어. 이 세상에는 그녀의 생각을 잠시라도 내게서 떼놓을 수 있는 것은 없어… (중략)… 오, 내가 그녀가 사는 곳 근처에 묻힐 수만 있다면!" 그녀를 생각하는 것만도 고통이고, 편지에서 그녀의 필체를 보기만 해도 가슴이 찢어진다고 그는 말했다. "난 어디서 위로와 안락을 얻을 수 있을까? 설혹 내게 회복의 기회가 있다고 하더라도 이 열정이 나를 죽이고 말 거야."

린든의 두 자녀는 그밖의 사실도 알아냈다. 밀른스는 키츠가 패니에게 바친 많은 연애시 중 하나를 인용하고 있었다(시의 제목은 '○○에게'라고 되어 있으나 사랑하는 미스 ○○를 위해 쓴 것이 분명하다고 밀른스는 말했다). 허버트와 마가렛은 그 시행(詩行)에서 젊은 애인의 요구를 적극적으로 들어주는 어머니의 모습을 흘깃 엿볼 수 있었다. "촉감은 기억을 가지고 있다"라고 키츠는 썼다.[4] 그는 '열망

---

4) Milnes, p.212. 패니에게 바친 시는 Milnes, p.189에도 나와 있다. 이 책의 p.72를 참조.

에 들뜬 양팔'로 가느다란 허리를 껴안던 기억, 적극적으로 안겨오는 여자의 '따뜻한 숨결'이 자신의 머리카락을 휘날리던 기억, "나에게 그 입술을 다시 다오!" 같은 촉감의 기억을 회상했다. 또 다른 시행에서는 '저 눈부신 가슴!'에 기대어 쉬게 해달라고 애원하고 있다.

제3의 자료는 린든 자녀들이 헌트와 밀른스의 자료에서 발견한 것들을 재확인해주었다. 그 자료 역시 연애 사건의 자세한 전말이나 여자의 이름은 베일 속에 감춰두고 있었지만, 보다 정확한 정보를 제공했다. 그것은 1863년 4월 월간 잡지 《아틀란틱》에 실린 조지프 세번의 기사였다. 그것은 그가 키츠에 관하여 발표한 유일한 기사이기도 하다. 일반 대중을 향해 글을 쓰고 있는 세번에게 와서, 이제 키츠의 연애 사건과 관련하여 여러 사람이 표명한 원래의 의심과 불확실함 따위는 사라지게 되었다.

나는 1년 이상 그 문제를 생각해왔다. 그는 자기와 비슷한 나이의 한 젊은 여자에 대하여 부드러우면서도 지속적인 애정을 품어왔다. 그리고 그 사랑은 상호호혜적인 것이었다. 그것은 사랑 그 자체뿐 아니라 그녀의 재산, 키츠의 명성 등 현실적인 이점을 서로 나누어 갖는 것이었다. 그 사랑은 여자의 홀어머니에 의해 고무되었다. 자상한 어머니는 딸이 키츠처럼 좋은 젊은이와 결혼하여 그녀의 유산이 그에게로 넘어가는 것에 대해 흡족해했다. 둘의 사랑은 양측 친지들의 마음속에서 확고히 결정된 문제였다…….[5]

린든 자녀들은 이제 병들어 죽을 날을 기다리는 어머니의 어릴 적 사랑에 대하여 상당히 알게 되었지만, 더 이상 자세한 사정을 파고들 시간이 없었다. 1865년 11월말 패니의 병세가 악화되었고, 그 며칠 후 사망했던 것이다. 그녀의 죽음에 대해서는 더 이상 알려진 것이 없다. 그녀의 마지막 나날, 장례식, 유언, 유물의 처리에 대해서도 알 수 없다. 12월 8일, 《타임스》의 혼잡한 부고란에 다른 30명의 이름과 함께 그녀의 이름이 실렸다. "12월 4일, 이튼 스퀘어, 콜스힐 스트리트 34번지의 프랜시스. 루이스 린든의 아내. 친구들에게 이 소식을 알립니다." 하지만 그 무렵 린든에게는 친구가 많지 않았고 그나마 대부분 유럽 대륙에 살고 있었다. 그녀의 사망에 대하여 기록에 남아 있는 것은 그외에 아무것도 없다.

그녀의 남편은 그녀보다 7년 정도 더 살았다. 그는 1872년 사망했는데 사인은 알려진 바가 없다.

그의 아들과 딸은 장례 물건과 아버지의 문서를 정리하다가 아주 흥미로운 것을 하나 발견했다. 부모의 나이 차이가 만12년이었던 것이다. 다소 놀랍게도 어머니가 연상이었다.[6]

1833년 여름 패니와 루이스가 세인트 매릴본 교구의 교회 제단

---

5) Severn, 《Atlantic》, p. 402. 이 잡지는 미국에서 발간된 것이지만 영국에서도 구입할 수 있었다. 이 기사는 나중에 Sharp의 『London Magazine』, xxxiv, 1869, p. 246~249에 실렸다. 하지만 그전에도 다른 곳에 실렸으리라고 보인다.

6) Richardson, p. 140. 린든의 자녀들이 어머니가 더 연상이라는 사실을 알게 된 것은 아버지가 사망한 후였다. 나는 이 사실을 빈약한 증거에서 추론했다. 예를 들어 1838년 두 번째 아이의 출생신고를 할 때 루이스는 자신의 실제 나이 스물 여섯에서 여섯 살을 높여 서른 두 살로 기재했다(Richardson, p. 129). 이런 사실로 미루어보아 루이스는 자신의 실제 나이를 감추려고 했음을 알 수

앞에 서서 혼인서약을 교환할 때, 패니는 33세 생일을 몇 주 앞두고 있었고 루이스는 겨우 스물 한 살이었다.

자신이 고귀한 키츠의 사랑에 영감을 불러일으킨 장본인이었다는 패니의 자의식은 그녀에게 '엄숙한 환희'를 주었다고 밀른스는 자신 있게 선언했다. 이 전기작가는 또 이렇게 덧붙였다. 그녀는 '성스러운 명예로서 그의 기억을 간직했기 때문에' 찬사를 받아 마땅하다. 이러한 밀른스의 의견은 정당할 뿐 아니라 타당한 것이었다. 그의 진지한 입장은 의문의 여지가 없다. 하지만 밀른스는 자신의 전기보다 20년 전에 쓰여진 패니의 편지를 읽지 못한 것이 분명하다. 만약 이 편지를 읽었더라면, 밀른스는 패니라는 인물과 그녀의 성스러운 명예를 칭찬하기 전에 오랫동안 생각에 잠겼을 것이다.

처음에 패니는 잃어버린 사랑을 아주 뼈아프게 생각했다. 그것은 키츠 사후 3개월쯤 되었을 무렵 패니가 키츠의 여동생에게 보낸 편지에서 잘 드러난다. 그 무렵 키츠의 친구들은 최초의 충격을 극복한 상태였으나, 그녀는 "나는 그의 죽음을 극복하지 못했고 앞으로도 그럴 것이다"(FB-FK, p.32)라고 힘주어 말했다. 키츠의 추억을

있다. 자녀들은 가족의 문서를 마음대로 볼 수 있을 만큼 성장해서야 부모의 나이를 비로소 정확하게 알았을 것이다.

소중히 간직하고 있던 그녀는 키츠의 죽음을 충분히 애도하지 않는 사람들과는 말조차 나누지 않으려 했다. 패니는 "그에 대해서 관심이 없는 사람들은 당신(키츠의 여동생)과 나에게 엄청난 상실을 안겨준 그 사건을 언급할 자격이 없다"라고 적었다. 당시 그녀가 사용한 비애의 표현은 진정한 헌신의 분위기를 드러내고 있다. 그러나 이런 경건한 마음도 몇 년이 지나지 않아 바래게 된다.

1829년 12월, 패니는 죽은 시인과는 아무런 "관련도 없다"고 단호하게 선언했고, 동시에 그가 일반 대중에게 잊혀지기를 바란다고 말했다. 키츠가 죽은 지 10년이 채 되지 않아 아주 다른 패니 브론이 등장한 것이다. 그녀는 그토록 운명의 총애를 받지 못한 사람과 친밀한 관계였다는 사실에 '혐오감'을 느낀다고 말했다. 패니의 1829년 편지는 최근에 발견된 것이 아니다. 근 50년 동안 관심 있는 사람이면 누구나 구해볼 수 있었다. 하지만 그것을 패니의 수수께끼 같은 인생에 맞춰넣는 것은 학자들이나 비평가들이 볼 때 꽤 어려운 일이었다. 그 결과 흥미롭게도 이 편지에 아예 침묵해버리는 암묵적인 음모가 발생했다. 주요한 키츠 전기작가들인 워드, 베이트, 기팅스는 사실상 이 편지를 무시해버리고는 입을 꽉 다물고 있는 것이다.

패니를 다룬 단 하나의 전기는 조안나 리처드슨이라는 여성이 집필한 것인데, 패니를 매우 동정어린 시선으로 다루고 있다(150페이지 정도 되는 이 얇은 책은 내용의 대부분이 추측으로 일관되어 있다).

리처드슨의 책은 1829년의 편지를 인용하고 있다. 하지만 편지 내용 중 문제가 되는 부분은 쏙 빼버리고 잘 안 보이는 곳에다 주석으로 처리하고 있다. 리처드슨은 사실상 이 편지를 외면하고 있다. 이 편지를 쓸 때 패니는 최근에 있었던 어머니의 갑작스러운 죽음[7] 때문에 '정신이 아주 혼미한 상태'였다는 것이다. 명백한 것을 부정하면서 리처드슨은 패니의 그 편지에서 키츠의 명성에 '이타적인 헌신'을 보여주는 패니를 읽을 수 있으며, 동시에 그 편지가 '키츠의 정당한 명성에 지고한 관심'을 보여준다고 주장한다. 그러나 사정은 그렇지가 않다. 패니의 1829년 편지—현재 전해지는 것은 거의 최종본이나 다름없다—는 그녀의 심리 상태가 아주 안정되어 있으며 또 젊을 때의 연애 감정이 완전히 사라져 있음을 보여준다.

이 편지를 쓸 당시 스물 아홉이던 패니는 여전히 웬트워스 플레이스에 살고 있었고 미래의 남편을 아직 만나지 못한 상태였다. 키츠 사후의 이 기간 동안 그녀에게 개인적으로 어떤 일이 있었는지에 대해서는 남아 있는 기록이 없다. 그러나 우연한 경로로 알려진 단 하나의 사건은 그녀가 최근 질병에서 회복중이고, 그런 와중에서도 재잘재잘 매력적으로 튀는 버릇을 그대로 가지고 있었음을 보여준다. 그해 초 웬트워스 플레이스에서 열린 디너 파티에서 손님들 중 하나였던 유망한 젊은 작가 제럴드 그리핀(후에 소설가로 이름을 얻게 된다)은 패니에게서 강한 인상을 받았다. 며칠 뒤 그리핀은 여동

---

7) Richardson, p.120. 브론 부인은 1829년 11월 58세의 나이로 불의의 죽음을 맞았다. 부인은 촛대를 들고 밖으로 나갔다가 촛불이 입고 있던 드레스에 옮겨 붙는 화재 사고로 사망했다.(Richardson, p.117)
8) Griffin, p.236. 소설 『The Collegians』로 기억되는 소설가 그리핀은 1824년 가을 아일랜드로부터 런던에 도착했다. 1825년 봄, 키츠 시의 애호가이던 그리핀은 문학계 친구들 특히 발렌틴 야노스(당시 촉망받는 소설가였으며 나중에 키츠 여동생의 남편이 되는 사람)를 통하여 패니 브론의 얘기를 들었다. 그가 정작 패니를 만난 것은 1826년 7월경 웬트워스 플레이스에서였다. 그가 여동생에게 적어보낸 것처럼 그는 패니가 "아름답고, 우아하고, 내가 본 그

생 루시에게 편지를 적어 보냈다. "브론 양은 아주 생기발랄했고 또 대화에서 재치를 발휘했다. 창백한 얼굴에도 불구하고 나는 그녀에게 매혹되었다."[8]

패니와 키츠의 관계를 알고 있던 그리핀은 후에 아주 야릇한 발언을 했다. 그는 패니에 대하여 어디선가 안 좋은 얘기를 들었음이 틀림없다. 그는 편지에 이렇게 적고 있다. "만약 물건 전체(패니라는 인물 전체—옮긴이)가 견본품(디너 파티에서 만난 생기발랄한 패니—옮긴이)과 똑같다는 것을 확신할 수 있다면, 나의 사랑스러운 여동생이 적적할 때 친구로 삼아도 좋으련만! 내가 불쌍한 키츠를 얼마나 가련하게 생각했던지!" 물건 '전체'에 대하여 그리핀의 의심을 불러일으킨 것이 무엇이었는지—아마도 사소한 것이었을 것이다—는 편지에 언급되어 있지 않다.

다시 1829년 패니의 편지로 돌아가자.

문제의 이 편지는 찰스 브라운의 편지에 대한 회신으로 작성된 것이다. 당시 키츠의 전기를 준비하고 있던 브라운은 패니에게 그들의 연애사건을 언급한 키츠의 편지들 중 하나를 인용하게 해달라고 요청했다. "나의 질문은 당신이 거기에 반대할 것인가 하는 겁니다."(Richardson, p.119) 브라운은 공손하게 물었다. "그 편지는 상당 부분 당신에 관련된 것이지만, 당신의 이름은 전혀 언급되어 있지 않습니다… (중략)… 물론 나는 당신의 이름이나 당신의 거주지는 밝히지 않겠습니

어떤 여성보다 똑똑하다"고 생각했다(Griffin, p.152). 흥미롭게도 패니에 대한 이러한 묘사는 6년 전 키츠가 그녀를 처음 만났을 때의 인상과 비슷하다(『Letters』II, p.137, 이 책의 p.66을 참조). 키츠가 패니의 묘사에 '어리석고' '기이한'이라는 형용사를 추가한 것은 아일랜드 작가와 영국 시인의 기질에 차이가 있음을 보여준다. 그리핀이 패니에 관하여 '확신'을 필요로 한다고 말한 것은 그녀의 매너 중 '어떤 부분'이 그를 난처하게 했다는 것을 뜻한다. 그리핀은 잘 생기고 사람 좋고 또 '로맨틱'했기 때문에 영리한 패니는 의도적으로 그리핀을 매혹하려 했을지도 모른다. 기록된 자료상으로 그들이 마지막으로 만난 것은 1829년 초의 디너 파티였는데, 그때는 패니가 미래의 남편을 만

다." 그는 또한 키츠가 그녀에게 바친 시 몇 편을 사용하고 싶다고 말했다. "브론 양, 곰곰이 생각해보시고 당신의 결정 사항을 내게 알려주십시오."

패니가 브라운에게 쓴 회신은 꽤 길었다.[9]

그녀는 아주 비비 꼬인 논의를 펼친 다음 인용해도 좋다는 허락을 해주었다. 이것은 그녀가 자기 자신을 충분히 통제하고 있으며, 전혀 '혼란 상태'에 있지 않음을 보여준다. 브라운은 편지에서 그들 사이의 '오랜 침묵'에 대해 언급했는데(그 무렵 브라운은 플로렌스에 산 지가 몇 년이 되었다), 패니는 편지 서두에서 특유의 생기발랄하고 반짝이는 기지로 그 사실에 대해 논평하고 있다.

햄프스테드, 1829년 12월 29일[10]

친애하는 브라운 씨

당신의 편지를 받고서 대단히 기뻤습니다. 다만 나의 적극적인 성격 때문에 오랜 침묵에 관하여 내가 당신에게 지고 있는 빚을 회피할 생각은 없음을 말씀드리고 싶고, 또 당신의 언급(오랜 침묵에 대한—옮긴이)을 듣고서 아무 논평 없이 그냥 지나치지도 않을 것입니다. 내가 할 수 있는 최선의 보상은 오늘 아침에 당신의 편지를 받았지만 되도록이면 오늘 내로 빨리 회신을 하는 것이라고 생각합니다.

나기 직전이었다. 그리핀은 1840년에 사망했기 때문에 패니에 대한 인상을 자세히 기록해둘 시간적 여유가 없었다. 1825년 패니를 만나기 1년 전에 쓴 그리핀의 편지에 패니가 언급되어 있다. 이 편지를 보면 옛날의 사랑(키츠와 패니 사이의)에 대한 얘기가 그때까지도 떠돌아다니고 있었음을 알 수 있다. "키츠는 그 여자를 정말로 사랑한 것 같아." 그리핀은 친구 야노스에게서 들은 얘기를 여동생에게 전하면서 그렇게 썼다. "그녀가 결혼하기로 되었던 남자가 만약 살아남았다면 그녀는 끝까지 그에게 헌신했을 거야. 그녀는 젊고 아름다운 여성이야. 하지만 해골이 다 되었을 정도로 수척해져서 곧 그의 뒤를 따라갈 것 같아."(Griffin, p.149). 젊은 시인이 논평가들의 야만적 공격을 당신의 편지에 답하기 위해 책상에 앉기까지 몇 시간 동안에 당신의 편지가 요청한 주제에 대한 나의 생각은 크게 바뀌었습니다. 어쩌면 당신은 내가 당신의 요청에 반대한다고 생각하고 이렇게 시작하는구나 하고 생각할지 모르지만, 사실은 그 반대입니다. 만약 내가 당신의 편지에 즉각 회신을 썼더라면, 나는 당신에게 이렇게 말했을 것입니다. "나는 나 자신의 감정 외에는 키츠 씨와 전혀 상관이 없다고 생각합니다. 그래서 그에 관해서 출판된 그 어떤 자료도 나에게 영향을 주지 못합니다." 하지만 이제 나는 그 문제를 다르게 보고 있어요.

우리는 모두 우리가 살고 있는 자그마한 세상을 갖고 있어요. 그리고 내가 아는 몇몇 지인이 나의 감정에 접근하는 중요한 열쇠를 쥐고 있다고 생각하는 것에 불만을 표시할 수밖에 없어요. 이렇게 말해놓고 보니 당신은 내가 당신의 요청을 거부하려 한다고 결론 내릴지도 모르겠다는 생각이 들어요. 한편 내 의견이 비록 바뀌어서 당신의 요청에 순응하려는 나의 의도를 당신에게 알린다면, 당신은 내가 나의 허락을 당신에게 주는 하나의 선처로 만들기 위해 우선 일부러 뻣뻣하게 나가는 것이로구나 하고 생각할지도 모르겠어요. 친애하는 브라운 씨, 만약 당신이 그렇게 생각한다면 나를 완전히 오해한 것이에요. 내가 생각하는 것을 이렇게 털어놓는 것은 단지 당신에게 나 자신을 올바르게 이해시키고 싶어서예요… (중략) …

받았고 게다가 사망까지 한 후에 그의 애인이었던 여자가 고민하면서 점점 수척해져 가는 그림은 당시의 감상적인 분위기에 잘 들어맞았다. 패니는 키츠가 죽고 나서 몇 년 후에 큰 병을 앓은 것 같다(Richardson, p. 110). 그리핀의 논평을 감안할 때 그녀가 발병한 시기는 키츠의 사후 5년쯤이 된다.

9) 패니의 원래 편지는 단락 구분이 되어 있지 않으나, 여기서는 단락 구분을 했고 또 몇몇 대문자와 마침표를 삽입했다. 편지 전문은 포먼이 편집한 『키츠의 편지』(1952), Vol. IV, lxii~lxiv에 나와 있다

10) 브라운에게 보낸 패니의 편지: 포먼이 편집한 『키츠의 편지』(1952) Vol. IV, ixii~ixiv에 몇몇 수정을 거쳐서 원본 그대로 출판되었다. 리처드슨의 패

나는 당신의 요청이 나에게 고통을 준다는 것을 암시조차 하지 않았어요. 나는 그 같은 암시는 자존심의 결여를 보여준다고 생각하니까요. 러브 스토리의 복잡 미묘한 긴장에서 나는 이미 멀리 벗어나 있기 때문에 그 연애에서 벌어졌던 일들은 이제 전혀 나의 관심사가 아닙니다. 반면에 만약 내가 그의 아내였더라면 당신의 요청을 거부하고 싶은 나의 망설임은 너무나 강하여, 당신의 요청을 자발적으로 철회해달라고 당신에게 요구했을 것입니다. 나를 위안해주는 유일한 것은 내가 그 이야기에 관여되어 있다는 사실을 아는 사람이 별로 많지 않고, 또 그 소수의 사람 중 대부분이 문제의 책(브라운이 펴내려 하는 전기—옮긴이)을 읽지 않으리라는 것입니다.

그러니 이 문제는 당신 뜻대로 하십시오. 하지만 내가 당신의 요청에 순응하는 것은 어떤 좋은 일이 있을 것이라는 기대보다는 당신이 요청해왔기 때문임을 알아주시기 바랍니다. 내가 그에게 해줄 수 있는 가장 자비로운 행동은 그를 영원히 무명(無名)의 상태로 남겨두는 것이라고 생각합니다. 불행한 상황 때문에 그가 처해지게 된 그 무명의 상태…….

이처럼 비비 꼬인 문면은 그 나름대로의 목적을 갖고 있는데, 편지를 쓴 사람(패니)에 대하여 많은 것을 드러내기도 한다. 그러나 이 지점에서 패니는 본색을 드러내기 시작한다. 편지가 계속되는 동

니 전기 p.120~122에도 수정 없이 제시되어 있다(리처드슨은 키츠와 '연결되는 것에 대한 혐오감'이라는 문구는 책 뒤의 노트로 돌렸다. 왜 이렇게 뒤쪽으로 돌렸는가 하면 패니가 초고를 쓸 때 이 문구를 '지웠기' 때문이라는 것이다.

안에도 그 비비 꼬인 글쓰기는 계속되지만 이제 불확실성의 진정한 실체가 그 모습을 드러낸다. 그녀는 노골적으로 이렇게 묻고 있는 것이다. 과연 키츠의 저작은 무명의 상태로부터 그를 건져올릴 수 있을까?

그 문제에 대해서는 당신이 나보다 더 잘 알고, 또 중립적으로 판단하리라 생각합니다. 아무튼 나의 오래된 소망은 그의 이름 석자가 나 자신을 제외한 모든 사람에게 잊혀졌으면 하는 것이었어요. 때때로 나는 '그것'을 아주 강하게 소망하고 있어요. 10년 전 나는 지금보다는 더 너그러웠던 것 같아요. 하지만 적어도 이제는 가난과 온갖 종류의 학대에 맞서 싸우며 힘겹게 살아갔던 사람과 함께 연결되는 혐오스런 부담을 견뎌야 하는 게 너무 싫어요.

그가 나에게 바친 시들을 출간하는 문제에 관해서는, 그 시편이 그를 알리는 데 가치가 있는 것이라면 반대하지 않겠어요. 그의 전기를 출간하는 데서는 그 어떤 것도 감추어서는 안 된다는 당신의 생각에 동의합니다. 전기작가로서 당신이 해야 할 일은 그의 성격을 있는 그대로 보여주는 것일 테니까요. 그의 생애는 그 누구보다도 짧고 불운했어요. 나는 그가 재능이 뛰어났음에 대해서는 의심하지 않습니다… (중략)… 단지 그가 남긴 저작이 사람들에게 그의 재능을 인식시킬 수 있을지, 나는 그것만이 우려스럽습니다. 만약 그렇게 될 수 있다면, 당신의 요청에 응하여 그의 명성이 살아날 수 있도록 도와주는 것이 옳다고 생각합니다.

그러나 설사 그의 명성이 확고해진다고 하더라도, 그것이 나에게 기쁨을 가져다주지는 못해요. 나는 나 자신을 위해서는 영원함을 별로 요구하지 않아요. 단지 그가 나에게 잘 기억이 되고, 나를 제외한 나머지 사람들은 그가 존재했다는 사실조차 알지 못했으면 하고 바라고 있어요…….

그녀는 과연 키츠가 정말로 10년 전에 자기가 생각했던 바로 그 사람인가 하고 노골적으로 의심하는 당혹스러운 발언을 하면서 편지를 마치고 있다. 그녀는 당시 런던에서 발표된, 키츠의 '심약한' 성격에 대한 비판적 논평 기사를 언급하면서 자신의 견해를 밝히고 있다. "10년 전에는 내가 사람의 성품을 잘 알아보지 못하는 여자였고, 그의 좋은 점을 과대평가했을지도 모른다는 것을 당신이 부정할 수 있다면 기쁘겠어요. 아무튼 그들은 너무 심하게 반대쪽으로 기울어진 것 같더군요(비판적 논평 기사가 키츠의 심약함을 너무 심하게 통박했다는 뜻—옮긴이)." 이 비비 꼬인 문장의 뜻을 풀어내보면 다음과 같은 뜻이 된다. 패니는 이제와 돌이켜보니 10년 전 키츠를 높이 평가한 것이 어리석은 일이었음을 알게 되었다. 그녀는 그를 '과대평가'한 것이다.

그녀가 왜 이렇게 마음을 바꾸었는지에 대해서는 직접적인 힌트가 남아 있지 않다(하지만 그 시기에 그녀가 꽤 부자가 되었다는 사실은 지적해둘 필요가 있을 것 같다. 1828년에 남동생이 죽고, 그후에 어머니가 급사함으로써 그녀는 상당한 유산을 물려받았던 것이다). 단지 그녀가 10년 전에는 지금보다 '더 너그러웠다'는 사실과, 문학적 명성을 얻으려고 애쓰는 무명의 젊은 시인에게 마음을 빼앗겼음을 어리석게 생각하는 그녀 자신의 발언만 남아 있는 것이다.

브라운 편지 사건이 있고 난 후 12년이 흐른 뒤에야 패니는 다시 무대에 등장한다. 당시 아내요, 어머니이던 패니는 오래전 키츠 씨와 있었던 사건을 남편에게 마지못해 설명하는 여자로 등장한다. 그녀는 남편에게 꼭 필요한 정보 혹은 사태를 모면하는 데 필요한 정보만 제공한다. 두 가지 중대한 사건이 있는데, 하나는 패니의 결혼 7년 후에, 다른 하나는 9년 후에 벌어진다. 이 두 사건—막간극 혹은 극적인 장면이라고 부를 수도 있겠다—을 추적하다 보면 키츠 연구가들을 아찔한 현기증을 느끼게 되는데, 특히 재잘재잘 매력적으로 튀는 성격의 패니와 관련된 부분이 그렇다.

1833년 6월 패니와 남편은 결혼과 함께 영국을 떠나 독일 뒤셀도

르프 근처에 거처를 마련했다. 그곳에 린든의 가족과 친구들이 있었던 것이다. 그후 몇 년 동안 두 사람은 독일과 프랑스 등 유럽 대륙을 옮겨다니며 살다가 런던에 잠시 다니러 왔다. 그게 1840년의 일이었다. 그들은 패니의 옛 친구인 딜크 부부(당시 런던에 정착)를 방문했다. 당시 루이스 린든이 아내와 관련하여 키츠의 이름을 들었는지는 분명하지 않다. 그러나 딜크의 집을 방문하는 동안 린든은 키츠의 초상화를 보고 딜크 부인에게 저 젊은이가 누구냐고 물었다. 패니가 남편에게 키츠 애기를 얼마나 털어놓았는지 모르는 딜크 부인은 우물쭈물하며 대답을 하지 못했다. 그런 예기치 못한 반응에 린든은 의아한 생각이 들었다.

"앞으로 어색한 장면이 연출되는 것을 막기 위해," 패니는 나중에 딜크 부인에게 말했다. "집에 도착했을 때 필요한 만큼만 남편에게 말해주었어요."(Richardson, p.167. 이어지는 두 인용문도 같은 책) 패니는 딜크 부인이 대답을 머뭇거리지만 않았더라면 남편은 '그 애기를 캐묻지도 않았을 것'이라고 말했다. 지금까지도 남편은 "진상에 대해서 불완전하게 알고 있어요. '어쩌면 아내를 존경했던 사람, 혹은 그 조금 이상 정도'로요."(강조 표시는 패니가 한 것으로서 딜크 부인이 키츠 애기를 할 때 어느 선까지 애기할 수 있는지를 알려주는 것이었다). 우리는 루이스 린든이 아내가 소녀 시절에 겪었던 로맨스에 대해 알게 될 경우 벌어졌을 '어색한 장면'이 구체적으로 어떤 것인지는 알 수 없다. 아무런 단서도 남아 있지 않은 것이다.

두 번째 사건은 린든 부부가 1842년 하이델베르크로 이사하여 당시 규모가 꽤 컸던 영국인 사회에 들어갔을 때 발생했다. 당시 그 영국인 사회에 살던 토마스 메드윈은 사촌 셸리의 전기를 집필하고 있었다. 궁금증이 많은 메드윈은 패니의 말에 따르면, '문학적 사냥감을 늘 추적'하고 있었다. 곧 린든 부부는 그를 만나서 좋아하게 되었고 그를 여러 번 집으로 초대했다. 그들의 집에서 메드윈은 어느 날 비상한 문학적 보물을 발견했다. 그것은 키츠가 갖고 있던 셰익스피어의 작품이었다. 메드윈은 "우연히 그것을 발견한 것이었다." 우연한 발견은 패니의 표현인데, 어떻게 잘 보관해둔 물건을 그가 '우연히' 발견했는지 의문을 불러일으킨다.

셸리 전기에다 키츠의 자료를 집어넣고 싶어 안달이 나 있던 메드윈은 패니에게 더 많은 정보를 달라고 졸랐으나 성공하지 못했다. 그러나 셸리에 관한 어떤 책을 입수하고 나서 그녀의 완강한 태도도 좀 누그러졌다. 그 책은 셸리 부인이 편집하여 1840년에 펴낸 유명한 저서 『해외로부터의 에세이와 편지』였다. 그 책을 읽으면서 패니는 그녀의 말에 의하면, "핀치 씨라는 사람이 쓴 편지에 크게 충격을 받았다." 그 편지는 '불쌍한 키츠의 마지막 몇 주에 대하여' 아주 왜곡된 정보를 제공하고 있다는 것이었다. 핀치가 쓴 편지의 잘못된 정보를 바로 잡기 위하여 그녀는 메드윈에게 실제 자료를 일부 제공했다. 키츠와 세번이 이탈리아에서 브론 부인(패니의 어머니)에게 써 보낸 편지들, 키츠의 사망 직전에 세번이 브라운에게 보낸 장문의 편지 등이 그것이었다. 그외에 그녀는 자신이 직접 진술서를 작성하여 메드윈이 책에 그대로 발표하게 했다. 1847년에 나온 메드윈의 책에는 키츠를 다룬 부분(패니의 자료 포함)이 짧게 들어 있다. 패니의 이름은 이번에도 드러나지 않았다. 출전에 대한 언급으로는 '키츠를 잘 아는, 어쩌면 키츠의 가족보다 더 잘 아는 익명의 여자'가 전부였다.(Medwin, p.294)

핀치의 편지는 1821년 6월에 작성된 것이었다. 핀치는 로마에서 세번과 사귀었던 인물로서 돈많은 괴짜 영국인이었는데, 자기 자신을 로버트 핀치 대령이라고 불렀다. 그 편지는 세번에게서 얻은 정보로 키츠의 마지막 나날을 보고한 것이었으나 과장이 심했다. 죽어가는 키츠가 몇 번 신경질을 부린 것을 두고 핀치는 그것이 지속적인 정신착란 증세라고 말했다. "그는 곧 침대에 드러누워 일어나지 못했다. 그의 열정은 늘 난폭했고 감수성은 지나치게 예민했다. 놀랍게도 그의 기력이 쇠약해지면서 그 같은 성격은 더욱 강렬해졌다. 그의 신경질은 때때로 너무나 극악하여 자해에 이를 지경이었고 주위 사람들을 난처하게 했다."[11] 이런 격렬한 폭발은 너무나 극단적이어서 죽어가던 그 사람은 "정신이상이었을지도 모른다"라고 핀치는 썼다.

---

11) Shelley, 『Tour』, p.203. 핀치는 로마에서 플로렌스의 기스본 부부에게 이 편지를 보냈다. 기스본은 다시 피사에 있는 셸리에게 편지를 전달했다. 이 책에서 기스본의 발송 편지는 1월 13일이나, 6월 13일의 오류이다. 핀치는 이렇게 썼다. "죽기 전까지 몇 주 동안 키츠는 세번 씨 외에는 아무도 만나지 않으려 했고, 세번은 무리하게 친구를 돌보느라 거의 목숨을 잃을 뻔했다. 키츠는 세번에게까지 포악하게 신경질을 부려서 상황을 더욱 어렵게 했다. 그는 중간중간에 아주 쓸쓸하게 후회했다." 이 편지는 셸리가 기스본에게 보낸 편지(No.48, 1821년 6월 16일)의 각주로 제시되어 있다. 이 편지에서 셸리는 「아도나이스」를 완성했으며 피사의 인쇄업자에게 보낼 예정이라고 말했다.

메드윈의 책에 들어 있는 패니의 진술서는 성실하고 직접적인 내용을 담고 있으면서도, 부지불식간에 키츠와 그녀의 러브 스토리에 대한 의미심장한 문건이 되어버렸다. 이제 25년 가까운 세월이 흐른 시점에서 아련한 과거를 되돌아보는 패니는 핀치 대령의 보고를 반박해야겠다는 의도보다는 그녀 자신의 개인적인 문제를 더 의중에 두고 있었다. 그녀는 질투심에 빠진 키츠가 그녀에게 써 보낸 편지 속에 담긴 절망적 분노를 기억했다. 이제 30년 넘은 세월의 거리를 두고 보니 마침내 키츠의 분노가 이해되고 용서되는 것이었다. 이제 40대이고 10년 동안 아내로 살았으며 두 아이의 어머니이기도 한 그녀는 소녀 시절에 자신이 남을 배려하지 않았던 태도가 키츠의 '야만적인 절망'(패니의 말)을 불러일으켰음을 알게 된 것이다. 그녀는 핀치의 편지가 키츠에 대하여 잘못된 정보를 전한다고 말한다. (Medwin, p. 297)

그의 감수성이 예민하고 정열이 너무나 강렬했음은 사실이다. 하지만 난폭하지는 않았다. 만약 그것이 성격의 난폭함을 의미한다면 말이다. 그가 열을 쉽게 받는 성격이었던 것은 사실이다. 하지만 그의 분노는 다른 사람을 향한 것이라기보다는 자기 자신을 향한 것이다. 때때로 극도로 짜증이 나서 그가 친구들을 슬프게 하고 아프게 한 것은 바로 그 야만적인 절망 때문이다. 그 편지에서 설명한 것 같은 난폭함은 그의 성품에서는 찾아볼 수 없다.

영국을 떠나기 전 열 두 달 동안 나는 매일 그를 보았다. 때때로 나는 그의 신체적, 정신적 고통을 지켜보기도 했다. 단언하거니와 그는 그 누구에게도 야비한 말을 한 적이 없으며 난폭한 말을 한 적은 더더욱 없다… (중략) … 핀치 씨의 편지는 "키츠가 정신이상이었을지도 모른다"라고 말했다. 그것은 사실이 아니다. 그를 괴롭히는 높은 신열 탓에 잠시 정신착란이 있었던 것으로 짐작되는데, 이 때문에 친구 세번 씨는 간호하기가 더욱 어려웠던 것이다.

오랫동안 침묵을 지키다가 키츠를 옹호하는 발언을 했다는 것은 칭찬을 받을 만한 일이다. 그녀는 자신의 정체가 탄로될지도 모르는 모험을 걸었다. 이 정도의 정보를 앞에 둔 논평가나 언론인이라면 손쉽게 그녀의 정체를 알아낼 수도 있었을 것이다. 그녀의 남편은 메드윈 책자가 준 직접적인 증거로 그녀의 비밀에 어느 정도 다가섰으나 또다시 뒤로 물러났다. 그 책이 출간된 직후 그는 하이델베르크에 사는 또 다른 영국인 캐롤라인 드 크레스피니 부인의 집을 방문했다가 자신의 아내와 키츠의 관계에 대하여 질문을 당했다. 패니가 메드윈에게 정보를 제공한 그 이름 모를 '여인'인가? 드 크레스피니 부인이 물었다. 하지만 이 에피소드에 대해서는 패니 자신의 말을 직접 인용해보기로 하자. 키츠의 편지가 패니가 아니라 브론 부인에게 보내진 사실에 대하여 이야기하면서, 드 크레스피니 부인은 브론 부인처럼 나이든 여인이 젊은 시인과 '이런 친밀한 관계'를 갖다니 일부 독자들은 "괴이쩍게 생각할지도 모르겠다"고 말했다. 패니는 이에 대하여 이렇게 언급하고 있다.

그러나 교활한 드 크레스피니 부인은 속아넘어가지 않았다. 그녀는 그 다음 날 린든 씨가 방문했을 때, 키츠 씨가 린든 부인의 숭배자였느냐고 물었다. 기습을 당한 그는 그렇다고 대답했다.(Richardson, p. 167)

여기서 패니는 이 이야기를 중단하고 화제를 돌렸다. 에피소드의 결말 부분을 일부러 무시한 것이었다. 인간이라면 누구나 호기심이 있으므로 루이스 린든은 집에 돌아온 즉시 메드윈의 책을 펴들고 자세히 읽어보았을 것이다. 그는 그 여인과 시인이 영국을 떠나기까지 1년 동안 내내 '매일' 만났다는 주장을 읽고서 한참 동안 생각에 잠겼을 것이다. 그에 따라 남편과 아내 사이에는 흥미로운 논쟁이 '틀림없이' 벌어졌을 것이다. 하지만 그후의 사건이 증명하듯 패니는 시인을 잘 안다는 그 '여자'는 자기와 상관없다고 부인함으로써 또다시 발뺌을 했다.

왜 패니는 시인이 이탈리아로 떠나던 해인 1820년에 내내 그를 만났다고 말했을까? 실제로 그 기간에 두 사람은 많은 시간 서로 떨어져 있었다.

1848년 7월 밀른스의 키츠 전기가 나왔을 때, 패니는 남편에게 그녀가 시인의 '강렬한 애정의 대상'이었고 또 시인에게 많은 고통을 안겨준 여인이었다는 밀른스의 주장을 뭐라고 말하면서 성공적으로 부인할 수 있었을까?

빠져나가기 잘하는 패니에 대하여 궁금한 모든 질문에 명석한 대답이 나오는 것은 아니다. 또 그 같은 질문이 반드시 대답을 필요로 하는 것도 아니다.

방안에 혼자 앉아 있던 패니 린든은 테이블 위에 있는 작은 상자를 열어서 여섯 종 정도 되는 키츠에 대한 보물을 하나 하나 유심히 살펴보았다. 마침내 그녀는 결심을 했다. 만약 뭔가를 팔아야 한다면 시인의 초상화를 팔아야 했다. 그것은 아이보리 색 바탕 위에 그린 자그마한 유화였다. 그녀는 거의 반 세기 전에 시인으로부터 받은 편지들—당시 마흔 통이 넘었다—은 더 많은 수입을 가져오겠지만 아직 처분할 시기는 아니라고 생각했다. 밀른스가 쓴 전기의 영향, 여러 쇄가 인쇄된 키츠의 시집, 공개된 한 통의 편지 등으로 영국 문단 내에서 키츠의 지위는 확고해졌고 날이 갈수록 그 성가가 높아지고 있었다. 연애편지들은 오래 가지고 있을수록 더욱 그 가치가 높아질 것이었다. 아무튼 린든 씨가 살아 있는 동안은 아주 은밀한 방식이 아니면 팔 수가 없고, 또 팔더라도 출판할 수가 없기 때문에 그 잠재적 가치가 떨어질 것이었다.

1860년, 30년 가까이 대륙에서 살던 린든 부부는 영국으로 영구귀국했다. 영국으로 돌아와 곧바로 콜스힐 스트리트에 거처를 정했는지는 알 수 없으나, 아무튼 그들은 런던에 정착했다. 비록 규모와 성격은 알 수 없으나 그들은 재정적으로 어려움을 겪고 있었다. 루이스는 영국에 진출해 있는 외국 회사의 세일즈맨 자리를 잃어버리고, 이제 '주류 상인의 서기'(Richardson, p.177)로 취직해 있었다. 사회로 나아가야 할 20대 아들이 둘 있었고 신부 수업을 더 해야 할 10대 딸을 아직도 데리고 있는 그들은 전보다 더 많은 돈이 필요했다. 그러니 키츠의 초상화—1818년 조지프 세번이 그린 것으로서 키츠가 이탈리아로 떠날 때 기념으로 패니에게 준 것—를 팔아야 할 시점이었다. 어려운 문제는 그 초상화를 어떻게 팔 것인가였다. 어떤 판매 경로를 통해야 가장 큰 수입을 즉시 올릴 수 있을까?

경매는 너무 공개적인 절차였다. 전문 딜러라면 은밀하게 구매자를 찾아줄 수도 있겠지만, 그 경우 초상화가 일단 그녀의 손을 벗어나면 그녀의 신원이 노출될 위험이 있었다. 안전을 기하려면 초상화는 패니의 손에서 구매자의 손으로 직접 넘어가는 것이 좋았다. 패니는 판매 건을 비밀로 지켜줄 수 있는 사람을 찾아야 했다. 다행히도 그녀는 그런 사람을 알고 있었다. 키츠의 옛 친구 찰스 딜크는 《아테나움》의 편집자로 출세했을 뿐 아니라 비평 작업을 통해 영국 문단의 권력자가 되어 있었다. 게다가 그는 키츠 기념품의 열광적인 수집자여서 금상첨화였다.

딜크와의 접촉은 편지로 이루어졌고, 그 편지의 일부가 단편적으로 전해지고 있다. 여러 뜻을 담고 있는 듯한 그 짤막한 단편은 전해지지 않는 부분에 무엇이 들어 있을까 하는 흥미로운 의문을 야기시켜 사람의 애를 태운다. 첫번째 단편에서는 느닷없는 제안이 이루어진다.

"오랫동안 나의 소유로 있던 키츠의 초상화를 당신이 구입할 의사가 있는지 묻고 싶습니다. 내가 이 초상화를 내놓기로 결심한 것은 결코 가벼운 동기에서 비롯된 것이 아닙니다. 하지만 이 점에 대해서는 안심이 됩니다. 내 가족 외에 당신말고는 맡길 사람이……."[12]

두 번째 단편에서는 꽤 알쏭달쏭한 요청이 제시되어 있다. "대금을 린든 씨 앞으로 즉시 송금해주기 바랍니다. 하지만 그는 이 거래에 대해서 모르고 있으므로 이 사실을 그에게 설명해줄 쪽지를 동봉하오니 당신이 그것을 동시에 보내주시면……."

딜크는 웬트워스 플레이스에 살 때 본 적이 있어서 그 초상화의

12) Richardson, p. 137. 키츠의 초상화는 오늘날 햄프스테드에 있는 키츠 기념관에 있다. 나는 패니의 쪽지를 자세히 분석하는 것은 삼가고 싶다. 너무 많은 가능성이 열려 있기 때문이다. 하지만 린든 가족이 경제적으로 어려움을 느끼고 있었던 것은 분명하다. 또 무슨 이유인지 모르지만 당시 린든 씨는 집에 살고 있지 않았다. 이 쪽지가 제시하는 또 다른 측면도 지나쳐서는 안 된다. 이 초상화의 판매 시점인 1860년 혹은 1860~1865년 사이에도 루이스 린든은 '여전히' 아내의 어린 시절 로맨스에 대해서 모르고 있었다. 이러한 사실을 감안할 때 패니가 키츠의 약혼 반지를 평생('죽을 때까지') 끼고 있었다는 근거 없는 주장은 일축되어야 한다.(키츠 기념관 카탈로그 p. 28을 참조)

존재를 이미 알고 있었다. 하지만 그녀가 남편과 관련하여 내놓은 요청은 이해하기가 쉽지 않다. 가령 그녀가 동봉한 쪽지에는 어떤 내용이 들어 있었을까? 거래의 '설명', 다시 말해서 돈이 송금된 '연유'를 설명한 것이었을까? 그 별도의 쪽지—분명 패니의 필치로 쓰여졌을 쪽지—가 바로 루이스에게 보내졌을까? 아니면 딜크가 자신의 필치로 그 내용을 다시 베껴 썼을까? 만약 패니의 필치가 그대로 든 쪽지를 보냈다면 딜크는 자신이 그 쪽지를 갖게 된 경위를 어떻게 설명했을까? 패니와 그녀의 남편은 한 지붕 아래에서 매일 얼굴을 보면서 살고 있는데 꼭 그런 쪽지로 설명을 해야 할까? 이런 여러 질문을 던져볼 수 있으나 결국은 다음과 같은 하나의 결론으로 귀결된다. 키츠의 초상화에 관한 한 루이스 린든은 아무것도 몰라야 한다. 그는 그 같은 그림이 있다는 사실조차 몰라야 한다. 린든 부인과 구매자 외에는 아무도 진실을 알아서는 안 되었다.

딜크가 얼마를 주고 그림을 사들였는지는 알 길이 없다. 그 그림은 그의 집안에 여러 해 동안 보관되었다가 아들이 물려받았고 다시 손자에게로 내려왔다(찰스 딜크의 손자인 찰스 경은 영국의 총리가 되기 일보 직전까지 갔던 인물이다). 패니가 이 시기에 딜크 가에 또 다른 키츠의 기념물을 판매했는지 여부는 기록이 없어서 알 수 없다. 만약 그녀가 1865년 12월에 죽지 않았다면 키츠의 보물(연애편지를 포함)을 담은 작은 상자는 조만간 텅 비어버렸을 것이다.

꽃

　60년의 기간을 사이에 두고 벌어진 두 출판 건은 패니의 스토리를 마무리짓는 이벤트가 된다. 하나는 1878년 키츠의 연애편지를 출간한 것이고,[13] 다른 하나는 키츠의 여동생에게 보낸 패니의 편지를 1937년 출간한 것이다. 전자의 경우에 그녀는 주된 원인이면서 주된 주제였으나 후자의 경우에는 그녀 자신이 주제로 등장한다. 전자는 패니를 오랫동안 사후(死後)의 불명예 속으로 추락시켰으나, 후자는 그녀를 불명예에서 구제하여 영문학사의 여주인공으로 격상시켰다. 그러나 불명예든 여주인공이든 그 어느 쪽도 충분한 근거가 있는 것은 아니다.

　연애편지의 출판 건은 루이스 린든이 무대에서 사라지면서 곧 시작되었다. 1872년 10월 21일 그는 61세를 일기로 런던 자택에서 사망했고 브롬튼 공동묘지에 있는 아내의 무덤에 합장되었다. 그의 아들 허버트는 장례식 후 예의상 며칠 동안 기다렸다가 오랫동안 감추어온 키츠의 유물을 팔 판로를 찾기 시작했다. 그의 어머니와 마찬가지로 그는 오래 찾아다닐 필요가 없었다. 딜크 가가 유물을 기꺼이 받아들여 후하게 값을 쳐주었기 때문이다(기이하게도 유물 중에는 1829년에 브라운에게 쓴 패니의 편지, 1848년에 딜크 부인에게 쓴 패니의 편지도 들어 있었다. 하지만 두 편지는 키츠와 관련한 부분만

---

13) 이 사실의 배경으로는 포먼의 해설문과 Richardson p.140~144 그리고 아래에 적어놓은 출전 등에 의존하였다. 편지의 출처에 대한 나의 설명은 여러 증거에 의해 뒷받침된다. 하지만 나는 한 가지 의심을 끈질기게 갖고 있다. 패니의 사망 직후 편지를 딜크에게 팔아넘긴 것은 패니의 아들이 아니라 남편 루이스 린든이 아니었을까 하는 의심이 그것이다. 루이스 린든은 아내보다 6년(1865~1872)을 더 살았다. 그는 아마도 이 기간 동안 그 편지를 발견했을 것이다. 딜크가 나중에 한 말(이 책의 p.286을 참조)은 편지가 이 책에서 설명된 시점보다 훨씬 전에 익명의 판매자에 의해 팔렸을 가능성을 보여준다. "그 편지들은 '오랫동안' 나의 소유로 있었습니다. 하지만 패니 브론의 아들

남겨져 있고 다른 부분은 잘려나갔다).

키츠의 연애편지는 총 39통이었다. 키츠가 극도의 질투심에 빠져서 그녀의 좋지 못한 행실을 마구 나무란 편지 몇 통은 아마도 패니가 없애버렸을 것으로 추정된다. 39통의 편지는 특별한 조건으로 딜크의 문서 보관고로 넘어갔다. 현재 남아 있는 관련 증거는 직접적이거나 사실적인 것은 되지 못하지만, 그 거래의 윤곽을 대충은 짐작하게 해준다. 허버트에게서 연애편지들을 사들이면서 찰스 경은 그 문건에 대한 배타적이면서도 완전한 소유권까지 사들인 것은 아니었다. 그는 그 편지의 실물을 보관하는 권리만 소유했는데, 그 주된 목적은 편지의 출판을 막으려는 것이었다.

편지를 인수한 찰스 경은 편지 속에 할아버지의 옛 친구인 키츠의 자화상이 너무나 볼품없게 그려져 있다는 사실에 경악했고, 편지가 공개되면 키츠의 섬세한 마음이 대중의 눈초리에 무자비하게 노출되리라는 사실을 깊이 우려했다. 그는 그 편지들이 출간되어서는 안 된다고 생각했으므로, 편지의 완전한 소유권을 얻기 위해서라면 어떤 값이라도 치르겠다고 결심했다. 하지만 허버트는 편지들이 찰스 경의 수중에 있는 동안만 출간을 유보한다는 그 괴상한 계약 조건을 고집했다.

약 2년 동안 편지들은 딜크의 방대한 문학 자료 속에 파묻힌 채 일반 대중의 노골적인 시선에서 안전하게 피신해 있었다. 그러다가

이 그것의 반환을 요구해왔습니다." 딜크의 말 중 '오랫동안'은 허버트가 판매자였을 경우에 갖고 있을 수 있는 기간인 2년보다 훨씬 더 오랜 세월을 의미할 수도 있다. 잘 알려져 있다시피, 패니가 키츠에게 보낸 편지는 하나도 남아 있지 않다. 많은 키츠 연구가들은 이 사실을 대단히 아쉬워한다. 어떤 연구가는 키츠의 무덤을 개봉하여 그속에 함께 넣어진 패니의 편지를 꺼내자고 주장하기까지 했다!

1874년 가을, 금전적으로 손해 보는 짓을 했다고 확신한 허버트는 편지의 반환을 요구하면서 이미 받았던 돈의 전부 혹은 일부를 변상하겠다고 나섰다. 허버트는 편지가 어머니나 키츠의 명성에 어떻게 먹칠을 할지에 대해서는 전혀 관심이 없었다. 그는 오로지 편지를 현금으로 바꾸는 데에만 관심이 있었다. 그 같은 제안에 소스라치게 놀란 찰스 경은 자신의 실수를 뒤늦게 깨달았다. 그는 린든 가족과의 그 특별한 계약을 문서화하지 않았던 것이다. 몇 년 뒤 한 편지에서 그는 자신의 당혹감을 언급했다. "나는 출판을 막기 위해 편지들을 사들였다고 막연히 생각했다. 사실 그 편지들은 오랫동안 나의 수중에 있었다. 하지만 패니 브론의 아들은 그것들을 내놓으라고 했고 관련 문서가 없던 나는 내놓을 수밖에 없었다. 그렇지만 내가 과연 출판을 막기 위한 권리가 아니라면 무엇을 위해 그 편지들을 돈주고 사들였는지 알 수 없다."[14] 사실 찰스 경은 허버트의 요구에 기꺼이 응하지는 않았다. 그는 법정 소송을 할 생각으로 법률 자문을 구했으나 문서가 없는 상태에서는 승소할 수 없다는 얘기를 들었다.

편지를 돌려받은 허버트는 가장 좋은 구입처라고 생각되는 키츠의 전기작가 R. M. 밀른스(당시에는 호튼 경)에게 판매 제안을 넣었다. 당시 밀른스는 새로운 키츠 전기를 준비중인 것으로 알려졌으므로 그에게 먼저 제의를 했던 것이다. 허버트는 분명하게 판매 의사

---

14) Tuckwell, p.543 · KC II, p.353에 인용. "~이 필요하다고 판단된다"라는 표현은 법률적 문제에 대한 검토가 있었음을 보여준다.

를 밝혔다. "나는 작고한 어머니에게 키츠가 보낸 편지들을 가지고 있습니다. 편지를 쓴 기간은 그가 병들어서 이탈리아로 떠나기 전까지입니다. 호튼 경께서는 그 편지들에 대해서 관심이 있고, 또 나는 그것을 처분하는 데 아무 이의가 없습니다. 이러한 사정을 감안하여 그 편지의 구매를 호튼 경에게 제안하는 바입니다."

밀른스는 편지들의 내용을 잘 알고 있었다. 친구인 찰스 경의 수중에 있을 때 찰스의 호의로 편지를 읽었기 때문이다. 그 편지들이 제 책의 가치와 흥미를 한결 높여주리라는 것을 알았지만 밀른스는 그것들을 출판해서는 안 된다고 생각했다. 허버트가 밀른스에게 제시한 판매 조건이나 판매 금액은 알려져 있지 않다. 확실한 것은 그 편지들이 밀른스에게 가지 않았다는 것이다. 밀른스가 제안을 거부했거나 아니면 사태가 진전되는 모양에 불만을 품은 허버트가 제안을 철회했을 것이다. 어쩌면 후자(허버트의 철회)가 맞을 것이다. 허버트와 그의 조언자들은 다음 두 갈래의 접근 방식이 더 좋다고 믿게 되었다. 첫째, 편지들을 단행본으로 출판하고 둘째, 편지 원본을 경매에서 매각하는 것이다. 그들은 출판과 경매의 두 행사 사이에 충분한 시간 여유를 두기로 했다. 그 논쟁적인 편지들의 효과가 널리 알려져서 두루 논의된다면, 인지도가 그만큼 높아져서 가격도 따라 오를 터였다.[15]

실제로 일은 그들의 의도대로 되었다. 1878년 2월, 200페이지 정

---

15) KC II, p.353. 밀른스가 키츠의 편지를 이미 읽은 사실에 대해서는 KC II, p.337을 참조. 출판과 경매의 두 단계 판매 작전은 나의 추측이다. 마가렛 린든이 어느 시점에서 그 편지들을 출판사에 팔아넘겼다는 주장에 대해서 나는 전혀 근거가 없다고 생각한다.

도에다가 예쁘게 장정된 단행본이 나왔다. 당시 유명한 문학자였던 H. B. 포먼의 해설이 실린 그 책의 제목은 『존 키츠가 패니 브론에게 보낸 편지』였다. 그 책에 쏟아진 높은 관심, 대서양 양안에서 발생한 폭넓은 동요, 활발한 토론과 분노하는 서평 등은 린든 가족에게 흡족함을 안겨주었다. 사람들의 흥분이 최고조에 달한 시점에서 경매가 실시되었다. 1885년 3월 스트랜드 근처 웰링턴 스트리트에 있는 소더비 본사에서 개최된 경매는 사전에 충분히 예고가 되었다. 편지의 목록을 적고 편지 내용의 일부를 인용한 카탈로그가 배부되었다. 당시 키츠의 명성에 비해볼 때 경매는 상당히 좋은 수익금을 올렸다. 비록 린든 가의 기대에 미치지는 못했지만, 오늘날의 돈으로 환산하여 약 20,000달러의 수금이 실현되었다(1885년 파운드로 표시하면 그 37통의 편지—딜크는 편지 두 통은 내놓지 않았다—는 정확히 543파운드 17실링에 팔렸다. 키츠의 연애편지가 나중에 가치를 발휘하리라던 패니의 예언은 적중했다).[16]

책의 출판에 따른 분노의 함성은 '불경한' 경매로 인해 더욱 거세졌다. 분노는 대부분 패니에게 퍼부어진 것이었다. 생전의 그녀는 그러한 반응을 충분히 예상했으나 신경 쓰지 않았다. 그녀에 대한 비판은 두 가지 측면에서 제기되었다. 첫째, 거듭하여 지적된 것으로서 그녀가 오래전에 편지들을 없애지 않아서 출판의 가능성을 열어두었다는 움직일 수 없는 사실이다. 둘째, 편지들이 키츠와 관련하

16) 경매 카탈로그 원본이 하버드 도서관에 보관되어 있다. 카탈로그의 제목은 '1819~1820년 사이에 존 키츠가 미스 패니 브론에게 보낸 자필 연애편지'이다. 경매장에 나타난 많은 경매객 중에는 오스카 와일드도 있었다. 그는 편지 두 통을 사들였고, 이어 그 경매가 죽은 시인에 대한 엄청난 모욕이라는 내용의 소네트를 썼다.(『Keats-Shelley Journal』, p.9~11)

여 그녀의 흠결 있는 성격을 그대로 보여준다는 것이다.

첫째 비난에 대해서는 《아테나움》지에 발표된 찰스 경의 경멸어린 논평이 전형적인 사례이다. 패니를 비난하는 장문의 칼럼에서 그는 그 책이 '문학사상에 나타나는 여성적 우아함을 짓밟은 가장 큰 추문'(Dilke, 《Athenaeum》, 1878년 2월 16일, p.218)이라고 말했다. 당시 문학계 인사는 물론이고 일반 대중 사이에서도 그 같은 평가는 당연하다는 생각이 재배적이었다.

둘째 비난에 대해서는 1890년 런던의 저널인 《이스트 앤 웨스트》에 실린 루이즈 이모겐 기니의 기사를 대표적인 예로 들 수 있다. 기니는 이렇게 썼다. "패니는 허영심 많고 천박하고 거의 어린아이나 다름없는 여자였다. 신들은 그녀에게 '밝은 눈'을 주지 않았고 그녀를 무지하게 만들었다."[17] 시인이 사망한 지 70년이 지난 지금 "우리는 그가 마음속에서 연모하던 여인―키츠 부인이 될 뻔한 가장 극악하게 위험한 여인―에게서 때 맞추어 도망친 것을 다행이라고 생각한다." 기니는 젊은 패니를 가리켜 '평범한 흙으로 만든 물건, 백마 탄 왕자를 잃어버리고 현실 속의 평범한 사람과 결혼한 실패한 아리아드네(테세우스에게 실패를 주어 미로를 탈출하게 한 미노스의 딸―옮긴이)'라고 경멸을 담아 말했다. 그녀는 이해할 수 없다는 듯이 묻는다. "어떻게 키츠가 이런 시시한 여자를 사랑하는 값비싼 실수를 저지를 수 있었을까? 그는 이 여자가 시인을 위한 영혼의 반려

---

17) Guiney, p.19. 이 단락 속의 다른 인용문을 위해서는 같은 기사의 p.20~28을 볼 것.

자가 될 수 없음을 알고 있었을 것이다." 기니는 패니의 시시덕거리면서 교태를 부리는 태도에 대해서는 언급하지 않았다. 하지만 독자는 그녀의 기사에서 그녀의 그 같은 태도를 얼마든지 추측할 수 있으며, 기사 전문을 통하여 패니는 '무정한 바람둥이 여자'라는 주제가 반복하여 울려퍼지고 있다.

어쩔 수 없이 키츠 자신도 그 연애편지의 공개로 인해 크게 상처를 입었다. 질투어린 분노심의 폭발, 유약한 성품, 자기연민, 불안정하고 우유부단한 성격이 있는 그대로 드러났다. 키츠 시의 열렬한 애호가인 매슈 아놀드도 키츠의 그 같은 점에 대해서는 아주 분명하고 따끔하게 지적했다. 아놀드는 혐오감을 숨기지 않으면서 이렇게 썼다. "키츠의 연애편지는 외과 수련생의 연애편지이다. 그 느슨한 자기연민 속에는 버릇 없고 품위 없는 기질, 가정교육을 신통치 않게 받은 청년의 모습이 드러나 있다."[18]

미국의 경우에는 그 비난의 목소리가 더욱 거세고 노골적이었다. 당시 저명한 문학가이던 R. H. 스토다드는 이렇게 썼다. "영문학사에서 이 편지처럼 절실하고 사실적인 편지도 없다. 그 이타적인 사랑과 절절한 경외의 마음은 사람을 감동시킨다. 하지만 동시에 이 편지처럼 황당무계하고, 가련하고, 심약하고, 비참한 편지도 없을 것이다."(Stoddard, p.381) 스토다드는 키츠가 패니를 만난 것이 인생 최대의 실수였다고 진단했다. 그녀의 영향력은 "키츠가 불행하

---

18) Arnold, 『Essays In Criticism』, p.103. 아놀드는 이렇게 덧붙였다. "내가 볼 때 키츠는 가정교육과 훈련이 부족한 육감적인 남자처럼 보인다."

게도 벗어날 수 없었던 것이었다. 그녀 때문에 키츠는 친구들의 눈에 우스꽝스러운 존재로 보이게 되었고, 또 그는 그런 친구들을 증오했다…(중략)… 이제 그녀는 (자기 자식을 통하여) 그를 온세상의 웃음거리로 만들었다." 그는 이런 개인적인 문건의 출간은 법으로 금지해야 하고 "엄중한 징벌로 다스려야 한다"고 말했다.

키츠의 카멜레온 같은 성격 중 매력 없는 부분을 들추어내고, 아직 제대로 여물지 못한 그의 인품 중 나쁜 부분을 온 천하에 폭로하게 한 잘못으로 인해 패니는 그후 긴 세월 동안 비난과 매도의 대상이 되었다.

1937년에 키츠 연구가들을 즐겁게 하고 일반 독자들을 즐겁게 하는 사건이 발생했다. 그리하여 패니 브론의 수수께끼 같은 인생의 공백을 메워주는 계기가 마련되었다. 옥스퍼드 출판국에서 패니가 직접 쓴 31통의 편지 원본을 단행본으로 펴낸 것이었다. 편지들은 패니가 키츠가 죽기 직전과 직후 무렵에 키츠의 여동생(그녀의 이름도 프랜시스여서 패니라고 불렸다)에게 보낸 것이었다.[19] 그 책의 편집자는 햄프스테드에 있는 키츠 기념관의 큐레이터 프레드 에지컴이었다. 그는 책의 발문에서 패니를 아주 좋은 여자로 치켜세웠는

---

19) 미국인 키츠 연구가 데이(F. H. Day)가 아니었다면 이 편지들은 훨씬 전, 가령 패니 키츠(야노스 부인)가 1889년 사망한 직후에 발간되었을 것이다. 1890년 데이는 베일에 가려진 거래를 통해 마드리드의 야노스 부인 가족에게서 편지를 사들였고 곧 출판할 계획이었다. 하지만 그 편지의 법적 사용권은 편지를 쓴 사람의 가족인 린든 가에 있었다. 무슨 이유인지 모르지만 허버트 린든은 이 편지의 발간을 계속 거부했다. 데이는 이 편지들을 가지고 보스턴으로 돌아갔다. 그리고 40년 이상을 소장하면서 몇몇 사람에게 보여주었다. 또 에이미 로웰이 1925년 키츠의 전기를 낼 때 편지의 문장을 일부 인용하는 것을 허락해주기도 하였다. 롤린스와 페리시의 『Keats and the Bostonians』에

데, 이것은 그후 하나의 통설로 자리잡게 되었다.

이 편지들은 스무 살의 패니를 여실히 보여준다. 편지 속에서 그녀는 뛰어난 감각과 상상력, 인물과 사건에 대한 날카로운 통찰력, 뛰어난 비판적 능력과 키츠의 아내가 되기에 조금도 손색이 없는 지성을 보여준다. 키츠를 기억하는 그녀의 섬세한 감정은 일부에서 제기하는, 그녀가 천박한 성품을 지녔다는 비난을 일소시킨다. 키츠에 대한 패니 브론의 헌신을 믿어온 사람들은 그들의 믿음이 마침내 정당화되었다고 만족스러워할 것이다.(JK-FB, xviii)

그리하여 패니의 복권은 발동이 걸렸고, 그 속도는 곧 최고조에 달했다. 패니를 옹호하는 사람들은 그녀가 키츠의 여동생에게 보낸 31통의 편지가 키츠의 연애편지들이 일으킨 비난의 효과를 상쇄하기에 충분하다고 보았다.

하지만 그것만으로는 충분하지 못했다. 그 편지들은 패니 브론의 또 다른 측면인 조용한 성격을 드러낸 것일 뿐이다. 그 같은 성격이 당초 키츠의 마음을 사로잡은 것이었으나 패니의 행동에서 늘 드러나는 것은 아니었다. 에지컴이 말한 것처럼 확실히 그 편지들은 똑똑하고 통찰력이 넘치고 민감한 패니의 모습을 보여주고 있다. 그러나 패니를 좋게 보는 에지컴의 말처럼 '괄목할 만큼 뛰어난' 정도의

는 이 기이한 얘기가 차근차근 다루어져 있다. *Richardson*, p.148. 에지컴의 키츠 연애편지 해설문도 참조.

것은 아니다. 최근에 읽은 책이나 잡지 혹은 최근에 관람한 연극 얘기를 하면서 그녀가 사이사이 날카로운 논평을 하고 있는 것은 사실이다. 하지만 그것은 보통 사람의 평범한 이해력을 넘어서는 정도는 아니며 또 '비평적 능력'을 인정해줄 정도는 아니다. 그러한 결론은 패니를 좋게 보아주려는 마음가짐—가령 "나의 형 존 키츠가 선택한 여자가 그에게 걸맞은 여자라는 얘기처럼 나를 기쁘게 하는 것은 없다"[20]라고 말하는 조지 키츠의 마음가짐—에서 나온 작위적인 판단일 뿐이다.

키츠에 대한 자신의 헌신에 관해 패니가 써놓은 글은 아주 진실되고 깊은 감정을 보여준다. 그의 죽음이 임박했을 때 그녀는 키츠의 여동생에게 이렇게 고백했다. "나의 키츠, 만약 내가 그를 잃게 된다면 모든 것을 잃게 되는 거예요."(FB-FK, p. 20) 그후에 키츠의 시가 실린 오래된 잡지를 언급하면서 그녀는 이렇게 말했다. "나는 도저히 그 잡지를 펼치지 못하겠어요. 페이지를 넘길 때마다 그가 생각나기 때문이에요."(FB-FK, p. 55) 하지만 이러한 헌신은 전체적인 이야기를 살펴보면 전혀 새로운 것이 아니다. 키츠의 열정적인 편지를 주의깊게 읽은 독자라면 그속에서도 어느 정도 그 같은 헌신을 읽을 수가 있다. 그러나 슬프게도 그녀는 나이가 들면서 사람이 바뀌었다. 키츠의 여동생에게 보낸 편지 중의 한 문장이 그녀의 예민한 감수성을 보여주는 대표적 사례로 자주 인용되는데, 동시에 그

---

20) MKC, p. 24. 조지는 영국을 떠나기 직전 패니를 만났는데, 그후 그녀를 마음에 들지 않아하게 되었다. 그는 아마도 그 같은 생각을 외부에 알린 것 같다. 키츠의 여동생에게 보내는 편지에서 패니는 조지를 언급하면서 이렇게 썼다. "그는 내가 좋아하는 사람이 아니고 또 그도 나를 좋아한 적이 없었어요." (FB-FK, p. 33)

문장은 그녀의 변화를 잘 보여준다. "난 당신을 신뢰할 수 있으리라고 생각해요." 그녀는 키츠의 여동생에게 경고했다. "지금은 물론이고 앞으로도 당신의 오빠와 관련하여 내 이름을 거명하지 마세요. 그는 그와 관계도 없는 사람들이 우리의 문제를 이야깃거리 삼아 떠벌이는 것을 결코 좋아하지 않을 테니까요."[21](FB-FK, p.55) 이런 세심한 마음가짐과 그후에 벌어진 사건의 대비를 한번 살펴보라. 오로지 그녀에게만 읽힐 목적이었던 키츠의 내밀한 연애편지들이 바로 그녀 때문에 사람들 앞에 공개되어 이야깃거리가 되지 않았는가.

하지만 그게 무슨 문제이랴.『패니 키츠에게 보낸 패니 브론의 편지』가 발간된 후 브론 양의 이미지 개선은 거의 멈출 수 없는 속도로 진행되어 왔다. 당시 원로급 비평가이며 그때까지 패니의 최대 비판자이던 머리(John Middleton Murry)는 1949년 키츠에 관한 논문들을 단행본으로 펴내면서 자신의 잘못을 반성했다. "나는 이 기회를 빌어서 패니 브론의 성품을 재조명하고 그녀가 키츠에게 미친 영향을 재고하려 한다." 그는 자신이 25년 전에 쓴 글을 다시 검토하면서 이렇게 말했다. "내가 그녀에게 내렸던 가혹한 비평을 완전히 철회하게 되어 아주 기쁘다."(Murry,『Mystery』, p.7)

1963년 현명하면서도 성실한 학자인 월터 잭슨 베이트는 자신의 키츠 전기에서 명백하다는 듯이 이렇게 썼다. "패니 브론처럼 아무런 근거 없이 혹평을 당해온 여인도 드물 것이다… (중략)… 완고

---

21) FB-FK, p.21. 오늘날의 비평가와 학자들은 시인에 관한 이런 시사적인 문서를 갖게 된 것을 아주 행복해한다. 그들은 이 때문에 키츠의 편지를 발간하게 내버려둔 패니를 용서하는 경향이 있다. 어떤 사람들은 그녀의 문학적 재능 때문에(금전적 이익을 취할 목적 때문이 아니라) 편지를 보존했다고 말하기까지 한다. 하지만 그것은 사실과 다른 이야기이다. 이 문제를 그녀의 '개인적' 입장에서 살펴보면, 그녀의 충실함은 죽은 키츠를 향한 것이어야 한다. 키츠를 정말로 사랑했다면 그 편지들을 없애버리든지 키츠의 욕설도 그대로 둔 사본만 남겨놓고 원본은 파기했어야 마땅하다. 이런 점에서 1878년의 독자들이 그녀를 비난한 것은 정당하다고 할 수 있다.

한 빅토리아 시대의 전설은 이런 식으로 전해져 내려온다. 흡족하지 못한 사랑으로 애태우며 죽어가던 시인이 무정한 바람둥이 여자 때문에 말 못할 고통을 당했다는 것이다. 이러한 전설은 아주 완고하게 뿌리를 내리고 있어서, 그것을 시정하려는 노력이 빈번히 있었음에도 불구하고 여전히 통설로 인정되고 있다."(Bate, p.421)

1993년 키츠의 '시학, 편지, 생애'를 논의한 책이 한 권 나왔다. 그 책은 저 악명 높은 연애편지를 마지막 장에서 다루고 있는데, 그 편지들은 이제 키츠 시(詩) 연구의 일부분으로 다루어지지 않는 한 아무런 의미도 없다고 간주되고 있다. 그 장에서 패니는 여성의 전범으로 묘사되어 있다. 그녀는 "감상적이지 않고 통찰력이 뛰어나고 솔직하고 탐구심이 강하고 생기 넘치고 자상하고 남에게 힘을 주는 여자이다. 그녀의 아름다움은 예리한 통찰과 깊은 애정에서 나오는 우아함으로 흘러넘친다."[22]

이제 밍크스(왈가닥)의 흔적이나 암시는 그 어디에서도 찾아볼 수 없다.

---

22) Rodriguez, p.201. 가장 최근에 나온 키츠 전기 두 권(Coote, 1995 · Motion, 1997)는 패니를 칭송하는 경향에 편승하여 그것을 강화시키고 있다. 두 전기는 수정된 패니의 성격을 의심할 여지없이 받아들인다. 패니가 사랑에 빠진 젊은 여자의 모범으로서, 침착하고 이해심이 깊고 헌신적이었다는 것이다. 골치 아픈 증거—가령 이 책 p.271에서 언급된 키츠와 연결된다는 데 대해 그녀가 느끼는 '혐오감' 등—는 근거없는 비난이라며 가볍게 무시되고 있다. 심지어 그녀의 '용모'도 이제 와서는 더 아름답게 묘사하는 쪽으로 바뀌고 있다! "패니는 아름답다기보다는 예뻤다"고 모션은 썼다. 패니의 친한 친구들조차 패니에게 '예쁘다'는 말은 하지 않았는데도 말이다. "그녀는 아주 창백한 피부, 푸른 눈 암갈색 머리카락을 갖고 있었다…(중략)… 만년에 그녀는 아주 이국적이게도 아주 대륙적인 용모를 지니게 되었다." 실제로 그녀의 피부는 약간 검은 편이었고 머리카락은 연한 갈색이었다.

에필로그 **다시 로마로 가다**

축복의 60년, 장애 없는 미소 속에서 관용이 넘치던 60년, 언제나 대기하고 있는 도움과 선량한 소망의 60년, 바로 이것이 죽어가는 키츠가 헌신적인 친구에게 준 것이었다. 조금 과장처럼 들리겠지만 조금도 과장이 아니다. 세번이 키츠의 병상 옆에서 보낸 4개월은 곧 유명한 사건이 되어 나름의 후광을 갖게 되었고, 그후 세번이 나아갈 개인적, 예술적 인생의 방향을 설정했다. 키츠의 가호를 받아서 세번의 일은 잘 풀려나갔고, 또 그의 선량한 마음과 밝은 기질은 크게 도움이 되었다.

떠올리고 있으면 유쾌한 또 하나의 사실은 세번 자신이 키츠에게 진 빚을 잘 인식하고 있었고 그것을 늘 고마워했다는 것이다. 그는 자신의 그림이 그림 자체의 가치보다는 키츠의 친구가 그렸다는 점 때문에 더 높이 평가받는다는 사실을 잘 알았고, 그 같은 사실조차 감사해했다. 청년 시절에 품었던 예술적 대성의 꿈—화가로 출발할 때에는 아주 높았던 꿈—을 이루지 못했다는 것만이 세번의 인생에서 유일한 실패였다. 그는 자신이 평범한 재능 이상을 갖추지 못했다는 것을 인정해야 했다.

그는 언제나 키츠라는 친구를 사귄 행운을 감사해했고 그것을 가슴속 깊숙이 새기고 있었다.[1] 감사의 마음은 그의 자녀들에게까지 전파되었다. 키츠가 사망한 지 40년 후에 쓴 편지에서 그는 이렇게 썼다. "나의 예술가 경력은 저 자애로운 영의 가호를 받았다.

---

1) KC II, p.316. 그후 여러 해 동안 세번은 감사 표시를 많이 했다. 1824년 그는 한 편지에서 이렇게 썼다. "내가 오늘날 행운을 누리고 있는 것은 불쌍한 키츠를 알고 있었기 때문입니다. 어스킨 씨를 알게 되어 '리어'의 제작을 맡게 된 것도 그 때문입니다. 내가 시인 키츠의 친구로 언급되는 일이 너무나도 많은 것에는 나 자신도 놀랄 지경입니다. 그 같은 식으로 내 몸과 마음에 좋은 일이 생기게 한 것은 하느님의 뜻이라고 생각합니다. 내가 그처럼 아무 생각 없이 한 일에서 이토록 많은 것을 얻게 해주시는 하느님을 늘 기억하고 감사합니다."(Evans, p.348). 1년 뒤 또 다른 편지에서 그는 이렇게 썼다. "나는 그 어떤 원천에서보다도 이미 죽어버린 키츠에게서 많은 것을 얻었다. 그의 우정

나는 영국에 돌아가지 않고 20년 동안 로마에 머물렀는데, 그 기간 동안 나에게 접근해온 가장 소중한 후원자들은 내가 '키츠의 친구'라는 명목으로 다가왔기 때문이다. 이 후원자들은 나와 나의 가족에게 잘 해주었다. 그들은 모두 시인의 이름에 감명을 받은 사람들이었다. 내 가족(3남 3녀)의 성공은 바로 이 사실에서 비롯된다.″ (KC II, p.324)

그는 키츠의 마지막 나날에 대하여 이야기하면서 키츠가 불쑥 고개를 돌려 그를 응시하다가 이렇게 말한 것을 회상했다. "세번! 나는 자네에게 내가 갖지 못한 모든 즐거움과 번영을 물려주겠네!" (Sharp, p.202) 그렇게 말한 다음 키츠는 세번이 자기 때문에 그림 그릴 시간을 빼앗긴 데 대하여 걱정을 표시했다. 당시 키츠의 정신이 오락가락한다고 생각하던 세번은 그 말에 별로 신경을 쓰지 않고 동요하는 친구를 진정시키려고 애썼다. 그러나 여러 해가 흐른 뒤그는 키츠의 그 말을 종종 회상하면서 거기서 어떤 신비한 분위기를 느낀다고 말했다.

그의 사랑과 감사는 내 삶의 샘에 시원한 이슬방울을 쉴새없이 가져다주는 듯하다. 화가로서의 성공, 나의 친구들, 나의 가장 좋은 꿈과 커다란 행복, 나는 이 모든 것을 그에게 빚지고 있다… (중략) … 나는 내 친구가 나를 끊임없이 도와준다고 믿는다. 나는 그의 명성이

과 죽음은 내 이름과 긴밀히 연결되어 있고 나는 그것을 커다란 영광으로 생각한다.″(Evans, p.348). 그후 50년이 훨씬 지난 1877년에도 그는 편지에서 키츠를 칭송한다. "내가 젊은 시절 그를 만난 것은 얼마나 큰 행운이었던가. 그것은 내 출세의 징검돌이 되었고 '지금도 그러하다.'"(Evans, p.349: 강조 표시는 Evans의 원서를 따름)

하늘을 찌를 만큼 높아진 것을 내 눈으로 직접 목격할 정도로 오래 살게 된 것을 하느님께 감사드린다. 그와 함께 연결되어 있다는 사실을 나는 끝없는 영광으로 생각한다.

우호적인 운명도 그 우정의 이야기에 한몫을 해주었다. 그리하여 일어날 법하지 않지만 실제로 벌어진 정당한 결과가 있었다. 1860년 로마의 영국 영사 자리가 공석이 되었다. 세번은 그 영사 자리를 신청했다. 그는 영사로 나아가기에는 나이가 너무 많았지만 그럼에도 그 자리에 임명되었다(그는 오래도록 동안을 잃지 않아서 늘 나이보다 10년은 젊어 보였다).

1861년 로마에 도착하자 그는 무엇보다 먼저 키츠의 묘지와 26번지의 집을 둘러보았다.[2] "나는 로마의 영사가 되었다는 사실에 고마움과 자부심으로 벅차오릅니다." 그러면서 그는 특별한 우울함을 느끼며 이렇게 썼다. "하지만 40년 전으로 되돌아가 나의 사랑하는 친구 키츠와 함께 다시 여행할 수 있다면 얼마나 좋을까요. 다시 그를 보살피면서 그 쓰라렸던 시절의 고통과 고뇌를 그와 함께 다시 나눌 수 있다면 얼마나 좋을까요."

40년 세월의 무게와 가버리고 다시 오지 않는 청춘에 대한 동경이 오래전 그 고통스러웠던 시절의 끔찍한 추억을 부드럽게 희석시켜 베일 속에 어른거리게 만든 것이다.

2) Sharp, p.248. 4월에 26번지 집을 방문하면서 세번은 집안인지 아니면 집 밖에서 우연히 키츠의 여동생 패니 야노스를 만났다. 그녀는 당시 마드리드의 집을 떠나 로마를 여행중이었다. 두 사람은 영국에 있던 어린 시절에는 잘 알지 못했다. 하지만 이 만남 후 좋은 친구가 되었다.(KC II, p.324 · Adam I, p.154~155, 두 사람이 1861~1877년에 편지를 교환한 건에 대해서는 MKC를 참조)

로마에서 그는 민간인과 교역자 등 모든 유지들에게서 융숭한 환영을 받았고, 그후 만 12년 동안 아주 멋지게 처신하면서 영사 업무를 원만하게 처리하여 그 일에 타고났다는 칭송을 받았다.(영국 영사로서의 세번: 이 흥미로운 시기에 대해서는 Sharp, p.248~285 · Birkenhead, p.134~208에 자세히 다루어져 있다.) 세번의 처가 쪽 친척인 존 러스킨은 로마에서 그를 만났는데, 나중에 이렇게 그를 칭송했다.

당시 조지프 세번이 로마에서 이끌던 것 같은 세상을 나는 두 번 다시 본 적이 없다. 그는 자국민, 외국인, 민간인, 교역자(教役者) 할 것 없이 모든 사람을 알고 있었고, 그들의 좋은 점을 꿰뚫고 있었다. 또 사람들의 좋은 점만 보려고 했다. 그는 다른 사람들 같으면 화를 발끈 낼 일도 사물의 구도 속에 자리를 차지한 유머러스한 부분이라고 생각했다… (중략)… 은근히 현명하고 부담없이 유머러스하고 적당히 감상적인 그는 오늘은 추기경들의 모임에 참석하는가 하면 내일은 영국의 아름다운 미녀들과 함께 피크닉을 나갔다. 그는 모든 사람의 마음을 선의와 이해의 황금 그물 속에 사로잡았다.[3]

1872년 80세의 나이로 영사직에서 은퇴한 세번은 로마에 그대로 머물렀다(그의 아내는 1861년에 죽었다). 그는 로마의 살아 있는 전

---

3) Sharp, p.279에 인용된 Ruskin의 편지. Sharp도 간결하면서도 요령 있게 세번에 대한 인물 묘사를 제공하고 있다. "그는 태어날 때부터 강한 햇빛이 몸 속으로 들어가 그 빛이 영원히 사라지지 않는 자연(自然)의 건아(健兒)였다."(p.278). 만년에도 세번을 아주 낙관적이고 쾌활한 사람으로 여기는 방문객들이 있었다. 1873~1874년 사이에 이탈리아를 방문했던 제임스 러셀 로웰(James Russell Lowell)은 그후에 세번을 가리켜 '내가 여러 해 전 로마에서 알던 단순한 마음의 소유자'라고 했다(하버드 대학의 호튼 도서관에 소장된 JK-FB의 로웰의 편지 사본). 세번이 죽기 두 달 전에 트레비 분수 근처의 세번 집을 찾아갔던 또 다른 방문객은 나중에 이렇게 회상했다. "나는 두 번 그

설이 되었다. 그는 류머티즘 때문에 손이 아팠지만 그림을 계속 그렸다. 그가 마지막으로 그린 그림은 키츠의 초상화나 키츠의 시집에 쓸 삽화였다.

"나는 너무 오래 산 사람의 고독을 느끼기 시작했습니다." (Birkenhead, p.215) 그는 83회 생일날 피곤한 목소리로 말했다. 세번은 4년 뒤인 1879년 8월 3일 로마의 팔라초 폴리에 있는 자택에서 평화롭게 눈을 감았다.[4] 모든 신문은 그의 부고를 게재하여―그리하여 키츠의 옛 친구가 시인보다 60년 이상을 더 살았다는 사실을 새롭게 인식시키면서― '키츠의 친구' 가 사망했음을 알렸다.

그의 묘지는 당초 키츠가 묻혀 있는 개신교 공동묘지에 마련될 것으로 예상되었다. 하지만 그 공동묘지는 더 이상 신규 수용을 하지 않았기 때문에 세번은 좀 떨어져 있는 다른 공동묘지에 묻혔다. 하지만 또다시 운명이 우호의 손길을 보내왔다. 1881년 고위직 인사들이 서로 의논을 한 끝에 세번의 유해는 키츠 바로 옆의 장지로 이장되었다.

세번의 묘비명에 무엇을 적어넣을 것인가 하는 토의는 오랫동안 계속되었다. 여러 추모자들이 자발적으로 묘비명을 제시했는데, 그중에는 로제티와 테니슨의 것도 들어 있었다. 결국에는 키츠의 전기를 최초로 쓴 R. M. 밀른스(당시 호튼 경)의 것이 채택되었다.

를 방문하여 그와 함께 재미있는 시간을 보냈다. 죽어가는 시인을 돌보았던 그 자상한 손에는 사람을 짜릿하게 하는 무엇인가가 있는 듯했다. 그는 아주 쾌활한 노인이었다." (《Century Magazine》, February 1906, p.551)
4) 세번의 죽음과 장례: Sharp p.280~285 · Birkenhead p.279~280. 《런던 타임스》가 8월 6일 로마발 4행 전보로 세번의 사망을 제일 먼저 포착했다. 그후 2주 동안(8월 11일, 16일, 18일, 19일) 《타임스》에는 그의 장례식이 유명인사에 걸맞게 처리됐는지를 다룬 기사가 실렸다. 키츠의 오래전 친구인 세번을 설명하는 말로서 다음 같은 세번 자신의 말보다 더 적절한 것은 없을 것이다. 세번은 죽기 이태 전 자신의 대가족에 대하여 패니 키츠에게 이렇게 설명했

존 키츠의

헌신적인 친구이며 임종의 동무였던

조지프 세번을 추모하며.

그는 살아 생전에 친구가 영국 불멸의 시인으로

자리매김되는 것을 지켜보았고

이탈리아의 생활과 자연을 즐겨 묘사한

탁월한 화가였으며

1861년부터 1872년까지 로마 주재

영국 영사를 지냈고

이탈리아 왕실의 근위장교를 역임했다.

자유와 인간에 대한 그의 봉사를 기념하여

여기 비를 세운다.

모양과 크기가 똑같은 키츠와 세번의 묘비는 오늘날 나란히 서 있다.

다. "나의 자녀들은 나에게 큰 행복입니다. 그들은 때때로 나에게 놀러와요. 나는 손자 손녀가 스물 다섯 명이 있습니다."

그 덧없는 아름다움

　보디발의 아내(창세기 39:10)는 악녀(femme fatale)의 원형으로 통하는 여자이다. 그때 이후 남자들은 여자에게서 이 악녀의 모습을 읽어왔고 그것이 가장 완벽한 예술의 형태로 등장한 것이 모나리자의 미소이다. 사실 르네상스 이후 남자들은 그 미소를 독해하려고 애써왔고 그것이 월터 페이터에게 와서는 더욱 극적인 이미지로 표현되었다. 그는 이렇게 말했다.

　물가에서 저 신비한 미소를 짓고 앉아 있는 이 여자를 보라. 그녀는 지난 1천 년 동안 남자들이 욕망해오던 것의 바로 그 표상이다. 그녀의 머리에는 이 세상의 종말이 도래해 있으며 그 눈꺼풀은 약간의 피곤함이 깃들여 있다… (중략)… 그녀의 얼굴 속에는 온세상의 사상과 경험이 새겨져 있다. 그리스의 수성(獸性), 로마의 욕정(欲

情), 정신적 야망과 상상력을 강조한 중세의 신비(神秘), 이교도들의 귀환(歸還), 보르지아의 불륜(不倫). 이런 것들을 모두 녹여서 밖으로 드러내는 저 뛰어난 표현력, 바로 그것을 갖고 있다. 모나리자는 그녀가 앉아 있는 바위보다 더 오래되었고, 마치 흡혈귀처럼 여러 번 죽었다가 되살아났으며 무덤의 신비를 모두 알고 있고 깊은 바다에 자맥질하는 잠수부로서 그 바다 속의 저 어두운 그림자를 간직하고 있다… (중략) … 모나리자는 오래된 환상의 구현인가 하면 또한 근대의 상징이기도 한 것이다.

이 책의 주인공 존 키츠는 월터 페이터보다 50년 앞서 태어났으되 같은 낭만주의 시대에 속하는 영국의 낭만파 시인이며, 사랑을 얻길 원했으나 끝내 얻지 못하고 25세의 젊은 나이로 이국(로마)의 하늘 아래서 슬프게 숨져간 천재 시인이다. 키츠는 자신의 애인 패니 브론에게서 이 악녀의 모습('바다 속의 저 어두운 그림자')을 보았다. 그리고 이 책 『죽기 전 100일 동안』은 그 악녀의 초상 혹은 슬픈 사랑의 이야기를 추적하고 있다.

저자는 먼저 지난 200년 동안 영문학 문단에서 끊임없이 제기되어온 저 유명한 논쟁을 다시 불러온다.

패니는 악녀인가 아니면 선녀(善女)인가?

키츠는 질투심에 불타는 소인배 남자인가 아니면 아도나이스 같은 사랑의 화신인가?

저자는 가장 중립적인 입장에서 패니 브론과 존 키츠의 러브 스토리를 진술하려고 애쓰고 있으나, 부지불식간에 패니를 악녀로 보고싶은 자세를 드러낸다. 그리하여 이 책을 읽는 독자는 자연적으로 패니라는 여자를 어떻게 보아야 할 것인가 하는 논쟁 속으로 빨려 들어가게 된다. 키츠는 패니가 자신의 약혼녀인 이상 자신만을 생각하고 다른 사람에게 관심을 두어서는 안 된다고 주장한다. 반면 패니는 이런 반론을 편다.

젊은 여자가 자기를 매력적이라고 생각하는 다른 남자들과 즐겁게 어울리면서 수다스럽게 이야기하는 것을 가리켜 과연 나쁘다고 할 수 있는가? 춤추기 좋아하고, 말하기 좋아하고, 고리타분하고 답답한 것은 딱 질색인 것을 가리켜 정숙하지 못하다는 말로 매도할 수 있는 것인가?

독자는 이렇게 주장하는 두 사람의 입장 중에서 어떤 선택을 내리기를 강요당한다. 말하자면 독자는 일종의 로르샤하(마음의 투영) 테스트에 들어가게 되는 것이다. 키츠에게서 자기 자신을 보는 독자는 키츠가 잘했다고 할 것이고, 반대로 키츠 같은 성격을 싫어하는 독자는 그가 너무 심했다고 할 것이다. 또는 패니가 잘못한 게 무엇이냐고 따지는 독자도 있을 것이고, 그 반대로 패니는 요부임이 틀림없고 자신은 절대로 그렇게 행동하지 않겠다고 생각하는 독자도 있을 것이다.

　모든 러브 스토리가 다 그렇듯이, 남자(혹은 여자)가 상대방을 하나의 여자(남자)로 보지 않고 이상화된 아름다움(idealized beauty)으로 볼 때 그 사랑은 파국의 길을 달리게 된다. 남자가 여자를 향해 욕망을 갖고 있다면, 여자 역시 그런 욕망을 못지않게 갖고 있다. 그리하여 현실의 사랑은 두 욕망 사이의 상호작용 혹은 침투에 의하여 이상화된 사랑을 수정하게 된다. 바로 이것이 일상생활에서 발견하게 되는 진부한 사랑의 모습이다. 그렇기 때문에 현실 속의 사랑은 본인의 욕망에 비해 너무 빨리 오거나 아니면 너무 늦게 오는 경우가 많다. 키츠의 사랑은 너무 빨리 온 것이 아닌가 생각된다. 여자가 아직 준비를 갖추지 못하고 있는데 그 여자에게서 이상화된 아름다움(혹은 사랑)을 일방적으로 추구했기 때문이다. 비록 성공하지 못한 사랑이기는 하지만 그래도 키츠의 사랑은 아름답다. 이 세상에서 누군가를(더 나아가 무엇인가를) 사랑한다는 것은 그 자체로 하나의 아름다움이 되기 때문이다. 그래서 키츠도 자신의 장시 「엔디미온」맨 첫줄에서 '아름다운 것(a thing of beauty : 보다 구체적으로는 '여성')은 영원한 즐거움'이라고 노래했던 것이다.

　사랑의 이야기는 꽃의 활짝 핌처럼 절정에 도달하는 그 순간이 가장 아름답다. 그리고 그 다음은 모두 우수마발에 지나지 않는다. 키츠와 패니의 사랑 이후에 세일즈맨과 결혼한 패니가 어릴 적 로맨스를 남편에게 감추는 과정과, 사랑의 산물인 편지를 패니의 자녀들이 경매하는 과정은 얼마나 산만하고 지루한가! 반면 패니를 너무 사랑한 나머지 그녀 생각만 해도 가슴이 아파오는 키츠의 마지막 나날과, 조지프 세번의 회상 속에 다시 살아나는 어렵던 날의 저 아련한 회상은 얼마나 아름다운가! 본문에서 세번은 이렇게 말한다.

1861년 로마에 도착하자 그는 무엇보다 먼저 키츠의 묘지와 26번지의 집을 둘러보았다. "나는 로마의 영사가 되었다는 사실에 고마움과 자부심으로 벅차오릅니다." 그러면서 그는 특별한 우울함을 느끼며 이렇게 썼다. "하지만 40년 전으로 되돌아가 나의 사랑하는 친구 키츠와 함께 다시 여행할 수 있다면 얼마나 좋을까요. 다시 그를 보살피면서 그 쓰라렸던 시절의 고통과 고뇌를 그와 함께 다시 나눌 수 있다면 얼마나 좋을까요."

40년 세월의 무게와 가버리고 다시 오지 않는 청춘에 대한 동경이 오래전 그 고통스러웠던 시절의 끔찍한 추억을 부드럽게 희석시켜 베일 속에 어른거리게 만든 것이다.

그렇다. 젊은 날의 아름다웠던 한 순간은 사람의 마음속에서 자꾸만 되풀이된다. 비유적으로 말한다면, 딱 하룻밤만 피는 꽃이라고 해서 덜 아름답게 보일 수는 없는 것이다. 아름다움의 덧없음은 그 매력을 감소시키는 것이 아니라 오히려 증폭시킨다. 키츠의 사랑, 키츠와 세번의 우정, 사랑했던 여자의 추억은 그것이 덧없기 때문에 더욱 신비한 아름다움을 발산한다. 어둠 속에서 키츠가 들은 것은 아마도 그 덧없는 아름다움의 호소였을 것이다.

2002년 6월
이종인

참고문헌

Anon., 「A Reminiscence of Joseph Severn」, 《Dublin University Review》, XCI(1880), p.96~98.

_____, 「Keats' Roman Landlady」, London 《Times》, Feb. 2, 1953.

_____, 「Sir James Clark, 1788~1870」, 《British Medical Journal》, Jan. 7, 1939.

_____, 「The Poet Keats」, 《Harper's New Monthly》, April 1877, p.357~361.

Adam I, M., 『Fanny Keats』, Yale UP, 1938.

Bate, W.J., 『John Keats』, Havard UP, 1963.

Birkenhead, S., 『Against Oblivion』, Cassell, 1943.

_____, 『illustrious Friends』, Hamish Hamilton, 1965.

Blackstone, B., 『The Consecrated Urn』, Longmans, 1959.

Briggs, H., 『The Birth and Death of John Keats』, PMLA, LVI, 592~596.

Brock, Lord, 『John Keats and Joseph Severn: The Tragedy of the last Illness』, Keats-Shelley Assoc., 1973(22pp.).

Cacciatore, V., 『A Room in Rome』, Keats-Shelley Assoc., 1970(56pp.).

Cavaliero, R., 「A Place Too Savage for an invalid」, 『Keats-Shelley Review』, Autumn 1991, 1~17.

Cecchi, E., 「Keats' Roman Piano」, 『Keats-Shelley Journal』, V, 12, 96~96.

Clark, J. H., 『The Influence of Climate in the Prevention and Cure of Chronic Diseases』, etc., Underwood, London, 1829.

_____, 『Medical Notes on Climate, Diseases』, etc, Underwood, London, 1820.

Colvin, S., 『John Keats』, Macmillan, 1917.

Coote, S., 『John Keats, A Life』, 1995.

De Almeida, H., 『Romantic Medicine and John Keats』, Oxford, 1991.

De Wolfe Howe, M., 「A Talk with Joseph Severn about John Keats」, 『Keats Memorial Volume』, 105~106.

Dilke, C., 『Papers of a Critic』, John Murray, 2 vols., 1875.

Edgcumbe, F.(ed.), 『Letters of Fanny Brawne to Fanny Keats』, Oxford UP, 1937.

Ellis, O., 「Fanny Brawne」, 《The Sphere》, May 16, 1925.

Evans, B,i., 「Keats and Joseph Severn」, 《London Mercury》, August 1934, 337~349.

Forman, H. B., 『Letters of John Keats to Fanny Brawne』, 1878.

Forman, M., 「Mrs. Brawne and Her Letter to Severn」, 『Keats-Shelley Memorial Bulletin』, V.22(1971), 19~21.

Gittings, Robert, 『John Keats』, Heineman, 1968.

Goellnicht, D., 『Life and Letters of Gerald Griffin』, London, 1843.

Guiney, L.I., 「Keats and Fanny Brawne」, 《East and West》(London), May, 1890, 19~28.

Hale-White, W., 『Keats as Doctor and Patient』, Oxford UP, 1938.

Hewlett, D., 『A Life of John Keats』, London, 1949.

Hood, L., 『Letters』, U of Toronto P, 1973.

Hunt, L., 『Lord Byron and Some of His Contemporaries』, Colburn, 1828.

Jack, I., 『Keats and the Mirror of Art』, Oxford UP, 1967.

Jarcho, S., 「Amy Lowell and the Death of Keats」, 『Clio Medica』, XII, No.1(1977), 91~95.

_____, 「Laennec and Keats: Some Notes on the Early History of Percussion and Auscultation」, 『Medical History』 V(1961), 67~72.

Lowell, A., 『John Keats』, Houghton Mifflin, 1925.

McCormick, 『The Friend of Keats: A Life of Charles Brown』, Victoria UP, 1989.

Marquess, W. H., 『Lives of the Poet: The First Century of Keats Biography』, Pennsylvania UP, 1985.

Medwin, T., 『The Life of P. B. Shelley』, 1847; rpt. Oxford UP, 1913.

Motion, A, 『Keats』, Farrar, Straus, 1997.

Murray, J. M., 『Keats and Shakespeare』, Oxford UP, 1925.

_____ , 『The Mystery of Keats』, Peter Neville, 1949.

Nitchie, E., 『The Reverend Colonel Finch』, Columbia UP, 1940.

Okiko, O., 「Medical Aspects of Keats」, in 『Centers of Circumference』, Tokyo, 1995.

Perrins, 「Fanny Brawne」, 《Hampstead and Highgate Express》, July 25, 1894.

_____, 「Recollections of Fanny Brawne」, 《Hampstead Annual》, 1898.

Pershing, J., 「Keats: When Was He Born and When Did He Die?」, PMLA, LV(Sept. 1940), 802~14.

Raymond, E., 『Two Gentlemen of Rome: The Story of Keats and Shelley』, Cassell, 1952.

Richardson, J., 『Fanny Brawne』, Vanguard P, 1952.

_____ , 『The Everlasting Spell: A Study of Keats and His Friends』, Jonathan Cape, 1963.

Richardson, B.W., 「An Aesculapian Poet: John Keats」, in 『Disciples of Aesculapicus』, Dutton, 1901.

Ricks, C., 『Keats and Embarrassment』, Oxford UP, 1974.

Rodriguez, A., 『Book of the Heart: Life of John Keats』, Lindisfarne Press, 1993.

Rogers, N., 『Keats, Shelley and Rome』, Keats-Shelley Assoc., 1949.

Rollins, H. E. (ed.), 『The Keats Circle: Letters and Papers 1816~1878』, 2 vols. Harvard UP, 1948.

_____, 「A Fanny Brawne Letter of 1848」, 《Havard Library Bulletin》, March 1951, 372~75.

_____, 『More Letters and Poems of the Keats Circle』, Harvard UP, 1935.

_____, and Parrish, S. M., 『Keats and the Bostonians』, Harvard UP, 1951.

Russell, S.C., 「Self-Destroying Love in Keats」, 『Keats-Shelley Journal』, V.16, 79~91.

Ryan, R.M., 『Keats: The Religious Sense』, Princeton UP, 1976.

Severn, J., 「On the Vicissitudes of Keats' Fame」, 《Atlantic Monthly》, April 1863, 401~407.

Sharp, W., 「Joseph Severn and His Correspondents」, 〈Atlantic Monthly〉, Dec. 1891, 736~48.

_____, 『The Life and Letters of Joseph Severn』, Scribner, 1892.

_____, 「The Portraits of Keats」, 《The Century》, Feb. 1906. 535~51.

Shelley, P. B. 『Essay, Letters From Abroad, etc』, London, 1840.

Stoddard, R. H., 「Keats' Love Letters」 《Appleton's Journal》, June 1878, 379~382.

Taylor, J., 『Holy Dying』, Clarendon Press, 1989.

Taylor, O., 『John Taylor:Author and Publisher』, 《London Mercury》, June 1925, 258~265.

Walsh, T. A., 「Lowing at the Skies with Garlands Dressed: How the Urn Speaks」, unpublished paper, Boston College, 1983.

Ward, A., 『John Keats: The Making of a Poet』, Viking Press, 1963.

Whitfield, A., 「Clark and Combe: Fact and Fantasy」, 『Journal of the Royal College of Physicians』 Vol. 11, No.3 (April 1977), 268~272.

Wright, B., 「A Footnote to Wilde's Sonnet」, 『Keats-Shelley Memorial Bulletin』, V. 7 (1958), 9~11.

찾아보기

26번지 집(로마에서 키츠가 기숙한
집) 20, 27, 148, 152, 161, 165, 189, 212,
219, 230, 234, 300

| ㄱ |
그리핀, 제럴드 266
기스본 부처 130
기팅스, 로버트 120, 210~211, 265
깁슨, 존 161, 249

| ㄴ |
나폴레옹 162

| ㄷ |
달링, 로버트 131
데이, F.H., 256, 291
드 크레스피니, 캐롤라인 278
딜크 경, 찰리 62, 283~284, 288,
딜크, 마리아 62, 116, 135, 137, 274,
284
딜크, 찰스 62~63, 282
딜크가 62

| ㄹ |
라넥, 르네 157
라이스, 제임스 78

램 닥터 131
러스킨, 존 301
레이놀즈, 존 136
로드, 닥터 105, 112
로웰, 에이미 119
로웰, 제임스 러셀 301
로제티, 단테 가브리엘 302
루트벤 남작 246
리처드슨, 조안나 265
린든, 루이스 254, 263, 274, 279, 283
린든, 마가렛 254, 258, 260
린든, 에드먼드 254
린든, 허버트 254, 256, 258, 260, 284,
286
린든 일가 254

| ㅁ |
마리아 크로우더(배) 35~36, 46
마리아 크로우더의 검역 35~36
맥길리브레이, J.R. 116
머리, 미들턴 존 294
메드윈, 토마스 275~277, 279
모션, 앤드류 36, 107, 120, 211, 242, 295
밀른스, R.M.(호튼) 258, 260~261,
264, 280, 286, 302
　『존 키츠의 생애와 편지』 258

밀튼, 존:『코무스』 165~166

| ㅂ |

바이런 경 71, 257
『바이런 경과 그의 동시대 인물들』 257
베르니니 분수(로마) 20, 29, 218
베이트, W. J. 120, 265, 294
보르게스, 프린스 카밀로 162
브라운, 찰스 50, 52, 54, 63, 67, 73, 79,
91, 94, 96, 103, 105, 112, 115~117, 121,
135, 158, 168, 177, 179, 194, 196, 198,
220, 224, 227, 241, 249, 260, 267, 269,
273, 276, 284
브론 부인(패니의 어머니) 73, 135,
143, 193, 195, 197
브론 일가 62, 73, 101, 168
브론, 마가렛 62
브론, 샘 62
브론, 패니
　—가 키츠를 만난 것 64, 66
　—에 관한 견해 135~139, 289~292
　—의 사교 생활 108, 119
　—의 용모 묘사 60~61, 68, 295
　—의 이름을 비밀에 붙인 것 257~261
　—의 죽음 263, 283
　—의 크레시다 같은 면모 71
　—의 키츠 옹호 277~279
　—의 키츠와의 관계 부인 265, 280
　—의 행동거지 66~72

문학 취미가 없는— 71
성품에 대한 논쟁 23
성품의 변화 194
약혼반지 255, 282
웬트워스 플레이스로의 이사 73
유산상속 101, 273
초연함 86
키츠가 사랑에 급히 빠져 들어감을 느
낀 것 82~84
키츠가 패니에게 보낸 편지('키츠, 존,
편지들' 항목 참조) 255~257, 280
키츠가 패니에 대해 품은 시적 이미지
165~167
키츠 사망 소식의 접수 237~238
키츠에게 홍옥수를 준 것 146
키츠와의 약혼 81, 85, 97
키츠와의 연애가 그의 사망에 미친 영
향 259
키츠와의 연애 사건을 자녀들에게 말한
것 254~257
키츠의 머리카락 255
키츠의 약혼 파기 제안을 거부한 것 110
키츠의 죽음 소망에 당황한 것
201~203
키츠의 책들 255
키츠 전기에서 무시된 것 22
키츠 초상화의 판매 280~283
키츠 편지를 일부 없앤 것 86
패니에게 키츠의 소식을 담은 편지를

보여주지 않음 227~228
브론, 패니의 편지들
딜크 부인에게 보낸 것 274
존 키츠에게 보낸 것 85, 87~88, 128~129, 188~189, 220~222, 240
찰스 브라운에게 보낸 것 268~273
『패니 브론이 패니 키츠에게 보낸 편지』 294
프랜시스 키츠에게 보낸 것 139, 198~200, 227, 293
프랜시스 키츠에게 보낸 편지의 발간 23, 284, 291, 294
브리, 닥터 105, 108
빅토리아 여왕 30

| ㅅ |

설리번, 대위 42, 43
세번, 조지프
—과 레이디 웨스트모어랜드의 결혼 248
—과 패니 57
—닥터 클라크의 만남 151
—의 편지들 45~46, 51~52, 168, 177~180, 185~188, 192~194, 209, 215~216, 218, 235~236, 241, 244~246
—의 평판 46, 300
26번지 집과 키츠 묘지의 방문 300
가족 48, 214~216
금전적 의무사항 208
기독교 신자로서의— 185, 212
대책없이 키츠의 병이 재발한 것 172
로마에서의 일과 160
로마 주재 영국 영사 300
묘비명 303
묘지 302
밤새워 간호하기 175, 232~236
셸리에 의해 언급된— 247
《아틀란틱》에 기고한 기사 262
〈알키비아데스의 죽음〉(왕립미술원 제출용 그림) 153, 246
왕립미술원의 금상 수상 36
잠든 키츠의 스케치 218
〈절망의 동굴〉 36
죽음 302
촛대에 의한 트릭 226
콜로세움 방문 161
키츠에게 『거룩한 죽음』을 읽어준 것 183
키츠에게 아편팅크를 주기를 거부한 것 175~176
키츠에 대한 고마움 298~300
키츠와 이탈리아 행 배에 오른 것 36
키츠의 길동무로 선택된 과정 47
키츠의 묘지를 선정 229
키츠의 소형 초상화 제작 281
피아노 연주 153
셰익스피어, 윌리엄

『템페스트』 97
『트로일러스와 크레시다』 — 크레시다
로서의 패니 브론 71, 82, 98, 120, 142
『햄릿』 141~142, 203
셸리, P.B.
『아도나이스』 서문 247, 305
「인디언 세레나데」 74
스토다드, R.H. 290
스펜서: 「신선 여왕」 36
승마 156, 160

| ㅇ |
아놀드, 매슈 290
아편 (아편팅크) 107, 175, 217
안젤레티, 안나 153, 155, 180, 187, 209
야노스, 발렌틴 231
《에딘버러 리뷰》 148
에지컴, 프레드 291
엘튼, 중위 아이작 163~164
와일드, 오스카 288
워드, 에일린 120
워즈워스, 윌리엄 30, 181
월시, 토마스 선장 35, 43
웨스트매코트, 리처드 164
웨스트모어랜드, 레이디 246
웬트워스 플레이스 56, 62~65, 73,
87, 93, 95, 97, 103, 105, 113, 115, 144,
168, 194, 227, 266, 282
유잉, 윌리엄 165, 219, 231, 240

《이스트 앤 웨스트》 289
이스트레이크, 찰스 245
이탈리아 보건법 187

| ㅈ |
존스, 레오니다스: 『J.H. 레이놀즈의
생애』 136

| ㅊ |
청진기 157, 206

| ㅋ |
카노바, 안토니오 162
코테렐 양 36~37, 40, 42
—의 오빠 41
—의 폐결핵 37
콜리지, 새뮤얼 테일러 181
콜빈 S., 137
콜체스터 경 161, 246
클라크, 닥터 제임스 148, 152, 155,
157, 165, 175, 180, 183, 186, 188, 191,
193, 201, 206, 219, 239
키츠 부인(키츠의 어머니) 38
키츠의 전기들 21~23
키츠, 엠마(필립 스피드 부인) 140
키츠, 조지 67~68, 70, 86, 138, 293
키츠, 존
—가 소유한 책들 255, 275
—와 닥터 클라크의 만남 151

방혈(피빼기) 105, 173, 176

25번째의 생일 46

26번지 집에서의— 28~31

관 속에 넣어준 물건 240

글쓰기 70, 79, 165

금전 100~101

데스 마스크 240

로마에서 '음식이 나쁜' 것을 불평한 사건 153

문학적 명성을 얻지 못한 것을 두려워함 121, 181, 222

묘비명 224, 249~250

묘지 229

반종교적 태도 25

배교한 기독교신자 25

봄소식을 듣고 슬퍼한 것 223

생클린에서의— 37~45

손과 발을 석고로 뜬 것 240

시체부검 239

열정 220

영감의 결핍 101

영국 간호사를 받아들임 220

용모의 묘사 39, 65, 132, 165, 223

우울 46, 49, 121

웬트워스 플레이스에서의— 73, 96

의학 훈련 36, 40

이탈리아 간호사를 보낸 것 217

이탈리아로 가기로 한 결정 132

자살 기도 174~176

종교 25, 182~185, 210~213

종교적 변모 212~213

죽음 238

죽음 소망 56~57, 234

죽음에 골몰한 것 89

죽음에의 체념 191~193, 196~200

햄프스테드행 마차에 탑승한 것 100

키츠, 존, 저작

「고옹부」76~77

「라미아」75, 79, 91, 106

「모자와 종들」77

「밝은 별」73, 74

「성 마르크의 전야」76

「성 아그네스의 전야」75~76

「아름답고 무정한 여인」76

「야앵부」76~77

「엔디미온」63~64, 130

「오토」77

「우울부」76~77

「패니에게 바치는 노래」73~77

「히페리온」73, 76, 101

키츠, 존, 질병의 성격과 진행 경과

가슴 두근거림 108

각혈 38, 102, 130, 173

방혈(피빼기) 105, 173, 176

음식 거부 218

정신착란 218

진단 155~156, 188, 206~208

체중 감소 223, 225

톰으로부터의 감염 66

키츠, 존, 편지들

조지 키츠에게 보낸 것 67~70

찰스 브라운에게 보낸 것 43, 50, 53~54, 168~169

패니에게 보낸 것 79~81, 83~84, 86~98, 116~129, 140, 142, 287~288

패니에게 보낸 편지들의 발간 23, 287~288

프랜시스 키츠에게 보낸 것 107, 132, 145

『존 키츠가 패니 브론에게 보낸 편지』 288

키츠, 존과 패니 브론

브론 집에서 머문 것 144~145

세번에게 고백하기 50, 52, 221

약혼 57, 85, 97

약혼을 파기하겠다는 제안 110

질투 122

짝사랑을 두려워함 81

첫번째 만남 64, 66

키츠가 패니에 대해 갖고 있는 첫인상 68~69

키츠의 글쓰기 능력을 빼앗은 패니 96

키츠의 머리카락 255

패니의 신체적 아름다움을 칭송한 것 83~85

햄릿으로서의 키츠 141

키츠, 톰 65~67, 72~73, 132, 174

키츠, 프랜시스(브론, 패니, 편지들 항목 참조) 47, 232, 291~294

키츠-셸리 기념협회 21

키츠의 간호사 217, 220

킨, 에드먼드 79

| ㅌ |

테니슨, 알프레드 경 30

테일러, 제레미:『거룩한 죽음』 183, 191, 210

테일러, 존 186

『토마스 후드의 편지』 137

| ㅍ |

포먼, H.B., 288

폴린 공주 162~164

피전 부인 36, 40

핀치, 대령 로버트로부터 온 편지 275, 278

『필라스터』(보몽과 플레처) 225

해슬람, 윌리엄 51, 167, 208, 213, 226, 235, 246, 249

『해외로부터의 에세이와 편지』 275

헌트, 리 113, 115, 130, 144, 249, 257~258, 260, 262

| ㅎ |

헤이든 B.R.: 〈그리스도의 예루살렘 입성〉 108

J. 키츠(John Keats) 연보

1795년	런던 모어필즈 페이브먼트가 24번지에서 10월 31일 태어나다.
1804년(8세)	아버지가 말에서 떨어져 죽다. 어머니의 재혼이 파경으로 끝난 후 미들섹스의 에드먼턴에 있는 할머니와 살게 되다. 존 클라크가 운영하는 엔필드 학교에 입학하다. 클라크의 아들 코든 클라크가 키츠의 문학적 열의를 북돋워주다.
1810년(14세)	어머니가 폐결핵으로 죽다. 할머니는 아이들 문제를 리처드 애비라는 후견인에게 맡기다.
1811년(15세)	애비의 권유로 에드먼턴에 있는 외과의의 견습생으로 들어가다.
1814년(18세)	런던의 가이 병원과 세인트 토머스 병원에서 수술담당 조수나 보조의사로 일하다. 이 무렵 처음으로 시를 쓰기 시작하다.
1815년(19세)	처음으로 시를 발표하다. 최초의 원숙한 시 「채프먼의 호메로스를 처음 읽고서」를 쓰다. 클라크의 소개로 시인 리 헌트, 존 해밀턴 레이놀즈, 화가 벤저민 하이든과 교류하다.
1817년(21세)	첫 시집 『Poems』 출간하다(3월). 런던을 떠나 와이트 섬과 캔터베리로 잠시 여행을 떠나다. 첫 장시 「엔디미온」을 쓰기 시작하다. 남동생들과 함께 햄프스테드로 주거지를 옮기다.
1818년(22세)	『엔디미온』 출간. 그해 여름 친구 찰스 브라운과 도보로 레이크 지방과 스코틀랜드를 여행하다. 이때 결핵 초기 증상이 나타나다. 여행에서 돌아온 후 『엔디미온』에 대한 혹독한 평을 접하다. 「이사벨라」 「히페리온」 시작(詩作)에 몰두하다. 동생 톰이 폐결핵으로 세상을 떠난 후 브라운과 함께 웬트워스 플레이스로 이사하다. 패니 브론과 만나다.

1819년(23세)	위대한 시 거의 대부분을 이해에 쓰다. 「라미아」「성녀 아그네스 축제 전야제」「나태에 대하여」「그리스 항아리에 부치는 송가」「우울에 대한 송가」 등. 「가을에게」를 제외하면 모든 송가가 이해 3~6월에 씌어졌다. 패니 브론과도 지속적으로 편지를 주고받다. 「나이팅게일에게」와 1818년 가을에 쓰기 시작한 「히페리온」(미완성 서사시)의 개정판 「히페리온의 타락」에 몰두하다. 병세가 악화되는 가운데 10월경 패니 브론과 약혼하다.
1820년(24세)	2월 결핵의 증후(각혈)를 뚜렷이 보이며 병석에 눕게 된다. 7월에 세번째 시집이 출간된다. 친구들과 패니의 가족들이 그를 열심히 간호했으나 회복이 어려울 정도로 병세가 악화되다. 이때부터는 지속적인 시작활동이 불가능해지다. 따뜻한 남쪽 지방에서 요양하라는 권고를 받아들여 9월 친구 조지프 세번과 함께 로마로 향하다. 10월 31일 나폴리에 도착, 11월에 로마의 피아차 디 스파냐 26번지에 방을 얻다.
1821년(25세)	세번의 정성어린 간호에도 불구하고 2월 23일, 26번지 방에서 숨을 거두다. 로마의 개신교 공동묘지에 묻히다.